Schwarzwaldruh

Eva Klingler, in Gießen (Hessen) geboren, lebt heute als Autorin in Karlsruhe und Selestat (Frankreich). Sie studierte Germanistik und Anglistik in Mannheim, absolvierte ein Volontariat beim SWR in Baden-Baden, arbeitete als Journalistin für Tageszeitungen, als Bibliotheksleiterin und als Dozentin in der Erwachsenenbildung. Die meisten ihrer zahlreichen Veröffentlichungen – oft Krimis – spielen in Baden oder im Grenzgebiet zum Elsass. Eva Klingler war Stipendiatin der renommierten Philipp Reemtsma Stiftung für hochbegabte Nachwuchsschriftsteller.

Dieses Buch ist ein Roman. Handlungen und Personen sind frei erfunden. Ähnlichkeiten mit lebenden oder toten Personen sind nicht gewollt und rein zufällig.

EVA KLINGLER

Schwarzwaldruh

DER BADISCHE KRIMI

emons:

Bibliografische Information der Deutschen Nationalbibliothek
Die Deutsche Nationalbibliothek verzeichnet diese Publikation
in der Deutschen Nationalbibliografie; detaillierte bibliografische
Daten sind im Internet über http://dnb.d-nb.de abrufbar.

© Emons Verlag GmbH
Alle Rechte vorbehalten
Umschlagmotiv: photocase.com/dioxin
Umschlaggestaltung: Tobias Doetsch
Gestaltung Innenteil: César Satz & Grafik GmbH, Köln
Lektorat: Hilla Czinczoll
Druck und Bindung: CPI – Clausen & Bosse, Leck
Printed in Germany 2015
ISBN 978-3-95451-573-8
Der Badische Krimi
Originalausgabe

Unser Newsletter informiert Sie
regelmäßig über Neues von emons:
Kostenlos bestellen unter
www.emons-verlag.de

Meinem Vater Alfred Oehler
in Dankbarkeit für seinen Scharfsinn und seinen Humor

Prolog

Mein Gott, diese Leute waren doch selbst schuld. Standen nur noch einen Schubser weit vom Grab entfernt und klammerten sich an irdische Dinge, anstatt den kläglichen Rest Leben zu genießen, der ihnen noch blieb. Und die irdischen Dinge besser anderen zukommen zu lassen, die sie weiß Gott brauchen konnten.
Kein Wunder, dass man da böse wurde.
Sogar sehr böse.
Aber gegen diese Langlebigkeit gab es doch ein nettes und noch dazu hübsch anzusehendes Mittelchen, geradezu vor der eigenen Haustür.
Welche Tür das ist, bleibt mein Geheimnis.

★★★

Ich, Swentja Tobler, saß an meinem Schreibtisch und starrte hinaus auf die stille Straße. Die späten Astern am Rand des Gartens hielten sich noch wacker. Frühe Hunde bellten. Ich sah nicht die Astern, ich hörte die Hunde nicht bellen.

Vor mir auf dem Tisch lag der aktuelle Katalog der Mannheimer Designerin Dorothee Schumacher, die ich verehre, denn sie macht schöne Sachen für schlanke und reiche Frauen. Also eigentlich für solche wie mich. Es musste weit mit mir gekommen sein, denn ich hatte heute keinen Sinn für Schumachers neue Kreationen. Meine Gedanken waren im Moment einsame Spaziergänger in der Vergangenheit.

In dieser schmerzhaften Erinnerung sah ich ein großes, stolzes Gebäude in würdevollem Stil, das einen gelassenen Blick auf die Zeiten warf. Hinter dem Haus, inmitten von Mauern, erstreckte sich ein gepflegter Rasen mit Blumeninseln an den Rändern, das Ganze umgeben von einem Plattenweg aus Stein. Alte Giebel und alte Bäume ragten um die Wette in die Höhe.

Meine Erinnerung belebte diesen Garten mit Personen. In kleinen Gruppen, meist Pärchen, schritten oder schoben sich alte, uralte Menschen über die kleinen abgezirkelten Wege. Sie trugen dunkle Kleider, zart gemustert, viele hatten eine Stola umgeworfen. Das Haar wurde von keinem Wind zerzaust, denn es war, aus jahrzehntelanger Erfahrung schöpfend, sorgfältig mit langen Nadeln zu ordentlichen Frisuren gesteckt. Worüber sprachen sie? Über Erinnerungen. Gemeinsame Erfahrungen. Über ihre Nachkommen.

Dazwischen die Serviermädchen, die eine oder andere Hausdame, die stets bemühte Sekretärin und manchmal, groß und dunkel, ein bisschen unheimlich, stets in englischen Tweed gekleidet, der Leiter des Hauses.

Es war eine abgeschottete Welt, fein, edel und ungestört.

Ich sah vor meinem inneren Auge das Bild der wandelnden Alten, und plötzlich verschwanden zwei Gestalten aus dem Bild, so als retuschiere sie jemand mit brutalem Strich weg.

Und noch in der Erinnerung lief mir ein Schauer über den Rücken.

Swentja landet auf dem Boden der Tatsachen

Mein Name ist Swentja Tobler, und ich lebe in Trennung. Vielleicht sogar in Scheidung, wenn mein Mann seine Drohung tatsächlich wahr macht.
Getrennt. Wie sich das anhört!
Anfangs hatte ich seine Ankündigung, es sei aus mit unserer Ehe, nicht ernst genommen.
Mein Mann und ich, wir hatten uns in den Jahren unseres kühlen, zivilisierten Zusammenlebens schon ab und zu gestritten, und wenn es ganz hoch herging, hatte ich eines unserer teuren, von irgendeiner Urahnin ererbten Sektgläser genommen und dekorativ an die Wand geworfen. Meistens hatte ich mit Bedacht eines gewählt, das bereits einen kleinen Sprung hatte. Wir waren zwar reich, aber man muss ja nichts verschwenden.

In diesen Fällen war mein Mann dann jeweils noch weißer um die ohnehin blasse Nase geworden, hatte sich schweigend und verstockt zurückgezogen, um sich am anderen Morgen einsichtig zu zeigen. Männer haben weiblicher Wut nicht viel entgegenzusetzen. Sie macht ihnen vielmehr Angst.

Das üble Wort Trennung war aber auch in solchen Momenten zwischen uns niemals gefallen. Eine Trennung war nicht in seinem Interesse. Ich, die unangefochtene Ettlinger Shoppingqueen und Stilikone und auch sonst die Schönste weit und breit, war sein Schmuckstück, sein Aushängeschild, seine kleine wohlgeformte Wunderwaffe, wenn es darum ging, interessante Kontakte zu knüpfen und zu erhalten.

Ich war mir immer sicher gewesen: Dieser Mann würde einen Teufel tun, sich jemals von mir zu trennen. Außerdem haben wir eine gemeinsame Tochter, die ihn zwar im Grunde herzlich wenig interessierte, aber es hätte mies ausgesehen, wenn man auseinanderlief und ein Kind inmitten anderer mittelbadischer verwöhnter Oberschichtsgören aus seinem Ponyhofleben herausstieß.

Also waren wir über die Jahre zusammengeblieben. Jetzt ist unsere Tochter erwachsen. Sie lebte schon seit einiger Zeit in England, wo sie irgendwas mit Kunst machte. Anhand der Facebook-Verlautbarungen gab sie allerdings vor allem Geld aus. Trostkäufe vielleicht, nachdem ihre Verlobung mit jemand Vielversprechendem namens Sir James vorläufig auf Eis gelegt worden war. Und schuld an dieser Katastrophe war ich:

»Wie hätte ich ihm denn das alles erklären sollen, Mama? Das mit dir. Die sind sehr feine Leute und sehr prüde! Die Engländer verstehen keinen Spaß, wenn es um außereheliche Affären geht.«

Das war mir zwar neu, man hörte und las gelegentlich anderes, aber sie klang wirklich verzweifelt. Mit gutem Grund. Ich, ihre Mutter, war nämlich fremdgegangen. Eine peinliche Geschichte, die schon vor Jahren begonnen hatte.

Anlässlich des Todes von Friederike Schmied, die in einer Umkleidekabine erwürgt worden war, während ich als ihre Shoppingberaterin in der Nähe auf sie wartete, hatte ich den Ettlinger Kripokommissar Hagen Hayden kennengelernt, der mit seinem dreisten Machogehabe und seinem unfeinen Faible für die Unterschicht so ziemlich der diametrale Gegensatz zu meinem glatten Managerehemann war. Ich hatte mich wider alle Vernunft in ihn verliebt und dieser Liebe nachgegeben, was kein gutes Ende genommen hatte.

Dennoch hatten meine beiden so unterschiedlichen Männer jetzt etwas gemeinsam.

Sie hatten mich nämlich alle beide verlassen, und zwar als Folge meines etwas tollpatschigen Eingreifens im Mordfall der Marianne Mandel, einer in Schönheit verwelkten Verlegerin, die erschlagen in einem alten Mühlenturm herumgelegen hatte.

Zuerst hatte Hagen mich des Vertrauensbruchs bezichtigt, da ich hinter seinem Rücken auf Mördersuche gegangen war, und danach war mein Mann hinter die Affäre mit Hagen gekommen und hatte sich ebenfalls von mir getrennt.

Da wir einen – für mich unvorteilhaften – Ehevertrag hatten und mein Gatte als Steueranwalt der Reichen und der Mächtigen ein Meister im Verbuddeln von Geldern und Vermögenswerten war, blieb mir außer Schmuck, Pelzen und jeder Menge teurer Klamotten ein durchaus eher überschaubares eigenes Konto, ein Auto, eine kleine, leider vermietete Immobilie in Karlsruhe, in die ich deshalb nicht einziehen konnte, sowie etliche andere Besitztümer, die mehr hübsch als praktisch waren. Zu alledem die trübe Aussicht auf einen langen, zähen Scheidungskampf.

Da unsere Tochter erwachsen und ich noch nicht alt genug war, sagte seit Neuestem ein für reiche Ehefrauen höchst unfreundliches Gesetz, es sei mir zuzumuten, für meinen weiteren Lebensunterhalt allein aufzukommen.

Im Normalfall können sich Romanheldinnen nun auf ihre Liebhaber stützen, die sich lange genug vergeblich nach ihnen verzehrt haben, aber Hagen, typisch für seine kleinbürgerliche Herkunft, war im Grunde ein Geizhals, und außerdem wollte er sowieso nichts mehr von mir wissen. »Das war's, Swentja! Ich habe einfach genug von deinen Alleingängen. Mädchen, ich bin ein Bulle. Und ständig fährt mir meine Freundin in die Parade. So wirst du in meinen Kreisen schnell zur Witzfigur.«

So stand ich nun also da: ohne Putzfrau, ohne Villa und ohne Zugriff auf ein Riesenvermögen im Rücken, das mir immer geholfen hatte, aufrecht zu gehen und auf die armen Wichte herunterzugucken, die von einem Gehaltszettel abhängig waren. Nun, mein Hochmut war mir aber glücklicherweise geblieben.

Der Herr Geliebte wollte sich trennen! Also gut, sollte er haben. Der Herr Gatte wollte sich trennen. Noch besser.

Vielleicht war es ein Fehler, aber ich war sofort stolz erhobenen Hauptes aus Hagens Leben und gleichzeitig aus unserer eleganten ehelichen Villa am Ettlinger Vogelsang verschwunden. Mit mir drei Louis-Vuitton-Koffer mit dem Allernötigsten, zwei Beautycases sowie meine erfreulich schwere Schmuckschatulle und zwei Ordner mit Unterlagen, Banksachen und Sparbüchern.

Vorübergehend war ich in der Nähe von Moosbronn bei meiner Freundin Marlies Rubenhöfer, dem weiblichen Watson in meiner Detektivkarriere, in ihrem Haus auf der luftigen Höhe oberhalb von Ettlingen untergekommen. Marlies, verheiratet, zwei nervige Kinder, schlechter Kleidergeschmack, zehn Kilo zu viel, aber gutartig und aufgeweckt, war mir in den zurückliegenden Fällen Assistentin und Ratgeberin gewesen.

So weit, zunächst einmal so gut.

Doch Marlies' pflegebedürftige Mutter stand in den Startlöchern, vielmehr saß sie mit gelockerter Bremse im Rollstuhl, um bei ihr in die Gästewohnung einzuziehen und sich pflegen zu lassen.

Mein Seelenzustand war nicht der beste, denn ich fühlte mich allein und ohne Netz und doppelten Boden in einem fremden Leben angekommen.

Mein Mann fehlte mir als Sicherheit, und Hagen fehlte mir als Liebhaber, aber auch mit seinem frechen Humor, seinem Widerspruchsgeist und mit seiner warmherzigen Sorge um mich.

Marlies tat ihr Bestes, um mich aufzuheitern, während mich ihr Mann, anstatt bewundernd nur abwesend und genervt betrachtete. Wenn wir alle zusammen irgendwohin fuhren, zum Kaffee oder zum Essen, so wie gestern zur Schwanner Warte mit dem herrlichen Blick über den welligen Nordschwarzwald, so saß ich hinten im Auto, bei den Kindern. Mehr als alles andere machte mir dies meine veränderte Stellung in der Welt deutlich. Kein Mann mehr, der mich neben sich drapierte, um mit mir anzugeben.

Doch schlimmer noch war die Kaffeetafel mit meinen ehemaligen Freundinnen und Bekannten, die Marlies mir zuliebe gab und von der man hoffte, es werde für meine etwas missliche Lage Unterstützung angeboten.

Woher hätte sie auch wissen sollen, dass diese harmlose Einladung der Beginn eines weiteren mörderischen Abenteuers werden würde?

Man schrieb April, und nach einem ohnehin sehr milden Winter war es schon erstaunlich heiß.

Marlies reichte auf ihrer Terrasse eisgekühlten Minzetee und niedlich verzierte Muffins.

Sie stammten von der neuen Geheimtipp-Konditorei auf

dem Thomashof, einem winzigen Örtchen auf der frischen Hochebene oberhalb von Durlach. Das Lädchen selbst bestand fast nur aus Brettern und war eigentlich ziemlich primitiv, aber die Zeitschrift »Der Feinschmecker« hatte es ausgezeichnet, und deshalb kaufte »man« dort ein.

So dachten wir, die Frauen in unseren Kreisen. Wir dachten in Namen, in Labels, in Auszeichnungen und in Schablonen. Und wir fühlten uns wohl damit, weil uns niemand sagte, dass wir eigentlich einfach nur oberflächlich waren.

Zu dem heutigen Anlass trug ich eine Hose und eine Nachmittagsjacke von Luisa Cerano in Schwarz und Grautönen. Darunter eine weiße Bluse von Marc Cain mit breiten Aufschlägen. Understatement pur also. Kein Schmuck, nur meine kleinen Saphirperlenohrringelchen, die durch den kleinen Pferdeschwanz besonders zur Geltung kamen. Zartes Make-up. Nude. Ich gab also das moralisch gereifte, immer noch jugendliche Veilchen und nicht die grelle Sünderin.

Eingeladen waren Mo (Arztgattin; Mann Urologe), Manu (Mann stellte irgendwas her und verkaufte es im Internet), Gitte Vonundzurbrücke (Chefarztfrau; Rehaklinik; Mann viel älter als sie; er hieß Kraus, deshalb hatte sie ihren Namen behalten) und eine gewisse Petra (Immobilienkauffrau und glückliche Witwe).

»Ach, du bist auch da. Und wie geht's dir, Swentja? Kommst du zurecht?«, erkundigte sich Manu, fast beleidigt, dass einer von uns so etwas Unbehagliches, wie beim Fremdgehen ertappt zu werden, zugestoßen war und dass sie es auch noch überlebt hatte.

Es klang außerdem sowieso nicht so, als sei sie wirklich an meinem Wohlergehen interessiert. Eher, als überlege sie, ob es ihr schaden könne, dass sie die gleiche unsittliche Luft atmete wie ich.

Und diese Frau hatte früher darum gebuhlt, auf meiner A-Gästeliste zu landen! Sie hatte keine Chance gehabt. Von C nach A, das ist ein verdammt langer Weg!

Jetzt klang sie herablassend: »Ja, das ist nicht leicht für dich jetzt, gell. Ich sage zu Horst, komm, wir laden die Swentja mal ein, aber er und dein Mann, na ja, du weißt ja, wie die Männer sind ... Aber wir beide können uns auf alle Fälle ab und zu treffen, Swentja.«

Alle schmunzelten ironisch, als wollten sie sagen, dass ich angesichts meines Fehltritts nun weiß Gott wusste, wie die Männer sind! Dabei gingen sie selbst fast alle fremd.

Im Urlaub oder nach Wohltätigkeitsbällen, wenn sie allein nach Hause schwankten, weil der Mann mal wieder keine Zeit zum Tanzen gehabt hatte. In der Kur oder mit dem Zahnarzt. Die Affäre mit dem Tennislehrer, meist jung und seinerseits mit einem hübschen, aber einfachen Mädel verheiratet, war zwar ein gängiges Klischee, aber nach Golfturnieren konnte es durchaus rundgehen.

Nur ich hatte mich dummerweise erwischen lassen. Und noch dazu mit einem Mann von der falschen Seite der Straße.

»Wir haben dich beim Tennis-Treff in Rüppurr drüben vermisst«, sagte Gitte angelegentlich, doch ich konnte mir nicht vorstellen, dass sie mich wirklich vermisst hatte.

Die lebenslustige Gitte, die angeblich – so verriet der prätentiöse Name – meilenweit mit irgendwelchen dubiosen baltischen Adeligen verwandt war, sägte schon seit Jahren vergeblich an meinem Schönheitsköniginnenthron. Sie selbst sah nicht schlecht aus, mal blond, mal braun, wirklich schicke Kurzhaarfrisur, schmal, ganz hübsches Gesichtchen. Ihr erfolgreicher Mann war dagegen eine Witzfigur. Klein gewachsen, kahl und mager hüpfte er stets wie ein Gnom um sie herum.

»Wann war das denn?«

Eigentlich hatte ich so etwas Verräterisches gar nicht fragen wollen.

»Letzten Samstag ... Ich dachte noch: Seltsam, die Swentja war doch immer dabei.« Sie tat jetzt so, als hätte sie sich gewundert.

Ich war nicht eingeladen gewesen, und alle wussten es spätestens jetzt.

Ich war gesellschaftlich out.

Tot.

Auch ohne solche unerfreulichen Vorkommnisse wurde es immer deutlicher. Ewig konnte ich nicht bei Marlies bleiben.

Ich ertappte mich dabei, wie ich morgens horchte, ob alle das Haus verlassen hatten, und dann erst begab ich mich aus dem Gästetrakt im Keller nach oben, um mit Marlies den altvertrauten Kaffee zu trinken. Wie oft hatten wir das früher gemacht. Doch jetzt war alles anders.

Wir munkelten nicht mehr lustvoll über meine Liebesaffäre mit dem Ettlinger Kripokommissar Hagen Hayden, die in keiner Weise meine Ehe ernsthaft gefährdet hatte, sondern höchstens eine Frage des Geschmacks und der Moral gewesen war, sondern sprachen jetzt ratlos über meine Zukunft ohne meinen Mann und ohne Hagen.

Und diese Zukunft lag einigermaßen im Dunkeln.

Marlies mahnte: »Nimm dir von den Brötchen. Du musst mehr essen. Du hast abgenommen.«

»Mir schmeckt nichts.«

»Glückliche.«

»Das meinst du nicht wirklich.«

»Nein. Also, dein Geld reicht auf alle Fälle für eine Wohnung«, stellte Marlies trüb fest. Sie war nicht schadenfroh. Sie war einfach nur eine gute Freundin.

»Ja, natürlich, aber was soll ich in einer kleinen Wohnung in Sichtweite meines früheren Zuhauses? Soll ich warten, bis einer von beiden Herren es nicht mehr aushält und nach mir ruft?«

»Um Gottes willen, gib nicht die Effi Briest. Sei mutig. Du könntest von Ettlingen weg nach Karlsruhe ziehen. Oder ihr habt doch diese Ferienimmobilien. Beispielsweise in Basel. Dorthin hast du dich doch nach dem Mord am Rhein auch zurückgezogen.«

»Tageweise, ja! Was sollte ich als Deutsche in Basel? Die mögen dich nur, wenn du Euros ausgibst und dann wieder verschwindest. Und nach Karlsruhe? Ach, Marlies, du weißt, dass die gesellschaftlichen Kreise von Ettlingen und Karlsruhe sich andauernd überschneiden. Ich würde solchen Nattern wie dieser Gitte Von-der-Irgendwas andauernd begegnen. Diese

Frau hat doch massenhaft Zeit, nur einen einzigen einfältigen Sohn und taucht überall und nirgends auf. Und noch schlimmer: Irgendwann wird mein Mann eine andere Frau haben. Männer bleiben niemals lange allein. Soll ich bei einer Vernissage Schulter an Schulter mit der neuen Frau Tobler stehen? Wer weiß, vielleicht bedient sie sich an meinen Parfüms im Badezimmer. Soll ich neben einer Frau stehen, die riecht wie ich?«

»Und Hagen ...«

Von meinem Mann konnte ich fast ohne Gefühle sprechen, doch allein nur die Erwähnung des Namens Hagen schmerzte. Der Gedanke an ihn, die Erinnerung an seinen Geruch, seine schamlosen Berührungen, den herausfordernden Blick seiner Augen, zog mir das Herz zu einer pochenden Kugel zusammen.

Ich hatte Hagen verloren, weil ich meine Finger nicht von einem Mordfall lassen konnte. Weil ich ihm unbedingt beweisen wollte, dass ich mehr war als nur ein sprechendes Modepüppchen. Warum eigentlich?

Nie wieder würde ich mich auf Mord und Totschlag einlassen. Nie wieder!

»Vielleicht wäre ein Neuanfang wirklich nicht schlecht«, sann Marlies und schenkte mir Kaffee nach. »Nicht zu weit weg, aber auch nicht direkt hier, wo du immer wieder über Leute aus bekannten Kreisen stolperst. Stuttgart? Frankfurt?«

Ich fühlte, wie mir kalter Schweiß auf die Stirn trat. Ganz fremde Städte. Großstädte. Ich sah mich abends allein auf der Zeil umherirren. Sah, wie sich feixende Männer und mitleidige Ehefrauen nach mir umdrehten.

»Anonym. Und zu teuer.«

Marlies schmunzelte. »Du bist ja nicht gerade mittellos. Ich meine es nicht böse, Swentja, aber dass ich aus deinem Munde mal das Wort ›zu teuer‹ höre, hätte ich niemals geglaubt.«

Ich auch nicht. Als das hübsche verhätschelte Einzelkind eines begehrten schwedischen Zahnarztes und einer liebevollen italienischen *Mamma* war ich von Anfang an mit zwei goldenen Löffeln im Mund aufgewachsen.

Nicht nur Männer umwarben mich zeitlebens, sondern,

was wichtiger ist: Leute! Das übersehen die meisten dummen hübschen Mädchen: Es ist wichtig, dass du auch von anderen Frauen gemocht wirst. Denn sie sind alle kleine Schlüssel, die auf das große Schloss, gesellschaftlicher Erfolg genannt, passen.

Geheiratet hatte ich dann zum richtigen Zeitpunkt: reich, klug und überlegt, und so hatte ich auch gelebt.

Bis ich in zwei Mordfälle getappt war und Hagen kennengelernt hatte. Da hatte die Lust über die Vernunft gesiegt. Der Anfang vom Ende meines süßen Lebens.

»Ich weiß nicht. Auf alle Fälle kann ich nicht hierbleiben. In deiner Einliegerwohnung. Ich brauche eine eigene Wohnung.«

Das würde nicht einfach sein. Seit damals, als ich ein Liebesnest für mich und Hagen gesucht hatte und bei der Jagd auf schöne Möbel über die Leiche in einer Truhe gestolpert war, wusste ich noch, dass Vermieter Studenten mit Elternbürgschaft den Vorzug vor getrennt lebenden Frauen ohne Job gaben.

Marlies schien meine Gedanken, wie so oft, erraten zu haben. Die etwas ungeschlachte, schlecht gekleidete Marlies. Jetzt hatte sie mir etwas voraus: ihren Mann und ihre Kinder. Ihren Hund, ihr Haus, ihren Freundeskreis, ihre Verwandtschaft, ihren Garten, ihren Club und nachts das wohlige Gefühl, dass im Haus Leute atmeten, die zu ihr gehörten.

»Es wird nicht einfach sein«, bestätigte Marlies meine Befürchtungen. »Aber wir finden eine Lösung. Iss jetzt. Du bist zu dünn.«

Sie hatte recht. Lustlos biss ich in das Brötchen und wunderte mich eigentlich nicht, dass es schon wieder schmeckte wie Papier.

★★★

»Ich habe eine gute Nachricht für dich, Swentja!«

Ausgerechnet Gitte Vonundzurbrücke, die mich bestimmt nicht ausstehen konnte, rief mich mit mitleidigem Ton auf dem Handy an.

Ich erinnerte mich rasch, dass sie sehr, sehr hässliche Knie besaß, die Dinger sahen aus wie Blumenkohl, und das gab mir die Kraft für eine kühle Rückfrage.

»Und die wäre? Ziehst du aus Mittelbaden fort? Das ist die einzige gute Nachricht, die ich mir vorstellen kann.«

Gitte lachte das glockenhelle, gutmütige Lachen der Siegerin. »Oh, nein. *Ich* bin ja keine Persona non grata. *Du* ziehst fort!«

»Wie meinst du das?«

»Swentja, ich habe eine Wohnung für dich *und* einen Job.«

Das war so, als legte dein Henker kurz das Fallbeil zur Seite und böte dir ein Halstuch an, damit du dich nicht erkältest.

»Wie bitte? Wie kommst du denn dazu?«

Wieder lachte sie. »Oh, Swentja. Es ist doch ganz einfach. Du bist hier in Ettlingen eine Unperson. Zumindest für eine Weile. Dein Mann leidet, wenn er dich sieht, du leidest, wenn du deinen Kripomenschen siehst, und deine Freundinnen wollen zunächst mal abwarten, wie du dich entwickelst. Du musst fort. Nicht zu weit. Man weiß ja nie. Vielleicht renkt sich die Sache wieder ein. Das wäre dann natürlich Pech für mich, die ich dich gesellschaftlich beerben will.« Helles Lachen.

»Wieso leidet mein Mann?«

»Ich glaube, er hatte dich trotz allem auf seine Weise gern.«

Ich schwieg betroffen. Über die Gefühle meines Mannes mich betreffend hatte ich mir niemals viele Gedanken gemacht.

»Also. Was ich hätte, ist eine kleine, aber hübsche Wohnung bei einem entfernt bekannten Ehepaar im Haus. Familie Nicoletto. Ich kenne sie von früher. Paul Nicoletto war mal Ingenieur bei einer Weltfirma, die irgendwelche Maschinen für den Brückenbau hergestellt hat. Interessanter Mann. Bisschen älter schon, aber gut aussehend und sehr gebildet. Sie war immer Hausfrau. Aber irgendwie funktioniert es anscheinend mit den beiden. Na ja, man steckt nicht drin.«

»Und welche Stadt«, brachte ich hervor, »hast du für mich als Exil vorgesehen?«

»Pforzheim.«

»Was?«

»Pforzheim!«

»Um Gottes willen! Dieses hässliche Nest?«

Das war natürlich ein ungerechtes Urteil, denn Pforzheim

ist kein Nest, sondern eine richtige Stadt mit bestimmt mehr als hunderttausend Einwohnern. Man passiert sie auf dem Weg nach Stuttgart, und ihr Name taucht häufig in den Verkehrsnachrichten auf.

Allerdings war Pforzheim kein wirklicher Hotspot auf unserer gesellschaftlichen Landkarte, auch wenn sich beim Golf, Bridge oder Tennis manchmal jemand aus der Goldstadt einfand. Und obwohl sie beim Pferderennen in Iffezheim, beim Oldtimertreff in Baden-Baden oder beim Opernball in Karlsruhe auftauchten, luden die Pforzheimer ihrerseits niemals zu einem interessanten Event bei sich zu Hause ein. Anscheinend gab es keines. Es war, als kämen sie aus Bruchsal oder Bretten – urbanes Nirgendwo.

»Pforzheim ist nicht so übel. Schmuckstadt. Goldstadt. Haben jetzt irgendein innovatives Kreativzentrum. Und in ihrem Gasometer kann man die Stadt Rom besichtigen. Wenn man will! Und sie haben ein großes Krankenhaus. Es gibt also durchaus ein paar wohlhabende Leutchen dort.«

Schon das eine Wort sprach Bände: »Ein Krankenhaus ist keine touristische Empfehlung, Gitte, und ich will nicht wohnen, wo *Leutchen* wohnen.«

»Nimm das nicht wörtlich. Dieses Ehepaar, bei dem du unterkommen könntest, verfügt über eine sehr hübsche Einliegerwohnung mit eigenem Eingang und kleinem Gartenanteil. Sie kennen sehr viele nette Leu… Menschen, und einen Job hätte ich vielleicht auch für dich.«

Ich schluckte.

Ausgerechnet Gitte!

Gitte, die früher meinen Stil allzu eifrig kopiert hatte, weil sie keinen eigenen hatte. Ihr Mann unansehnlich und langweilig. Ihr rechtschreibschwacher Sohn hatte das Gymnasium nicht geschafft und war in die Pfalz auf ein dubioses Institut geschickt worden, damit er überhaupt irgendeinen Abschluss zustande brachte. »Inzucht aus dem Albtal«, hatte mein Mann immer abwertend gesagt. »Wenn da einer doof ist, sind es die folgenden Generationen auch gleich mit.«

Und genau diese Gitte trat jetzt als meine scheinbare Wohltäterin auf. Die Frage nach dem Warum stand unvermeidbar im Raum.

»Warum machst du das alles für mich, Gitte? Du konntest mich doch niemals leiden. Oder irre ich mich da?«

Glockenhelles Lachen.

»Ich kann dich immer noch nicht leiden, Swentja. Doch ich tue es aus zwei noblen Gründen: Erstens will ich dich loswerden. Zweitens weiß man nie, was aus dir noch wird. Vielleicht tauchst du wie Phönix aus der Asche wieder in der feinen Gesellschaft auf, und dann wirst du dich an mich erinnern und mir dankbar sein.«

Ich hielt die Luft an. Zumindest war sie ehrlich.

»Was für ein Job? Ich ...« Nun konnte ich auch ehrlich sein, denn sie wusste es ja sowieso. »Ich kann eigentlich nichts.«

»Oh, das weiß ich. Wir können eigentlich alle nicht besonders viel, oder? In unseren Kreisen, meine ich. Die jüngeren Frauen unter uns sind natürlich ein bisschen anders. Ärztinnen, Innenarchitektinnen. Stundenweise natürlich nur, wegen den Kindern und dem großen Haus und den Verpflichtungen. Nein, nein, das, was ich für dich im Auge habe, das liegt dir geradezu im Blut.«

»Als Stilberaterin möchte ich momentan eigentlich nicht tätig werden«, sagte ich kühl. »Da waren meine Erfahrungen bekanntlich nicht die besten.«

»Stimmt. Dieser Job hat die arme Friederike Schmied damals ihr langweiliges Leben gekostet. Nein, es handelt sich um die Tätigkeit einer Gesellschaftsdame in einem Seniorenheim, einem gehobenen Seniorenheim, einem *sehr* gehobenen Seniorenwohnheim. Ein Altersheim für erste Kreise. Sie suchen schon eine geraume Weile nach einer passenden Person. Man nimmt dort nicht jede. Ich weiß es, denn ich bin dort regelmäßig ehrenamtlich tätig.«

»Ehrenamtlich? Du?«

»Ja. Ich betreue eine ganz reizende alte Dame, die allerdings nichts spricht und nichts mehr tut. Sie sitzt nur da, die Arme. Aber die anderen Bewohner – man nennt sie dort Gäste – sind besser in Schuss. Alles feine Damen und Herren aus der besten Gesellschaft. Alter Adel. Von der Freifrau bis zur Prinzessin. Und wer wäre eine bessere Gesellschaftsdame für die feine Gesellschaft als du? Es ist übrigens eine Halbtagtätigkeit.« Anzüglich setzte sie hinzu: »Du hast also ausreichend Zeit für andere ... Hobbys.«

Beggars are no choosers, und meine italienischen Vorfahren haben mir eins mit auf den Weg gegeben: abwarten zu können, bis ich wieder an der Reihe bin.

Aber auch den Gedanken an Rache hatten sie mir vererbt. *Vendetta*. Eines Tages. Wenn sie mich nur vorführte oder reinlegte, würde ich es ihr nicht vergessen. Doch zunächst galt die Unschuldsvermutung.

Wir vereinbarten jedenfalls einen Termin, um Wohnung und Tätigkeit genauer anzuschauen.

»Wohin willst du umziehen?«, rief meine in England lebende Tochter entsetzt am Telefon. »Nach Pforzheim? Was kann man denn da überhaupt machen? Weiß Papa davon?«

»Nein, aber ich werde es ihm sagen. Er muss ja wissen, wohin er meinen Trennungsunterhalt überweisen soll.«

»Das erlaubt er niemals. Dass du nach *Pforzheim* zu irgendwelchen Leuten ziehst und arbeiten gehst.«

Meine Güte, was hatte ich denn da großgezogen?

»Dein Vater hat mir gar nichts zu erlauben.«

»Du ziehst mit deinem Liebhaber zusammen! Gib es wenigstens zu. Mein Exverlobter war vollkommen entsetzt. Wir konnten es seinen Leuten gar nicht sagen. Sie wären so *shocked* gewesen. Sie legen Wert auf gute und saubere Stammbäume.« Weinerlich: »Im Moment sehen wir uns nicht. Er will sich alles noch mal überlegen und mit dem Familienanwalt besprechen. Und mit dem Familiengenealogen. Mein Gott, ich bin so unglücklich.«

»Stell dich nicht so an. Ich habe schließlich keinen Liebhaber mehr und außerdem: Warum will *er*, dein feiner Verlobter, es sich überlegen? Was haben ein Anwalt und ein Ahnenforscher damit zu tun, wenn zwei junge Leute es miteinander treiben wollen? Überlege doch *du* es dir. Einen solchen Snob würde ich sowieso nicht heiraten. Saubere Stammbäume! Wir leben nicht mehr im 19. Jahrhundert.«

»Ich *will* aber einen Snob heiraten! Er verkehrt in ersten Kreisen. Ich bin deine Tochter, und du hast immer gesagt, das ist wichtig. Das mit den Kreisen und die Sache mit dem Geld.«

Tatsächlich. Das hatte ich ihr gesagt. Und eigentlich stimmte es ja auch.

»Ach, Kind. Da hast du natürlich recht. Aber bewahre Ruhe: Wenn du alles richtig gemacht hast, kommt der bestimmt wieder.«

Kleine Pause. Dann mit dünnem Stimmchen: »Deiner auch, Mama.«

Ich konnte meiner Tochter diese Fehleinschätzung nicht übel nehmen. Sie kannte Hagen eben nicht. Hagen, der brutal konsequent war.

Hagen würde nicht wiederkommen.

★★★

Das Haus, in das ich als Mieterin einziehen würde, lag am Hang in der Nähe des Pforzheimer Hauptfriedhofs in einer kleinen, ruhigen Seitenstraße.

Im Grunde handelte es sich um großzügige Reihenhäuser, die verschachtelt aneinanderhingen. Kleine Gärten, Terrassen, Balkone und die von Haus zu Haus ganz unterschiedliche Bauweise sorgten aber dafür, dass das Ganze eher südländisch heiter und nicht spießig wirkte.

Gitte pries die Wohnlage, als habe sie die Häuser dort zu verkaufen: »In die Stadt ist es nicht weit. Du kannst hier diese Staffeln hinunterlaufen und bist schon in der Fußgängerzone.«

»Was soll ich da?«

»Einkaufen, was sonst?«, entgegnete Gitte fröhlich und strich das lockige, seit Neuestem kupferfarben getönte Haar zurecht. Es stand ihr ganz gut.

Gittes Bekannte, das Ehepaar Paul und Irmentraud Nicoletto,

empfingen uns zwar außerordentlich freundlich mit Kaffee und selbst gebackenem Kuchen, doch spürte ich mehr, als dass ich es sah, wie mich Frau Nicoletto etwas besorgt von der Seite ansah, als sei ich ein Bakterium. Was um Himmels willen mochte ihr Gitte von mir erzählt haben?

»Sind Sie Italiener?«, erkundigte ich mich in einer Gesprächspause bei meinem Gastgeber. Er war ein sehr großer, sehr stattlicher Mann mit graublauen nordischen Augen und braunen Locken, einer mächtigen Nase, einem großen breiten Mund und einem intelligenten Gesichtsausdruck.

»Ganz, ganz stark verdünntes Blut. Ein weit entfernter Vorfahr kam aus Italien. Ein sogenannter Brigand, der zusammen mit anderen Landsleuten geholfen hat, das Karlsruher Schloss zu bauen. Hinterlassen hat er mir nicht die Spur italienisches Aussehen, dafür aber zumindest den interessanten Namen.«

»Frau Tobler hat sogar eine italienische Mutter!«, erläuterte Gitte zufrieden, als sei sie eine professionelle Heiratsvermittlerin.

Ich betrachtete sie und überlegte mir, warum ich ihr eigentlich bei allem ein schlechtes Motiv unterstellte. Vielleicht war ich ungerecht. Vielleicht aber auch nicht.

Besorgt nickte Frau Nicoletto, eine mittelgroße, wohlproportionierte, aber dennoch etwas rundliche Frau, mit dem erstaunlich sorgfältig frisierten Kopf und sah von mir zu ihrem Mann.

Mir schien, sie hatte wenig eigenes Selbstbewusstsein, und ich konnte wetten, sie fürchtete schon ihr ganzes Eheleben lang um die Treue ihres Gatten.

Dabei sprach er mit viel Wärme von seinen beiden Kindern, von den insgesamt sechs Enkelkindern und den gemeinsamen Urlauben. Paul Nicoletto hatte einen gutmütigen badischen Tonfall, und doch schwang in seinen Worten bei aller familiären Zuneigung etwas undefinierbar Resigniertes und Abgeklärtes mit.

Nach der langweiligen Kaffeestunde besichtigten wir die Wohnung, die mir als Exilwohnsitz zugedacht war. Ich sah mich kaum darin um. Wozu auch? Ich hatte sowieso keine Alternative.

Erster Eindruck: freundlich, sauber. Zugang zu der unteren

Terrasse, schönes Bad. Zwei Zimmer, frisch renoviert. Es hätte schlimmer kommen können, und doch war es der größte Absturz, den ich mir vorstellen konnte. So hatten bisher meine Zugehfrauen gewohnt.

»Sie können gerne gleich einziehen«, verkündete Paul Nicoletto freundlich und beinahe ein wenig väterlich. Er betrachtete mich mit sichtlichem Wohlgefallen. »Es tut uns gut, ein wenig Glanz und Jugend in unserer Hütte zu haben.«

Frau Nicoletto neben mir wurde steif und schien von dieser Bemerkung wenig begeistert, zumal wir etwa im gleichen Alter waren. Doch sie musste sich keine Sorgen machen. Ihr Mann, obwohl attraktiv auf seine Weise, war ein konservativer, etwas kerniger Badener und bestimmt kein notorischer Frauenschmeichler.

Nur: Er war halt in der Welt unterwegs gewesen und sie nicht. Sie buk vielleicht den besten Apfelkuchen der Stadt, doch sie reizte ihn außerhalb der Küche nicht mehr. Er kannte alles von ihr. Er kannte zu *viel* von ihr.

Gitte musterte mich zufrieden. »Zu deiner künftigen Arbeitsstätte gehen wir, wenn du dich eingerichtet hast.«

In mir keimte der Verdacht, dass Gitte meine Sanierung aus dem gleichen Grund betrieb wie ich seinerzeit die Mördersuche, nämlich aus gesellschaftlicher Langeweile.

Viel später erst sollte ich die tödliche Wahrheit erkennen. Aber da hatte ich mich schon in dem Netz verfangen, das jemand über ein scheinbares Idyll geworfen hatte.

Hatte ich mir mein neues Zuhause nur flüchtig angesehen, so war eines jetzt schon klar: Ich würde den Inhalt meines Kleiderschranks um ein Vielfaches reduzieren müssen.

Ich suchte mir einen Tag aus, an dem mein Mann ganz bestimmt nicht zu Hause war, schnappte mir einen geräumigen Hartschalenkoffer und betrat zuerst mein ehemaliges Zuhause und dann mit Wehmut mein früheres Ankleidezimmer, von meinen Freundinnen immer der »Tempel der Hohepriesterin« genannt.

Marlies hatte mich nach Hause begleitet, falls es zu einer unerfreulichen Begegnung mit meinem Mann kommen sollte. Zufrieden hatten wir jedoch festgestellt, dass er sich nicht einmal die Mühe gemacht hatte, die Schlösser an den Türen zu wechseln.

Taktvoll ließ Marlies mich allein und setzte sich auf die sonnenbeschienene Terrasse, auf der wir so oft die Stunden verplaudert hatten. Ein schöner Frühling, fast schon so tropisch wie der badische Sommer.

Der Himmel starrte mit einem aggressiven Blau auf uns herab, die Pflanzen blühten in einer Explosion von Farben. Was hätten Hagen und ich in diesem Sommer alles erleben können! Warum hatte ich mich nicht rechtzeitig für ihn, und nur für ihn, entschieden?

Im Haus war es leer, sauber, fast steril, und es roch nach frischer Farbe. Unsere Katze Komtessa war wohl verschwunden, seit ich ausgezogen war. Da sie das Produkt meiner Erziehung, also ein egozentrisches Weib war, konnte man sicher sein, dass sie sich in der Nachbarschaft längst etwas solidere Verhältnisse ausgesucht hatte. Trotzdem machte mich der Gedanke an sie traurig. Ich versuchte, mich auf meinen Kleiderschrank zu konzentrieren und mich daran zu erinnern, was ich jemals zum Thema »Basics« gelesen hatte. Deshalb wusste ich genau, was ich wollte.

Die teuren Angebersachen würde ich zunächst hierlassen und als Grün-Braun-Typ mit blondem Haar und dunklen Augen nur klassische Stücke aus den Farbfamilien von Beige, Weiß, Schwarz und Braun sowie zwei Paar schwarze Hosen mitnehmen.

Das sündhaft teure, eng anliegende Kleid von Gaultier, für das ich seinerzeit zweitausendzweihundert Euro ausgegeben hatte, musste allerdings mit in mein neues Leben. Beige-rot-braun mit kleinen aufgestickten Blümchen in den gleichen Farben, war es jeden Cent wert und verwandelte seine Trägerin unverzüglich in eine Prinzessin.

Eine bügelfreie, schnell trocknende schwarze und eine weiße Bluse vom Basic-Zauberer Marc Cain. Eine schwarze und eine beigefarbene Strickjacke, eine dezent bunte, etwas rustikale Jacke aus einem Designerladen in Heidelberg für jene Ausflüge in der Zukunft, von denen ich heute noch nicht wusste, wohin sie führen würden. Eine schöne Jeans von Mankind.

Ein paar lange Teile, schmeichelhaft zu engen Hosen, natürlich verschiedene T-Shirts, aber nur ein einziger edler Pullover von Sportalm. Die sandfarbene Kaschmirstrickjacke aus dem Laden in Baden-Baden, der nachweislich in Schottland weben lässt, musste mit und natürlich jener Blazer von Dior, der alles veredelte, was darunter hervorlugte, und sei es nur ein Unterhemdchen mit Spitzenbesatz.

Der schwarze Rock mit Spitzenbesatz, auch von Dior, gehörte in mein neues Leben, aber auch Jogginghosen und eine Sportweste, falls ich als Berufstätige zum Joggen noch die Kraft haben sollte. Keine Ahnung. Ich war noch nie berufstätig gewesen. An meine Beine und Füße kommen mir nur Socken und Strümpfe von Wolford und an meinen Körper nur jene Unterwäsche von Mey, die mit Milchfasern verarbeitet ist.

»Luxustussi!«, grinste Marlies von der Tür her. Sie deutete auf ihre Uhr.

»Fast fertig. Noch Kosmetik. Wenig Schmuck, nur ein einziger Schal.«

Sie seufzte. Ich überlegte.

Das war alles.

Ende einer Ära.

Endlich noch meine geliebte Kellybag, mit der ich mich am liebsten begraben lassen würde und die im Unterschied zu mir mit dem Alter an Wert gewann.

Ohne Bedauern und ohne mich umzusehen, verließen Marlies und ich das Haus, in dem ich auch nur ein Schmuckstück gewesen war – nicht mehr.

Und ich startete mit diesem weiteren und endgültig letzten Koffer in mein neues Leben.

Swentja tritt eine Stelle an

Man sollte meinen, dass ein Seniorenstift, das ursprünglich einmal für adelige und extrem feine Damen gedacht gewesen war, Fridolinenruh oder Karolinenfrieden hieße oder vielleicht Schloss Auf dem Berg. Doch mein zukünftiger Arbeitsplatz, der in einem Stadtteil namens Dillweißenstein lag, nannte sich mit einem interessanten, doch aussagekräftigen Understatement nur das »SchönLeben«.

Dillweißenstein sei ein stadtnaher und doch ruhiger Ortsteil, mit den Jahrhunderten gewachsen, und beherberge, wenn sie sich nicht täusche, sogar das älteste Haus Pforzheims, und dies seien alles Gründe, um sich dort wohlfühlen zu können, behauptete Gitte im Auto auf der Hinfahrt. Sie klebte an mir wie ein Bodyguard und als wollte sie sichergehen, dass ich auch wirklich und endgültig hinter den sieben Bergen und in Pforzheim verschwände.

Dann folgten ausführliche, wenn auch schwammige Erklärungen:

Die Begründerin des Hauses sei eine adelige Dame namens Letizia von Schönleben-Kleve gewesen. Verbindungen zu höchsten, ja allerhöchsten Kreisen in einem gewissen Land jenseits des Ärmelkanals, »Diskretion, bitte!«, gab es eindeutig in der mütterlichen Linie, und diese gewissen Verbindungen bestünden durch spätere Einheiraten immer noch, würden jedoch niemals offen ausgesprochen, da das unfein wäre und nach Angeberei aussähe. Gerade in jenem Land jenseits besagten Kanals, »Nein, sag nicht den Namen«, laure die Boulevardpresse auf jede Kleinigkeit, die mit dem Adel heute und sogar gestern zu tun habe, und da sei Diskretion eine Ehrensache.

»Sogar ein Interview mit einer von den alten Damen hier im Hause würde noch ein paar Euros bringen!«, behauptete Gitte. »Das Königshaus ist drüben ein ernst zu nehmender Wirtschaftsfaktor.«

Ich schwieg etwas ratlos, vermutete aber, sie sprach von England. Sie fuhr fort mit ihrer merkwürdigen Geschichtsstunde. Es reiche, wenn man wusste, dass eine von Kleve mit dem englischen König Heinrich VIII. verheiratet gewesen war und sich gewisse Angehörige von ihr am Hof festgehakt hatten. Angehörige, die teilweise wieder nach Deutschland zurückgeheiratet und deren weit ausgebreitete Zweige auch bis nach Baden gereicht hatten. Bestandteile dieser Familiengeschichte fänden sich – wie beim Adel üblich – eben auch in der Linie der heutigen Schönlebens wieder.

Ungläubig lauschte ich dieser Ansammlung von Andeutungen.

»Es ist aber zu kompliziert, einer Bürgerlichen mit linearem Stammbaum dieses fein gesponnene Geflecht zu erklären«, behauptete Gitte Vonundzurbrücke blasiert.

Ich verdrehte die Augen. Von wegen linear. Sie sollte erst mal meine italienische Familie sehen!

»Sowieso historischer Boden, auf dem du hier im Ort läufst«, pries Gitte mein neues Lebensabschnittszuhause unverdrossen. »Da oben, auf dem Bergsporn, ja, da über der Nagold, ist die Kräheneck, die schon im 11. Jahrhundert von den Herren von Kräheneck erbaut wurde. Es gibt noch eine Burg Rabeneck, aber das ist heute eine Jugendherberge. Du siehst also – alles durchaus romantisch und sehr historisch.«

»Wunderbar.« Meine Begeisterung hielt sich in Grenzen. Dorfromantik und alte Burgen waren noch nie meine Welt gewesen. Ich gedeihe eher in exklusiven, modernen Shoppingmalls.

Das »SchönLeben« war zentral und doch ruhig in einer nach oben kletternden Straße im Ort gelegen und genoss einen schönen Blick auf die umliegenden grünen Hügelzüge.

In keiner Weise entsprach es dem Bild eines düsteren Pflegeheims, in dem verschrobene alte Mädchen abgestellt wurden. Vielmehr präsentierte sich das »SchönLeben« als ein freundlicher u-förmig angelegter Bau, der vielleicht in der Gründerzeit perfekt restauriert worden war. Er wirkte hell und einladend.

»Schau mal, hier kannst du deine Mittagspause verbringen!«, freute sich Gitte und wies auf die Umgebung des Hauses. Ich sah einen ausgedehnten, gepflegten Park mit Statuen, einen mit Schilf bewachsenen See, Brunnen und kleinen Sitzecken.

Dillweißenstein war tatsächlich nicht weit von der Pforzheimer Innenstadt entfernt, und doch war es hier ruhig, fast wie auf dem Lande. Verkehrslärm vernahm man kaum, höchstens ein helles Rauschen schwang ganz von Weitem heran, oder es war, als rattere in der Ferne ein Zug. Die stille Luft wurde erfüllt von Vogelgesang und dem Schaben eines eilfertigen Rechens auf dem Kies der Zufahrtswege.

Ich schaute, wer den Rechen bediente: ein sehr kleiner schwarzhaariger Mann in Hausmeisterkluft, an dessen Armgelenk eine breite vergoldete Kette prangte. Bei unserem Anblick hielt er einen Moment inne und starrte uns unverhohlen neugierig an. Dabei fand ich seinen Blick unangenehm privat. Er schob sich eine Locke aus der Stirn und verzog den Mund.

»Das ist Edgar Buchmann, der Hausmeister«, erläuterte Gitte. »Er und seine Leute sind für die Gartengestaltung und die Technik im Haus zuständig. Von dem Garten versteht er was. Schau, wie geschmackvoll und farbenfroh die Beete sind. Dieses leuchtende Blau. Die Gäste hier sind verwöhnt, was das betrifft. Adelige lieben ihre Hunde und ihre Gärten. Und fast alle hatten früher eigene Gärtner.«

»Ich auch«, sagte ich sachlich.

Gitte lächelte nachsichtig: »Tja, tja.«

Auf dem Türschild, unterhalb eines messingfarbenen Knaufes, stand in geschwungener vergoldeter Schrift »Das SchönLeben«, darunter ein Wappen, das einen Wolf zeigte, der eine Tatze hob und einen imaginären Feind bekämpfte. Im Hintergrund war auf dem Wappen ein Wald erkennbar. Es mochte der Wald um Pforzheim sein, denn davon gab es hier wahrlich genug.

»Die Familie von Schönleben lebt heute in Keltern in einem kleinen Schloss, doch haben sie selbstverständlich Stadtwohnungen in Pforzheim und Stuttgart und ich weiß nicht, wo sonst noch. Die Familie pflegt natürlich einen gehobenen Lebensstil.«

»Klar. Deshalb also der böse Wolf. Eigentlich hätten sie sich aber was Vornehmeres als Familienwappen aussuchen können.«
»Der Wolf ist nun mal ein heraldisches Tier, Swentja.«

Die Tür öffnete sich automatisch, eine kleine marmorne Treppe führte hinauf in einen mit Säulen unterteilten Vorraum, und am Ende wand sich eine große Treppe weiter nach oben.

Auf den ersten Blick herrschte im Inneren des Hauses eine positive Atmosphäre, die mit nahendem Ende oder vor sich hin dösenden Senioren nichts zu tun hatte. Zunächst sah ich sowieso keine alten Leute. Auf den Tischen lagen seriöse Zeitungen und Zeitschriften, irgendwo wartete eine benutzte Tasse Tee darauf, dass sie abgetragen wurde. Ein Schild wies in einen »Salon«, ein anderes ins »Schreibzimmer«, ein weiteres nach oben ins »Lesezimmer«.

Rechts eine Empfangstheke, ähnlich der in einem Hotel, die besetzt war mit einer kleinen Frau mit dicken Backen und einem runden Kopf. Ein Schild vor ihr verkündete: »Sie sprechen mit Frau Haller. Guten Tag! *Bonjour!*«.

Neben Frau Haller stand eine weitere Dame in einem blauen Kostüm mit dem Wappen der Schönlebens am Revers und wies gerade auf irgendein Schriftstück. Dabei sprach sie eifrig auf Frau Haller ein. Beide Damen erschienen wie fleischgewordene Werbung für eine gehobene Sekretariatsschule. Die Kostümdame sah dabei allerdings besonders fein aus, mit einem schmalen, früher sicher hübschen Gesicht und gewelltem braunem Haar.

Jetzt sah sie hoch. »Brigitte, wie schön, Sie auch mal außer der Reihe zu sehen«, freute sie sich mit sanfter Stimme. Es war das erste Mal, dass ich hörte, wie jemand Gitte Brigitte anstatt Gitte nannte.

»Gundrama, Sie sind schon wieder fleißig?«

Gitte und die Frau mit dem etwas eigenartigen Namen lächelten einander auf eine vertraute Weise an, und ich gewann den Eindruck, sie mochten sich wirklich. Unglaublich! Gitte war doch eine Zicke!

»Swentja, das ist Gundrama von Guntershausen, die tüchtige Sekretärin des Chefs.«

Gundramas Händedruck war trocken, ihr Blick aus runden Kirschaugen forschend, aber nicht unfreundlich. Meine Augen wanderten routinemäßig zu ihren Schuhen. Und dort bemerkte ich etwas Erstaunliches.

Ja, ihre Füße steckten immerhin in Peter-Kaiser-Schuhen, ein etwas älteres, solides Modell, doch sie gehörten ihr nicht. Sie waren nämlich zu groß, und sie hatte sie mit Einlagen künstlich kleiner gemacht. Die Einlage am linken Schuh war etwas über die Ferse hinausgerutscht.

Ich registrierte: Gundrama von Guntershausen kannte also Leute, die sich superteure Schuhe leisten konnten und die sie ihr weitergaben, wenn sie nicht mehr ganz neu waren. Man würde sich das merken müssen, denn es war eigenartig. Man weiß nie, wann ein solches Detail plötzlich eine Bedeutung bekommt.

Jedenfalls lächelte Gundrama in alle Richtungen wie ein Scheinwerfer, der jeden mit einem hurtigen freundlichen Strahl bedachte.

»Gehen wir nächste Woche Kaffee trinken, Brigitte? Vielleicht in Bretten? Es ist schön, mal wieder zu klönen.«

Klönen, dachte ich. Gibt's das Wort noch? Mein Gott, die sind ja alle wie aus einem Heimatfilm entstiegen.

»Gerne. Rufen Sie einfach an.« Gitte drückte die Hand der Frau mit dem seltsamen Namen.

Gundrama nickte wieder in alle Richtungen, wisperte Frau Haller geschwind noch etwas zu, wünschte allen alles Gute und entschwand mit eilfertigem Schritt.

Gitte seufzte. »Sie ist eine so nette und pflichtbewusste Person. Uralter Adel. Haben mit den Wettinern zu tun. Bitte nicht fragen! Aber heute leider ziemlich verarmt. Ihre Eltern ... na ja, lassen wir das. Solche Dinge kommen nun mal vor. Jedenfalls sind sie ein sehr stolzes Geschlecht. Ich mag sie sehr gut leiden. Sie ist natürlich ein bisschen einsam.«

»Stolz! Das, was bleibt, wenn sonst nichts mehr da ist«, entgegnete ich kühl.

»Immerhin. Du weißt das selbst ganz gut, nicht wahr, Swentja?«

»Überspann den Bogen nicht, Gitte. Liegt das ›SchönLeben‹ nicht ein bisschen zu abseits für dich? So als Schauplatz für ein Ehrenamt? Gab es in Ettlingen nichts, wo du edel, hilfreich und gut sein konntest?«

»Dies ist keineswegs abgelegen. Mein Mann arbeitet bekanntlich als Arzt in Langensteinbach. Und ich stamme aus Karlsbad. Für mich ist das hier also geradezu Heimatland. Was sind schon ein paar Kilometer mit dem richtigen Auto? Und genau wie du diene ich lieber appetitlichen Menschen aus den besten Kreisen als syrischen Flüchtlingen, die mit Toilettenpapier nichts anfangen können. Oder täusche ich mich da in dir, Swentja? Du hast deinen Wagen doch noch, oder, Swentja?«

»Ich habe *alles* noch, Gitte. Mach dir keine Sorgen.«

Links hinter dem Tresen zweigten zwei helle und breite Gänge ab, die ebenfalls nicht aussahen, als habe man sie für Krückstöcke und Rollstühle gemacht. Keine krankenhaustypischen Handläufe. Keine sterilen Resopalstühle an nackten Tischen, auf denen die »Apotheken-Umschau« oder das »Kirchenblättle« lagen. Überhaupt war schon das Wort Gänge falsch. Es handelte sich um großzügige Flure mit Orientteppichen und Bildern, mit sparsam hingestreuten Antiquitäten und – auch hier – behaglichen Sitzgrüppchen, auf deren Tischchen kleine Silberschüsselchen mit feinstem Gebäck standen. Erfreulich auch ein weiterer Wegweiser: »Zur Wellnesslandschaft«.

Gitte warf der Dame an der Rezeption freundlich zu: »Besser kann man nicht wohnen!«

»Nein, Frau Vonundzurbrücke!«

»Schau, Swentja, falls du Geld brauchst: Es gibt hier in der Lobby eine Bankfiliale, die aber nur stundenweise geöffnet hat, und einen kleinen Lebensmittelladen, der vormittags Luxusartikel verkauft. Einen Friseur, eine Fußpflege sowie eine Kosmetikerin, die eine beliebte Kaviarhautcreme nach Geheimrezept herstellt und vertreibt. Gegen Altersflecken!«

Gitte sah mich so forschend an, als hoffte sie, besagte Flecken bereits in meinem Gesicht zu entdecken. Ich lächelte kühl. »Danke, Gitte. Kein Bedarf.«

»Na ja«, meinte Gitte betont gutmütig, »sie ist halt auch teuer. Die Creme, meine ich.«

»Dann gönn sie dir ruhig, Brigitte! Vorbeugen ist besser. Wenn es nicht schon zu spät ist.«

»Ich mag deinen Humor, Swentja. Und diesen herrlichen schwarzen Lederrock von René mag ich auch. Gehen wir also zum Chef.«

Gitte marschierte so routiniert voraus, als wohne sie selbst bereits seit Jahren hier.

»Woher kennst du dieses Haus eigentlich ursprünglich?«

»Eine Verwandte von mir hat früher mal hier gewohnt. Bester baltischer Adel.«

»Wann war das? Kennst du daher den Leiter dieses Seniorenpalastes?«

Nicht dass es mich interessierte, ich plauderte nur, so wie ich es als Society-Lady gelernt hatte. Die gesamte Gitte hatte mich nie interessiert, auch wenn ihr Nachname so lang war wie ein halber Roman.

Sie dachte kurz nach und rieb sich ihre gerade, zugegebenermaßen klassisch geschnittene Nase. »Etwa drei Jahre«, kam es etwas vage. »Kann auch länger her sein. Nein, Herrn Kline kenne ich nur flüchtig.«

»Ist deine Verwandte hier verstorben?«

Auch das interessierte mich nicht, aber vielleicht konnte ich ihr wenigstens auf diese Weise eins auswischen. Nach dem Motto: Erbtante stirbt einsam in Nobelheim, während die herzlose Nichte auf der Jagd nach einem bestimmten René-Lazard-T-Shirt durch die Boutiquen Mittelbadens hetzt. Eine Situation, die mir sehr vertraut war und die ich herzlich vermisste.

Sie zögerte. »Nein. Hier stirbt man normalerweise nicht. Ist nicht gern gesehen. Im angesehenen Siloah-Krankenhaus in Pforzheim ist die Gute dann ganz sanft verschieden. Aber man hat sich im ›SchönLeben‹ wunderbar um sie gekümmert. Alles sehr gut. Und damals habe ich die alte Freifrau von Weilersdorff kennengelernt, die ich nun regelmäßig besuche. Sie war so eng mit meiner Tante, und meine Tante hat mir sozusagen ans Herz gelegt, ich möge mich um sie kümmern, weil sie niemanden mehr hat. Herr Kline hat mich dann gefragt, ob ich nicht weiter als Besucherin ins Stift kommen will. Erst habe ich gezögert, aber er kann sehr überzeugend sein. Also habe ich das Angebot angenommen und mache das eben jetzt, so gut ich kann.«

Sie seufzte hingebungsvoll. Was sollte ich denn dazu sagen? Ich hätte Gitte niemals ein solches Engagement zugetraut, und ich traute es ihr eigentlich auch heute nicht zu. Da stimmte etwas nicht.

»Die Gäste sind hier nicht abgeschieden von der Welt. Es gibt Konzerte. Und Pelzmodenschauen. Auch die ganze Familie von Schönleben kommt sehr oft und besucht alle Bewohner, die hier wie Freunde aufgenommen werden. Sie kommen ja alle aus ähnlichen Kreisen, und vielfach kennt man sich von den Adelstreffen. Wenn es Herr und Frau von Schönleben nicht selbst schaffen, dann kommt Victoria, die Tochter, oder Johannes, der Sohn. Ein Student.«

»Aha.«

»Ja. Eine intakte Familie. Der älteste Sohn, Thomas von Schönleben, ein charmanter Bursche, erfreut die Bewohner sogar jeden Tag mit seinem Besuch. Ein Luftikus, wenn du mich fragst, aber er kann es gut mit den Damen im gewissen Alter. Pass deshalb auf, dass du nicht auch seinem Charme erliegst.«

»Gitte, sind wir nicht etwa gleichaltrig?«

»Ich bin aber vergeben, und du bist wieder vogelfrei! Thomas betreibt eine kleine Biolandwirtschaft bei Ispringen. Täglich liefert er Gemüse in die Küche, beste Qualität, und den Bewohnern bringt er frisches Obst der Saison. Sie freuen sich immer auf ihn.«

Inzwischen waren wir im ersten Stock angekommen. Die viel zitierten »Gäste« schienen alle in ihren Zimmern zu sein, jedenfalls hatte ich bis jetzt noch niemanden gesehen.

Das elegante Vorzimmer des Geschäftsführers dieses Nobelstiftes strahlte etwas Gediegenes und Beruhigendes aus. Die mir bereits

vorgestellte Gundrama riss an ihrem Arbeitsplatz gerade einen Aktenschrank auf.
»Herr Kline hat gleich Zeit für Sie. Hatten Sie eine gute Anreise?«
»Oh, Frau Tobler wohnt ja jetzt in Pforzheim.«
»Ach wirklich?«, wunderte sich Gundrama, so als habe sie mir das nicht zugetraut, was ich gut nachvollziehen konnte.
Die Tür zum Chefzimmer öffnete sich, und heraus trat ein sehr großer und sehr kräftiger Mann. Wie ein Waldriese. Dies musste Scott Kline sein, und er war bisher die einzige negative Überraschung am »SchönLeben«.
Sein Büro war wie er: fast überdimensional groß. An den Wänden viel zu viele große, grelle Bilder, die nicht zusammenpassten. In einem wilden Durcheinander hingen da zwei gekreuzte Säbel, ein Werbeplakat für Whiskey, mehrere Fotos von grünen Hügeln und dem Meer sowie verschiedene Aufnahmen von einem verfallen aussehenden grauen Schloss mit ganz vielen Türmchen. Ich bemerkte zu meinem Erstaunen sogar ein Bild der Queen im Hintergrund, umgeben von ein paar bunten Wappen mit Emblemen, die mir rein gar nichts sagten.
Ich bin nicht gerade adelsgläubig aufgewachsen. Schweden, die Heimat meines Vaters, ist zwar bekanntlich eine Monarchie, doch mein Vater hatte nicht viel von der »aus Frankreich importierten Analphabetenbande« gehalten. Meine Mutter war tief im Herzen eine katholische Anarchistin gewesen, die nur an die Macht ihrer eigenen wilden Sippe glaubte.
»Scott Kline, und Sie müssen Frau Tobler sein?«
Kline, wie er später etwas diffus und fast wegwerfend erläuterte, war studierter Verwaltungsfachwirt, Schwerpunkt soziale und gerontologische Einrichtungen, was mich nicht besonders beeindruckte. Für mich war der Mann mehr oder weniger ein besserer Altenpfleger, der seinen Job früher mit einer schönen dreijährigen Lehre erlernt hätte.
Zudem sah Kline auch bei näherer Betrachtung ziemlich unheimlich aus. Alles an ihm schien zu groß und ungeschlacht. Dunkle buschige Augenbrauen, die fast über der mächtigen

Nase zusammenwuchsen, Augen in einem finsteren Graubraun, eine gegerbte Haut sowie dunkle Locken, in die sich erstes Grau mischte. Nichts passte bei ihm recht zusammen, so als habe die Schöpfung in ein Reservekästchen gegriffen und ein paar Ersatzteile benutzt, um ihn zu erschaffen.

Scott Kline musste meine Verwunderung bemerkt haben.

»Ich bin Brite. Genauer gesagt bin ich Schotte, von meines Vaters Seite. Schotten sind Kelten, und Kelten sind nicht etwa rothaarig, wie die meisten Leute denken, sondern eher dunkle Leute. Das Volk kam vermutlich aus Südosteuropa und folgte dann der Sonne so weit wie möglich nach Westen.«

»Das ist aber schon eine ganze Weile her, oder?«

Er musterte mich ernst. »Lange her oder nicht, wir Kelten haben Traditionsbewusstsein. Von diesem Volk stammen wir nun mal ab. Ich allerdings nur zum Teil. Meine Mutter ist deutscher Herkunft. Ich habe hier und dort gelebt, habe zweierlei Wurzeln. Abstammung ist mir sehr wichtig.«

Gitte lächelte wohlwollend, und ich sagte nichts. Wen interessierte das? Abstammung hatte mich nie interessiert. Der Kontostand war aussagekräftiger.

»Und abgesehen davon: Wir halten hier im Hause auf Traditionen, Frau Tobler. Die meisten unserer Bewohner und Bewohnerinnen kommen aus sehr alten und guten Häusern. Wir haben auch immer mal wieder Prinzessinnen unter unseren lieben Gästen. Es wäre also gut, wenn Sie sich ein wenig mit dem Adel beschäftigen würden.«

»Wieso denn das?«

»Die Frage wundert mich. Nun, es kann nicht schaden, wenn Sie wissen, wer zum Hochadel gehört, also Fürsten und reichsunmittelbare Grafen, oder zum niederen Adel, andere Grafen, Freiherren und untitulierte einfache Adelige.« Er verzog das Gesicht. »Auch die Anrede sollte stimmen. Durchlaucht oder Fürst ... da kann man schon mal durcheinanderkommen. Obwohl sich bei uns im Hause ein schlichtes ›von‹ vor dem Namen als Anrede etabliert hat. Außer ein Bewohner legt wirklich Wert auf die Anrede ›Ihre Hoheit‹.«

»Ich dachte, hier wohnen nur Damen.« Eigentlich wäre mir das gar nicht so unrecht gewesen.

»So war es auch ursprünglich gedacht.« Scott legte die Hände rautenförmig aneinander wie die Bundeskanzlerin. Rechts trug er einen dicken Siegelring mit einem merkwürdigen Symbol darauf. Ein Sonnenstrahl bahnte sich den Weg in das Büro und ließ das Symbol, eine Art Käfer, giftig grün aufblitzen.

»Aber dann zog das erste Ehepaar ein, die Gattin verstarb, Rupert Baron von Bodenburg blieb allein zurück und fühlte sich ein wenig verloren unter all den Damen, sodass wir seinen Clubkameraden Herrn Baron von Steinberg-Glauchau aufnahmen. Damit war der Bann gebrochen, und Herren hielten Einzug. Doch überwiegend sind es noch immer Damen, die hier wohnen. Hochgestellte Damen. Baronessen, Freifrauen. Prinzessinnen. Fürstinnen. Auf dieses Niveau legen die Besitzer, die Betreiber, also ...«, er lächelte kurz und blickte zu Gitte hinüber, die ihm lauschte, als lese er aus der Bibel vor, »... meine Arbeitgeber, größten Wert.«

»Nun«, meinte ich, »es wundert mich, dass es da noch so viele gibt. Ich dachte, die Adeligen dieser Welt versammeln sich hauptsächlich in England.«

»Ja, das stimmt. In England schätzt man die Traditionen noch. Aber es bleibt ja alles in der europäischen Familie. Allein durch Queen Victoria und ihre zahlreiche Nachkommenschaft sind die deutschen Adelsgeschlechter fast alle mit den Windsors verschwistert. Und diese Linien können bis hinunter ins einfache Volk ragen.«

Gitte schaute pikiert.

Jetzt zog Kline einen vermutlich häufig genutzten Trumpf aus dem Ärmel: »Wussten Sie, dass sogar der höchst exzentrische Lord Mayor von London, Boris Johnson, ein weitläufiger Verwandter unserer verehrten Königin ist? Und zwar durch seine uneheliche Urahnin Adelheid Pauline Karoline von Rottenburg, Tochter von Paul von Württemberg. Von solchen Angehörigen mag es überall viele geben. Ein Abkömmling eines Zweiges der von Rottenburg, unsere Gräfin Frau von Niedernburg, lebt übrigens auch hier im Hause.«

»Na, einfaches Volk scheint mir in diesem Fall Definitionssache! Aber freut sich die britische Königin denn über solche Verwandtschaft wie diesen Bürgermeister? Sind das nicht eher Kuckuckskinder im goldenen Nest?«, fragte ich, um etwas zu sagen.

Gitte bewegte sich unruhig neben mir, und Scott Kline starrte mich finster an. Hatte ich jetzt etwas Falsches gesagt?

»Nun, man hat natürlich im Buckingham-Palast insgesamt lieber eine überschaubare Familie, die nicht allzu viele Überraschungen bereithält«, erwiderte Scott Kline nach einer Weile reserviert. »Wir sind hier ja nicht bei Kreti und Pleti.«

»Oh, das verstehe ich!« Das ganze Thema Familie und Skandale war mir derzeit eher unangenehm. Gitte lächelte zuckersüß, als ahne sie meine Gedanken.

Kline räusperte sich. »Gewiss. Der Adel übt auch heute noch auf viele Menschen eine Faszination aus. Wie gesagt, nicht wenige hier im Haus haben gemeinsame Wurzeln mit dem Herrscherhaus in London und dadurch entsprechende Verbindungen, und seien es auch nur die zu den Höflingen. Etwa eine Seitenlinie der Familie Hessen-Kassel, natürlich auch Mitglieder der Dynastien derer von Teck und weiterer bedeutender Familien leben bei uns. Deshalb fühle ich mich hier, vor allem als royalistisch eingestellter Brite, durchaus zu Hause.« Er richtete sich auf, als salutiere er.

»Natürlich«, betonte ich verlogen.

Mein Mann und ich hatten uns überwiegend mit Leuten des Geldadels umgeben. Kontostand statt Stammbaum. Die anderen, die echten Adeligen, waren in unserer Gegend eher dünn gesät, wenn es sie gab, dann waren sie zu kompliziert, und man traf sie sowieso nicht so oft im richtigen Leben, da sie auf geheimnisvolle Weise unter sich zu bleiben schienen.

»Unsere werten Gäste, Damen wie Herren, sind erstaunlich multikulturell. Sprechen viele Sprachen. Manche hatten noch Eltern, die ihre Kindheit in der alten K.-u.-k.-Monarchie verbracht haben, und beherrschen das Kroatische und das Ungarische. Eine gute Erziehung haben sie alle genossen. Viele hatten ausgebildete englische Kindermädchen. Manche sogar Kindermädchen, die ...« Jetzt senkte Scott Kline die Stimme bis zu einem rauen Raunen, »königliche Luft geschnuppert haben.«

Meine Güte. Wo war ich denn hier hingeraten? In ein Wachsfigurenkabinett?

»Hört sich interessant an«, sagte ich lustlos. Ich war ja immer für Niveau, und bisher hatte sich unser Niveau am Geldbeutel orientiert. Hier ging es aber offenbar um Dinge, die man nicht kaufen konnte. Wie neu und wie verwirrend.

Kline schmunzelte ein wenig, was ihn keine Spur weniger unheimlich aussehen ließ. »Ja. Und seit wir die Ehepaare haben, ist es noch angenehmer. Wir haben festgestellt, dass es die zahlreichen gesellschaftlichen und kulturellen Anlässe, die es in unserem Hause gibt, bereichert, wenn beide Geschlechter teilnehmen. Es ist anregender. Wenn Sie verstehen, was ich meine, Frau Tobler?«

»Oh«, warf Gitte vollkommen unnötigerweise ein, »das versteht sie sehr gut, nicht wahr, Swentja?«

»Ja, ich glaube auch!«

Wie konnte er sich so eine Bemerkung anmaßen, und wie hatte es mit mir nur so weit kommen können?

Ich, die arrogante, unangefochtene Königin der mittelbadischen Gesellschaft, bei einer Art Vorstellungsgespräch mit einem pseudobritischen Holzklotz von Mann in einem Altenheim für verwitterte Adelige aus einer Welt von vorgestern? Swentja allein unter Prinzessinnen!

Und noch dazu ausgeliefert dem Spott von Gitte, meiner ewigen Kopistin ...

Scott Kline machte ein Gesicht wie ein Pastor: »Niveauvolle persönliche Betreuung ist unser Credo. Wir haben nur einundzwanzig Gäste.«

Kleine Pause.

»Eine davon, Cressida Freifrau von Neesebergen, lebt eigentlich in einem Condominium für *Silver Agers* in Kalifornien und weilt nur jeweils im Frühjahr für vier Wochen hier, um Angelegenheiten zu regeln. In den Staaten fühlt sie sich allerdings wohler. In ihrer Wohnanlage in Bela Vista sind nämlich keine Menschen unter vierzig zugelassen. Man bleibt unter sich. Ihre Suite bei uns bleibt aber ganzjährig für sie reserviert. Sie ist recht vermögend.«

Pause. Klines Augen glitzerten hungrig, als er das Wort »vermögend« aussprach.

»Wir haben sieben Gesellschaftsdamen, die jeweils für drei liebe Gäste zuständig sind«, erläuterte er dann nach einem Blick auf seine Uhr, ein schweres, altes Stück an seinem kräftigen, haarigen Handgelenk.

»Sie gehen mit den Herrschaften spazieren, tätigen Einkäufe, besuchen auf Wunsch Kino und Theater, reisen mit Auto oder Zug in die nähere Umgebung oder fahren sie nach Hause zu einem Familienbesuch. Dort halten Sie sich allerdings bitte etwas zurück und bitten um einen Warteplatz in der Bibliothek, außer man fordert Sie auf, mitzuspeisen, was allerdings normalerweise nicht der Fall sein wird. Sie können natürlich immer mit dem Personal essen.«

Wie bitte? Für was hielt er mich? Und nahm er an, dass ich gierig nach einer Gratismahlzeit war? Abgesehen davon esse ich ohnehin keine Kohlenhydrate. Und ich hatte sowieso keinen Appetit, seit ich Hagen verloren hatte.

»Sie lesen Zeitung vor, wenn jemand sehschwach ist, oder Sie sitzen einfach nur zusammen und trinken Tee.«

Na wunderbar. Ich hasse Tee.

»Unseren Gästen fehlt es an nichts. Zu jedem Zimmer gehört eine eigene kleine Teeküche, damit die Herrschaften unabhängig vom Service sind. Eine englische Teemaschine für die Zubereitung ihres geliebten *early morning tea*, den die meisten aus ihren Familien kennen, sowie eine hochmoderne Kaffeepadmaschine sind Standard. Wir haben festgestellt, dass die … hm … Schäden durch überlaufendes Wasser beim Brühen oder durch nicht ausgeschaltete Kaffeemaschinen dadurch gemildert wurden. Die Damen und auch die Herren haben sehr viel Freude an diesen

Maschinen. Und für uns …«, er beugte sich vor und starrte mir intensiv ins Gesicht, »hat sich die Lauferei sehr reduziert. Die Damen hier trinken nun mal gerne Likörchen, Kaffee, Tee oder Heilwasser. Das liegt in ihrer Tradition. Ein schöner starker Kaffee gegen alle Sorgen und dann aufrecht weitergehen. Unsere Klientel ist sehr angenehm, weil sie Niveau hat. Und Haltung.«
Ich nickte.

»Frau Vonundzurbrücke meinte, dass der finanzielle Aspekt bei Ihnen nicht der vorherrschende sei. Das ist uns auch lieb, denn unsere Gäste hüten teilweise sehr wertvolle Dinge in ihren Räumlichkeiten.«

Und als müsse er meiner Gier nach Gold unverzüglich vorbeugen, fuhr er fort: »Nein, keinen Schmuck, keine Goldmünzen, keine großen Bargeldvorräte. *Oh no!* Wir bestehen darauf, dass dies in den Banksafes oder zu Hause bei den Kindern aufbewahrt wird. Aber natürlich besitzen sie andere Kostbarkeiten. Sie sammeln vorzugsweise alte und mit historischen Erinnerungen verknüpfte Objekte, solche, die früher ihr Leben und ihren herausragenden Stand ausgemacht haben. Psychologen haben herausgefunden, dass das Horten von Erinnerungsgegenständen gegen Angst und Einsamkeit helfen kann: ein Kruzifix, eine Madonna, Puppen, teilweise historische Stücke. Bibeln. Queen-Anne-Teekannen. Serviettenringe. Etageren. Fingerhüte.«

Andächtige Pause.

Jetzt schaltete sich die Vonundzurbrücke ein. »Swentja, die Damen sind allerdings vergesslich. Manche bemerken gar nicht zeitig genug, wenn eines dieser Dinge verschwindet. Auch da ist die Gesellschaftsdame gefordert, ein wenig den Überblick zu behalten. Und ein wenig – wie soll ich mich ausdrücken? – auf die einfacheren Kolleginnen und Kollegen zu achten. Für manch einen kann so ein alter Fingerhut aus Gold viel wert sein.«

Jetzt hatte sich Gitte offenbar zu weit vorgewagt. Kline warf ihr einen eher kühlen Seitenblick zu. »Nun, nun. In diesem Haus kommt so etwas nicht vor. Aber man muss natürlich vorbeugen«, murmelte er. Dann legte der Riese seine schaufelartigen Hände auf den Tisch, als wolle er sich hochstemmen.

»Aber Sie verstehen, dass wir beim Personal sehr sorgfältig auswählen, und am liebsten sind uns natürlich Damen und Herren, die selbst nicht gerade auf dem Trockenen sitzen.«

Nun warf *ich* Gitte einen kühlen Blick zu. Sollte ich hier vielleicht noch umsonst arbeiten, nur damit ich beschäftigt und in Ettlingen aus dem Wege war? Und einmal die Woche besuchte sie hier irgendeine alte Frau und schaute nach, ob ich auch ja fleißig arbeitete? Ein Alptraum.

»Nun, die Vergütung ist sicher nicht der vorherrschende Aspekt, aber dennoch habe ich die Erfahrung gemacht, dass es auch nicht vorteilhaft ist, wenn man seinen Wert nicht kennt.« Nach einem Seitenblick zu Gitte fügte ich hinzu: »Und ich bin sehr, sehr viel wert, Herr Kline.«

Er grinste und sah nun aus wie King Kong. »Daran zweifele ich nicht. Deshalb erwägen wir ja auch Ihre Anstellung. Unsere Gäste sind anspruchsvoll. Manche haben exotische Biografien, wurden früher rund um die Uhr bedient. Wir haben einige ausländische Gäste, die so gelebt haben, wie man es in den herrlichen Gesellschaftsromanen von Somerset Maugham liest. Gräfin Rheyss zum Beispiel, eine sehr betagte Dame, wurde noch zu Zeiten von Niederländisch-Indien auf Bali geboren und ist die jüngste Tochter eines Teebarons. Man hört es heute noch ein wenig an ihrem Akzent.«

Kline lächelte und zeigte dabei sehr große Zähne, mit denen er wahrscheinlich Tiere reißen und so sogar in den schottischen Urwäldern überleben könnte. »Früher wurde dieses Haus von seiner Begründerin, einer hochwohlgeborenen Äbtissin, geleitet. Nach dem Ende der Schwesternschaft fiel das Schloss zurück an ihre Familie, die Grafen von Schönleben, die das Anwesen fortan verwalteten. Letizias Wunsch war es, dass die Tradition fortgesetzt werde und adelige, ledige, katholische und bedürftige Damen aufgenommen würden.«

»Gibt es denn da noch so viele?«

»Einige. Leider konnten wir diesem ausschließlichen Wunsch in der Neuzeit aber tatsächlich nicht mehr entsprechen. Die Kriterien mussten an die moderne Welt angepasst werden. Wir haben ab und zu sogar nicht adelige Gäste. Beispielsweise lebt bei uns das kinderlose jüdische Ehepaar Max und Lea Gold, ganz reizende Menschen, die sich zwar ein wenig für sich halten, aber das ist ja auch verständlich.«

Warum denn?, dachte ich. Doch ich sagte nichts.

»Leider plant das Ehepaar Gold, langfristig wieder nach Israel zurückzugehen. Das warme Klima und das Meerwasser, Sie verstehen. Also, wir mussten umdenken, aber ohne dass das Niveau leidet.«

»Vor allem das Kriterium der Bedürftigkeit dürfte jedenfalls nicht auf viele Bewohner zutreffen«, lächelte ich.

Kline schob seine Augenbrauen wieder zusammen wie ein Braunbär. »Nun, da muss ich Ihnen widersprechen. Adel ist nicht immer gleichbedeutend mit Luxus. Viele alte Geschlechter, gerade jene aus dem Osten, haben im Krieg alles verloren. Und adelige Familien sind traditionell kinderreich. Für das letzte Geschwisterkind blieb oft nicht mehr viel übrig. Und auch die, die aus unserem Land stammen, essen nicht immer von goldenen Löffeln. Ein Schloss zu unterhalten, ist teuer. Denken Sie an die Instandhaltung und die Energiekosten. Und der National Trust, wie sagt man …«

»Denkmalschutz!«

»Genau, Frau Vonundzurbrücke. Danke.«

Meine Güte, dachte ich. Woher weiß sie das alles? Und im Tennisclub konnte die nicht mal Vorhand und Rückhand unterscheiden.

»Siehst du«, sagte Gitte unnötigerweise. Als wollte sie mich darauf aufmerksam machen, dass auch für mich keine goldenen Löffel mehr im Besteckkasten lägen.

»Nur damit Sie sich nicht wundern, Frau Tobler … Gelegentlich drehen Filmgesellschaften bei uns. Wir haben einen schönen Barockgarten mit Springbrunnen und Figuren. Erst kürzlich wurde die Szene aus einem Kriminalfilm bei uns gespielt. Es fiel sogar ein Schuss. Wir mussten unsere Herrschaften beruhigen, dass so etwas hier natürlich niemals in Wirklichkeit passiert. Niemals! Hier herrscht Sicherheit.«

»Natürlich nicht«, sagte ich.
Und alle lächelten.
Gitte lächelte besonders süß.
Und mich beschlich ein seltsames Gefühl.

»Wir werden uns übrigens ab und zu sehen, Swentja, denn ich besuche ja einmal die Woche die reizende Tessa von Terbruck Freifrau von Weilersdorff. Sie ist inzwischen ...«, kleiner Blick zu Scott Kline, der Gitte wohlwollend betrachtete, »... nach ein paar Schicksalsschlägen leider depressiv. Sie lebt nicht mehr in dieser Welt. Spricht nicht, reagiert nicht, aber manchmal lächelt sie, und wenn ich nach ihrer Hand greife, dann sehe ich, dass es ihr guttut. Ich besuche sie also regelmäßig, und gerne spreche ich dann auch mit dir und ...«, sie schmunzelte, »wenn dein gestrenger Chef es erlaubt, so trinken wir eine Tasse Kaffee miteinander.«

»Wir werden sehen«, erwiderte ich muffig. Es war schon schlimm genug, dass ich durch Gittes Gnaden eine Wohnung und eine Arbeit bekommen hatte. Sie dann auch noch öfter als *niemals* zu sehen, war keineswegs eine verlockende Aussicht.

Drei wirklich feine Damen

Wenn mir früher jemand gesagt hätte, dass Arbeit zufrieden macht, hätte ich Karl Lagerfelds Zitat abgewandelt und gesagt: »Arbeit ist etwas für Angestellte.«

Doch seltsamerweise erfüllte mich nun das regelmäßige Auftauchen an einem Ort, an dem man mich erwartete und brauchte, mit so etwas wie Freude.

Meine Vermieter erwiesen sich immer noch als so freundlich wie am Anfang, doch ließen sie mich zunächst in Ruhe, und das war vielleicht auch gut so.

Paul Nicoletto hatte viele Interessen und war tagsüber oft unterwegs. Kaum war er gegangen, erwartete ich – wie es Hausfrauenart ist – eigentlich den Staubsauger zu hören, doch Irmentraud verließ seltsamerweise meistens wenige Minuten nach ihrem Mann das Haus, um kurz vor ihm wieder nach Hause zu kommen. Wahrscheinlich kaufte sie ein. Was auch sonst?

In meiner Wohnung vernahm ich abends dann aber beruhigenderweise die Schritte der Nicolettos, ihrer eilig und leicht, seiner schwerer und langsamer, manchmal die Trippelfüßchen der Enkel oder die hochhackigen Schuhe ihrer Tochter. Ich selbst lief auf Socken, hörte meine Schritte kaum; es war deshalb zu still um mich, und erstmals in meinem Leben war ich wirklich richtig allein.

Und schon allein deshalb ging ich gern zur Arbeit.

Ich war schon die zweite Woche im Stift »SchönLeben«, als mir auffiel, dass ich seit drei Wochen kein neues Kleidungsstück angeschafft hatte. Früher undenkbar. Und das nicht einmal, weil es in Pforzheim keine Kleiderläden gegeben hätte.

Es gab in der eher reizlos durcheinandergewürfelten Innenstadt neben den noblen »Schmuckwelten« durchaus eine Einkaufspassage sowie ein paar nette Boutiquen in den Seitenstraßen. Und auch sonst war die Stadt nicht so schlimm wie erwartet. An der Enz in einer Grünanlage mit dem fast zu hübschen Namen Blumenhof konnte man auf Bänken oder neben dem Dreiflüssebrunnen in städtischem Grün recht schön sitzen und die Gedanken treiben lassen.

Allerdings schwammen meine Gedanken nur wie ein störrisches Stück Treibholz regelmäßig in Richtung Hagen und hakten sich an der Erinnerung fest. Vielleicht war es gut, dass ich nun beschäftigt war.

Bei meinen zukünftigen Schäfchen handelte es sich um drei betagte Damen.

Frau Cressida Freifrau von Neesebergen, die ja nur vorübergehend Gast im Hause war, stammte ursprünglich aus Berlin, lebte in besagter Seniorenanlage in Kalifornien und besuchte jetzt im Frühling Heimat und Sippe, um dann spätestens im Juli erleichtert nach Amerika zurückzukehren. »*Darling*, da kannst du mit Geld alles haben. Alles. Sogar ich könnte mir noch einen Lover kaufen.« Kleine Zähne blitzten zwischen viel zu grellroten Lippen.

»Aber keinen unter vierzig«, sagte ich. »Die haben in Ihrer Wohnanlage doch keinen Zutritt, wie ich gehört habe.«

»Du bist gut«, lachte sie mit einem rauen Raucherhusten. »Für mich ist auch ein Fiftysomething noch brauchbar!«

Sie sprach mit leichtem Akzent, besaß einen deftigen Mutterwitz und offenbar sehr viel altes, aber auch ausreichend neues Geld.

Die alte Frau, von Leberflecken übersät, war umgeben von Tischlampen, die sie eifrig sammelte. »*Old things. Americans love that!*« Natürlich hatte sie, wie alle Damen, auch Zierdeckchen, gerahmte Stammbäume, Kinderwagen, Puppen und bestickte Kissen sowie zwei Zigarettenetuis.

»Das bleibt alles hier. Komme ja jedes Jahr wieder. *Oh my God*, hab früher geraucht wie ein Schlot. Ach Gottchen, ich habe gar keinen Überblick über das Zeug. Manchmal verschenke ich was. Muss wohl kürzlich den scheußlichen grünlichen Kerzenhalter von der Majolika weggegeben haben. Wo soll er sonst sein? Egal. Du kannst nichts mitnehmen in die andere Welt hinter dem *Rain*-Regenbogen, wo nur der Geist zählt.«

Sie schlurfte durch ihren Wohnraum. »Ich hatte doch mal so eine Puppe mit einem Schottenrock und einer Schürze aus geklöppelter Spitze. Aus Brügge. Ursprünglich aus England, glaub ich. *Merry old England*. Die such ich die ganze Zeit, denn die sieht dir ähnlich, Frau Swentja. Genau wie der Majolika-Leuchter ... fort.«

Sie seufzte. »Ich bin einfach vergesslich geworden. Ich denke, ich habe das Puppendings der Tochter meiner Großnichte geschenkt. Aber genau weiß ich es nicht. Gibt es das? Ich hatte früher ein Gedächtnis wie ... wie sagt man zu diesen Dingern, die alles wissen? Wie ein Computer. Ich habe meiner Mama immer zugesehen, wenn sie das Gesinde entlohnt hat, und konnte jeden Cent mitrechnen.«

Davon abgesehen, konnte man sich selbst nur wünschen, so zu altern wie die Herrschaften im »SchönLeben«.

Die sogenannten Gäste hatten alle mindestens ein großes Zimmer, manche bewohnten sogar zwei oder eine ganze Suite. Die Räume waren mit eigenen Möbeln eingerichtet, die naturgemäß dunkel und stilvoll waren, edle und handgearbeitete Erbstücke. Es blickten mehr oder weniger kunstfertig gemalte Personen mit etwas zu großen Köpfen aus verzierten Rahmen, oder es waren frühe Schwarz-Weiß-Aufnahmen von majestätisch dreinblickenden Vorfahren. Ahnentafeln, Gobelins, Eiserne Kreuze und Tapferkeitsurkunden, manchmal sogar Waffen wie Säbel oder Nashornhörner waren Geschmackssache.

Hier galten eindeutig andere Statussymbole als in meinen ehemaligen Kreisen. Was dort eine Bang-Olufsen-Anlage oder ein neuer Porsche sein mochte, war hier ein kleiner Familienaltar oder eine Schmuckschatulle mit reich verziertem Wappenplunder.

Sie hatten alle zu viel des Guten. Besonders fielen mir tatsächlich all diese affig gekleideten Puppen auf, die überall herumsaßen und den alten Damen stumme Gesellschaft leisteten. Sie lächelten huldvoll oder grinsten töricht aus ihren spitzengeschmückten Wagen heraus, saßen in Gruppen auf Sofas oder auf Schlitten. Kleinere Puppen und Figürchen bewohnten würdevoll vollgestopfte alte Puppenhäuser.

Cressida beispielsweise hatte es besonders mit dem Hausmädchen in ihrer Puppenstube. Ich ertappte sie einmal dabei, wie sie es ausschimpfte.

»Jenny, würden Sie bitte die Treppe fegen. Hier sieht es ja aus wie in der Wüste Gobi! *Hurry up, my dear.*«

Als sie meinen fragenden Blick bemerkte, meinte sie achselzuckend: »Ich hatte eine Villa in Berlin, bevor ich nach Amerika ging. Unsere Möbel konnten wir nicht alle hierher mitnehmen und auch nicht nach Amerika, aber unsere Bären und Puppen und unsere Puppenhäuser haben hier ein sicheres Plätzchen.« Sie klopfte ein Stäubchen vom Sessel, bevor sie sich setzte. »Die erinnern an bessere Zeiten, als es noch ein Oben und ein Unten gab.«

Ich unterdrückte ein Seufzen. Wie wahr. Auch mir hatte die klare Einteilung meiner Welt in oben und unten gut gefallen.

Cressida lächelte. »Fast alle von uns leben in dieser Vergangenheit. Das war eine schöne, eine geordnete Zeit. *Good old Berlin.* Trotz Mr Hitler. Mein Gott, der Mann war primitiv. Man hätte ihn durch die Hintertür hinausweisen sollen.«

Nach dieser Geschichtsstunde begann sie ihre Sachen zu packen, um nach Kalifornien zurückzukehren.

Ich stellte mir ein Puppenhaus vor, das mein früheres Leben widerspiegelte. Schick und sauber, und in dem Modellhaus würde dann mein Mann sitzen und das Börsenblatt lesen.

So wie immer.

Der zweite von mir betreute Gast, die freundliche und gescheite Cornelia von Schönleben-Trewitz, war die älteste Bewohnerin des Hauses überhaupt.

Sie saß im Rollstuhl, konnte das Haus nicht mehr allein verlassen, was ihr aber nicht besonders viel auszumachen schien: »Ich habe alles gesehen, was ich sehen wollte. Jetzt lasse ich die Dinge in meinen Gedanken Revue passieren. Das reicht.«

Die einundneunzigjährige Dame hatte trotz ihrer kleinen Gebrechen ein heiteres und großzügiges Gemüt. Ich fuhr sie täglich geduldig in dem ausgedehnten Park spazieren, und deshalb ließ sie an einem Freitagnachmittag einen noblen Catering-Service kommen, und wir speisten mit Kerzenlicht in ihrer Zimmerflucht.

Die resolute Schwester Anita, die keine Gesellschaftsdame war, sondern zuständig für Tabletteneinnahme und Blutdruckkontrollen und die diskret morgens und abends in den Zimmern umherhuschte, nahm mich zur Seite.

»Sie können das nicht wissen, Frau Tobler, aber das sollte sie nicht zu oft machen … das mit dem Catering-Service.«

»Warum nicht?«

»Sie hat nicht so viele Mittel. Das Haus hier ist sehr exklusiv. Nicht alle, die hier wohnen, sind auch sagenhaft reich.«

»Aber sie heißt doch wie das Haus. Schönleben. Ich nahm an, sie sei entsprechend vermögend.«

»Das denken manche. Die von Schönlebens sind eine riesige, verzweigte Sippe. Natürlich, die direkten Nachkommen der Stifterfamilie haben bestimmt unendlich viel Geld, aber Cornelia entstammt nur einer der Seitenlinien. Ich denke, sie ist eine Großcousine …«

»Und?«

»Nun, die von Schönlebens steuern ein bisschen was zu. Zu ihrer Miete hier. Und sie braucht ja Pflege. Die Pension ihres Mannes – er war Beamter in der Regierung – reicht nicht für so was Nobles, verstehen Sie? Aber das weiß Frau von Schönleben nicht. Sie soll es auch nicht erfahren. Selbst wenn sie alles verloren haben – ihren Stolz, den halten sie hoch. Die wissen sich zu benehmen.«

Die letzten Worte klangen beinahe sehnsüchtig.

Und sie sollten mir wieder in den Sinn kommen, als Leichen meinen Weg kreuzten.

Außer ihrem Stolz schien Frau von Schönleben-Trewitz noch etwas anderes zu besitzen: Menschenkenntnis.

Eines Mittags, wir hatten gerade eine Partie Rommé gespielt und dann aus dem täglichen Früchtekorb von Thomas von Schönleben eine etwas matschige Kiwi gegessen, hielt sie inne. Mit ihren alten Augen suchte sie in meinem Gesicht: »Du bist unglücklich, nicht wahr?«

Ich sagte nichts. Auch nicht dazu, dass sie wie viele der alten Damen hier die Anreden Du und Sie dauernd verwechselte. Sie legte mir eine von kräftigen Adern durchzogene braune Hand auf den Arm.

»Wahrscheinlich wegen eines Mannes. Aber du bist ein ziemlich hübsches Ding. Du wirst wieder geliebt werden. Da bin ich sicher. Nur einen Fehler dürfen Sie nicht machen. Die Kreise zu wechseln. Das darf man niemals tun. Ein Jäger wechselt auch das Revier nicht, denn in seinem Revier kennt er alle Hasen.«

So hätte ich es halten sollen, dachte ich. Ich hätte jede Menge Hasen, sprich diskrete Verhältnisse, im Tennisclub, im Golfclub, im Bridgeclub haben können. Stattdessen musste es ein Herr Hagen Hayden aus der Unterschicht sein.

»Noch Tee?«

Die alte Dame lächelte. »In Ihnen steckt mehr, als man sieht. Nun gut. Geben Sie mir noch Tee.«

Ihre Familie, so erläuterte sie mir jetzt in jenem Plauderton, den alle Damen hier so perfekt beherrschten, war über ein weitverzweigtes Netz mit jenen Schönlebens verwandt, die das noble Haus hier gegründet hatten, die es in direkter Linie auch heute noch als Geldgeber und Gönner betrieben und es in dieser Funktion regelmäßig aufsuchten.

Der Chef des Hauses, Rudolf von Schönleben, erschien wohl gelegentlich, doch am häufigsten bekamen wir alle seinen Sohn, den jugendlich wirkenden Charmeur Thomas von Schönleben, zu sehen, der täglich den allseits beliebten Bio-Obstkorb vorbeibrachte und mit den Damen scherzte.

»Sie sind so schön, dass Sie keinen Adelstitel brauchen. Ich würde Sie auch so heiraten!«, hatte er mir zugeraunt. »Sie sind eine Mesalliance wert.« Ein leichter, heiterer Flirt wie der spielerische Kampf mit dem Florett.

Manchmal sah ich ihn mit Gundrama zusammenstehen. Dann blühte sie auf wie eine Pflanze im Frühjahrsregen.

Cornelia von Schönleben-Trewitz musterte mich, während ich meinen Gedanken folgte.

»Also Eleanor, die Gräfin von Schönleben, hat nicht so viel

Zeit. Sie muss sich um das Schloss kümmern, um die ganzen Liegenschaften und verzweigten Unternehmungen der Familie. Sie ist die Praktische inmitten eines Blumenbeetes voll bunter fröhlicher Schönlebens.«

Kichern. »Ja, das war stets eine fortpflanzungsfreudige Sippe. Lebenslustig wie unser Thomas. Das haben ihm über die letzten bestimmt zwanzig Generationen seine Ahnen vererbt.«

Sie wies auf eine Wand mit Fotos und Gemälden. »Streitlustig und liebestoll. Es gibt deshalb ganz viele verschiedene Familienzweige, weiß Gott auch mittellose. Früher landeten die im Kloster, heute schlagen sie sich so durch oder verhungern mit Stil.« Kichern. »Mein Mann war nur ein mittlerer Verwandter, dessen Vater allerdings eine Cousine des wohlhabenden und vornehmen Schönleben-Teck-Zweigs geheiratet hat. Das hat Klang, denn sie sind entfernt mit dem Haus Brandenburg-Schwedt verwandt, deren Angehörige nach Württemberg geheiratet haben, und durch diese Familie von Teck bestehen sogar dynastische Verbindungen ins britische Königshaus.«

Cornelia erzählte all das mit dem routinierten Stolz jener, die ihre Geschichte schon oftmals erzählt haben. Alles verdammt lang her und viel zu viele Namen. Dennoch hatte diese Welt der Grafen und der Barone etwas beruhigend Stabiles. Wie ein Bild aus einem Märchenbuch, das man als Kind staunend durchblättert und in dem alle schlank, blond und schön sind. Cornelia selbst war auch so ein zartes Persönchen mit blau schimmerndem, gut frisiertem Haar und feinen, reizenden Manieren.

Undenkbar, dass diese feine Frau mit etwas so Hässlichem wie Mord zu tun bekäme. Und doch sollte ich eines Tages fassungslos vor ihrem bleichen, verzerrten Gesicht stehen. Das Entsetzen und der Schrecken vor dem Tod sollten nach mir greifen.

***

Cornelia von Schönleben-Trewitz war mir ein Vorbild: Auch ich durfte meinen Stolz und meine gewohnte Lebensart keinesfalls aufgeben.

So verhielt ich mich antizyklisch, ging an meinem ersten freien Mittag in eine Boutique in der vergleichsweise bescheidenen Schlössle-Galerie und kaufte mir einen feuerroten Hosenanzug von Riani zum Preis eines Sozialhilfemonatssatzes. Ich hatte derzeit keine Gelegenheit, ihn anzuziehen, aber erfahrungsgemäß würde sich der Anlass schon finden, hatte man erst mal ein Teil wie dieses im Kleiderschank.

Ganz verdrängen konnte ich meine Lage dennoch nicht. Ich war aus dem Himmel der goldenen Kreditkarten und Fünf-Sterne-Hotels, der schicken Dinnerpartys und der Logenplätze in Iffezheim und Salzburg abgestürzt, und es war fraglich, ob ich meine Flügel jemals wieder vollständig reparieren konnte.

Gelegentlich pflegte ich auf meinen einsamen Spaziergängen in und um Pforzheim in dem kleinen Park zu sitzen, der die Schlosskirche umgab. Ein überaus idyllischer Ort inmitten der sich hektisch verändernden und nach dem Krieg unharmonisch aufgebauten Stadt mit ihrem Straßengewirr, den Kreuzungen, Schienensträngen und Brücken. Ich war nie eine Kirchgängerin gewesen, aber jetzt erschien mir der Dunstkreis einer Kirche mit ihrer ewigen Botschaft tröstlich.

An diesem Tag, an dem alles begann, blieben mir noch ein paar Minuten Verschnaufpause, bis ich zur Arbeit musste. Es war nicht weit von der Schlosskirche zu dem Parkplatz hinter dem Bahnhof, an dem ich mein Auto abstellte, und von dort ging es zügig hinaus in den Vorort, in dem das »SchönLeben« lag. Ich würde die Fahrt genießen, zumal das Wetter herrlich war, viel zu herrlich für jemanden, der sein Leben und seine Liebe verloren hat.

Ich suchte also nach einem sonnigen Plätzchen. Auf einer Bank saß eine dicke Frau mit dicker Brille, dickem Kopf, braunen Locken und hässlicher Steppjacke sowie lilafarbenen Hosen. Den Kopf hatte sie über ein umfangreiches Buch gebeugt, eine Art Katalog, in dem sie mit ihren gleichfalls wulstigen Lippen leise murmelnd las.

Das war nicht weiter überraschend, denn Pforzheim war die erklärte Hauptstadt der Kataloge. Hier waren die großen

Versandhäuser für Leute, die sich nichts anderes leisten konnten, angesiedelt – ich persönlich hätte wegen Rufschädigung geklagt, wenn ein solcher Katalog bei mir zu Hause eingetroffen wäre.

Ich nahm auf der Nachbarbank Platz.

Eine Weile murmelte die Frau noch vor sich hin, dann erhob sie sich und kam zu mir. »Schöner Katalog! Liegen nicht gerade herum«, sagte sie mit verblüffend tiefer Stimme. »Man muss sie normalerweise bestellen, wenn man nicht schon auf der Liste steht. Wenn man sich da nur alles leisten könnte …«

Der Name auf dem Deckblatt des Katalogs kam mir vage bekannt vor. Ich hatte in meinen früheren Kreisen davon sprechen hören: das Angebot des Auktionshauses Klaus Feuer für die nächsten Auktionen. Ein feines Haus, das wertvolle Dinge ankaufte, lagerte und letztlich zu aller Vorteil versteigerte. Im Gegensatz zu manch anderen dieser Unternehmen aus der Branche erfreute es sich offenbar eines guten Rufes. Faire Preise. Professionell durchgeführte Auktionen, mehrmals im Jahr. Gutes Publikum.

»Da, nehmen Sie ihn. Ich bin durch.«

Ich wollte nicht unhöflich sein. »Brauchen Sie ihn nicht mehr?«

»Nein. Was ich gesucht hatte, war nicht drin«, sagte die Frau beiläufig. »Aber er ist eigentlich zu schade zum Wegwerfen. Sie können ihn im Familienkreis weiterreichen oder mit ins Büro nehmen, damit ihn die Kollegen lesen können. Ich denke, er kostet viel Geld. Allein die schönen Bilder. Man könnte sie direkt ausschneiden und rahmen. Und auf dem Flohmarkt verkaufen.«

Sie lachte dumpf. »Es gibt nämlich welche, die verkaufen alles. Nur, um an ein paar Cent zu kommen. Und ich sag Ihnen, manchmal sind das Leute, von denen man es nicht erwartet hätte. Ich hab eine Freundin, die schreibt Kinderbücher, angeblich erfolgreich, aber dann versteigert sie ihre eigene Unterschrift für ein paar Euro im Internet. Ha!«

Einen Dank murmelnd, steckte ich den Katalog, der so dick war wie ein Buch, in meinen Vuitton-Shopper. Vielleicht war es tatsächlich interessant, ihn durchzublättern, und die darin versammelte Kulturgeschichte hatte etwas Tröstliches an sich, etwas Ewiges. Eine Ewigkeit, die in diesem Fall sogar käuflich war.

Im »SchönLeben« empfingen mich die übliche Ruhe und der übliche gute Geruch von Kaffee, Kräutertee, frischen Waffeln und allgemeinem Wohlsein. An der Rezeption sortierte Gundrama Post, und Frau Haller arbeitete am Computer, an dem sie so nahe klebte, als sei sie blind.
Plötzlich hellten sich die Mienen auf.
Thomas von Schönleben kam mit seinem großen Schritt um eine Ecke gebogen, um das Haus zu verlassen. Er war nicht mein Typ, aber er war zweifellos ein hübscher Mann und ein echter Sonnyboy. Groß, kräftig, das Haar von einem warmen Blond. Sein Gesicht sah aus, als habe er sein Leben lang nur gelacht und gestrahlt. Wie ein junger, fescher Baron aus der K.-u.-k.-Monarchie.
»Auf Wiedersehen, Herr von Schönleben«, sagte eine Rezeptionsdame, die mir noch nicht vorgestellt worden war, mit so etwas wie Gottesfurcht in der Stimme. »Bis nächste Woche.«
»Halllllttt!«, sagte er. Und dann holte er aus der Tasche, die er bei sich trug, drei Äpfel, und alle drei hatten Herzchen auf den Backen.
»Für meine Grazien.«
»Danke!« Gundrama legte ihm leicht die Hand auf den Arm.
Er fasste nach ihrer Hand und hielt sie einen Moment fest. Ich sah, dass er einen dicken Siegelring mit Wappen trug. »Nicht so viel arbeiten, Gundrama. Der Schotte da oben ist ein Menschenschinder.«
»Nein«, versprach Gundrama treuherzig. »Ich mach nicht zu viel, Tho… Herr von Schönleben.«
»Prima. Und demnächst ist bei mir auf dem Hof Erdbeerernte angesagt. Hübsche Pflückerinnen willkommen. Hinterher gibt es auch Kaffee und Kuchen. So wie letztes Jahr.«
»Ich komme!«, versprach Gundrama noch einmal.

Und dann war der Spuk vorbei, Thomas von Schönleben war gegangen.

»Ja, der schöne Thomas. Einer von den teuren Goldköpfchen«, kam es von hinten. Hausmeister Buchmann hielt eine Art Zange in der Hand und sah sich böse um. »Wo ist jetzt das Kabel, das ich abklemmen soll?«

»Dahinten.«

Grummelnd begab er sich in die angedeutete Richtung.

»Einer von den teuren Goldköpfchen?«, fragte ich.

Buchmann kletterte auf eine Leiter und rief von oben: »Reich von Geburt. Fein von Geburt. Da kommste bis zum Grab nie hin, wo die schon als Baby sind. Biobauernhof? Da steckt doch kein Geld drin. Aber wenn du ein von Schönleben bist, dann geht alles.« Murrend sortierte er verschiedenfarbige Kabel.

»Manchmal ist das auch gut so«, erwiderte ich kühl, denn sozialneidische Menschen sind in meinen Augen gefährlich.

»Es ist schön«, strahlte Gundrama, »dass sich die Familie so kümmert. Sie sind mit vielen unserer Gäste befreundet und schon über Generationen hinweg einander durch Familienbande bekannt. Aber ich weiß sehr wohl, warum sie sich jetzt so besonders bemühen.«

»Warum denn?«

»Nächstes Jahr kommt der Bundespräsident. Ja, Herr Gauck, nicht wahr? Das Haus hier bekommt eine Auszeichnung für altengerechtes Wohnen. Das ist eine große Ehre und eine Anerkennung der jahrhundertelangen Tradition.«

Sie sah auf die Uhr. »Ich muss gehen. Herr Kline wartet schon. Wir machen die Küchenabrechnungen, und da muss man mit ihm immer ein bisschen kämpfen. Er ist nun mal ein Brite, dazu noch halber Schotte, und sieht es nicht ein, dass man so viel Geld für gutes Essen ausgibt. Aber eine biologisch angebaute Tomate schmeckt nun mal anders als eine Supermarkttomate. Und das merken auch unsere Gäste.«

Und fort war sie. Ich wartete noch einen Moment, bis ich auch nach oben gehen würde.

Ein altes Ehepaar näherte sich der Rezeption.

»Hätten Sie wohl eine Briefmarke?«, fragte die ältere Frau höflich und kramte in ihrer Handtasche. Ich registrierte mit Respekt eine ältere Gucci-Tasche.

»Gewiss, Frau Gold«, erwiderte die Rezeptionistin, an deren Revers ein kleines Schildchen mit einem Krönchen und mit den Worten »Es bedient Sie: Frau Haller« stand.

Das Ehepaar bedankte sich freundlich und verließ das Haus Arm in Arm.

»Tja«, sagte Frau Haller, »manchmal ist neues Geld aber auch nicht übel und ersetzt so manches Von im Namen. Das sind die Golds. Ich mag sie sehr gerne. Gundrama von Guntershausen und ich sagen immer: Die sind so höflich und so kultiviert. Aber manche von den *Aristocats* sehen auf sie hinunter. Sind halt nur … Bürgerliche.«

»Wieso sind sie dann überhaupt hier?«

»Warum nicht? Oder gibt es jüdische Altersheime für die eigenen Leute? Ich glaube, die haben jedenfalls in besten Kreisen verkehrt. Und manch einem aus der Klemme geholfen. Meine Güte, die Zeiten, als man auf sie runtergeguckt hat, sind vorbei, nicht wahr? Mir ist jeder recht.«

Der Hausmeister, der sich an einer Lampe zu schaffen machte, grinste. »Mir auch. Mir auch. Die Golds sind in Ordnung. Die sind wie wir. Gehören hier nicht dazu. Können machen, was sie wollen. Keine Chance. Dabei haben die genau so viel Knete auf ihrem Konto und teuren Krimskrams in ihren Zimmern wie die anderen. Und noch bessere Sachen.«

Er schraubte vergeblich, fluchte und kletterte dann von seiner Leiter. »Ich muss ins Lager. Passt natürlich nicht. Hier ist alles etwas Besonderes. Sogar die Lampen.«

Frau Haller sah ihm nach. Leise raunte sie mir zu: »Er ist ein tragischer Fall. Eigentlich hat er Abitur und hatte sogar angefangen, Geschichte und Germanistik oder so was zu studieren. Aber dann hat er eine Prüfung zweimal nicht bestanden und flog raus. Er hat dann Elektriker gelernt.«

Ich runzelte die Stirn, verabschiedete mich und begab mich nachdenklich in den ersten Stock links. Ich hatte einmal eine

Putzfrau, die eine Doktorarbeit über Virginia Woolf versemmelt hatte. Man hatte sie entlassen müssen, da sie sich mein teuerstes Parfüm abfüllte, die Flasche mit Wasser wieder aufgoß und die gestohlenen Tropfen an ihre Freundinnen verkaufte. Auch Germanisten, die als Elektriker enden, sollte man im Auge behalten.

Die Gesellschaftsdamen verfügten über einen gemütlichen Aufenthaltsraum mit Fernseher und einer Auswahl an Tageszeitungen. Wir konnten uns hier Tee kochen und auf einer Chaiselongue ausruhen. Ich sah auf die Uhr. Noch zwölf Minuten bis Dienstbeginn.

In einem Sessel ruhend, studierte ich den Auktionskatalog, der mir wie ein kleines Museum vorkam. Alte Karten. Stiche. Handschriften. Drucke. Inkunabeln. Manche der Kunden meines Mannes hatten solche Dinge gesammelt. Die meisten aus Anlagegründen, die wenigsten, weil sie sich wirklich dafür interessierten. Dass es alles das in Privatbesitz überhaupt gab!

Ganz, ganz fern fühlte ich plötzlich, wie erstmals ein schlummerndes Interesse an diesen Überresten früherer Kultur wieder aufkeimte – etwas, das in meinem Wahn, den perfektesten Kleiderschrank zwischen Basel und Mannheim zu besitzen, niemals eine Chance gehabt hatte.

Ich blätterte weiter durch die Abteilungen. Stiche. Waffen. Briefmarken. »Varia« hingegen präsentierte die verschiedensten Dinge wie einzelne Kunstblätter mit Zeichnungen und Abbildungen, vermutlich aus alten Zeitschriften herausgetrennt. Gruselige Insekten hinter Glas. Orden. Falsche Bärte. Weiter hinten im Kapitel »Historisches Spielzeug« wurden Zinnsoldaten, Blechspielzeug, Blumenvasen, Statuen und Porzellan feilgeboten.

Ich sah auf die Uhr. Längst Zeit, mit meinem dritten Schäfchen, Ada Baronin von Schlichting, Kakao zu trinken. Die gebürtige Komtess von Altenburg – natürlich war sie ebenfalls irgendwie über ihre Urururgroßmutter namens Sachsen-Coburg-Gotha mit dem Haus Windsor verbandelt – war mit einem Geschichtsprofessor namens von Schlichting verheiratet gewesen und las viel. Neben ihrem Teetisch lagen, anmutig gestapelt, immer mindestens vier Bücher. Vielleicht würde ihr der Auktionskatalog gefallen.

Auch sie lebte umgeben von Zeugnissen ihrer Vergangenheit wie Puppen, Püppchen, historischen Harlekins und beinahe haarlosen Teddybären. Außerdem bewahrte sie ein Messer auf, mit dem einer ihrer Vorfahren einen Bären im Elsass erlegt hatte. Ich vermied stets einen genauen Blick auf die verfärbte Klinge der Mordwaffe. Ada von Schlichting sprach oft über ihre geschichtsträchtigen Besitztümer.

»Ich habe nur einen Bruchteil mitnehmen können«, hatte sie mir einmal erzählt. »Es ist schade drum. Schau mal, Fräulein Tobler, der Clown hier ist aus Prag. Als es noch kommunistisch war. Ich habe auch einen aus Sizilien. Der hat eine goldene Nase. Symbolisch. Wo ist denn der liederliche Bursche noch mal? Ach, man wird so vergesslich mit der Zeit. Muss ich meinem Sohn sagen, dass der jetzt auch weg ist. Oder besser nicht, denn dann schimpft er mich wieder. Verkehrte Welt, liebe Swentja. Wenn du alt wirst, sehr alt, dann geht der Respekt. Warum bin ich nicht mit achtzig gestorben? Da hätten sie noch ordentlich um mich getrauert.«

Versonnen sah sie die Wand gegenüber an, wo die Fotos ihrer Enkel und Urenkel hingen. Blonde Häupter in bunter Kleidung blickten ernst in die Kamera.

»Jetzt werde ich vergesslich. Wenn man siebzig ist und alles ist noch in Ordnung, glaubt man gar nicht, dass man mit achtzig plötzlich wunderlich wird. Ich habe vor Kurzem schon das Babypüppchen verschlampt, das ich als Kind von der Großnichte meiner Nachbarin geschenkt bekommen hatte. Original aus Oxford. Es konnte sogar den Mund aufmachen, wenn man hinten am Köpfchen drückte. Diese Technik kam aus Frankreich und war seinerzeit was Neues. Die Franzosen waren damals führend in der Puppenmanufaktur. Das Ärmchen war ja nicht mehr original, war ausgetauscht. Einfach rausgeschraubt und neues reingemacht. Gerade das macht so eine Puppe wertvoll. Es ist wie Fehlfarben bei Briefmarken. Aber kann man da etwas dafür, dass man hin und wieder Sachen verlegt? Das passiert uns allen hier mal.«

Nein, dachte ich, da kann keiner etwas dafür, und dass man alt wird, merkt man erst, wenn es zu spät ist. Das Schlimme war: Man konnte dem nicht mal vorbeugen. Immer wieder verlegten die alten Leute hier ihre Sachen. Seltsam, dass es so oft geschah. Ich unterdrückte ein leises Unbehagen, das ich mir nicht erklären konnte.

Mit dem Katalog unter dem Arm tauchte ich jedenfalls jetzt bei Ada auf. »Wie lieb! Trag aber erst die Blumen raus, Swentja, sie riechen aufdringlich. Danke.«

Den Katalog noch unter dem Arm und die Vase in der Hand, verließ ich den Raum und platzierte die ungeliebten Nelken auf dem Beistelltischchen in einer Sitzgruppe. Den Katalog ließ ich versehentlich ebenfalls auf dem Tischchen liegen.

Eigentlich nur eine ganz kleine Sache, nicht wahr?

Und doch ein winziges Puzzlestückchen in einem Bild, das am Ende das Antlitz eines Mörders zeigen würde.

Vielleicht gibt es doch einen Gott? Oder diese unberechenbaren Gestalten namens Schicksal und Zufall und die beiden saßen kichernd in irgendeiner Ecke der Unendlichkeit beisammen und woben ein Netz?

Es war zu fein gesponnen, um es mit den Augen der Irdischen entdecken zu können.

Cornelia von Schönleben versteht etwas nicht

An jenem Nachmittag, in meiner zweistündigen Pause, traf ich im Vorgarten auf meinen Vermieter Paul Nicoletto. Er trug eine fesche Jeans und ein kariertes Hemd, und sein Haar klebte ihm etwas verschwitzt in der Stirn. Er sah aus wie ein südafrikanischer Farmer, dessen Augen die Weite suchen.

Unschlüssig schnitt er an einem Busch herum und trat dann ein paar Schritte zurück, um das Ergebnis zu begutachten. »Eigentlich ist Gartenarbeit nicht mein Ding«, meinte er seufzend. »Obstbäume beschneiden, Roden, Mähen, das alles könnte ich schon machen, aber so ein Garten hier ist doch Frauenarbeit.«

»Ah, sind Sie wirklich solch ein Patriarch?«

»Im guten Sinne«, erwiderte er abgeklärt und stützte sich auf einen Rechen. »Wir haben festgestellt, dass die Ehe besser funktioniert, wenn es eine klare Rollenverteilung gibt. Ich habe eine bedeutende Karriere gemacht, meine Frau hat die Kinder großgezogen. Ich hatte ein interessantes Leben, *sie* hatte nur ein schönes Leben. Jetzt hat sie immer noch ein schönes Leben, aber meines ist nicht mehr sehr spannend. Ein spätes Ungleichgewicht. Ich habe meine Krone an die Frau des Hauses abgeben müssen.«

Ich betrachtete ihn genauer. Eigentlich war er ein interessanter Mann. Stattlich. Nicht mehr ganz jung, keineswegs alt, aber sein Gesicht zeigte vielfältige Lebensspuren, die neugierig machten. Er hielt sich gerade, hatte eine gute Figur und intelligenten Humor in den Augen. Außerdem wirkte er insgesamt sehr gutmütig.

Eine Welle von Traurigkeit überflutete mich. Keiner meiner beiden Männer war gutmütig oder auch nur freundlich gewesen. Mein Ehemann kalt, mein Liebhaber stets kampfbereiter Macho.

Paul Nicoletto betrachtete mich mit echtem Interesse. »Wie gefällt es Ihnen denn in der Drachenburg? Sind die edlen Damen nicht ein bisschen schwierig? Ich meine, die waren doch immer von Dienstboten umgeben und brauchten nur mit dem Finger zu schnippen.«

»Ach«, gab ich seufzend zurück, »ich war auch immer von Personal umgeben. Deshalb kann ich sie nur zu gut verstehen.«

Er musterte mich forschend. »Sie sind aus dem Paradies vertrieben worden?«

»Allerdings.«

»Warum?«

»Ich habe von einem Apfel gegessen, den ich mir besser nur angesehen hätte. Mehr als Knabbern war sowieso nicht drin.«

»Wer war schuld?«, erkundigte er sich mit einem verschmitzten Lächeln. »Der Apfel oder die Eva?«

»Beide«, erwiderte ich. »Offenbar war es keine Beziehung, die für das Paradies vorgesehen war. Aber mir hätte eine höchst irdische Liebe auch gereicht.«

Er schmunzelte. »Es ist noch nicht zu spät.«

»Gerade hat mir Thomas von Schönleben einen Apfel mit einem Herz darauf geschenkt. Ich frage mich, wie man das züchtet.«

»Ach, der schnieke Biobauer? Der ist immer mal wieder mit seinen hübschen Freundinnen in der Zeitung. Ein leidenschaftlicher Motorradfahrer und ein waghalsiger Pilot. Wenn der in der Anfangszeit der Schönlebens gelebt hätte, wäre er bestimmt Raubritter geworden. Aber ein charmanter Junge. Gutes Aushängeschild für die Familie.«

Ich sah auf die Uhr. »Oje. Zeit, wieder zu gehen. Meine Damen warten auf das kultivierte Abendgespräch.«

»Prima. Hoffentlich kann ich mir das später auch mal leisten. Dass eine schöne Frau kommt und sich mit mir unterhält.«

»Sie haben doch eine eigene, und die wird sie statistisch gesehen vielleicht sogar überleben.«

»Ach ja, bei meiner Frau gibt es nach all den Jahren wenige Überraschungen. Sie macht nie etwas anderes als Kochen und Einkaufen und solche Dinge. Ich weiß natürlich nicht genau, was sie tagsüber treibt. Irgendwann geht uns der Gesprächsstoff endgültig aus. Spätestens wenn die Enkel groß sind. Aber mit einer Frau wie Ihnen hätte man sich viel zu erzählen. Sie haben bestimmt Spannendes erlebt.«

»Das kann man wohl sagen!«

»Und erleben auch heute noch Spannendes?«

Was wollte er jetzt hören? Was wusste er von meiner Vorgeschichte? »Wenn Sie damit Mord und Totschlag meinen, so hoffe ich, dass ich davon künftig verschont bleibe.«

»Deshalb also das Altenheim«, nickte er fast betrübt.

»Eben. Da passiert nichts mehr!«, bekräftigte ich.

Selten hatten sich zwei Menschen miteinander so geirrt.

Als ich unten an der Sackgasse zu meinem Parkplatz kam, stand zu meiner Überraschung ausgerechnet Irmentraud Nicoletto neben dem Auto, als habe sie auf mich gewartet. »Fahren Sie ins Stift, Frau Tobler? Könnten Sie mich mit in die Stadt nehmen?«

»Gern. Gehen Sie mal wieder einkaufen?«

»Eigentlich nicht. Ich …« Sie stieg ein und sah mich direkt an. »Ich habe einen Termin.«

»Ach? Arzt?«

Sie musterte mich von der Seite mit unerwartetem Spott. »Nein. Es gibt auch noch andere Termine für Frauen. Ich treffe mich mit jemandem in der Schlössle-Galerie. Obendrin. In einem Büro.«

Ich sah sie unschlüssig an. »Ja … und?«

»Also, ich werde es Ihnen sagen, aber bitte … kein Wort zu meinem Mann. Er soll das nicht erfahren. Keinesfalls. Er wäre schockiert.«

Konnte es sein, dass dieses schlichte Frauchen einen Liebhaber hatte?

»Ich bin Fotomodel.«

»Wie bitte?«

»Ja, Pforzheim ist doch Versandhausstadt. Und ich bin Model für verschiedene Kataloge. Für die reife Frau ab fünfzig. Und ab Größe zweiundvierzig. Mein Mann sieht diese Kataloge nicht an, und ich werde ja geschminkt. Manchmal trage ich natürlich auch eine Perücke. Rot steht mir.«

Verblüfft machte ich das Auto wieder aus. Ich sah Irmentraud Nicoletto mit anderen Augen.

»Die wird gestellt«, versicherte sie hastig.

»Aha.«

»Ja. Und die Arbeit ist sehr, sehr gut bezahlt. Ich spare das Geld natürlich. Man weiß nie. Das sehen Sie ja bei sich selbst. Und jetzt muss ich Ihnen noch etwas gestehen: Ich habe denen ein Foto von Ihnen gezeigt. Ich hatte doch letzthin den Apfelbaum im Garten fotografiert. Und Sie standen in der Nähe. Die sagen, Sie können auch bei uns anfangen. Sie sind schön und bestimmt fotogen. Natürlich müssten Sie Probeaufnahmen machen, aber das wäre kein Problem. Ewig werden Sie diese adeligen Damen da draußen ja nicht betreuen wollen.«

»Das könnte sein«, erwiderte ich vorsichtig.

»Es gibt nur ein Problem.«

»Und?«

Jetzt schien es ihr richtig peinlich. »Sie haben ja höchstens Kleidergröße achtunddreißig. Also, Sie sind zu dünn. Sie müssten zehn Kilo zunehmen. Wenn ich ein neues Model bringe und es ist schön mollig, bekomme ich einen Bonus.«

Mir blieb die Luft weg. Nicht nur, weil diese Frau ein zweites Leben hatte, von dem ihr Mann nichts wusste.

Sie war auch noch eine Geschäftsfrau.

»Mit anderen Worten: Ich möchte für Sie kochen, damit Sie ein bisschen zunehmen. Es würde Ihnen wirklich gut stehen.«

»Ich soll *zunehmen*?«

»Ja. Ein bisschen.«

»Nachdem ich viele Jahre lang mein Gewicht gehalten habe? Unter äußersten Mühen?«

»Überlegen Sie es sich. Und jetzt sollten wir schnell los. Ich habe einen Termin bei Frau Faul für uns beide gemacht. Sie würde Sie gerne kennenlernen.«

Meine Einwände, ich müsse zur Arbeit, wischte sie mütterlich zur Seite. »Es dauert nicht lange. Sie hat sowieso nicht viel Zeit. Immer beschäftigt.«

Ich parkte in irgendeiner Straße nahe des Bahnhofs, und wortlos liefen wir zügig eine Geschäftsstraße hinunter bis ins Zentrum Pforzheims. Das Büro der Modelagentur lag direkt hier in der Pforzheimer Innenstadt in der Nähe des Schmuckmuseums.

Der Aufzug glitt mit uns nach oben, wo uns eine sehr nüchterne Atmosphäre empfing, die vertraut nach Geldverdienen roch. Die Dekoration bestand aus Teppichböden und großen Fotos von reifen Damen mit üppigen Haaren und strahlendem Lächeln an den Wänden. Aus den Büros drang das Läuten der Telefone.

Frau Faul kam uns geschäftig entgegengetrippelt, wies auf eine sachliche Sitzgruppe und blätterte in ein paar Papieren. Die Chefin der Agentur »MyLady« erwies sich als eine kleine, leidlich elegante Person mit hurtigen Äuglein und einem etwas zu rot geschminkten Mund. Sie sah aus wie eine Französin, die zu lange von zu Hause fort gewesen war und dabei vergessen hatte, dass weniger mehr war. Ihre von Fältchen umkränzten Vogelaugen überflogen mich routiniert wie ein Scanner.

»Sehr, sehr hübsch, Frau Tobler«, sagte sie in einer mittleren Stimmlage, die einen winzigen ironischen Beiklang hatte. »Ich könnte mir vorstellen, Sie sind sehr fotogen. Sehr, sehr hübsch.«

»Danke!«

»Wir werden Probeaufnahmen von Ihnen machen, aber ich bin jetzt schon sicher, dass sie wunderbar ausfallen werden. Die Augen, der Mund, die Zähne. Alles perfekt. Ihre Haare ... da braucht man ja fast nichts mehr zu machen. Wann hätten Sie Zeit für ein kleines Shooting? Ach ja, und da muss ich unserer Frau Nicoletto allerdings recht geben: Sie müssen leider zunehmen. Wir bedienen das Versandhaus Klingel und andere, welche vor allem reifere und gerundete Damen als Kundschaft haben. Sie haben Größe achtunddreißig? Das geht natürlich gar nicht. Vierzig müsste es mindestens sein. Besser zweiundvierzig oder auch noch vierundvierzig. Aber dann ist Schluss. Lassen Sie sich also von unserer wunderbaren Köchin hier verwöhnen und kommen Sie recht bald wieder. Ich bin sicher, Sie werden sich mit uns ein ganz neues Tätigkeitsfeld erschließen. Sie sind

beim ›SchönLeben‹ beschäftigt? Na. Wer weiß, wie lange es dieses Stift noch gibt – bei uns haben Sie für die nächsten Jahre einen sicheren Arbeitsplatz.«
Wir alle standen auf.
»Ich muss gehen«, meinte ich kurz angebunden. »Ich komme sonst zu spät zu meinem aktuell sehr sicheren Arbeitsplatz. Sie zweifeln offenbar daran, dass das Stift noch lange besteht?«
»Irgendwann«, lächelte sie, »sind alle alten Adeligen tot, nicht wahr?«
»Es gefällt ihr sehr gut im ›SchönLeben‹, denn sie arbeitet als Gesellschaftsdame, was viel angenehmer ist als manch andere Tätigkeit dort«, strahlte Irmentraud Nicoletto stolz.
»Die haben da tatsächlich noch Gesellschaftsdamen?«, dehnte Frau Faul die Bezeichnung so lange, bis sie sich lächerlich anhörte, »wie in der guten alten Zeit? Dabei haben sie seit zwei Jahren einen neuen Geschäftsführer, der auf Effizienz setzt.«
»Kline«, sagte ich abfällig und überhörte mal wieder etwas Wichtiges.
Frau Faul hob ihre Stimme mit dem chronisch ironischen Unterton. »Ich kenne Eleanor von Schönleben noch von früher. Eine feine Dame. Alte Familie. Nun ja, sie kauft wahrscheinlich trotz allem nichts von unserer Katalogware. Aber es ist keine Schande, aus einem Katalog zu kaufen. Kennen Sie die Kataloge von ›Madeleine‹?«
»Ja, natürlich.« Ich fragte mich flüchtig, was sie mit »trotz allem« meinte, doch Frau Faul sprach schon weiter.
»Wir haben auch schon für ›Madeleine‹ fotografiert. Schmuck, was sonst? Also, melden Sie sich recht bald, es hat mich gefreut.«
Und schon waren wir draußen.
»Sehen Sie«, strahlte Irmentraud, immer noch glücklich über *mein* Glück. »Vielleicht machen Sie bald eine richtige Modelkarriere und verdienen Ihr eigenes Geld. Sie glauben nicht, welche Freiheit Ihnen das gibt.«
»Freiheit wofür?«, fragte ich. »Sie sind doch gerne mit Ihrem Mann zusammen!«

»Ja«, lächelte Irmentraud, »bin ich. Aber mit Geld hat man die Freiheit zu entscheiden. Gehen oder Bleiben. Das tut gut.«

Mist, dachte ich. Sie war eine schlichte Hausfrau mit dem Kleidergeschmack einer sparsamen Mutti und mir trotzdem meilenweit voraus.

»Vorausgesetzt, Sie essen ganz viel von meinen feinen Sahnesoßen«, fügte Irmentraud noch an.

»Wirklich sehr nett. Ich gehe aber im Moment noch ganz gerne ins Stift.« Kurz überlegte ich. »Der Himmel weiß, warum.«

★★★

Wahrscheinlich wegen Leuten wie Cornelia von Schönleben-Trewitz.

Die alte Dame empfing mich heute freundlich wie immer. Sie bat mich, die Vorhänge aufzuziehen, damit mehr Licht in den geschmackvoll mit Antiquitäten und Orientteppichen eingerichteten Raum drang, und wies dann auf das kleine Tischchen neben ihrem Sessel. Sie hatte den Mittag über geruht und nahm nun den geheiligten Fünf-Uhr-Tee mit Schnittchen und Gurken zu sich.

Fast alle Gäste hier hielten an diesem feinen Ritual einer Knabberteestunde fest, etwas, das sie schon in früheren Zeiten vom einfachen Arbeiter unterschieden hatte, der um diese Zeit etwas Nahrhaftes und eine Flasche Bier brauchte.

Es gab natürlich Damen wie Ina von Schroth-Lauinger, die strenge Fastentage einhielten, und dann wurde auch kein Tee oder Kaffee getrunken, aber im Allgemeinen waren die Mahlzeiten den feinen Senioren heilig.

Draußen auf dem Gang glitten die gut geschulten Servicekräfte entlang. Diese meist jungen Frauen trugen Tabletts mit Tee und Gebäck, das auf Wunsch sowieso vierundzwanzig Stunden am Tag serviert wurde, ebenso wie kleine Snacks zu jeder Uhrzeit.

Da sich unter den Gästen ja das alte jüdische Ehepaar Gold befand, das ich an der Rezeption kennengelernt hatte, gab es auch koscheres Essen. Die Golds waren vor Jahren aus Frankfurt in den Schwarzwald zurückgekehrt, der ursprünglichen Heimat ihrer Familie. Das Ehepaar war offenbar sehr wohlhabend, sehr gebildet und besaß zu meiner Freude eine große Sammlung von schönem historischem Rosenthal-Geschirr. Zudem horteten sie aber all den nostalgischen Schnickschnack, den die anderen auch besaßen: Puppenwagen, Harlekins, Kerzenleuchter, kleine Porzellanfiguren und Ührchen.

Die Golds fielen leider betreuungstechnisch nicht in mein Ressort. Sie schienen freundliche und witzige Bewohner zu sein, die dem Lebensabend viele positive Aspekte abgewinnen konnten. »Wir haben keine Angst vor dem Tod«, erklärten sie gerne. »Er ist bei uns Juden seit jeher ein guter Bekannter, und wir sind dankbar, dass er seinen Besuch bei uns um viele Jahre verschoben hat. Vielleicht können wir sogar noch ein paar sonnige Tage in Israel verleben. Wir planen das jedenfalls, solange wir noch planen können.«

Max Gold bekümmert: »Aber was machen wir dann mit all unseren Sachen? Sie sollen doch in gute Hände kommen. Wir haben allein vier siebenarmige Leuchter. Wer braucht vier Menoras? Gott ist gegen Verschwendung. Wo ist denn eigentlich der vierte? Lea, du sollst nicht immer alles wegräumen, wir sind doch nicht auf der Flucht ...«

Wir schwiegen dann betroffen, doch sie lächelten selbstironisch und nahmen ihren Worten damit die Tragik.

Überhaupt waren die hochbetagten Bewohner hier insgesamt entspannter als viele jüngere Leute um die siebzig, die ich aus meinem früheren Leben kannte. Anscheinend hatten sie mit der Illusion des Jungbleibens endgültig abgeschlossen und sich heiter mit dem sicheren Ende arrangiert.

Die meisten blickten unverkrampft auf ihre Biografie zurück, sogar die Golds, die es weiß Gott nicht leicht gehabt hatten. »Manche haben Pech und leben in einer Zeit, die ein Irrweg der Geschichte ist. So ging es uns. Wenigstens sind wir davongekommen. Alles nur Zufälle. Wissen Sie, dass Hitler zum Architekturstudium nur wegen eines einzigen ungeraden

Striches nicht zugelassen worden war? Stellen Sie sich vor, er hätte diesen Strich gerade gemacht. Was uns erspart geblieben wäre!« Lea Gold hob fragend die Hände. »Und wie viele es von uns gäbe! Das wäre ein Zores.«

Die ungeliebte Gitte Vonundzurbrücke hatte mir mit dem Job hier in dieser Phase meines Lebens unwissentlich einen Gefallen getan. Die alten Leute gaben mir das Gefühl, noch jung zu sein, und sie waren gleichzeitig eine Mahnung, die Zeit nicht zu vertrödeln. So entspannte ich mich allmählich, spürte, wie der Anspruch, immer die Schönste, die Begehrenswerte und die Perfekte zu sein, zunehmend verblasste.

Und die eintausendzweihundert Euro, die ich hier im Monat verdiente, waren tatsächlich mein erstes regelmäßiges Einkommen im Leben.

Mein Mann musste mir natürlich zähneknirschend Trennungsunterhalt zahlen, aber die frühere Sorglosigkeit, die eine durch ihn grenzenlos gedeckte Kreditkarte versprochen hatte, war verschwunden.

Eines Tages mochten diese tausendzweihundert Euro vom »SchönLeben« den Unterschied zwischen dem schieren Existenzminimum und ein klein wenig mehr Luxus bedeuten.

Auf Luxus würde ich nie und nimmer verzichten. Ich bin nun mal ein Kaviartyp und kein Seehasenrogentyp. Und eine Handtasche unter dreihundert Euro ist für mich eine bessere Einkaufstragetasche. Immer noch. Und genau deshalb hatte ich mir am Vortag den entzückenden kleinen Beutel von Michael Kors gekauft.

»Setzen Sie sich zu mir, meine Liebe. Wie geht es Ihnen?«, fragte Cornelia von Schönleben-Trewitz, nachdem ich die Vorhänge beiseitegeschoben hatte.

»Oh, gut. Ich bin morgen Nachmittag auf Schloss Schönleben zu einem Antrittsbesuch eingeladen. Offenbar haben alle neuen Gesellschaftsdamen diese Ehre.«

Cornelia runzelte die Stirn. »Ach ja. Stimmt. Das ist eine alte Sitte, und das trifft sich jetzt ganz wunderbar. Ich möchte nämlich sowieso etwas mit Ihnen besprechen.« Cornelia klopfte sacht mit ihrer Hand auf einen Stuhl mit abgewetzter jagdlicher Samtbrokatbespannung.

Ich nahm Platz auf dem aufgestickten Geweih eines Hirsches, wobei meine Knie gegen das niedrige Tischchen stießen, auf dem Tee, ihre Brille und ein silbernes Schälchen mit Sandgebäck ein schönes Stillleben bildeten. Bei fast allen Bewohnern war es eng, aber behaglich. Ich fühlte mich geborgen wie ein Kind bei seiner Oma. Gewiss würde gleich eine kleine Anekdote aus dem trägen, feinen Heimalltag, der an den Zauberberg von Thomas Mann erinnerte, folgen.

Wie konnte ich ahnen, dass die gute Frau von Schönleben-Trewitz sich gerade eben aufmachte, einem Verbrecher einen Strich durch die Rechnung zu machen und dabei ein Netz zu zerreißen, das mit äußerster Sorgfalt gesponnen worden war?

»Es hat mich einfach gewundert«, fing sie an, »dass sie sie hergegeben hat. Oder sind sie sonst irgendwie verschwunden? Manche von uns vermissen Sachen, alles alt, bemalte Döschen von Meißen, Messerbänkchen, Serviettenringe und manchmal sogar alte Teddybären, die gar nicht mehr gut erhalten sind. Man hört im Speisesaal ab und zu davon. Aber dann beruhigt man sich wieder. Das Gedächtnis ist nicht mehr das beste.«

Ich hörte geduldig zu.

»Es gibt auch welche, die verstecken Sachen, um sie zu schützen. Wie im Krieg. Viele von uns haben mehr verloren als die ... Leute. Schlösser samt Inhalt.« Sie kicherte. »Und ein Leben samt Inhalt. Also, wir vergessen vieles, was heute war, aber an Sachen von vor fünfzig Jahren erinnern wir uns genau.«

Das hatte ich auch schon bemerkt. Cornelia fuhr fort.

»In diesem Katalog hab ich zuerst diese kitschige Puppe von unserer guten Cressida entdeckt.«

Sie legte die Hände auf meinen Auktionskatalog, der auf ihrem Schoß lag. Sie blätterte darin herum und deutete schließlich leicht ächzend mit ihrem hageren Zeigefinger auf eine blonde Puppe, deren aufgemalte Augen weit aufgerissen waren. Der blasse Kirschmund war hingegen fest geschlossen. Dazu ein Text:

»England um 1850. Französische *All-bisque*-Puppe von hoher

Qualität. Pariser Atelier. Beweglicher Kopf, noch mit Gummiband befestigt. Arme nachträglich mit Biscuit-Öse angebracht. Kleinere Schäden, vermutlich durch einen spitzen Gegenstand, an Armen, Beinen und Hals. Unterwäsche verschlissen. Schürze aus belgischer Spitze. Siebenhundert Euro.«

»Das ist Cressidas Puppe? Cressida sprach von einem Schottenrock.«

»Den haben sie dem Ding sicher ausgezogen, die raucht doch, der hat bestimmt gestunken. Aber es ist eindeutig ihre Puppe. Ich erkenne die roten Schuhe. Der eine hatte einen schwarzen Ersatzriemen. Doch darum geht's mir gar nicht, Kind. Die Cressida war mal …«, jetzt beugte sich Cornelia vor und wisperte, »… sozialistisch eingestellt. Die verschenkt Sachen. Sogar an die Küchenmädchen und an irgendwelche habgierigen Verwandten. Dass dieses Zeug verscherbelt wird, wundert mich nicht.«

Ich nickte abwartend.

»Aber nicht unsere Anna-Maria. Die war anders. Eher konservativ, wie es sich auch gehört, und die hätte sie nicht hergegeben. Warum auch?«

»Wer und was hat sie hergegeben?«

»Die beiden Puppen. Sie sind sehr, sehr wertvoll, wissen Sie.«

»Welche Puppen und von wem sprechen Sie genau, Frau von Schönleben-Trewitz?«

»Von Anna-Maria von Schönleben-Trostdorff.«

»Auch eine Schönleben? Ihre Schwester?«

»Nein, um Himmels willen. Auch eine entferntere Verwandte von den richtigen, den reichen Schönlebens. Gott schütze die Familie und schenke ihnen langes Leben! Mit mir sind sie nur über siebenhundert Ecken verwandt, aber immerhin gehöre ich dazu. Und das Stift ist ihnen seit jeher eine Herzensangelegenheit.« Cornelia lächelte beglückt.

»Eine feine, feine Familie, die noch weiß, was sich gehört und was sie dem Namen schuldig ist. Meine Großcousine Anna-Maria lebt erst seit Kurzem bei ihnen im Schloss in einem Zimmer im Seitenflügel. Davor war sie hier im Stift. Zu Hause in Neuenbürg – kennen Sie das herrliche Schloss dort? – konnte sie nicht mehr bleiben. Die Schönlebens können sich das leisten, Anna-Maria bei sich aufzunehmen, auch wenn ihnen der Kasten hier nicht gehören würde. Ja, unsere schöne, reiche Verwandtschaft. Autos. Hotels. Jagden und … wie nennt man Häuser heute noch mal? Immobilien.«

Ich nickte schmerzlich und dachte an unsere herrlichen Immobilien weltweit. Mein Mann hatte es aus Steuergründen immer wunderbar fertiggebracht, die wahren Besitzverhältnisse über Strohmänner, Holdings und Scheinfirmen zu verschleiern. Jetzt zu meinem Nachteil.

»Und die Anna hat auch genau solche wunderbaren alten Puppen besessen. Ganz entzückendes Pärchen. Geschwister. Und jetzt sehe ich diese beiden hier drin zum Verkauf.«

Wieder wies sie auf den Katalog des Hauses Klaus Feuer, den sie liebevoll auf ihrem Schoß hielt.

Ich musste das Ding irgendwo im Haus liegen gelassen haben, anstatt ihn Ada zu geben. Ich würde jederzeit einen neuen holen können. Cornelia hingegen nicht. Was immer sie hatte, musste sie festhalten, denn ohne fremde Hilfe konnte sie sich aus dem »SchönLeben« nicht wegbewegen.

»Sie meinen, diese Püppchen gehörten …?«

»Da. Schau mal, Frau Tobler. Auf Seite sechsundsechzig. Zwei Seiten vor der blöden Biscuit-Puppe von Cressida, die eh keiner will. Dieses niedliche Puppenpärchen. Sie hing so sehr daran. Sie hat sie vor unendlicher Zeit als kleines Mädchen von ihrer Urgroßtante Lady Mountjoy geschenkt bekommen …«

Seufzen. Pause.

»Sie waren wie Kinder für sie. Hatte ja keine eigenen, wie ich auch nicht. Sie hat sie ständig an- und ausgezogen, hat ihnen früher sogar Kleider genäht und sie gewaschen. Trocken natürlich, sonst würden sie ja leiden.« Cornelia beugte sich vor und wisperte: »Das machen manche von uns hier … komisch, nicht wahr?«

Ich nahm den Katalog und betrachtete besagte Seite sechsundsechzig genauer. Blätterte vor und zurück. Fünf Seiten zuvor begann die Abteilung »Historisches Spielzeug« mit all den hölzernen bemalten Puppenwagen, den zerzausten Teddybären, blechernen Kreiseln, sanierungsbedürftigen Puppenhäusern, altmodischen Küchen mit Feuerstellen und einer steifen kleinen Puppenköchin mit kariertem Kleid und weißer Schürze.

Ließ mich alles kalt. Die Damen der Gesellschaft gerieten ja gerne mal vor einem alten Schränkchen in Verzückung, doch hatte ich mich noch nie an dieser atemlosen Jagd auf alte Sachen beteiligt. Warum sollte ich Zeug kaufen, das andere Leute irgendwann einmal zum Sperrmüll gestellt hatten, weil es ihnen nicht mehr gefiel?

Unten auf der Seite sechsundsechzig war tatsächlich ein Puppenpärchen abgebildet. Ein Mädchen und ein Junge. Ich fand die beiden nicht besonders ansprechend. Das Mädchen hatte lange, etwas struppig aussehende schwarze Haare, der Junge war kleiner und blond. Vor dem Mädchen stand ein Korb, der Junge saß seinerseits ebenfalls auf einem Korb und zeigte ein verwöhntes Gesicht mit Schmollmund.

Unter der Abbildung waren neben der Größe, dem Gewicht und der Herkunft alle möglichen Eigenschaften dieser Puppen aufgelistet. »Alte Charakterpuppen mit Biscuit-Kopf! Junge: große Öffnung am Oberkopf. Junge: offener Mund mit Zähnchen. Kopf des Mädchens mit Metallfeder am Rumpf befestigt. Stempel: »Bébé Jumeau Diplome d'honneur«, stand dort beispielsweise.

Ich las weiter: »Vermutlich England um 1850. Nicht sehr gut erhalten. An beiden Puppen starke Beschädigungen an Hals (drehbar) und Körper sowie am Armgewinde.«

»Frau Tobler, es sind seltene und wertvolle Puppen aus der Manufaktur von Fairyfield in ... Moment, wie heißt die Grafschaft? Ja ... Sussex. Alles Einzelstücke. Um die Mitte des letzten Jahrhunderts, ist das lange her. Da wusste man den Wert von Handarbeit noch zu schätzen«, sagte Cornelia warm und strich über die Seite, als streichele sie die starren Gesichter der beiden leblosen Wesen.

Sie meinte zweifellos die Mitte des vorletzten Jahrhunderts.

»Die anderen Krähen hier drin sind ja vergesslich und schenken mit den warmen Händchen, wie sie immer sagen. Aber die Anna hätte die Puppen niemals hergegeben. Ich möchte wissen, warum sie nun in diesem Katalog auftauchen.«

Mir kam ein Gedanke, der vielleicht nicht besonders fein und taktvoll war.

Dennoch musste ich es sagen.

»Hm, vielleicht ist sie … ich meine, vielleicht ist sie gestorben.«

Cornelia von Schönleben-Trewitz riss die Augen auf. »Anna-Maria? Nein, das wüssten wir hier im Hause. Dann würde eine Einladung zur Trauerfeier ergangen sein. Sie ist immerhin eine Verwandte. Ich hätte es als Erste erfahren.«

Jetzt richtete sich Cornelia auf, und ihre Augen blitzten mich an: »Nein. *Mon dieu*. Man hätte mich auf alle Fälle informiert, verstehen Sie, liebe Frau Tobler. Familie ist heilig. Und wir machen immer, was sich gehört. Eleanor ist da noch vom alten Schlag.«

Ich nickte, um sie zu beruhigen. »Das glaube ich Ihnen. Aber dann hat sie es sich eben einfach anders überlegt. Im Alter trennt man sich manchmal von Dingen, die man früher für unentbehrlich hielt.«

Ich beispielsweise, dachte ich. Ich habe mich mal eben von einer Villa in Ettlingen-Vogelsang, einem Gärtner, einer Haushälterin, einer arroganten Katze, einem stummen Ehemann und gefühlten fünfzig gesellschaftlichen Events pro Jahr getrennt.

»Man wirft Ballast ab, damit man leichter laufen kann«, fügte ich hinzu. Oder davonlaufen, dachte ich.

»Schöner Vergleich«, befand Cornelia streng, »aber er stimmt nicht. Nicht in unseren Kreisen. Unsere Traditionen sind kein Ballast, sie sind eine Stütze. Ein Korsett, das wir brauchen, um aufrecht zu gehen, und daher auch weitergeben.«

»Aber ein paar Puppen? Sind die so wichtig für die Tradition?«

»Puppen waren früher wie Menschen, nach ihrem Bild geformt und dabei so verschieden wie wir. Sie waren nicht einfach nur ein Spielzeug, Frau Tobler, sondern Vorbilder für uns Mädchen. Deshalb sind sie eben auch ein Familienerbe. Und das geben wir nicht ohne Not weg. Vor allem nicht, wenn die Puppen aus derart vornehmen Kreisen stammen. Hände haben sie berührt, die auch echte Kronen aufgesetzt haben. Verstehen Sie, Frau Tobler, auch wenn du nicht eine von uns bist?«

Ich dachte nach. Dass jetzt sogar staubige, alte Puppen aus vornehmeren Kreisen als ich kamen, war neu. Die Statussymbole, die hier zählten, konnte selbst mein Mann nicht kaufen.

Cornelia schenkte sich und mir erneut Tee ein – die alten Herrschaften hier mussten alle hervorragende Nieren haben. Dann legte sie ihre feinen Finger rautenförmig aneinander.

»Wir hüten altes, wertvolles Spielzeug oder kleine Ziergegenstände, Sie verstehen, liebe Swentja? Unsere Möbel, unsere Récamieren und geschnitzten Anrichten ... pfff ... die mussten wir zurücklassen. Aber die kleinen Dinge, die bleiben uns.«

»Ja, ich verstehe.«

Früher hätte ich es nicht verstanden, aber jetzt, da ich auch aus hundert Sachen zehn hatte machen müssen, konnte ich den Kummer um verlorene Dinge nachvollziehen. Etwa mein braunes Jette-Kleid mit Paisleymuster, das sowohl zu Hosen als auch als kurzes Kleid gut aussah. Wie ich dieses Kleid vermisste! Fast mehr als meinen Mann. Aber nicht mehr als Hagen.

»Der Schmuck wird uns ja schon mal von Töchtern und Nichten abgeschwatzt. Sie sagen, oh, Oma, schau mal, so was ist heute wieder modern. Kannst du es mir leihen? Ich habe da diesen Jungen, dem ich gefallen will.« Cornelia kicherte. »Und Oma oder Tante verleiht es und sieht es niemals wieder. Die weibliche Nachkommenschaft setzt da auf die Zeit. Oma kann ja nicht ewig leben und wird es außerdem sowieso vergessen. Aber für die Puppen haben sie sich nie interessiert. Noch Kekse, Swentja?«

»Danke, Frau von Schönleben, nein.«

»Achtest auf deine Figur, nicht wahr? Hast Angst, du wirst zu dick? Vor allem, wenn man wieder vogelfrei ist wie du und noch mal auf die Pirsch gehen muss, denkt man ans Äußere. Du hast da einen kleinen Hang zum Doppelkinn. Von der Mama geerbt?«

Alte Damen haben eine herzige Art, Sachen zu formulieren, doch sie traf direkt ins Mark.
Ich war wirklich vogelfrei und allein. Natürlich gab es Marlies, aber Marlies war nur eine Freundin, und sie hatte ihre eigene Familie zu beschützen. Für meine Tochter war ich im Moment nur peinlich und eine Belastung.
Außerdem besaß ich tatsächlich einen kleinen Hang zum Doppelkinn.
Meine Cousinen in Italien, die sich keine Kosmetikerin leisten konnten, hatten den Kampf dagegen bereits aufgegeben und waren heute schon Matronen mit freundlichen, runden Gesichtern.
So viel zur unerwünschten Familienähnlichkeit. Eine Kosmetikerin würde ich mir weiterhin und erst recht leisten.
Ich dachte an den Job als gut bezahltes Fotomodel für die Pforzheimer Kataloge, die in alle Welt hinausflattern. Zwischen mir und dieser herrlichen Geldquelle standen nur ein paar Kilo zu wenig.
»Ich glaube, ich nehme doch noch einen Keks. Oder lieber zwei.«
»So ist's recht. Ich wollte vorhin nichts sagen, aber mit der Figur hat es am wenigsten zu tun, ob es mit der Liebe klappt oder nicht. Ich kannte runde Frauen, die von ihren Männern geradezu angebetet wurden. Es ist das Wesen, das die Herren anzieht. Am besten, du bist ein bisschen streng mit ihnen. Fächer zusammenfalten und auf die Finger, wenn sie sich Freiheiten herausnehmen. Und dabei süß lächeln.«
Mit ihrem faltigen Mündchen machte sie es vor. »Eleanor von Schönleben kann das gut. Die Frau kommt aus einem starken Geschlecht und versteht sich auf Pferde, Hunde und Männer. Und mit allen hat sie es nicht immer leicht. Aber die hält den Laden liebevoll und streng zusammen.«
»So wird es wohl sein«, antwortete ich abwesend.
Also alles falsch gemacht, Swentja.
»Also, ich habe eine Bitte, Swentja.«
»Ja, Frau von Schönleben?«

Sie duzte oder siezte mich je nach Laune, doch ich sprach sie selbstverständlich mit vollständigem Titel an.

»Du bist also morgen Nachmittag zum traditionellen Antrittsbesuch bei den Schönlebens eingeladen? Wenn du meine Großcousine Anna-Maria triffst, die mit ihrer Krankenpflegerin in einem Seitenflügel des Schlosses lebt, frag sie bitte, was mit den Puppen passiert ist.«

»Aber warum fragen Sie nicht selbst? Die Schönlebens besuchen Sie und die anderen Gäste regelmäßig …«

»Anna-Maria sehe ich nicht mehr. Sie ist drei Tage bevor Sie hier angefangen haben, von Thomas und Rudolf abgeholt worden. Eleanor kommt nicht sehr oft, sie hat keine Zeit. Und mal unter uns, so etwas kann man nicht mit Männern besprechen, nicht wahr? Unser Thomas hat andere Sorgen, ich möchte ihn nicht mit so etwas behelligen. Nein, ich will einfach beruhigt sein. Nicht, dass sie Sachen weggibt, weil sie dement ist, wie manche von den alten Uhus hier. Du verstehst. Denn dann müsste ihre Familie mehr auf sie achten.«

»Aber man wird mir doch zu so etwas Privatem keine Auskunft geben wollen.«

Cornelia kicherte. »Man wird. Mein Wort gilt nicht viel in dieser großen Familie, aber vielleicht doch ein bisschen was. Wir halten nämlich zusammen.«

Ich hob eine Augenbraue. »Also gut. Ich werde mir von Gundrama noch erklären lassen, wo die von Schönlebens genau wohnen.«

»Ach, die gute Gundrama. Wenn wir die nicht hätten. Armes Ding. Sie ist zu jedem so nett und nimmt sich immer Zeit zum Plaudern. Sogar mit den Golds. Na ja, sie hat vielleicht nicht mehr viele Mittel, aber sie hat noch ihre gute Erziehung. Sie ist ein bisschen zu alt für Thomas, viel zu alt, aber die beiden würden gut zueinanderpassen. Jedenfalls flirtet er mit ihr. Was die Herkunft betrifft, würde es gehen. Ihre Vernunft würde ihm jedenfalls guttun.« Cornelia seufzte. Wie alle alten Damen weltweit würde sie zu gerne eine Ehe stiften.

»Die Schönlebens haben ein herrliches Anwesen in Keltern

draußen. Ein kleines Schlösschen. Nicht sehr alt. Vielleicht dreihundert Jahre? Es ist nicht weit von hier. Warte mal, Frau Tobler ... das Viertel, in dem sie wohnen, heißt Ellmendingen. Schön grün, eigentlich ruhig und ein bisschen abgelegen. Aber die haben ja heute alle Autos, auch die jungen Leute. Außerdem Wohnungen in Stuttgart, in Frankfurt und eine Etage in München. Da muss man sich einfach ab und zu sehen lassen. Ach ja, und da ist noch das kleine Sommerhaus in Bauschlott zwischen Oberderdingen und Bretten und Pforzheim. Passend. Schloss Bauschlott war nämlich ein Wohnsitz von Prinzessin Stephanie, weißt du.«

Ich räusperte mich. »Der gewissen Verwandten von diesem unsäglichen Parvenü. Napoleon. Dort gab es auch gewisse Kontakte zu den Schönlebens.«

Gewisse Kontakte. Natürlich. Nichts war hier deutlich. Alle Verbindungen waren nur geflüstert und von einem Gestrüpp unzähliger Seitenlinien verdeckt.

»Aber Ihre Angehörigen werden mir keine Auskunft geben wollen. Ich bin in ihren Augen vermutlich ein ...«, das fiel mir, der Stilqueen von Mittelbaden, nun wirklich schwer auszusprechen, »... Niemand.«

»Das stimmt«, erklärte Cornelia offen. »Obwohl Eleanor von Schönleben, wie gesagt, eine patente Frau ist. Aber sie ist sehr stolz und gibt sich nicht mit jedem ab. Das ist in Ordnung, das war immer so.«

Ich musste ein Lächeln unterdrücken. Tausend Jahre hin oder her spielten hier offenbar keine Rolle.

Cornelia wies auf eine lange Reihe meist sepiafarbener Bilder von schönen Menschen an ihrer Wand über dem Bett.

»Weißt du, manche unserer Freunde sind nämlich schon ein wenig lebensuntüchtig. Die sind mächtig stolz, wenn sie einen Fasan erlegt haben, kennen aber nicht den Unterschied zwischen Soll und Haben auf der Bank. Ich bewege mich ein Leben lang unter ihnen, wie meine Eltern, meine Großmütter und Großväter. Ich liebe sie alle, diese feinen, schönen und schwachen Menschen. Wenn wir bei den traditionellen

Adelstreffen, etwa in Karlsbad, heute ...«, sie verzog das Gesicht, »heute Karoly Vary, zusammenkommen, dann sind wir wie eine große Familie.«

»Zurück zu meinem Besuch auf dem Schloss ...«

»Ja. Richtig. Hm ... Frag Eleanor nach Anna-Maria, suche sie auf, vielleicht kann sie auch zum Tee kommen, und gib ihr das Buch hier von mir als Mitbringsel. Da, über Friedrich Wilhelm von Brandenburg-Schwedt, einem unserer Ahnen. Hat mir eine Gesellschaftsdame vor langer Zeit geschenkt.«

Ich wog das schwere Werk mit Goldschnitt in der Hand. »Nie gehört.«

»Macht nichts. Das war der lebenslustige Vater von Friederike Dorothea Sophia, die Friedrich Eugen, Herzog von Württemberg, geheiratet hat und deren Sohn Ludwig von Württemberg seinerseits der Erzeuger von Alexander von Württemberg war, der wiederum durch die Heirat seines Sohnes Franz von Teck mit Mary Adelaide von Cambridge ins britische Königshaus vorstieß. Deren Tochter Maria von Teck heiratete George V. von England. Sie waren die Großeltern von Elisabeth II.«

Atemlos hielt die alte Dame inne. Wie oft mochte sie diese Liste schon aufgezählt haben?

Als habe sie meine Gedanken erraten, fuhr sie fort: »Als ich Kind war, ging mein Vater unsere Ahnengalerie im Treppenhaus Bild für Bild mit mir ab und examinierte mich, wer und was die Leute waren, mit wem sie verwandt waren und welche Linie wann auf welchem Thron saß.«

»Und Sie ...?«

Jetzt holte sie erst richtig Luft und legte los: »Wir, die Mitglieder der gräflichen Familie von Schönleben und alle von ihr abstammenden Zweige, entspringen einer Nebenlinie der Brandenburg-Schwedts sowie der Tecks, die sich in einem früheren Jahrhundert von der Hauptlinie abgespalten und im Süddeutschen sehr stark verzweigt hat.«

Das klang wie aus einem Lexikon.

»Manche heißen nur von Schönleben, andere haben einen Doppelnamen, weil sie in eine andere Familie eingeheiratet, aber den Namen Schönleben behalten haben. Allesamt sind wir über mehrere Linien mit der Queen drüben verwandt, so wie die britische Königsfamilie ja durch die Häuser Sachsen-Coburg-Gotha, das Haus Hannover, das hessische Haus Battenberg und das Haus Schleswig-Holstein-Sonderburg-Glücksburg ohnehin auf deutsche Wurzeln zurückgeht.«

Das war bekannt. Doch bei ihr hörte es sich an, als sei sie dabei gewesen.

Die alte Dame runzelte die Stirn. »Denen im Buckingham-Palast ist das gar nicht recht.« Sie kicherte und drohte mit einem krummen alten Finger, der an den Gelenken geschwollen war. »Sind immer schon Meister im Verschleiern und Totschweigen. Die deutschen Vorfahren hat man versucht durch englische Namen unkenntlich zu machen, aber schau dir doch mal die gute, alte Lissy an. Sie ist durch und durch germanisch, nicht wahr? Ein richtiger Ackergaul. Mit Verlaub. Und mit Respekt für das deutsche Kaltblut.« Wieder kicherte sie.

Ich seufzte. »Ich habe verstanden. Die Schönlebens sind eine reiche, eine uralte und ziemlich feine Familie.«

»Nicht alle Schönlebens, mein Kind. Der Adel ist nicht mehr, was er mal war. Es gibt sogar welche, die bürgerlich geheiratet haben und heute Schulze oder Meier heißen. Die meisten haben solche Mesalliancen bereut. Und es gibt arme und vergessene Mitglieder unserer Sippe. Was würden die darum geben, einmal aufs Schloss geladen zu sein. Nein, nein, das ist so. Wir sprechen eine gemeinsame Sprache, die ein Schulze oder ein Meier nicht versteht.«

Da hatte sie recht. Wenn ich meinen Freundinnen von einer Bluse für dreihundert Euro erzählte, die ich aus der Stadt mitgenommen hatte, weil sie halt nett aussah, so wunderte sich keine. Es war unsere Sprache gewesen. Die Sprache der gelangweilten Verschwendung.

»Eine unserer Ahninnen auf der Seite der Kleves jedenfalls befand sich – und ich darf sagen, ihre Nachkommen befinden sich noch – im engeren Kreis um unsere Elisabeth und ihre Kinder, ebenjene Lady Mountjoy, und von ihr stammt dieses

Puppenpärchen. Du siehst also, Frau Tobler, dass dies Puppen von besonderem Rang sind.«

»Ja, die Puppe hat allemal eine feinere Familiengeschichte als ich.«

»Ach, du kommst auch wieder dran, Swentja. Nicht durch ein feines Wesen, das ist nicht dein Ding. Aber du bist unverwüstlich. Und – sei mir nicht böse – ein bisschen ordinär.«

Mir blieb die Sprache weg.

»Bei uns wird aber nun nicht gejammert, sondern gehandelt. Die innere Haltung, das zählt. Man möchte dem Namen nicht schaden. Wenn es das Blut nicht ist, was soll es dann sein?«

Ich schwieg und dachte an meine Tochter. Sie war mir böse, weil ich ihr Idyll zerstört hatte, egal, ob Blut oder nicht. Aber wir waren auch nur eine schwedisch-italienisch-deutsche Mischmaschfamilie neuen Reichtums. Parvenüs, würde Cornelia sagen.

Sie drehte nachdenklich an der hübschen Kamee mit dem fein geschnittenen Frauenprofil aus Elfenbein, die an ihrem Kragen steckte. Nun, wenn ich was klauen würde, dann dieses nette Schmuckstück und bestimmt keine hässliche Puppe, die noch dazu nicht mal ganz intakt war und deren Kunsthaar bestimmt nach altem Parfüm und fremden Händen roch.

»Also, wir haben schon unschicklich lange geplaudert. Ich rufe bei meinen Verwandten an und frage, ob auch Anna-Maria beim Tee anwesend sein kann, weil ich ihr ein Geschenk mitgebe. Hier, mein Kind. Und dann übergibst du ihr dieses Buch und fragst sie mal, was mit den beiden Puppen ist. Ich will ja nur, dass alles in Ordnung ist.«

Immer noch zögerte ich.

Cornelia lächelte fein und wechselte wieder die Anrede. »Ich weiß, dass das nicht abgedeckt ist durch Ihre Tätigkeit hier. Ich werde es Ihnen gerne bezahlen, meine Liebe. Wir haben – wie gesagt – unzählige arme Verwandte unter den Schönlebens, aber ich gehöre nicht dazu.«

»Es geht nicht ums Geld«, murmelte ich und dachte an das, was mir Schwester Anita erzählt hatte. Offenbar war sich Cornelia ihrer finanziell prekären Lage gar nicht bewusst. Inmitten ihrer Vorfahren und ihrer Erinnerungsstücke war sie der Realität der stammbaumlosen Meiers und Schulzes da draußen entrückt.

»Worum dann, meine liebe Frau Tobler?«

Ja, worum dann?

»Ich weiß nicht. Ich habe ein ungutes Gefühl bei der Sache. Ein solches Gefühl hatte ich in ähnlichen Fällen bereits drei Mal, und es hat mir nichts Gutes gebracht. Es hat mit ... einem Todesfall geendet.«

»Ich weiß. Ich weiß. Doch diesmal wird es anders sein«, lächelte Cornelia verschmitzt. »Fahren Sie zu Schloss Schönleben und sehen Sie selbst.«

***

Irmentraud machte offenbar ernst.

»Haben Sie es sich überlegt, Frau Tobler? Möchten Sie ein gut bezahltes Fotomodel bei uns werden?«

»Sagen Sie bitte Swentja zu mir. Warum wollen Sie mir eigentlich helfen, Frau Nicoletto? Geld zu verdienen, meine ich.«

»Swentja, also. Dann sagen Sie auch Irmentraud zu mir, was ein bisschen brav und bieder klingt, nicht wahr? Warum? Das weiß ich auch nicht. Ich mag Sie irgendwie, obwohl mein Mann wahrscheinlich nur zu gerne mit Ihnen anbandeln würde.«

»Was?«

»Oh, nein, nein, streiten Sie es nicht ab, aber Sie können ja nichts dafür. Sie sind halt sehr hübsch.«

»Wie kommen Sie darauf?«

»Ach, für ihn bin ich nur noch eine schaffige Oma, wie die Leute hier im Dialekt sagen. Er war dreißig Jahre international unterwegs für seine Firma. Da wurde alles für ihn erledigt und vorbereitet. Er musste nur entscheiden und unterschreiben. Kam nur ab und zu nach Hause zum Wäschewechseln und Kinderstreicheln. Aber ich habe in der Zeit zwei nörgelige Kinder großgezogen, ein Haus gebaut und eingerichtet, den Führerschein gemacht, zwei Paar schrullige Eltern gepflegt. Das alles galt nichts auf Paul Nicolettos Bühne. Wenn er heimkam, war er der Star. Nun ist er ausgemustert und für immer zu Hause, ein Rentner, und ich lebe mein Leben, so wie ich denke, dass es richtig ist. So habe ich es all die Jahre gemacht. Und damit werde ich bestimmt nicht mehr aufhören.«

Wie so viele Männer täuschte sich Paul Nicoletto also in seiner Frau. Sie hatte Verstand und Power und die Schlauheit, beides zu verbergen.

»Also gut. Ich probiere es. Wenn mir jemand vor einem Jahr gesagt hätte, ich würde einmal als Fotomodel für vollschlanke ältere Frauen posieren, dann hätte ich ihm gesagt, er solle einen Psychiater aufsuchen.«

»Swentja, das sind ganz normale Frauen, die Kinder geboren und gefühlte tausend Mal Kuchen gebacken und Verwandtschaft verköstigt und Weihnachtsbrödle gebacken haben und die einfach ein bisschen zugelegt haben. Das ist normal, Swentja. Du bist zu dünn.«

»Ich ...«

Unmerklich waren wir beim vertraulich badischen »Du« gelandet. Zu dünn. Prima.

»Also, als Erstes isst du mal abends nach acht Uhr noch Brot und Käse und Wurst und trinkst einen, nein, zwei Rotwein. Dann ja keine Bewegung mehr. Ab morgen koche ich für dich schöne Mahlzeiten mit Sahnesoßen und mit viel Butter. Und hier: Vor dem Schlafengehen verzehrst du ein Milky Way, wirkt Wunder beim Dickwerden.«

Ich starrte auf das blau eingewickelte süße Teil in meiner Hand. Es kam mir vor wie Heroin.

Und sie hatte so recht.

Mein Vermieter, Herr Nicoletto, schien nicht nur ein praktischer Typ, sondern wirklich immer auf der Suche nach einer Aufgabe zu sein. Wie kann ein Haus in Pforzheim mithalten mit einem Brückenbauercamp irgendwo in Kuwait oder in Namibia?

Als ich Einkäufe mit fetthaltiger Wurst, hochprozentigem Käse und Sahnejoghurts vom Auto ins Haus schleppte, strich er gerade den Pfeiler an der Garageneinfahrt in einem leuchtenden Blau.

»So kann man ihn nicht übersehen.« Er trat ein Stück zurück und musterte sein Werk. »Meine liebe Frau ist nämlich schon zweimal drangestoßen.«

»Unübersehbar.« Ich lächelte ihn an.

»Blau ist eine wunderbare Farbe. Auch für Pflanzen. Und dabei so selten. Denken Sie an den wunderschönen Blauen Eisenhut. Die Pflanze mit den zwei Gesichtern.« Er wischte den Pinsel ab und lächelte zurück.

Es war ein warmes Lächeln. Beinahe konnte man Irmentraud beneiden. Er war immerhin einer, der lebenslang für sie sorgte, auch wenn er sie nicht täglich wertschätzte. Wie er wohl reagieren würde, wenn er von ihrem geheimen Leben und dem Geld, das sie verdiente, wüsste? Was würde er empfinden, wenn er herausfände, dass sie ihn gar nicht wirklich brauchte?

»Muss immer was machen. Es ist nicht leicht, von Vollgas auf null runterzuschalten.«

»Wem sagen Sie das. Kennen Sie übrigens das Auktionshaus Feuer hier in Pforzheim?«

»Oh ja, natürlich, das kennt hier jeder. Klaus Feuer. Großes Unternehmen. Wieso?« Er ließ erschrocken den Pinsel sinken. »Sagen Sie nur, Sie müssen Sachen verkaufen? Tun Sie das nicht. Erbstücke aus der Familie oder Dinge, die mit der eigenen Vergangenheit verknüpft sind, gibt man nicht her. Dann erlassen wir Ihnen lieber die Miete. So nötig haben wir es nun auch wieder nicht.«

Er stellte den Farbeimer sorgfältig zur Seite und wischte sich die Hand an seinem kräftigen Oberschenkel ab.

»Nein, nein. Mein Mann muss mir Unterhalt zahlen, Trennungsunterhalt, und ich habe auch etwas eigenes Vermögen. Nun ja, im Grunde stammt auch das von meinem Mann, aber ich kann darüber verfügen.«

»Es ist nichts Falsches daran, wenn man sich als Frau von einem Mann ein wenig helfen lässt. Ich glaube noch an die alten Werte«, erklärte Paul nicht ganz überraschend.

»Danke. Derzeit bin ich offenbar geradezu von alten Werten umgeben. Nein, ich hatte mir den letzten Katalog von Feuer geholt und –«

»Schöne Sachen, nicht wahr? Die sind in der ganzen Region zwischen Mannheim und Stuttgart führend. Nicht mal in Karlsruhe gibt es so ein großes Auktionshaus, und sie haben richtig alte und seltene Objekte. Karten. Stiche. Bücher. Handschriften. Manchmal auch Uhren oder Lederzeugs. Ich habe mal ein Schaukelpferd für unseren jüngsten Enkel dort ersteigert. So schnell kannst du gar nicht gucken, wie die Leute im Publikum die Zahlen herunterrattern. Du hebst die Hand, der Hammer fällt, und dann ist's deins. Musst nur aufpassen, dass du sie nicht einfach so hebst. Sonst sitzt du mit einem Madonnenbildchen für fünftausend Euro da.«

Ich lächelte.

»Gut, das Pferd war ein bisschen ramponiert, irgendeiner hatte versucht, es mit Schaumgummi zu stopfen, und die alte Holzwolle rausgeholt, dann wieder reingestopft. Ich konnte es reparieren. Heute steht es im Arbeitszimmer bei meiner Tochter unter dem Dach.«

»Ich habe gehört, das Auktionshaus Feuer ist ein seriöses Unternehmen.«

»Ja, ich denke auch. Gibt es schon in der dritten Generation. Vor zwei Jahren hat es der junge Feuer übernommen. Arbeitet sehr professionell. Der Klaus hat übrigens mal ganz früher mit meiner Tochter poussiert, als sie dort einen Ferienjob in der Rechercheabteilung hatte. Als sie dann ein Studienjahr in Frankreich gemacht hat, war's vorbei. Na ja, heut ist sie verheiratet und glücklich und er anscheinend auch. Hat die Tochter vom damaligen Landrat geheiratet, was seinem Laden bestimmt nicht geschadet hat.«

Ich sagte nichts dazu. Urteile über anderer Leute Ehen hatte ich mir längst abgewöhnt. Und Männer, die heirateten, weil es gut in den Kram passte, kannte ich genug. Spätestens nach dem zweiten Kind gingen sie fremd.

Paul streckte sich. Ich sah wider Willen, dass er noch eine durchtrainierte, schlanke Figur hatte.

»Geschäftsleute, die vom Verkauf alter Sachen leben, sind alle irgendwo G'schäftlesmacher, das ist klar, aber, wie gesagt, die Feuer-Leute gelten als fair.«

»Alles andere würde sich wahrscheinlich auch rumsprechen.«

»Wahrscheinlich. Zumal er viele Träume platzen lassen muss. Die Leute denken immer, die vergammelte alte Geige in ihrem Keller ist eigentlich eine verkappte Stradivari, und wehe, der Händler nimmt ihnen die Illusion und bietet sie nur für zweihundert Euro an. Dann ist er schnell ein Betrüger.«

»Illusionen zu verlieren, tut besonders weh, denn wenn die auch noch weg sind, bleibt wirklich gar nichts mehr«, sagte ich und dachte an Cornelia von Schönleben. Wusste sie tief im Inneren, dass sie gar nicht so viel Geld hatte, wie sie glaubte?

Abends suchte ich am Computer nach den beiden Puppen unter dem Namen ihrer Herstellermanufaktur in England.

Und staunte.

Tatsächlich waren noch erhaltene Einzelstücke, vergleichbar Anna-Marias Geschwisterpaar, als Sammlerstücke im Netz sehr bekannt.

Die Zahl der Liebhaber alter Puppen und Bären schien ohnehin erstaunlich groß zu sein. Hunderte von Ergebnissen brachte bereits die einfache Suche nach historischem Spielzeug. Darunter auch noch ein seriöser Börsentipp, dass es sich lohne, in seltene Spielsachen wie Teddys, Kaufläden und Puppenstuben zu investieren.

Ich tauchte tiefer ein in die Materie.

Es gab tatsächlich eigene Auktionshäuser und Verkaufsmessen nur für rostiges Spielzeug. Unendlich viele Bücher, Zeitschriften, Clubs und Foren fand ich im Netz. In einer französischen Zeitschrift, die ich zufällig an dem unschönen, aber zentral gelegenen Pforzheimer Bahnhof durchblätterte, fand ich den Hinweis auf eine deutsch-englische Internetseite, von der ich noch niemals gehört hatte und unter normalen Umständen auch niemals gehört hätte.

Später, zu Hause, in den langen Stunden, die eine alleinstehende und nur halbtags beschäftigte Frau füllen muss, klickte ich mich durchs Internet und meldete mich spaßeshalber in diesem hoch spezialisierten Forum namens »lovingoldplaythings« an. »Die Top-Adresse für Insider« nannte sich die Seite selbst.

Dort tauschten sich Leute mit schrägen Namen wie Poppy oder Biscuit über weltgeschichtlich hochbedeutsame Sachen aus, etwa, wo man einen amerikanischen Baby-Puppenarm aus den sechziger Jahren austauschen lassen oder den originalen Herd für ein Herrenhaus aus dem 18. Jahrhundert ersteigern oder erjagen konnte.

Ich gab mir den Nutzernamen Etna, warum, weiß ich nicht. Früher, so meine italienische Mama, hätte ich Gefühlsausbrüche wie der Ätna gehabt, und so war der Feuer speiende Berg für mich mit positiven Merkmalen besetzt.

Die üblichen Internetformalien waren schnell erledigt, und dann teilte man mir mit: Von nun an sei ich Mitglied in einer weltweiten Community, und wenn ich Glück hätte, würde ich genau jenes abgeschabte Chippendale-Sofa für mein 1:500-Wohnzimmer finden, von dem ich immer geträumt hatte.

Doch zunächst beabsichtigte ich, mich auf das original große Chippendale-Sofa 1:1 bei den von Schönlebens zu setzen ...

Erstes Zunehm-Essen von Irmentraud:
Sauerkrautroulade, gefüllt mit Speck, Wiener Würstchen
und Zwiebeln

Dienstag war mein freier Tag, und ich hatte nichts zu tun. Geld ausgeben, nur um die Zeit totzuschlagen, konnte ich mir nicht mehr leisten. Ich musste froh sein, dass mir noch ein repräsentatives Auto geblieben war. Man stelle sich vor, ich müsste einen Golf fahren!

Shoppen lohnt nur, wenn man damit angeben kann. Und wen hätte ich in meinem neuen Leben mit einem Armani-Jäckchen beeindrucken können? Im Gegenteil: Schwester Anita war alleinerziehend und musste mit jedem Cent rechnen, Hausmeister Buchmann erwies sich zwar als genauer Beobachter, kommentierte aber neidisch: »Na, Sie müssen es ja dicke haben. Schon wieder 'ne andere Handtasche. Warum arbeiten Sie eigentlich hier bei diesen Bergziegen?«

»Pssst«, sagte Anita. »Edgar, sei ruhig. Das gehört sich nicht.«

Und auch die freundliche Gundrama von Guntershausen, die zwar offiziell in Klines Vorzimmer thronte, sich aber ansonsten mit allen im Haus gut zu verstehen schien und jedermanns Vertrauen genoss, war bescheiden gekleidet.

»Sie haben Ihren Antrittstee?«, hatte Gundrama auf die ihr eigene melancholische Weise gelächelt. »Ich wünsche Ihnen viel Freude. Vielleicht ist Thomas auch da? Dann haben alle gute Laune.«

»Ein Götterliebling!«, sagte ich unwillkürlich.

»Ja. Und nicht nur er. Sie alle haben ein herrliches Leben.«

Mit diesen Worten im Ohr steuerte ich nun Richtung Keltern. In weiten grünen Hügeln wellte sich die Umgebung von Pforzheim Richtung Schwarzwald bis zum Horizont.

Kein Mensch aus meinen Kreisen fuhr hierher. Nix los. Ja, manche hatten Pferde auf den Höfen außerhalb der ursprünglichen Dörfer stehen, weil es da preiswerter war. Das Pferd durfte kosten, was es wollte, aber der Grund, auf dem es stand, und die Leute, die es versorgten, mussten sich rechnen. So waren wir.

Natürlich gab es hier die Burg Steinsberg oberhalb von Sinsheim und die Ravensburg oberhalb von Sulzfeld oder Maulbronn mit dem Kloster oder den Dobel oder Bad Wildbad, na ja, es gab also da auch Sachen, die wir gelegentlich heimsuchten, um dort einmal rustikal, aber durchaus gut zu essen. Dann brummten kleine Porsches und BMWs mit Karlsruher Nummer in die Einfahrten, parkten irgendwo, und Damen in Kostümen und Barbourjacken lachten sich die Treppen und Stiegen hoch bis zu ihren reservierten Tischen mit Blick ins Tal. »So herrlich frei der Blick!«, wurde dann kollektiv gelobt.

Nach dem Essen brausten sie wieder heim. In ihre Stadthäuser und Wohnungen ohne freien Blick, dafür aber mit begehbaren Kleiderschränken.

Das Gebiet rund um Pforzheim kannte ich also nicht besonders gut. Der Ortsname Keltern sagte mir zunächst gar nichts. Der Name ließ auf Genuss schließen, was sich auch bewahrheitete, denn in dem sanften, von Flüsschen durchzogenen, ländlich geprägten Tal gab es deutliche Hinweise auf Weinbau.

Paul Nicoletto hatte mich belehrt, es gebe dort einiges zu sehen, vorausgesetzt, man interessiere sich für Winzer, alte Keltern, Wehrkirchen, Heimatmuseen, Zehntscheuern, schöne Bausubstanz aus dem 17. Jahrhundert und solche Dinge. Betrübt hatte er angesichts meines eher indifferenten Gesichtsausdrucks festgestellt, dass dem wohl nicht so war.

Mit Hilfe meiner Karte erwischte ich die richtige Straße, folgte der Wegführung ein wenig aus dem Ort hinaus und sah schließlich am Ende des weit geschwungenen grauen Bandes mit seiner grünen Einfassung das »Schloss Schönleben« liegen wie ein Schlösschen in einem kitschigen Film. Es handelte sich um ein kompaktes kleines Gebäude im Stil eines englischen Herrenhauses, das idyllisch inmitten Wald und Wiesen hervorschimmerte.

Das kleine Anwesen war umgeben von einem parkartigen Garten, hohen Mauern mit einem großen Gittertor, dahinter sah ich vor einer Doppelgarage zwei Sportwagen darauf warten, dass sie über die weit geschwungenen hellen Landstraßen schnurren durften.

Das Haus im neobarocken Stil mochte vielleicht ein paar hundert Jahre alt sein. An den Fenstern im Erdgeschoss sah man, dass vor nicht allzu langer Zeit renoviert worden war, wohingegen die Fenster im ersten Stock noch alt und original aussahen. Die Vorderfront war von dichten Rosen bewachsen. Um das Haus herum erstreckte sich ein schöner, geschmackvoll angelegter und äußerst farbenfroher Garten, dem man die Hand des Gärtners ansah. Blau, Rot und Weiß. Die französischen Farben. Obwohl ... Adelige hatten ja ein Händchen für Grünes. Es schien ihnen im Blut zu liegen, mit dem Land umzugehen. Wahrscheinlich, weil ihre steile Karriere als Elite im Dunkel der Geschichte mit dem Zusammenraffen von Land und dem Ausbeuten der darauf schuftenden Bauern begonnen hatte.

Ich klingelte am Eingangstor. Prompt bellte es aus dem Inneren des Hauses, dem Klang nach zu urteilen, aus den Kehlen eher größerer Hunde.

Die Hunde selbst sah ich nicht, dafür erschien ein stocksteif einherschreitender Mann in Schwarz, der mich mit pfeilschnellem Blick musterte und sich nur sehr knapp verbeugte. Ein richtiger, echter Butler. Der wusste sofort, wer akzeptabel war und seinem Dienstherrn auf Augenhöhe begegnete und wer zum Hintereingang zu schicken war.

Ich wusste, wie teuer richtige, echte Butler waren und dass ihre herrliche Arroganz, mit der sie jeden, sogar ihre Chefin, mustern, einer langjährigen Schulung bedurfte.

»Tobler. Ich bin angemeldet.«

Wieder eine Verbeugung, rascher Kennerblick auf Handtasche, Uhr und Schuhe. »Frau von Schönleben wird Sie empfangen. Wenn Sie mich bitte begleiten wollen.«

Ich folgte dem wandelnden Statussymbol in eine wunderbar riesige, quadratisch geschnittene Vorhalle, geziert mit Ahnenbildern und Gemälden anderer Art. Unsere Schritte verursachten keinen Laut auf den alten Orientteppichen. Es war alles da: Kandelaber, Deckenlampen, Nischen mit einer geschnitzten

Maria, Familienwappen, ein gerahmter Stammbaum, der, seiner Länge nach zu urteilen, unendlich weit zurückreichte. Ich meinte die Zahl zwölfhundertirgendwas zu erkennen.

»Ganz früher teilten wir uns einen Ast mit den Zähringern«, erläuterte der Butler im Pluralis Majestatis.

Das Zimmer, in das mich der Pinguin führte, war vermutlich ein Salon oder die Bibliothek, gewiss jedoch nicht das Wohnzimmer. Ich stand keineswegs auf der gleichen gesellschaftlichen Stufe mit den Schlossherren, sodass sie mich nicht in einem persönlicheren Raum empfangen würden. In ihren Augen war ich Angestellte im Altersheim einer weitläufigen Verwandten.

Man ließ mich – mein Gott, noch vor einiger Zeit hätte ich es ebenso gemacht – natürlich ein paar Minuten warten, um mir Respekt einzuflößen. In der Zeit bewunderte ich einen Kamin, eine Bücherwand und wieder ein paar Ahnenbilder mit bemerkenswert unansehnlichen Frauen und Männern, denen allesamt ein langes Kinn und ein leicht schiefer Mund zu eigen war.

Schließlich erschien Eleanor Gräfin von Schönleben höchstselbst.

Und es war wie ein Wunder.

Obwohl sie ja offensichtlich in die Familie eingeheiratet hatte, glich sie den Personen auf den Bildern ihrer neuen Verwandtschaft. Ob es da so etwas wie Mimikry gab, oder passte man sich kinntechnisch dem Ehegatten an? Vielleicht waltete hier auch der Inzest, und sie war eine Cousine ihres Mannes, so wie einst Sissi, die ja den Sohn ihrer Tante geheiratet hatte, ein Punkt, der in den wunderschönen Filmen mit der wunderschönen Romy Schneider nie näher thematisiert worden war.

Frau von Schönleben hatte ihr glattes dunkelbraunes Haar zu einer Art Pferdeschwanz zusammengebunden, ein längliches Gesicht mit wasserblauen Augen und diesen leicht schiefen Mund. Es sah aus, als seien ihre hinteren Zähne irgendwie zu groß für ihren Gaumen, und so sprach sie auch mit einem eigenartigen Lispeln.

Abgesehen von den unschönen Zähnen war sie nicht direkt

unansehnlich, aber attraktiv konnte man sie nun nicht nennen. Ein paar Pfund weniger hätten ihr jedenfalls auch nicht geschadet, vor allem der Hintern sah aus wie auf einem Gaul breitgesessen, was er vermutlich auch war.

Von ihrer Kleidung war ich enttäuscht, wenn auch nicht wirklich überrascht. Sie trug einen roten Walkblazer, dessen Designer ich nicht erkennen und auch nicht erraten konnte, mit einem aufgestickten Wappen sowie Kniebundhosen und gute Halbschuhe. Um ihren Hals lag das in gewissen Kreisen fast obligatorische Hermès-Halstuch mit ineinandergeschlungenen Kettengliedermotiven, das ich immer schon überbewertet fand.

Ich selbst hatte mich für ein sehr schlichtes und lächerlich einfaches Esprit-Outfit entschieden, das ich früher höchstens für einen Haustag in Erwägung gezogen hätte, aber ein Joop-Jäckchen, zur Schau getragen von einer bezahlten Kraft in einem Seniorenheim, wäre unpassend gewesen. Ich war nun einmal gesellschaftlich abgestürzt, und wie bei allen Abgestürzten galt es erst einmal, wieder auf die Beine zu kommen.

Eleanor gab mir eine kräftige Hand, überflog mein Gesicht und meine Erscheinung mit einem routinierten Blick und formte ihre Miene zu einem verbindlichen Lächeln.

»Es ist Sitte, dass wir die neuen Gesellschaftsdamen einmal zum Tee bitten. Aber Sie erfreuen sich besonderer Sympathie unserer lieben Tante Cornelia, die Sie uns ans Herz gelegt hat, und das ist eine Auszeichnung! Wir, meine Familie und ich, besuchen das Stift aus Verantwortungsbewusstsein, aber auch aus echter Zuneigung sehr oft, doch noch niemals wurde uns eine Gesellschaftsdame so warm empfohlen wie Sie.«

Sie hatte es sicher gut gemeint. Man lobte Kinder. Haushaltshilfen. Und so führte mir dieses Lob von oben herab meine neue Stellung vor Augen.

»Wir pflegen lediglich losen Gesprächskontakt mit Frau von Guntershausen«, fuhr Eleanor fort, »deren Familie wir natürlich seit vielen Jahren kennen, auch wenn sie aufgrund bestimmter Umstände nicht in denselben Zirkeln wie wir verkehrt.«

Was sollte das jetzt heißen? »Oh ja, natürlich. Frau von

Guntershausen ist eine sehr kompetente Frau. Danke für die freundlichen Worte.«

»Ich bitte Sie. Wir glauben eben noch an Werte wie gute Erziehung und an die Kraft der Elite.«

Ich nickte abwartend.

»Elite, das heißt wörtlich: auserlesen. Wie ausgewählte Waren waren unsere Vorfahren seit jeher eben besonders leistungsbereit und besonders fähig. Sie waren die Hirten der Herde, wenn Sie so wollen. Die Masse braucht nämlich Anleitung. Liebevolle Anleitung.«

Ich schwieg. Eine Frau, die sich in ihrer eigenen Stadt nicht mehr sehen lassen konnte, weil der Mann sie hinausgeworfen hatte und der Liebhaber sie nicht mehr lieb haben wollte, deren Tochter, frisch entlobt, irgendwas Dubioses in England machte und die ihrerseits dringend zunehmen musste, um einen Job als Katalogmodel für Ältere zu finden, konnte man kaum als Elite im klassischen Sinne bezeichnen. Ob jedoch die Masse so glücklich war, wenn Eleanor sie liebevoll anleitete, blieb dahingestellt.

Es entstand eine Gesprächspause.

»Unsere Verwandte Cornelia wünschte sich außerdem, dass Sie meine Tante persönlich grüßen und ihr ein Buch überbringen«, befand Eleanor schließlich milde und wies auf einen Stuhl. »Danken Sie ihr bitte recht herzlich. Geht es ihr gut?«

»Danke, sie ist noch recht munter. Man kümmert sich ja dort sehr aufmerksam um sie.«

»Ja, wir sind glücklich, dass wir mit Mr Kline einen so guten – wie soll ich sagen? – Verwalter für dieses Haus gefunden haben, der das Erbe der frommen Letizia fortführt. Unsere Familie kann ja nicht alles selbst machen. Das Stift wurde vor vielen, vielen Jahrzehnten für adelige Fräulein gegründet, ach, was sage ich! Es sind ja fast schon wieder Jahrhunderte. Die Großherzogin«, Eleanore verneigte sich knapp in die Richtung einer imaginären Hoheit und machte sich nicht die Mühe, einen Namen zu erwähnen, sie setzte Kenntnis der Fakten offenbar voraus, »gab uns die Ehre, es bereits gegen Ende des 19. Jahrhunderts mit unserem Urahn Johann Viktor von Schönleben-Schwedt als Altenstift für den Adel einzuweihen. Durch die Heirat seiner Töchter ist der feine Name Schwedt offiziell leider verloren gegangen.« Eleanor seufzte.

»Amalia von Schönleben, geborene Schwedt, hat die Stiftung dann zur ersten Adresse für erstklassigen Seniorenservice weiterentwickelt. Jetzt heißt es ja etwas moderner ›Das SchönLeben‹. Eine Marketingfirma hat uns den Namenswechsel nahegelegt.«

Wie konnte ich ihr widersprechen? Den alten Herrschaften ging es in dem noblen Laden so gut wie einem Wurm im Apfel.

»Es ist jedenfalls erfreulich, dass eine attraktive Frau wie Sie mit angenehmen Umgangsformen in unserem Team ist. Wir werden nächstes Jahr wahrscheinlich bei einer Preisverleihung des Bundespräsidenten für vorbildliches Engagement in der schichtenübergreifenden Seniorenbetreuung empfangen. Ich hoffe, wir werden Sie zu diesem Anlass auch begrüßen dürfen.«

Schichtenübergreifend?

»Gern. Danke«, sagte ich zurückhaltend.

Bisher hatte ich nur reiche Feine oder feine Reiche im »SchönLeben« entdeckt. Ich muss allerdings sagen, dass Eleanors freundliche Worte wie ein tropischer Regen auf mein etwas gebeuteltes Selbstbewusstsein herunterregneten. Sie mochte ja dekadent bis in die Knochen sein, aber trotzdem stand mir hier eine sympathische Frau mit Menschenkenntnis gegenüber.

Eleanor von Schönleben interessierte sich allerdings trotz all ihres Lobes über mein Aussehen und Betragen keineswegs für mich als Person. Doch wunderte mich das? Früher hätte ich mich ja auch nicht für das graue Dasein meiner Haushälterinnen oder Putzfrauen interessiert.

»Der Name Schönleben hat immer noch einen guten Klang, und das so viele Jahrzehnte nachdem der Adel abgeschafft wurde. 1919 war das, wie Sie sicher wissen.«

Sie ließ es klingen wie ein Schreckensdatum, und das war es vermutlich auch für sie und ihresgleichen.

Ich kam mir vor wie im Buddhismus, wo man als Strafe für Fehlverhalten als Ameise wiedergeboren wird. So kehrte ich jetzt als eine Art Domestike wieder auf die Erde zurück. Allerdings gedachte ich meinem Karma einen Streich zu spielen und eines Tages wieder mit den Goldfischchen oben mitzuschwimmen.

»Bestimmt freut sich meine Tante, wenn Sie ihr Cornelias Grüße persönlich ausrichten«, wechselte Eleanor nun doch noch das Thema. »Ich werde sie holen lassen. Sie wohnt in einem Seitenflügel unseres Hauses.«

Wie in einer dieser englischen Serien, die in Schlössern spielen, griff sie mit ihrer sehnigen Hand nach einer messingfarbenen Glocke und läutete exakt zwei Mal. Ich erwartete den Butler, doch diesmal war es eine Art Dienstmädchen. Die junge Frau erschien derart rasch, als habe sie schon vor der Tür gewartet. Sie war eine hübsche Person mit hellrotem Haar, trug ein einfaches schwarzes Kleid und am Kragen eine winzige Stickerei mit dem hässlichen Schönleben-Wappen.

»Maddy, sind Sie doch so freundlich und holen Frau von Schönleben-Trostdorff zu uns herunter. Wir haben einen … Besuch. Und servieren Sie dann bitte den Tee!«

Das Wort Gast bekam sie im Zusammenhang mit mir wohl nicht über die Lippen.

»Gern, Mylady.«

Ich hörte einen leichten britischen Akzent. Man importierte das Personal also aus dem Mutterland der ganz, ganz feinen Leute.

Kurz darauf erschien Maddy wieder, am Arm führte sie eine alte Dame herein, die nur sehr mühsam lief.

Anna-Maria von Schönleben-Trostdorff war klein, hatte weißes Haar, ein gut geschnittenes Gesicht und helle blaue Augen mit winzigen, kaum sichtbaren grauen Einsprengseln, die wie schwimmende Inseln im Ozean aussahen, und diese Augen lagen zwischen noch überraschend vollen Wimpern, was die Dame jünger aussehen ließ. Ich fand diese Einsprengsel wunderhübsch. Wie vielen Männern mochte sie früher den Kopf damit verdreht haben?

Der Ausdruck ihres Mundes ließ, ebenso wie bei Cornelia, auf Witz und ein resolutes Wesen schließen. Sie trug ein Kleid und ein kurzes schwarzes Jäckchen, das vorn von einer Granatbrosche zusammengehalten wurde. Ansonsten wies sie die leicht verschobene Zahnstellung aller Schönlebens auf. Ich hatte ihr Bild bereits im Familienalbum von Cornelia von Schönleben-Trewitz gesehen.

»Guten Tag, meine Liebe!«, sagte sie wohlwollend, hüstelte, reichte mir die Hand und ließ sich am Tisch nieder, wobei ihr Maddy vorsichtig half.

»Tante Anna-Maria, das ist Frau Swentja Tobler, die neue Gesellschaftsdame im ›SchönLeben‹, die heute zu ihrem Antrittstee gekommen ist. Aber sie will dich auch von Großcousine Cornelia grüßen. Und uns dieses Buch hier zukommen lassen. Über unsere Vorfahren. Die Schwedts. Cornelia meinte, es würde dich interessieren.«

Anna-Maria von Schönleben streifte das Buch mit einem eher gleichgültigen Blick. Wahrscheinlich hatte sie sehr wenig Lust, sich mit tausend Seiten eines vermoderten Vorfahren aus einem norddeutschen Nest zu beschäftigen.

»Gewiss. Wie geht es der alten Cornelia? Hoffentlich hat sie noch ihren ausgezeichneten Appetit?«

Leises Kichern.

»Es geht ihr sehr gut, Frau von Schönleben.«

»Na, dann freuen wir uns mit ihr. Im Stift ist es prima, aber hier ist es noch besser.«

Maddy erschien und baute ein Teetablett und ein paar Kekse auf, schenkte ein, verteilte Zucker mit einem Zängchen und zog sich dann zurück.

Kurzes Schweigen. Eleanor betrachtete die Seniorin liebevoll und legte ihr kurz eine Hand auf den mageren alten Arm. Eine rührende und nicht aufgesetzte Geste.

Nun kam meine Mission. Angesichts der verbindlichen Freundlichkeit, mit der ich hier empfangen worden war, fiel sie mir schwer.

Zögernd: »Ihre Großcousine wunderte sich ein wenig, oder sagen wir lieber, sie hat sich Sorgen gemacht, ob Sie wohlauf sind ...«

Die alte Dame spähte auf dem Teetisch herum. »Warum sollte ich denn nicht wohlauf sein?«

»Ihre werte Verwandte Cornelia hat sich gefragt, was aus zwei ganz bestimmten alten Puppenfiguren geworden ist, die Ihnen offenbar lieb und teuer waren.«

Eleanor wollte ihrer Tante gerade mit der antiken Zange ein weiteres Stück Kandiszucker in den Tee geben. Nun hielt sie erstaunt inne. »Puppenfiguren? Unsere Tante hat mehrere Puppen. Alle möglichen. Was soll mit ihnen sein?«

Ich hatte in den vorangegangenen Fällen ein feines Ohr für Nuancen entwickelt. Da war keine Schärfe, nur ein wenig Überraschung in ihrer Stimme.

»Nun ...« Ich zögerte.

Eleanor warf mir einen aufmerksamen, nicht unfreundlichen Blick zu. Mir war das Ganze peinlich. Ich hatte zum Tee erscheinen sollen, so wie es üblich war, und sonst nichts.

»Ihre Verwandte, Frau Cornelia von Schönleben, hat diese zwei speziellen Puppenfiguren, ein Geschwisterpaar, in einem Auktionshauskatalog gesehen und sich gewundert. Die Sache hat ihr keine Ruhe gelassen.«

»Wie kommt unsere Cornelia denn an einen Auktionshauskatalog?«, fragte Eleanor heiter.

Ich bog die Wahrheit ein wenig zurecht. »Er lag bei uns im Aufenthaltsraum. Ein Besucher hat ihn wohl da vergessen.«

Sie schüttelte den Kopf, als gehöre sich so etwas nicht. Anna-Maria von Schönleben-Trostdorff saß noch immer lächelnd da und schien das Ganze nicht dramatisch zu finden.

Eleanor machte den Mund auf. »Also, Frau Tobler —«

»Momentchen, Eleanor, bitte.« Anna-Maria setzte sich gerade hin. Ihre Hand ruhte auf dem Knauf ihres Stockes, der wie ein edler Hundekopf geformt war. Sie schien weder verängstigt noch überrascht. Sie verhielt sich ganz normal – jedenfalls für eine alte Dame, die in einem Schloss haust und sich auf einen Stock mit edlem Hundekopf stützt.

»Mein gutes Fräulein, so ganz verstehe ich Ihre Frage nicht. Eigentlich geht das niemanden etwas an. Aber gut, wenn Sie schon einmal da sind. Wir, die Schönlebens, sind sehr dafür, dass Familienkleinode auch da bleiben, wohin sie gehören, nämlich in der Familie. Doch ich war dieser beiden Puppenfiguren ein wenig überdrüssig und habe deshalb jemanden aus meiner Umgebung gebeten, sie an einen geeigneten Ort zu geben.«

»Wen und wohin?«, entfuhr es mir.

Eleanor schaute ihre Tante überrascht und mich tadelnd an. »Wir führen hier aber kein Verhör durch, nicht wahr, Frau Tobler?«

Ich schwieg. Niemand kann einen mit einer so würdevollen Selbstverständlichkeit zurechtweisen wie eine Frau in einem Blazer mit aufgesticktem Wolfswappen.

»Danke, Eleanor!«, sagte die alte Dame. »Die Person schien mir die richtige zu sein, sich darum zu kümmern. Warum sollte sich nicht jemand anders über die Puppen freuen? Vielleicht ein Kind irgendwo. Oder ein Museum. Sie sind alt, sehr alt, und ich besitze noch andere Spielsachen jüngeren Datums, die in besserem Zustand sind. Es ist alles in Ordnung.«

Eigentlich hält man in dieser Situation die Klappe, wenn man klug ist. Dennoch sprach ich weiter. »Sie meinte nur, Sie hätten immer so an diesen Figuren gehangen.«

Anna-Maria nahm es mir nicht übel. Der Schalk schien in ihren veilchenblauen Augen zu tanzen. Auch Eleanor war jetzt entspannt, da sich alles aufgeklärt hatte.

»Nun, es ist sehr gut, dass wir darüber gesprochen haben. Ich werde unseren Verwalter, Herrn Kline, natürlich bei passender Gelegenheit auch darauf aufmerksam machen, dass man sehr sensibel mit dem kulturellen Erbe unserer Privatgäste umgehen muss.«

Anna-Maria von Schönleben hing ihren Gedanken nach. »Ihr seid noch jung. Man kettet sich im Laufe seines Lebens an viele Gegenstände, man besitzt so viele Dinge. Gewiss, die Puppen waren ein Präsent von unserer Cousine Mountjoy in England, aber man kann nicht alles behalten. Es ist unchristlich, zu sehr an irdischen Dingen, an Geld, Besitz, Macht und Einfluss zu hängen. Und die Erinnerungen wohnen sowieso hier …« Die alte Dame deutete auf ihren Kopf. »Hier wird nichts vergessen. Nichts.«

Eleanor lächelte. Sie stand etwas steif auf und musterte mich mit jener über Jahrhunderte anerzogenen unverbindlichen Freundlichkeit.

»Damit wäre die Sache wohl erledigt. Grüßen Sie meine werte Tante. Sie kann ganz beruhigt sein. Wir werden sie zum Tee sehen, wenn wir das Haus das nächste Mal besuchen. Ich habe leider nicht so viel Zeit, aber mein Mann und meine Söhne, Johannes und Thomas, kommen, sooft sie können. Wir achten auf unsere Gäste und auf unser Personal. Gerade, wenn wir so intelligente und angenehme Mitarbeiterinnen wie Sie, Frau Tobler, gewonnen haben, möchten wir auch für das Personal ein attraktiver Arbeitgeber bleiben. Auf dass wir stets neue Gäste gewinnen werden.«

»Da habe ich keine Sorge«, murmelte ich. »Die Leute werden immer älter. Adelige und ... andere auch.«

»Ja. Das werden sie wohl. Gerade in unserer Schicht hat man gute Gene und ist gern langlebig. Oftmals wird aber noch in der eigenen Familie betreut. Was am besten ist.«

»Ja, das ist vorbildhaft.«

»Wir würden uns übrigens freuen, Sie zum Erntedankfest hier auf dem Schloss zu empfangen.« Sie lächelte. »Es ist ein volkstümliches Fest, mit dem wir gerne auch Dankeschön an Mitarbeiter und Freunde sowie Weggefährten sagen. Legere Kleidung erwünscht. Gerne Cord. Aber nichts übertrieben Feines. Es muss nicht Sportalm sein. Wir wollen ja niemanden neidisch machen.« Feines Lächeln.

Sportalm. Die Frau wusste Bescheid. Sie war in mein Hirn und in meinen Kleiderschrank gekrochen. Genau das hätte ich angezogen.

»Wann ist das Fest?«

»Am 29. Oktober um sechzehn Uhr.«

Wenn ich jetzt gleich zusagte, würde das aussehen, als hätte ich überhaupt kein gesellschaftliches Leben. Ich öffnete deshalb meine bescheidene Handtasche, mal wieder vom Meister Volker

Lang, der auch diese herrlichen Vintageknipstaschen fertigt, und holte meinen Terminkalender sowie meinen geliebten Kuli mit den Swarowskisteinchen heraus.

»Ich trage es gleich ein. Vielen Dank für die Einladung. Ich werde schauen, ob ich frei bin.«

Eleanor von Schönleben war mir sympathisch. Sie war authentisch und erfüllte ihre angeborene Rolle mit Selbstbewusstsein. Außerdem hatte sie offenbar sofort erkannt, dass ich anders war.

»Tun Sie das!« Eleanor lächelte. »Wir würdigen mit dieser alten Tradition das vergangene Jahr, bevor es das ... Volk an Silvester tut. Silvester gehen wir dann als Familie geschlossen auf einen Adelsball in Stuttgart. Sozusagen ein Heimspiel.« Eleanor lächelte wieder. »Und ein wahrer Heiratsmarkt.«

Anna-Maria kicherte.

»Beneidenswert«, sagte ich, »wenn man genau weiß, in welchem Teich man fischen muss.«

»Das stimmt. Gut ausgedrückt.« Eleanor stand auf.

Ich tat es ihr nach, meine Handtasche rutschte mir aus der verschwitzten Hand. Ich bückte mich, aber nicht schnell genug, denn Maddy, die wie eine leblose Porzellanfigur an der Tür gewartet hatte, sprang hilfreich herbei.

Irgendwie war ich aufgeregt. Der Gedanke an mein eigenes einsames Silvester bei Nicolettos, unterhalb von Nicolettos vielmehr, hatte mir schweißnasse Hände beschert.

»Hier. Bitte sehr!«

»Danke.«

»Also«, sagte Eleanor, »der Butler wird Sie hinausbegleiten.«

Das Glöckchen trat in Aktion, der Butler erschien, verbeugte sich, brachte mich, gefolgt von Maddy, zur Tür, zweifellos, um sich gleich wieder zu verbeugen, doch dann läutete eines der im Haus verteilten Telefone und machte ihm einen Strich durch die Abschiedszeremonie. »Sie entschuldigen mich!«, sagte er und verbeugte sich vorsorglich schon mal.

»Ja, natürlich. Ich finde allein heraus. Es sind ja nur ein paar Schritte.«

An der Tür, bereits den alten, hohen Türknauf in der Hand, bemerkte ich es. Mein Kugelschreiber war aus der Tasche gefallen. Ich hing an ihm. Mit ihm hatte ich damals Hagens private Nummer notiert.

Ich drehte mich um. Kein Butler zu sehen. Leise, um nicht zu stören, ging ich zurück ins Kaminzimmer. Die Tür stand einen winzigen Spalt offen. Ich hörte einen erregten Wortwechsel, meinte das Wort Polizei zu hören.

»Eleanor, ihr müsst ihn sofort hinauswerfen. Auch wenn es etwas kostet. Er war dazu da, uns zu betreuen, wir sind von ihm abhängig, doch hat er mein Vertrauen ausgenutzt!«, hörte ich Anna-Maria mit greller Stimme sagen. »Warum macht er so etwas? Er hat meine Puppen unter einem Vorwand an sich genommen, und jetzt will er sie verkaufen? Sag mir, warum, Eleanor? Welchen Wert können sie für ihn haben? Und warum tut man so etwas? Verdient er nicht genug Geld? Dann müsst ihr ihm eben mehr bezahlen!«

»So leicht ist das nicht. Du hast noch keine Beweise. Und da gibt es laufende Verträge mit ...«

Eleanors weitere Antwort konnte ich nicht verstehen. Aber die leisen, katzenhaften Schritte hinter mir waren nicht zu überhören. Ich fühlte es mehr, als ich es sah. Hinter mir stand der Butler.

»Madam?«

»Es ist nichts. Ich dachte ... ich dachte, ich hätte etwas bei den Damen vergessen, aber ... es war nicht so wichtig.«

»Sehr wohl!«

Mein Gott, dachte ich nur. Anna-Maria hatte gelogen, weil eine Dame ihres Standes keine privaten Dinge in Gegenwart hergelaufener Dienstboten preisgab. Sie hatten gewartet, bis ich weg war. Haltung. Alle beide.

Arme alte Anna-Maria. Jemand hatte ihr die beiden Puppen weggenommen, als sie noch Bewohnerin im »SchönLeben« gewesen war. An sich genommen! So gut wie gestohlen. Ein Angestellter der von Schönlebens?

Ein dunkles Gesicht mit düsterem Blick und ein mit nostalgischen Gegenständen vollgestopftes Büro stand vor meinem inneren Auge.

Kline!

War also mein erster nachteiliger Eindruck von Kline richtig gewesen? Irgendetwas passte bei dem Mann nicht zusammen. Sein finsteres, verschlossenes Wesen passte nicht zu den heitergelassenen alten Menschen in seiner Obhut. Zu den *reichen* Menschen in seiner Obhut, wohlgemerkt.

Er konnte Anna-Maria die Puppen entwendet oder abgeschwatzt haben, ebenso wie vielleicht all die anderen kleinen, scheinbar harmlosen Dinge, die meine Gäste vermissten. Kline ging mehrmals täglich durchs Haus, besuchte alle Zimmer und alle Gäste, sprach ausgiebig mit ihnen. Er verteilte auch gewisse Wohltaten wie einen Chauffeurservice zu den Kindern, den Besuch einer Privatmasseurin oder einen Taxiservice zum Arzt.

Und doch blieb Anna-Marias Frage im Raum stehen. Warum? Warum um Himmels willen mochte Kline alte Dinge aus den Zimmern stehlen? Ich dachte an sein vollgestopftes Büro. Eine krankhafte Angewohnheit? Kleptomanie?

Ich war unglücklich, dass sogar an einem so entrückten Ort wie hier menschliche Verirrtheit giftig im Verborgenen blühte. War es denn nirgendwo einfach nur schön?

Zweites Zunehm-Essen von Irmentraud:
Pforzheimer Schweinenacken mit Bier, Rübensirup, Zucker und Meerrettich

Eigentlich hätte ich Cornelia von Schönleben-Trewitz die Ergebnisse meines Besuches mitteilen sollen, doch ich zögerte. Nur keine schlafenden Hunde wecken, und noch war ich nicht sicher. Außerdem würde Eleanor von Schönleben schon im eigenen Interesse künftig ein genaueres Auge auf Herrn Kline haben.

Der geäußerte Verdacht würde Cornelia nur aufregen, und sie würde allen möglichen Leuten von der Sache erzählen. Ich verschob das Gespräch mit ihr auf die nächste Woche. Nach meinem Urlaub ...

Tatsächlich hatte ich nämlich plötzlich sechs Tage Urlaub, die durch ein für mich als Berufsanfängerin undurchschaubares Phänomen namens Überstunden zustande gekommen waren. Ich hatte einfach gearbeitet und die Stunden nicht gezählt. Jetzt wusste ich die gelegentlich muffigen Blicke der anderen Gesellschaftsdamen zu deuten.

Schwester Anita konnte mich verstehen.

»Ihnen scheint das ja genauso viel Spaß zu machen, mit den alten Leutchen zu reden, wie der Frau von Guntershausen, die ja sowieso mit jedem gerne schwatzt, die arme Person! Ich frag immer, warum. Sie sagt, die sind ja alle gebildet und fein und besitzen interessante Dinge. Ich sehe nur, was die Putzfrau alles abstauben muss. Na ja, sie hat ja recht: Wen die alles gekannt haben! Ich wette, manche von denen haben die Queen schon gesehen.« Ein verträumter Blick trat in ihre Augen.

»Ja, Reiche können sich jemand kaufen, der ihnen zuhört. Unsereiner hat keine Stimme«, meinte Buchmann. »Marx hatte recht. Wer die Produktionsmittel besitzt, hat immer das Sagen. Und die haben jede Menge Produktionsmittel.«

»Marx«, sagte ich und erinnerte mich an einen entsprechenden Disput mit Hagen, »Marx war selbst mit einer Adeligen verheiratet. Und hatte was mit seinem Dienstmädchen. Hören Sie mir also mit diesem Herrn auf. Und ... ja, Sie haben recht. Irgendwie macht es mir Freude, ihnen zuzuhören.«

»Ja, ja. Aber passen Sie auf. Nicht alles, was die von sich geben, stimmt.«

»Trotzdem. Die haben wenigstens etwas zu sagen.«

Verständnis dafür hegte tatsächlich vor allem Klines stets liebenswürdige Sekretärin Gundrama von Guntershausen. Aber ich hatte sofort diese Aura von Traurigkeit und Einsamkeit an ihr gespürt, die alleinstehende ältere Frauen umweht, auch wenn sie arbeiten gehen und ihre Zeit mit zahllosen Freundinnen verbringen.

Sie war der gute Geist des Stiftes, und eine der wenigen, die unverkrampft mit dem netten Ehepaar Gold plauderte. Niemals zuvor hatte ich mich für Außenseiter eingesetzt, doch die beiden taten mir leid. Sie waren nicht adelig, sie waren Juden, und sie standen ganz allein innerhalb dieser kleinen, feinen und irgendwie ein wenig bizarren Gesellschaft und ihren endlosen Stammbäumen.

Gundrama, die in einer kleinen Mansardenwohnung in Pforzheim wohnte, blieb oft noch über ihre Arbeitszeit hinaus im »SchönLeben«. Sie scherzte mit Thomas, sie saß mit den Gästen im Garten, oder sie unterhielt sich mit Gitte Vonundzurbrücke, die erstaunlicherweise wirklich einmal die Woche im Stift auftauchte.

Gitte und ich tranken dann die von ihr angekündigte Tasse Kaffee miteinander im Garten, doch ein belebendes Gespräch entwickelte sich nicht zwischen uns.

»Mit den wertvollen Antiquitäten der Leute hier«, sagte ich bei unserem letzten Treffen vor meinem Urlaub beiläufig, um ihre Reaktion zu testen, »könnte man ein ganzes Auktionshaus füllen. Wenn man unehrlich wäre. Und sie ihnen entwenden würde. Sie würden es vielleicht nicht einmal bemerken. So was wie Spielzeug übersieht man leicht. Oder Puppen. Oder ... Kerzenhalter.«

Gitte ließ die Teetasse sinken. Musterte mich scharf.

»Wie meinst du das, Swentja? Komm nicht auf dumme Gedanken. Du hast aber schon ausreichend Unterhalt, oder?«

Ich strich gedankenvoll über ihren Ärmel. »Brigitte, ich habe immer noch genug Geld, um mir diesen Pullover von Bruno Cucinelli in einer Farbe zu kaufen, die mir steht.«

»Er hat mehr als tausend Euro gekostet!«, erwiderte sie empört.

»Eben«, meinte ich und lächelte freundlich.

Jetzt nahten also meine freien Tage, und ich fürchtete sie. Urlaubstage ohne meinen Gatten, Wellnessurlaub ohne Freundin an meiner Seite, Urlaubstage ohne ein heimliches Rendezvous fühlten sich leer, fast bedrohlich an.

Meinen Urlaubszettel sollte ich im Sekretariat der Personalabteilung in einem Seitenflügel des Herrenhauses unterschreiben.

Wie alle Räume waren auch diese Zimmer mit edlem Chic eingerichtet. Zu meiner Überraschung amtierte auch hier die unermüdliche Gundrama. »Ich bekomme das extra entlohnt, als Zusatztätigkeit«, teilte sie mir erschöpft lächelnd mit. »Für eine eigene Personalabteilung sind wir nicht groß genug.«

»Haben Sie denn niemals Freizeit?«

»Kaum. Und wenn. Was sollte ich mit ihr machen? Ich …«, sie zögerte, »es hört sich jetzt seltsam an, weil alle hier so reich sind. Die ganzen Schönlebens, auch schon die Jungen, und die Gäste, alle. Ich habe aber nicht sehr viel Geld. Und meiner Mutter geht es gesundheitlich nicht gut. Ich muss mich um sie kümmern.«

»Meine Mama ist tot. Ich kann mich nicht mehr kümmern. Ich konnte ihr nicht helfen, auch nicht, als ich noch sehr viel Geld hatte.«

Schweigend standen wir voreinander.

Sie ist also wirklich arm, dachte ich. Und sie ist Klines Assistentin. Woher weiß ich, dass es wirklich Kline ist, der hier wertvolle alte Sachen stiehlt und verkauft? Und nicht sie?

Es gab mehrere Gründe:

Erstens: Ich mochte sie, und ich traute ihr so etwas nicht zu.

Zweitens: Anna-Maria hatte von einem »er« gesprochen.

Drittens, und dies würde Hagen und kein Kripobeamter der Welt gelten lassen: Ich mochte Scott Kline eben *nicht* und traute ihm erst recht nicht. Seine Worte und seine Person stimmten nicht überein.

Andererseits, wenn ich so zurückblickte, hatte ich mich schon oft getäuscht ... Aber eins stand fest: Geld blieb allemal das solideste Motiv der Welt, wenn es um Verbrechen ging.

»Sie wissen, Sie hätten sich die Überstunden auch auszahlen lassen können«, teilte mir Gundrama schließlich in ihrem schönen, dialektfreien Deutsch mit.

Woher sollte ich so etwas wissen?

Ich würde es mir für das nächste Mal merken. Geld war kein Problem für mich, aber zum ersten Mal in meinem Leben war es ein *Thema*. Leider hatte mein Mann keinen Dauerauftrag für meinen Unterhalt ausgestellt, sodass das Geld mal am Ersten, mal am Vierten des Monats bei mir eintraf. Ich fühlte mich allmonatlich wie eine Frau, die besorgt auf das Eintreffen ihrer Periode wartet.

Ich unterschrieb gerade irgendwas und murmelte Dankesworte, als sich die Tür des Büros öffnete und Herr Kline persönlich eintrat.

»Frau von Guntershausen, würden Sie mir bitte die Honorarabrechnungen für den Schachlehrer und die Ergotherapeutin fertig machen? Und legen Sie mir bitte die Angebote der Firma Fissler und Beilmann auf den Tisch.«

Dann wurde er meiner gewahr.

»Schön, Sie zu sehen, Frau Tobler. Da Sie ja nun einen Monat bei uns sind, würde ich mich gerne ein paar Minuten mit Ihnen unterhalten. Haben Sie einen Moment Zeit?«

Ich folgte ihm über den Gang in sein britisch angehauchtes Büro. Heute trug er ein auffällig gemustertes Sakko aus englischem Kammgarn, sehr teuer, ebenso wie die handgenähten Budapester. Er musste hier sehr gut bezahlt werden.

Seine Augen überflogen meine Erscheinung. »Basler«, bemerkte er angelegentlich. »Sehr nett, sehr passend. Sie haben Urlaub, habe ich gehört?«

»Ja, ein paar Tage.« Ich mochte es nicht, wenn Männer die Marke meiner Kleidung bewerteten.

»Das Wetter ist so schön. Werden Sie verreisen?«

Ich folgte seinem Wink, setzte mich auf einen Stuhl in der Besprechungsecke, lehnte einen Kaffee ab und erwiderte kühl sein gönnerhaftes Lächeln, das ihn keine Spur weniger unsympathisch machte.

»Nein, ich bleibe in Pforzheim und sehe mir die Stadt an. Und die Umgebung. Vielleicht fahre ich mal in eines der Schwarzwaldtäler.«

Seine dichten, dunklen Augenbrauen schoben sich nach oben. »Das ist eine gute Idee. Pforzheim wird immer ein wenig unterbewertet. Es liegt so schön. Allein das romantische Würmtal. Fahren Sie doch mal Richtung Bad Liebenzell. Pforzheim ist wirklich ein schöner Vorposten von Baden. Die Karlsruher und Mannheimer denken immer, wir seien schon württembergisch. Ungerecht, denn schließlich befindet sich hier in Pforzheim in der Schlosskirche die Grablege der badischen Herrscher bis hin zu der armen Stefanie in ihrem Reisesarg und ihren beiden früh gestorbenen Söhnen. Erst danach bestattete man die Herrscher in Karlsruhe. In der Residenz. Unsinnig, diese Behauptungen, unter unserer Kirche hier liege ein Bastard. Ich jedenfalls schätze diesen Ort der Stille mitten in der Stadt. Seine Hoheit kommt auch manchmal zu Gedenkveranstaltungen in die Schlosskirche.«

»Seine Hoheit?«

Er betrachtete mich ungehalten. »Prinz Bernhard von Baden natürlich. Wissen Sie, dass er bei der Hochzeit in London eingeladen war? Bei William und unserer Kate.«

»Nein.«

»Man kann stolz auf diese Leute sein. Der Adel ist eine Konstante in einer Welt, die auf Treibsand steht. Erinnern hilft uns zu sehen, aus welcher Vergangenheit wir kommen. Obwohl manche die ganz gerne vergessen würden.«

Sein Blick, als er das sagte, gefiel mir überhaupt nicht. Was mochte ihm Gitte von mir erzählt haben!

»Aber zurück zu Pforzheim, der Goldstadt. Die Schmuckindustrie hat den badischen Staatssäckel ganz schön gefüllt. Außerdem umgibt uns der Schwarzwald. Bad Wildbad, zum Beispiel. Herrliche Luft da oben.«

Ich sagte nichts dazu. Was sollte ich denn in Bad Wildbad? Doch Kline schien wild entschlossen, sich mit mir, seiner neuesten Untergebenen, zu unterhalten.

»Nun ja. Ich habe auch Urlaub, zufällig. Werde gleich morgen nach Bayern verreisen. Eine Cousine von mir ist in Possenhofen verheiratet.«

»Possenhofen? Das kommt mir bekannt vor.«

Er lächelte, wobei seine Augenbrauen noch näher aneinanderrückten. Ich stellte angesichts eines Schmunzelns fest, dass seine Backenzähne spitz und lang waren wie die eines Wolfs. Alle Leute, die mit diesem einstigen Damenstift hier zu tun hatten, schienen eigenartige Zähne zu haben.

»Das kommt Ihnen sicher aus Filmen bekannt vor, verehrte Frau Tobler. Possenhofen ist die Heimat von Elisabeth in Bayern, der späteren Kaiserin von Österreich.«

Das Wort Kaiserin hörte sich bei ihm an wie Vanilleeis.

»Stimmt, jetzt, da Sie es sagen. Ich bin nicht ganz so bewandert in den Adelshäusern.«

»Das kommt noch. Hier stecken die Mauern voller Geschichten. Und wie kommen Sie mit unseren Gästen aus? Reibungslos, wie ich höre. Es sind ja alles so reizende alte Menschen. Ihre Manieren sind sogar derart gut, dass man manchmal fast vergisst, dass sie trotz allem richtig *alt* sind.«

Ich wartete, worauf er hinauswollte. Sein Ton hatte etwas Lauerndes angenommen.

»Und alte Menschen sprechen manchmal Dinge aus, die sie zu wissen glauben, die sie zu sehen glauben, und sie bringen diese Dinge so glaubhaft vor, dass man niemals an ihren Worten zweifelt. Meine Mutter hat immer behauptet, sie habe kein Geld mehr bei sich und könne die Hotelrechnung nicht bezahlen. Dabei war sie in einer Pflegeeinrichtung untergebracht.«

»Ja, man liest davon«, erwiderte ich ratlos. Sowohl meine Eltern als auch meine Schwiegereltern waren früh verstorben.

»Deshalb ...«, Kline beugte sich vor und lächelte gütig, »sollte man auch sehr vorsichtig sein, wenn so ein alter Herr oder so eine alte Dame Schauergeschichten erzählt. Dass etwas verschwunden ist. Gar gestohlen wurde. Natürlich, wie ich Ihnen ja bereits bei Ihrer Einstellung sagte, mag das woanders durchaus vorkommen. Doch wir achten auf unseren Standard. Und so sollte man nicht unbedingt jedem Hinweis nachgehen, denn wir wollen ja nicht nur die Alten ehren und pflegen, sondern auch die Jungen günstig stimmen. Vergessen wir nicht, dass wir finanziell von den Zuwendungen der jungen Generation abhängig sind. Niemals sollten wir das vergessen. Nicht wahr, liebe Frau Tobler? Und nun ... schöne Ferientage. Und kehren Sie recht erholt wieder zurück.«

Ich wurde entlassen, stand etwas verwirrt bei Gundrama im Vorzimmer, und erst als ich draußen war, trafen mich zwei Dinge wie der Schlag: die enorme Hitze. Und der leise Verdacht, dass ich gerade eben gewarnt worden war.

Zwar auf kultivierte Art, aber dennoch deutlich: Misch dich nicht in meine Angelegenheiten ein.

Woher wusste dieser Mann von meinen Zweifeln?

★★★

Paul Nicoletto hatte mir bereits den schönsten Blick über Pforzheim vom Wartberg gezeigt, in der Nähe des Höhenfreibades. Und als Kontrast den vom Trümmerberg in der Nähe des Krankenhauses Siloah.

Es gab mir zu denken, dass Irmentraud Nicoletto offenbar nicht das Geringste dagegen hatte, dass ihr durchaus interessanter Mann mir Pforzheim zeigte. War ich mit einem Schlag unattraktiv geworden, oder war er ein Heiliger? Beide Möglichkeiten missfielen mir.

Vielleicht war sie aber auch nur, wie viele Frauen, deren Männer als Rentner zu Hause herumsaßen, ganz froh, ihn mal los zu sein, um ihrer höchst eigenen Wege zu gehen.

Paul und ich fuhren kreuz und quer durch die Stadt. Auch

hier Baustellen, neue Läden. Mit schlechtem Gewissen sah ich die Anzeige eines hiesigen Gemüsebauern an einer Plakatwand: »Figur zeigen. Gesund essen: Beilmann. Gemüse aus der Region.« Früher hatte ich auch figurbewusst gegessen, denn mein Kleiderschrank bestand aus Designerware in Größe 38. Man würde sich den Namen Beilmann merken müssen, falls es mit dem Modeljob nicht klappte und ich wieder schlank sein durfte.

Beilmann? Hatte ich den Namen kürzlich schon einmal gehört? Hm, keine Ahnung. Ich wurde auch schon vergesslich.

Paul war geduldig. Er zeigte mir den Ausblick neben einem schönen Alpengarten oberhalb von Pforzheim auf die Stadt hinunter, wir gingen in die Schlosskirche, in der allerdings die berühmte Gruft mit den herrschaftlichen Gräbern geschlossen war. Nebenan, so erläuterte er mir, befinde sich das Kolleg von Reuchlin, dem berühmten Reformator und Sohn der Stadt. Wir suchten das Schmuckmuseum auf, das mich aus irgendeinem Grunde traurig machte. Würde mir jemals wieder ein Mann Schmuck schenken?

Wie vieles hatte ich für selbstverständlich genommen?

Wir gingen auf dem Hauptfriedhof spazieren, der wie fast alle Friedhöfe prächtiger als ein Park angelegt war. Da er nicht weit von meinem neuen Zuhause entfernt war, beschloss ich, künftig regelmäßig dorthin zu gehen. Die Menschen, die dort bis in alle Ewigkeit schliefen, gaben mir etwas von meinem inneren Frieden zurück.

Was mochten sie für Kämpfe ausgestanden haben, für Enttäuschungen oder Prüfungen durchlitten? Und letztendlich lag hier jetzt doch der Glückliche neben dem Unglücklichen. Der Bösewicht neben dem christlichen Wohltäter. Reich neben arm. Der heimliche Mörder neben seinem Opfer. Hier und jetzt waren sie alle wieder gleich.

Paul Nicoletto erwies sich als sachkundiger Führer, der auf die Grabstätten von bedeutenden Pforzheimern ebenso hinwies wie auf seltene Pflanzen, und natürlich geleitete er mich sogar zu den Gräbern der verschiedensten Schönlebens.

»Die Vorfahren Ihrer Arbeitgeber liegen hier.«

Die letzte Heimstatt der Familie von Schönleben, der besseren von Schönlebens, waren natürlich große marmorne Grabmale, überdacht und mit Wappen und anderem Zierrat wie einer Lyra sowie einem steinernen Band mit einem lateinischen Spruch darauf, was Adelige offenbar bis über den Tod hinaus zu etwas Besonderem machte.

Doch überall auf dem Friedhof gab es vereinzelt weitere von Schönlebens, manchmal allerdings auch in Gräbern, die mehr nach sozialem Wohnungsbau als nach Schöner Sterben rochen. Manche hießen nur Schönleben, waren also offenbar irgendwann im Laufe ihres Lebens sogar ihres »vons« verlustig gegangen.

Paul, der passionierte Heimatkundler, wusste natürlich Bescheid.

»Die Schönlebens sind eine große Familie. Diejenigen, die heute in Pforzheim und Umgebung leben, stammen von einem äußerst zeugungsfreudigen Vorfahren ab. Ludwig Graf von Schönleben. Er war drei Mal verheiratet und hatte in jeder Ehe fünf Kinder, die ihrerseits lebenslustig waren und sich mal standesgemäß, mal weniger fein verheiratet und fortgepflanzt haben. Wir hatten in der Firma sogar einen Monteur, der Schönleben hieß. Ohne von. Der arme Kerl, natürlich nicht reich, schien überall ein wenig fehl am Platze, bei uns sowieso, und bestimmt hätte er alles dafür gegeben, zu den richtigen Schönlebens zu gehören. Aber keine Chance. Zu Adelsbällen haben sie den jedenfalls nicht eingeladen.«

»Hat sich das nicht alles verändert? Wenn sogar in England die Prinzen irgendwelche Mädels aus der Disco heiraten.«

»Mag sein. Ich glaube aber, innendrin sind diese Kreise noch immer sehr versnobt. Und man glaubt es nicht, aber wenn der schneidige Thomas mit laufendem Motor vor einem Juweliergeschäft hält und seiner neuesten Flamme ein paar Ohrringe kauft, dann sind die Pforzheimer nicht etwa verärgert, sondern stolz auf ihren wilden Schönleben. Aber der ist auch ein netter Kerl. Und tüchtig da oben auf seinem Biohof. Wieso die Familie diesen seltsamen Mr Kline eingestellt hat, versteht allerdings keiner.«

Ich schwieg. Paul sah mich mitfühlend von der Seite an.
»Apropos Familie. Sie haben auch eine Tochter, nicht wahr?«
»Ja. Aber sie will im Moment nicht viel mit mir zu tun haben.«
»Das tut mir leid. Das wird sich wieder einrenken. Wir hatten auch schon ab und zu Streit mit unseren Kindern.«
»Es ist mehr als Streit. Ich hatte … eine Affäre, und sowohl die Affäre als auch mein Mann haben sich von mir getrennt. Das war ihr peinlich.«
»Eine Affäre?«, sagte er, und in seiner Stimme schwang etwas wie ferne Sehnsucht mit. »Eigentlich doch gut, wenn man noch jung genug ist, um eine zu haben, oder? Nehmen Sie das Leben, wie es kommt. Sie glauben gar nicht, wie schnell es so weit ist, dass Sie nur noch die Affären von anderen betrachten können.«
»Sie sprechen aber nicht von sich, oder?«
Er sah an mir vorbei in das saftige, satte Grün der Friedhofsanlagen. »Ich hatte meine Affären. Etliche sogar. Ich kam gut an bei den Damen. Meine Frau ahnt es. Doch ihre Geduld hat sich ausgezahlt. Heute bin ich an ihrer Seite. Immer noch.«
Wir schwiegen beide.
Jeder hielt Zwiesprache mit seiner ganz persönlichen Enttäuschung.

***

Sehnsucht kommt in Wellen.
Wenn ich im Stift »SchönLeben« war und die Geschichten der Bewohner hörte und ihre Schicksale bestaunte, dann ging es mir ganz gut. War ich allein und die süße Frühsommerluft besuchte mich in meiner kleinen Wohnung, ging es mir schlechter.
An solch einem Abend wählte ich Hagens Nummer und legte schnell auf, bevor es läutete. Er war schließlich ein Cop. Er konnte jede Nummer nachprüfen, von der aus ich anrief. Ich sehnte mich jetzt gerade furchtbar nach ihm. Und irgendwo, tief drin, fragte ich mich, ob das eigentlich sein konnte: dass sich nur einer sehnt.
Zu meinem früheren Kreis hatte ich, das ist in solchen Fällen

üblich, praktisch keinen Kontakt mehr. Fremdgehen und sich erwischen lassen, das war nicht mehr sexy, das war einfach nur dumm, und mit dummen Leuten wollte man in unseren Kreisen nichts zu tun haben.

Nur Marlies rief mich regelmäßig an und berichtete von unserer Ettlinger Welt, die stückchenweise wegrückte. Vor allem erzählte sie davon, dass Gitte Vonundzurbrücke seit Neuestem glänzende Gesellschaften gab und ihr Mann sehr stolz darauf sei, dass sie nunmehr im Mittelpunkt der Ettlinger Gesellschaft angekommen sei. Er habe ihr zum Dank ein knallrotes Mercedes Sportcoupé gekauft.

»Besonders glücklich wirkt sie trotzdem nicht. Dabei hat sie doch jetzt alles«, sagte Marlies.

Soll sie, dachte ich. Wenn ich es nicht sehen musste, dann hielt ich es aus. Aber ich musste es leider sehen, früher oder später, so oft, wie die badische Mutter Teresa der Senioren im »SchönLeben« auftauchte.

»Sie brilliert, und ihr spilleriger Mann steht daneben wie von einem anderen Stern heruntergefallen. Ich glaube, der ist nur noch eine Attrappe. Sie hingegen strahlt, so wie du gestrahlt hast, als du in Hagen verliebt warst.«

Das tat weh. Die erste Zeit mit Hagen war die glücklichste meines Lebens gewesen. Nur hatte ich es nicht gewusst.

»Wir sollten uns mal wieder treffen.« Marlies war wahrhaft eine treue Freundin.

»Aber nicht in Ettlingen!«, wehrte ich ab. Die Gefahr war zu groß. Nicht jene, dass ich meinem Mann begegnete. Der kam bei Tageslicht kaum jemals aus seinem Bau, den er Büro nannte. Aber Hagen. Hagen arbeitete bei der Kripo. Mitten in der Stadt. Den Anblick seines schlendernden, lässigen Gangs hätte ich nicht ertragen.

Wir vereinbarten also, dass wir uns lieber in Baden-Baden treffen würden. Baden-Baden ist immer gut. Für heimliche Treffen und für öffentliche. Man muss nur wissen, wo.

Für den Ausflug wollte ich modetechnisch gerüstet sein. Schließlich kam ich nicht mehr viel unter die Leute. Ich entschied mich für ein dunkelblaues Escada-Kleid und eine dunkelblau-beige getupfte Jacke von H&M, falls es später kühler werden würde. Ja, auch H&M hatte gute Sachen, man musste sie nur erjagen. Blaugraue Tasche von Volker Lang, reines Understatement, aber praktisch, und sie passte gut zur Jacke. Die Schuhe von Peter Kaiser.

Als ich sie anzog, dachte ich an Gundrama. Wer mochte ihr die abgetretenen Kaiser-Schuhe gegeben haben? Von altem Adel und Schuhe in der falschen Größe aus zweiter Hand? Gundrama hatte schon angedeutet, dass sie wenig Geld hatte, doch eine Frau trägt nur Secondhand-Schuhe, wenn es ihr wirklich schlecht geht. Ich konnte es nicht beweisen, doch diese alleinstehende Frau, alterslos, wohlerzogen, Schuttabladeplatz für jedermanns Kummer, besaß noch eine zweite Seite, die gut verborgen war.

Nicht wie Schwester Anita, von der ich den Eindruck hatte, sie wünschte sich manchmal weit weg, und nicht wie dieser unangenehme Buchmann, der immer mit einer Leiter im Haus unterwegs war und dem ich ohne Weiteres zutrauen würde, dass er nur zu gern Trinkgeld von den sogenannten Gästen nahm, und zwar für Sachen, für die er eigentlich bereits von Kline bezahlt wurde.

Alte Leute können so hilflos werden, dass sie den Hausmeister für einen Freund halten und ihm ihr Vertrauen schenken. Davor schützt kein Titel.

Es war gut, für ein paar Tage aus dieser abgeschotteten, stillen Welt von Dillweißenstein herauszukommen, und Baden-Baden würde eine gute Abwechslung sein.

Ich parkte ein wenig außerhalb in der Nähe der klotzigen Bernharduskirche in der Weststadt, lief am Festspielhaus vorbei, versuchte in der Fußgängerzone, die allzu teuren Läden zu ignorieren, und kam letztlich fast zeitgleich mit Marlies am Augustaplatz an.

Marlies, in der nicht sonderlich kleidsamen beigefarbenen Hose einer unbekannten Marke, die auch lieber unbekannt blieb, und einem scheußlichen Leoprint-T-Shirt, das nach Karstadt aussah, küsste mich, hakte mich unter, wir vereinbarten, Kaffee zu trinken, und doch mieden wir das elegante Café König.

In Baden-Baden wollte ich Kaschmirpullovern, teuren Cafés der besseren Gesellschaft, der Cocktaillounge im Rizzi's sowie der feinen Damentoilette im Steigenberger Hotel momentan lieber aus dem Weg gehen.

Stattdessen setzten wir uns draußen ins Café Beeg in der Nähe der Caracalla Therme. Tief verschleierte Araberinnen mit Augen wie Kohle und ungezählte Russinnen mit schlecht aufgetragenem Make-up und Hintern, die ihre zu engen Hosen fast sprengten, liefen an uns vorüber. Ich schüttelte den Kopf.

Marlies bestellte sich Eiscafé, ich ein Mineralwasser. Sie beugte sich vor.

»Mensch, du siehst toll aus. Wie immer. Erzähl, wie es dir geht.«

Ich berichtete ihr von der Arbeit im Stift, von meinen Vermietern, vor allem von dem hilfsbereiten und freundlichen Paul Nicoletto, doch von der Geschichte mit den beiden Püppchen erzählte ich ihr nichts. Marlies sieht mich dann immer gleich so misstrauisch an.

Aber sie sah mich trotzdem misstrauisch an. »Dieser Nicoletto – unternimmst du viel mit ihm? Ein netter Mann?«

»Marlies, ich bin keine Schwarze Witwe, die Männer verschlingt, so wie sie kommen. Ja, er ist nett, aber halt ein badischer Familienvater mit Frau, Kindern, Enkeln und Garten.«

»Das war noch nie ein Grund für Frauen, die –«

»Marlies. Ich habe *eine* Affäre gehabt und nicht hunderte.«

»Ich meine nur. Halt dich lieber an unverheiratete Männer.«

»Weil es da in unserer Altersklasse auch so viele gibt! Und im Übrigen: Ich will überhaupt nichts von Männern. Im Moment fühle ich mich unter den alten Damen des Stiftes ganz wohl.«

»Na, da passiert ja auch wenigstens nichts Überraschendes.«

Wir beide schwiegen kurz. Ahnten wir, dass wir uns irrten?

Langsam schlenderten wir durch den Kurpark. Alles wirkte vertraut und doch seltsam fremd, so als hätte sich der Rahmen des Bildes, in dem du stehst, verschoben. Es ist einfach anders, ob du als die steinreiche Frau Tobler vor dem Essen ein paar Schritte in der Allee tust oder als bald geschiedene, berufstätige Singlefrau überlegst, ob sechsundzwanzig Euro für ein Schneckenragout auf Spinattimbale nicht vielleicht doch etwas üppig ist.

Die Kurhauskolonnaden sind allerdings seit jeher für mich ein Muss. Ich mag diese kleinen Läden, die aussehen wie früher, als noch Damen in langen Kleidern und mit Hüten dort eingekauft haben, und die sich so anachronistisch gegen Ladenketten und Shoppingmalls durchsetzten.

Kurz erwog ich den Kauf einer namenlosen Handtasche aus dunkelrotem Kunstleder, als ich *ihn* sah. Ihn, der hier wirklich nichts zu suchen hatte, sondern eigentlich in Possenhofen sein sollte.

Kline!

Ein alberner Reim drängte sich mir auf. Kline, nicht allein.

Nein, er war eben nicht allein. Er kam gerade aus dem »Stahlbad«, einem überaus teuren Restaurant, wo man unter hundertfünfzig Euro garantiert nicht speiste, und schon gar nicht zu zweit. Denn an seiner Seite stakste eine höchst ordinär aussehende Frauensperson mit roten Haaren, bleichem Teint und grellen Klamotten sowie zwei Einkaufstüten von van Laack einher.

Gemeinsam begab sich das seltsame Paar zu einem der drei Parkplätze am Theater, wo vor einem Schmuckgeschäft meist teure Schlitten standen, die sich die Strafzettel problemlos leisten konnten. Ich traute meinen Augen nicht, als Kline einen Jaguar aufschloss, die Einkaufstüten auf den Rücksitz stellte, die Tür wieder zuschlug und mit der Frauengestalt erneut davonging. Ich folgte dem Paar, Marlies ratlos hinter mir.

»Mein Chef!«, sagte ich nur.

»Der?«

»Ja. Der mit *der*!«

Die Frau trug hohe Absätze, am Arm eine Kellybag und einen ziemlich teuren Fetzen am eher drallen Leib. Gemeinsam standen sie vor der Passport-Filiale, wo die Person auf einen noch teureren Fetzen deutete. Man konnte beinahe meinen, sie wäre seine Putzfrau, doch er küsste sie jetzt gerade auf die Schulter, und das macht man nur in den seltensten Fällen mit seiner Putzfrau. Beide verschwanden dann in dem Laden, wo er ihr vermutlich seine Kreditkarte aushändigte.

Er verdiente vielleicht nicht schlecht als Leiter eines so noblen Seniorenheimes, doch Auto, »Stahlbad« und die Klamotten an der Frau und in ihrer Einkaufstüte gehörten in eine andere Liga.

Er war nur ein angestellter Geschäftsführer, wenn ich das richtig verstanden hatte. Erst seit zwei Jahren. Hatte also noch keine riesigen Gehaltserhöhungen verbuchen können. Damit konnte man im Allgemeinen kein in die Jahre gekommenes Flittchen rundum mit Designerklamotten ausstatten.

Der Mann war undurchschaubar, und er war auf jeden Fall nicht, was er vorgab zu sein.

Kline hatte mich angelogen, was seinen Urlaubsort betraf.

Allein das machte ihn schon verdächtig.

Und ich sollte recht behalten!

Drittes Zunehm-Essen von Irmentraud:
Fleischiger Blumenkohl mit Hackfleisch, Speck, Crème fraîche und Emmentaler

Nach dem Essen ist vor dem Essen, und mit der Völlerei sollte es am Nachmittag weitergehen. Nicolettos luden mich zusammen mit irgendeiner alten Witwe zum heutigen Nachmittagskaffee ein, obwohl mir schon der Gedanke an irgendwas mit Sahne übel aufstieß.

Ich konnte endlich mein wunderschönes blaues Musterkleid von Julia Korol tragen. Es ist superschlicht, sehr fraulich, fast mädchenhaft, und ich liebe es. Aber es stimmte mich schon bedenklich, dass meine Vermieter mich gesellschaftlich mit einer Person kombinierten, die vom Leben nicht mehr viel mehr als ein paar nette Stückchen Schwarzwälder erwartete. Von dieser Speise schaufelte sie sich jetzt gerade das zweite Stück in den Mund, den sie gierig wie ein Vögelchen aufsperrte.

»Sie arbeiten im ehemaligen Fräuleinstift ›SchönLeben‹? Das ist mal ein herausragendes Haus für die adeligen Senioren. In ganz Süddeutschland gibt's so einen puren Luxus nicht noch einmal. Unsereins kann sich das ja nicht leisten, aber sie würden uns auch gar nicht aufnehmen. Alle Schönlebens sind, so sagt man, furchtbar reich, und die Leute, die dort wohnen, müssen auch vermögend sein.«

Sie pickte nach der gezuckerten Kirsche auf dem Sahnehäubchen. Irmentraud registrierte es mit Zufriedenheit. Paul betrachtete die ganze Szene mit gelassener Nachgiebigkeit. Ich würgte ein weiteres Stück Kuchen hinunter. Alles im Dienste der Kalorien. Irmentraud zwinkerte mir verschwörerisch zu.

»Das Stift war schon zu Zeiten meiner Großmutter das beste Haus für die feine Gesellschaft. Die Familie von Schönleben hat das Heim damals nach neuesten Vorstellungen umgebaut. Und ihre ganze adelige Verwandtschaft wurde über die Jahre dort untergebracht, sogar Damen, die einen direkten Draht zu *ihr* hatten.« Die Witwe machte eine Kopfbewegung Richtung Westen. *Direction* London, zweifellos.

Alle hier schienen vom britischen Königshaus geradezu besessen zu sein, wahrscheinlich weil wir kein eigenes mehr hatten.

»Man sagt, der Bundespräsident kommt nächstes Jahr mit einem Royal – man weiß noch nicht, mit wem, alle hoffen auf die Herzogin – und besucht das Stift.«

»Die Herzogin?«

»Na, unsere Kate! Aber mit den schwierigen Schwangerschaften und den beiden kleinen Kindern weiß man natürlich nicht, ob sie das schafft.«

Wenn ich Kate wäre, wüsste ich mir jedenfalls was Besseres, als ein deutsches Altersheim voller verwitterter Möchtegernverwandter aufzusuchen.

Und doch lag hier ein starkes Argument, dass die von Schönlebens alles tun würden, um einen Skandal rund um Diebstahl zu vermeiden. Sie würden keinen Schatten auf das Haus fallen lassen, bevor die ganz weit entfernte und umso höhere Verwandtschaft kam, um es zu ehren.

Moralvorstellungen, die aus einer versunkenen Zeit stammten. Genauso wie Eleanor von Schönleben selbst, aber irgendwie mochte ich sie trotzdem. Sie war authentisch, und sie war hochmütig. Ich war einst auch hochmütig gewesen und wäre es gerne wieder, doch im Unterschied zu ihr hatte ich kein Familienwappen nebst armlangem Stammbaum, auf die ich mich zurückziehen konnte. So wie: »Betrogen? Ich? Nun, das haben unsere Vorfahren, die von Toblers, immer schon so gemacht, wissen Sie! Treue ist was für die Angestellten.«

»Noch ein Stückchen?«, lockte Irmentraud Nicoletto in meine gedankenversunkene Richtung.

Ich verneinte mit einem sprechenden Blick auf meinen Magen. Als ich wieder hochsah, bemerkte ich den mitleidigen Blick der Witwe auf mir. Als wollte sie sagen: Ach Gott, es ist doch egal, wie sie aussieht. In dem Alter und allein …

Am folgenden Tag erreichte mich ein höflicher und dennoch unschöner Anwaltsbrief.

Mein Mann reiche nunmehr die Scheidung ein, da die Ehe

zerrüttet und nicht wiederherzustellen sei, und ich sei gehalten, diverse Papiere und Unterlagen, darunter Angaben zu meinem Vermögen sowie meinen Rentenverlauf, einzureichen.

Ungläubig starrte ich das Papier an.

Ich hatte so etwas immer von anderen Frauen gehört. Chefarztgattinnen, die gegen intrigante Krankenschwestern verloren hatten. Architektenfrauen, deren solide und nur an Grundrissen interessierte Architektenehemänner sich beim Elternabend in irgendeine alleinerziehende Mutter mit kleinem Apfelarsch und wenig Hemmungen verliebt hatten. Wir hatten über solche Fälle gestaunt wie über »Raumschiff Enterprise«.

Als es mich nun selbst traf, war ich erstaunlich ruhig.

So etwas kann man nicht verhindern.

Es ist das Leben.

***

Man ist in einer neuen Stadt angekommen, wenn man Bekannte in der Zeitung sieht oder Namen in den Todesanzeigen wiedererkennt. So ging es mir am ersten Arbeitstag nach meinem Urlaub.

Die von Schönlebens waren in der Zeitung. Glücklicherweise nicht mit einer Todesanzeige, sondern auf einem Pressefoto im Kreise edler Sippschaft. Prinz Bernhard von Baden hatte am Sonntagmorgen die Gruft in der Schlosskirche, in der seine Vorfahren begraben lagen, besucht. Am Nachmittag war er noch zu der Eröffnung einer nahe gelegenen schicken Galerie erschienen, die sich auf Rennpferddarstellungen spezialisiert hatte.

Selbst ich, die ich kein Finanzgenie war, fragte mich, wie sich das rechnen sollte. Alle Galerien hatten zu kämpfen, auch wenn man in meinen früheren Kreisen ganz gerne Kunst als Geldanlage sammelte.

Offenbar war Thomas von Schönleben, der auf seinem Biohof auch Ponys, also kleine Pferde, hielt, an dieser Galerie und wahrscheinlich auch ihrer schicken Betreiberin beteiligt. Prinz

Bernhard wiederum war führend im Internationalen Club des Pferderennens in Iffezheim. Da schloss sich ein Kreis, zu dem der Normalmensch vermutlich keinen Zugang hatte.

Auf dem Foto erkannte ich Eleanor von Schönleben sowie ihren blonden schmalen Mann mit seiner Aura von feiner Dekadenz und auch die alte Frau Anna-Maria von Schönleben-Trostdorff, die dem Prinzen würdevoll die Hand reichte.

»So was kann man nicht lernen!«, sagte Schwester Anita bewundernd, denn die Zeitung las ich im Personalaufenthaltsraum. Stumm reichte ich sie ihr weiter. Sie deutete auf die Bilder, begeistert wie ein Kind.

»Gucken Sie mal, Frau Tobler, wie die stehen, wie die gehen, wie die den Kopf gerade halten. Sogar die Alte noch. Müssen Sie mal drauf achten. Blicke. Bewegungsablauf. Körpersprache. Das steckt drin bei denen. Wo wir irgendjemand geheiratet haben, sind die jahrhundertelang hübsch unter sich geblieben. Die sind alle wie aus der gleichen Schachtel. So ist das noch heute.«

Buchmann, der immer irgendwie in unserer Nähe zu sein schien, schaute ihr über die Schulter. In einer seiner Taschen steckte ein Hammer, in der anderen ein Buch. Ich spähte, konnte aber den Titel nicht erkennen.

»Kunststück. Und die Kinder sind auch schon programmiert, was Besseres zu sein. Nichts mit Gesamtschule und frustrierten Paukern. Die gehen in ganz bestimmte Schulen in Bayern und da unten am Bodensee – wie heißt der Schuppen?, Salem – und an private Unis, wo man Unsummen bezahlen muss, da gibt es eine in Oestrich-Winckel, hab ich gelesen, und dann sind sie in Studentenverbindungen oder wie die Saufclubs für die Feinen heißen, und hinterher schieben sie sich die besten Jobs zu. Geld bleibt beim Geld.«

Ich seufzte. Wahrscheinlich hatte er recht, aber warum musste er so sinnlos neidisch sein? Er würde sowieso niemals Zutritt zu dieser Welt bekommen, zu dieser verhassten Szene, in der er sich erstaunlich gut auskannte.

Sein Handy läutete, er warf einen Blick drauf. »Das ist Kline. Na ja, auch 'ne arme Sau. Wird von den Schönlebens rumgescheucht wie wir auch. Ich muss los. Am hinteren Gartentor ist was nicht in Ordnung.«

Schwester Anita sah ihm nach. »Der Edgar ...«

Sie bemerkte meinen fragenden Blick.

»Der Edgar Buchmann meint es nicht so. Mein Gott, seine Familie kommt aus Ruit. Kaff bei Bretten. Ich sag, Edgar, nichts für ungut, aber mit so einem Adeligen können wir einfach nicht mithalten. Guck doch nur mal, was die für Sachen in ihren Zimmern haben. Alles von anno damals. Schon seit Karl dem Abwaschbaren in der Familie unterwegs, sagt der Edgar. Was wird denn bei unsereinem vererbt? Mal Bettzeugs und Geschirr, aber nichts Feines. Sachen vom Hertie in Karlsruhe und diese kitschigen Weindinger, wie heißen die? ... Römer. Ja, da dachten die Leute schon, sie sind was Feines, wenn sie so einen Römer hatten. Aber auf dem Flohmarkt oder im Internet: grad mal zwei Euro. Nein, nein, die haben was, das sitzt drin. So was nennt man eben Kinderstube.«

Obwohl ich mich im Grunde nicht mit der Erregung von Schwester Anita gemein machen wollte, gab ich ihr insgeheim recht. Kinderstube, Haltung und eine angeborene Würde kennzeichnete alle meine Gäste. So auch Ina von Schroth-Lauinger, die nach Cressidas stilvoller Abreise in die USA (nebst Kofferdiener!) nun zu meinen Klienten zählte.

Ina lebte schon fast krankhaft nach bestimmten Ritualen. Sie war Vegetarierin – deshalb erschien Thomas von Schönleben mit seinem Obstkorb täglich höchstpersönlich bei ihr –, aß an bestimmten Tagen, etwa von Mittwochmittag bis Donnerstagabend, gar nichts, sondern widmete sich ihrer Engel-Meditation und trank nur nachmittags eine Tasse Kaffee. Wie alle anderen hier hielt Ina sehr auf althergebrachte Traditionen.

Ich mochte die alte Dame, obwohl auch sie mehr als wunderlich war.

»Swentja, Altwerden ist nie was Schönes, aber ich bin stolz, dass es mir, wenn schon, dann hier im Fräuleinstift zustößt.«

»Im ›SchönLeben‹, meinen Sie!«

»Nein«, sagte Ina streng. »Für mich ist es immer noch das

Fräuleinstift Schönleben. Das ›SchönLeben‹! Wie hört sich das denn an, frage ich. Wie ein Wirtshaus.«

»Soweit ich weiß, wollte man, dass es moderner, zeitgemäßer klingt. Nicht, dass sich Leute ohne ein von und zu vor dem Namen hier nicht hertrauen.«

»Die sollen sich auch besser nicht hierhertrauen«, entgegnete Ina forsch. »Es muss noch Inseln geben. Die höhere Klasse ist bald eine bedrohte Minderheit. Nichts gegen die Golds, sind ganz nette Leute, wenn man bedenkt, dass sie Juden sind, aber ich glaube kaum, dass man sie früher bei Hofe empfangen hätte.«

Ihre Worte, politisch natürlich absolut unkorrekt, hörten sich aus ihrem Mund nicht mal abwertend an. Hier sprach unverfälscht und ohne Schuldgefühle der Geist des Kaiserreichs, den die eingefleischte Monarchistin Ina mit der Muttermilch, vielmehr der Ammenmilch, getrunken hatte.

Im »SchönLeben« trug man diesen alten Vorstellungen Rechnung. Eleanor erschien zwar eher selten, doch die Familie von Schönleben nahm ihre Aufgabe ansonsten ernst, und fast jede Woche besuchte ein Abkömmling das Haus.

Einmal war es der Schlossherr, Eleanors Mann Rudolf, eine geschniegelte, moderne Ausgabe des österreichischen Sissi-Kaisers, mal tauchte eine Nichte mit blonden Kindern auf. Täglich erschien nach wie vor bestens gelaunt Thomas von Schönleben in Trachtenjacke mit dem Familienwappen auf dem Revers. »Kirschenzeit!«, rief er dann. »Süße Früchtchen, meine Süße!« Und hängte Gundrama ein dunkelrotes Kirschenpärchen ans Ohr.

»Preiswerte Ohrringe, meine Beste. Wenn ich denke, was ich für eine Liebesnacht mit irgendeinem Dummchen schon habe investieren müssen, ist das hier günstiger. Komm, lass dir einen Kuss geben.«

Alle lachten. Thomas brachte seine bunte Ware persönlich aufs Zimmer und plauderte mit jedem ein paar Minuten. Ich hatte den Eindruck, manche von den alten Damen warteten geradezu auf ihn. Kein Wunder. Die Zeit, als sie umworben worden waren, war unwiederbringlich vorüber, und ihre Söhne und Enkel scherzten allzu selten mit ihnen.

Cornelia von Schönleben-Trewitz hatte meine geschönte Erzählung über den Antrittsbesuch bei ihrer Verwandtschaft ungerührt zur Kenntnis genommen. Sie schüttelte nur den Kopf und sagte trocken: »Im Alter werden die Leute wirklich wunderlich!«

Den Verdacht, den Anna-Maria mutmaßlich gegen die Stiftsleitung ausgesprochen hatte, erwähnte ich nicht. Dafür hatte ich nicht genug gehört, auch wenn für mich die Worte eindeutig gewesen waren. Ich musste Scott Kline jedenfalls weiterhin beobachten. Mit dem Mann stimmte etwas nicht.

Eleanor begegnete ich erneut, als sie Cornelia besuchte. Ich hatte der alten Dame gerade aus der Bibel vorgelesen.

Eleanor reichte mir souverän und graziös die Hand: »Ich freue mich, Sie wiederzusehen, Frau Tobler. Sie bieten immer einen angenehmen Anblick. Nett, die Jacke von Handstich, und für diesen etwas kühleren Tag sehr passend. Übrigens haben Sie, glaube ich, Ihren schönen Kugelschreiber bei uns vergessen. Hier ist er. Edles Stück. Swarowskisteinchen, nicht wahr?«

Ich murmelte einen Dank.

»Alles hat sich ja nun aufgeklärt. Wir brauchen keine Worte mehr darüber zu verlieren, aber es war wirklich freundlich, dass Sie uns bei Ihrem netten Besuch nach den Puppen unserer lieben Anna-Maria gefragt haben.« Etwas leiser und sanft: »Es ist auch für uns wichtig, dass hier nichts wegkommt. Aber, wissen Sie, die alten Leute verschenken auch manchmal Dinge an die Verwandtschaft und erinnern sich später nicht. Oder sie spenden für die Wohltätigkeit. Jedenfalls denke ich, Sie haben es gut gemeint. Tante Cornelia hier hat sich unnötig Sorgen gemacht.«

Sie sah sich um. »Wir haben übrigens beschlossen, sie im Spätjahr mit an die See zu nehmen. Das heißt, sie kommt nach. Wir haben einen Fahrservice bestellt. Lange haben wir es ihr versprochen, nun werden wir es tun. Mir ist klar geworden, dass wir unsere alten Familienmitglieder nicht mehr für immer und ewig bei uns haben.«

»Das ist nett!«
Cornelia nickte und sah zufrieden aus wie eine elegante Siamkatze, die sich gerade geputzt hat. Endlich mal wieder mit den feinen Schönlebens in Urlaub! Welch ein Fest für sie.
Vielleicht hatte ich ein bisschen dazu beigetragen, dass man sie wieder wahrnahm.
Adelige sind eben auch nur Menschen.

Menschen, die essen müssen. Zweimal täglich begab man sich in den eleganten großen Speisesaal mit Kronleuchter, Zweiertischen, edlem Damast und Kerzen auf jedem Tisch.
Jeder für sich allein. Major von Arentz-Arentzburgen etwa erschien wie in einem Theaterstück immer als Letzter, damit er bei den anwesenden Damen Eindruck machte. Er hatte dann einen Stock bei sich, der ihm zusätzlich Würde verlieh.
Liane, eine Studentin, die vorübergehend im Service in der Küche arbeitete, um sich das Geld für ein Jahr »Malle« zu verdienen, kicherte: »Wenn neue Damen kommen, junge Damen, also solche um Mitte siebzig, dann bietet er immer an, ihnen seine Blechspielzeugsammlung zu zeigen. Und ich habe gehört, der Trick funktioniert sogar manchmal.«
Ich war gerade in die Küche gekommen, um Pfefferminztee für Ina zu holen, den sie sich nicht selbst auf dem Zimmer zubereiten konnte. Sie litt an einer leichten Magenverstimmung.
Hastig drückte Liane ihre verbotene Zigarette aus. »Nicht weitersagen, gell? Aber eine Freude muss man ja haben. Hier haben Sie den Tee … Ich hab ihn nicht so stark gemacht. Die Ina hatte es immer ein bisschen mit dem Herzen, heißt es. Hat der Major eigentlich seine komische Zinnfigur wiedergefunden?«
»Wieso?«
»Ach, er hat bei mir gejammert. Irgendeine Figur hat er vermisst in seinem Zirkus da. Ein Zinngeneral, der nicht mal mehr ganz intakt war. Abgebrochener Säbel. Bei den vielen Dingern würde ich sowieso den Überblick verlieren. Wie kann man denn so viel unnützes Zeug horten? Aber das machen die alle. Wie die reinen Kinderzimmer sehen denen ihre Räume

aus. Meine eigene Oma hat zum Schluss mit 'ner Babyrassel gespielt. Traurig, wenn die Alten so werden.«

Ich sagte nichts, wartete geduldig, bis sie den Teefilter herausnehmen würde.

»Mal ehrlich, Swentja, Ihnen trau ich ja so was nicht zu. Ich glaub, Sie haben selbst Knete, zumindest haben Sie teure Klamotten, aber hier wird geklaut.«

»Wie bitte?«

»Ja. Seit ich hier arbeite, ist immer wieder mal eine von den Oldies zu mir gekommen und hat mich gefragt, ob ich suchen helf. Nicht Geld oder Schmuck, das haben sie alles im Safe. Kline sorgt dafür. Aber so kleine Sachen, verstehen Sie? Keine Ahnung, warum jemand das macht. Na ja, bringt vielleicht noch was auf dem Flohmarkt.«

Ich schwieg betroffen, nahm den Tee, stellte ihn auf ein silbernes Tablett und trug das Ganze nachdenklich nach oben in den zweiten Stock und dort in den Westflügel zu Ina.

Gestohlen. Es war nicht das erste Mal, dass man mich darauf ansprach.

Wenn hier gestohlen wurde, so war das eine Störung der Gemeinschaft. Wie ein Tumor, der unerkannt wucherte.

Ein Tumor kann bösartig werden.

Und ein Tumor kann töten.

Viertes Zunehm-Essen von Irmentraud:
Ochsenschwanzragout mit Bratfett, Knoblauch, Tomatenmark, Ketchup, Fleischbrühe und Wein sowie Champignons

Mit fast giftigen Farben blühte der heiße badische Sommer seinem Höhepunkt entgegen. Es regnete kaum. In den Gärten liefen die Wassersprenger rund um die Uhr. Die Natur hatte Durst.

Matte Blätter an den Bäumen kräuselten sich und bildeten gelbe Ecken. Ich erschrak, als ich auf die erste Kastanie trat. Wenn das Jahr zu Ende ging, würde unweigerlich Weihnachten kommen.

Weihnachten ohne ... ja, ohne alles.

Die Golds, denen ich mich anvertraut hatte, schmunzelten: »Da gibt es eine gute Lösung, Swentja. Treten Sie zum Judentum über, und aus ist's mit Weihnachten.«

»Ist das so einfach?«

»Nein. Es ist fast noch schwerer, Jude zu werden, als in diesen adeligen Clan hier aufgenommen zu werden. Muss auch nicht sein. Wir haben eine Zeit lang in England gelebt. Und da hat das wunderbar funktioniert. Die Engländer der feinen Gesellschaft liebten uns natürlich nicht, brauchten uns aber gelegentlich für eine kleine Finanzspritze. Wir mochten diese hochnäsigen Lords auch nicht besonders, aber man lud uns hin und wieder zu Anlässen ein und machte uns mit Leuten bekannt, die interessant waren. Manchmal beschenkten wir uns gegenseitig. Also: feindlich-friedliche Koexistenz. *Mazel tov.*«

Die Bewohner des Stiftes »SchönLeben« wurden mir allmählich immer sympathischer.

Sogar ihre mit Antiquitäten und liebevoll gehegten Sammlerstücken erfüllten Zimmer wurden mir in meiner Verunsicherung über mein neues Leben zum Refugium.

Die Räume boten vor allem natürlich ihren Bewohnern Schutz, doch deren Seelen waren wie Treibsand. Am Morgen schienen sie ganz normal, am Abend merkte man, dass die Demenz nicht vor einem Adelsprädikat haltmachte.

Eine, wenn auch nette, Verwirrte war leider in zunehmendem Maß mein neuer Gast Ina von Schroth-Lauinger. Sie war geistig nicht mehr so fit wie Cornelia, obwohl die beiden eng befreundet waren und Cornelia regelmäßig, eigentlich fast täglich, mit ihrem Rollstuhl zu ihr hinüberrollte.

Die alte Dame, blondiert und sicher früher mal sehr hübsch gewesen, lebte trotz lichter Momente mehr und mehr inmitten der Vergangenheit – umgeben von Schachbrettern mit geschnitzten Figuren, die ihr seliger Mann ebenso gesammelt hatte wie die zahllosen Pfeifen in ihren Holzständern und die Hundefiguren aus Zinn, die vom Regal auf uns herabblickten. Ina besaß auch eine hübsche historische Puppenhaussammlung, winzig kleine Miniaturen, in denen sie abends sogar ein Licht entzündete, das die Häuser in eine unheimliche Atmosphäre tauchte. Zum Film »Gaslicht« fehlte nur noch Nebel.

Sie selbst war stolz auf verschiedene Puppen in Taftkleidern, manche davon ziemlich groß, die fast aufdringlich auf Sesseln und auf Sofas herumsaßen. Mich störte besonders eine unschöne alte Puppe, denn sie musste immer erst zur Seite geräumt werden, ehe Ina sich setzte. Der drallen kleinen Gestalt mit dem dicken Popo und den feisten Schenkelchen, die einen gestreiften Badeanzug trug, cremte sie abends sogar das Gesicht ein. Kämmen brauchte sie sie nicht, denn die Haare der Puppe waren nur aufgemalt.

Ina war ein sentimentaler Typ. Sie sang oft leise Kinderlieder vor sich hin, betete zu Gott, weinte manchmal ohne Grund und hielt mich für Wencke Myhre. »Du hast so was Nordisches an dir«, sagte sie weinerlich. »Ich kann nicht sagen, warum. Manches spürt man einfach.«

Mit ihren stark beringten, faltigen Händen griff sie nach meinem Haar, streichelte es und liebkoste mein Gesicht. Einmal musste ich fast weinen. Eine alte Dame musste mich streicheln, weil es sonst niemand mehr tat. Etwas Ungewohntes, nämlich Selbstmitleid, streckte die Hand nach mir aus.

»Armes Kind. Also, ich würde ja einerseits ganz gerne von dieser Erde Abschied nehmen, denn ich bin furchtbar alt. Ich sag immer zu Mr Kline, ich würde ja sterben, ich hatte es immer am Herzen, aber irgendwie schlägt es immer weiter und weiter. Vor allem seit sie mir vor zwei Jahren diese Schweineklappe eingesetzt haben. Schwein gehabt! Hihihi. Mein Geist verblasst, aber ich kann immer noch um die Ecke laufen und finde wieder zurück.«

Dann kicherte sie wieder fröhlich. »Ich ärgere euch alle. Ich werd hundert und verbrauch alle Moneten selbst!«, sang sie dann wie ein Kind mit greller Stimme. Es war ein bisschen unheimlich.

Inas Tochter war früh an Krebs gestorben. So hatte sie nur eine Enkelin, die sie allerdings sehr selten besuchte. Eine große, stämmige Person, die auf einem Kreuzfahrtschiff als Stewardess arbeitete und deshalb viel unterwegs war.

»Ich überlege immer«, sagte Ina. »Soll ich Kristin was geben, damit sie sich ein Reisebüro kauft, hier am Ort bleibt und sich einen Mann suchen kann, der ihr schöne Kinder macht? Immer unterwegs, das ist nix. Nix.«

Da gab ich ihr zwar grundsätzlich recht, aber nie unterwegs, so wie ich jetzt, war auch nichts. Mein Mann und ich hatten Ferienwohnungen in schönen Gegenden besessen. Doch meistens hatten wir in Ettlingen ausgeharrt, denn mein Mann war von der Furcht besessen gewesen, irgendeine lukrative Steuerhinterziehung zu verpassen.

Ich fragte mich, ob er jetzt in Urlaub fuhr. Und mit wem?

Und Hagen? Was machte Hagen, wenn das Wetter schön war? Saß er allein am See oben in Waldbronn und sah seinem Hund zu, wie er sich dreckig machte? Manchmal roch ich noch seine Haut. Hatte er alles vergessen?

★★★

Ich versuchte immer noch, mich mit Pforzheim anzufreunden. Die frische Luft, im Gegensatz zum feuchtschwülen Karlsruhe, und die drei Flüsse waren zweifellos angenehm.

Paul Nicoletto bot mir erneut seine äußerst kompetente Hilfe als Fremdenführer an. »Pforzheim hat vielleicht nicht mehr viel Historisches zu bieten, aber schöne Uferwege haben wir hier mehr als genug!«

So gingen wir zusammen zum gepflegten städtischen Ufer der Enz, saßen auf einer Bank und liefen später am wilden Ufer der Nagold spazieren. Sie wirkte an manchen Stellen nicht nur wild, sondern etwas verkommen, die Grünstreifen wurden nicht gepflegt, und so wucherten die Ufer zu.

»Da drüben ist es übrigens«, sagte er einmal. »Eines der Alleinstellungsmerkmale von Pforzheim: das Auktionshaus Feuer. Eines der größten in Europa und bestimmt das größte zwischen München und Mannheim. Die Leute machen mit der Vergangenheit einen Umsatz, davon kann manche Computerfabrik nur träumen.«

Das war also das Auktionshaus, dessen Katalog so viel Unruhe verbreitet hatte. Ich erblickte ein großes, quadratisches braunrotes Haus mit schmucklosen, tot wirkenden Fenstern.

»Da drin liegen Werte. Sie beschäftigen dort vierzig Leute. Meine Tochter hat als Schülerin beim Katalogisieren und Einräumen geholfen. Nummern für die Auktionen draufgeklebt.«

»Das ist sicher eine öde Arbeit.« Nicht dass es mich besonders interessierte, aber die Leute reden nun mal gern über ihre Kinder.

Paul lachte. »Weil sie dann Geschichte studiert hat, haben sie sie sogar befördert. Ins Gehirn der Firma, wo kein Kunde hinkommt. Das sitzt in einer anderen Straße. Da sind die Rechercheure an ihren Computern, die herausfinden, was wie viel wert ist. Kunsthistoriker und Archivare und so weiter. Die sind wie Mäuse in ihrem Bau. Kommen nie raus. Man sieht sie auch nicht bei den Auktionen. Soll man gar nicht. Die Feuers tun am liebsten so, als wüssten sie gar nicht, was was wert ist.«

»Warum nur?«

»Die Leute sollen denken, die Feuers verwalten es nur. Aber diese Kunstfuzzis sind sehr nett. Haben meiner Tochter zum Abschied ein altes Buch über Pforzheim und eine Karte mit einem Foto von allen geschickt, auf das sie historische Gewänder draufmontiert haben. Hier ...«

Paul Nicoletto war nun wirklich ein stolzer Vater. Und ein Dokumentenfreak. Er war der einzige Mann, den ich kannte, der anstelle eines Smartphones eine Aktentasche mit seinem ganzen Leben und seinen zahlreichen Interessen herumschleppte. Bücher, Fotos, Karten und Zeitungsartikel. Drollig.

Mein Mann hatte sich nur für seine Arbeit interessiert, und Hagen und ich hatten nicht genug Zeit miteinander gehabt, um gemeinsame Hobbys außerhalb des Bettes zu entwickeln.

Paul suchte in seiner Tasche mit den vielen Unterabteilungen und Fächern herum und zeigte mir schließlich die farbige und ziemlich scharfe Kopie einer bunten Karte, auf der fünf Leute in historischem Gewand bei ihrer jeweiligen Tätigkeit zu sehen waren. »Komm uns jederzeit besuchen. Wir haben Arbeit genug«, stand darunter.

Ihm zuliebe betrachtete ich das alberne Foto länger, als ich es normalerweise getan hätte. Die Frauen und Männer sahen aus, wie ich mir graue Archivmäuse vorstellte. Eine trug sogar eine Art Haube, unter der sie die Haare versteckt hatte, und hantierte mit einem Pinselchen herum.

»Das war ihre Gruppenleiterin. Tüchtige Person. Die sichtet ganz alte Sachen.«

»Nett, wirklich.«

»Ja. Ihr erster Job. Deshalb habe ich es aufgehoben. Unsere Junge war immer fleißig.«

Paul wandte sich zur anderen Seite und wies auf eine große unbebaute Fläche. »Hier ist übrigens der Messplatz.«

Ich nickte deprimiert und blickte auf den unordentlichen, mit Autos vollgestellten Platz. Drum herum unschöne Häuser in einer Zusammenstellung aller missratenen Baustile der Nachkriegsjahre.

Ettlingen war ein Schmuckstück dagegen.

Ein giftiges Schmuckstück.

★★★

Am nächsten Arbeitstag empfing mich ein diskret in traurigem Grau gehaltener Wagen vor der Tür auf dem Wendeparkplatz.

Der Olivenzweig auf dem Wagen sprach Bände. Es hätte ebenso gut »Vorsicht, Leiche!« draufstehen können.

Ich eilte in den großzügigen, mit niedrigen Ledersesseln ausgestatteten Sitzbereich im Erdgeschoss neben dem kleinen Lebensmittelladen. Er war um diese Uhrzeit geschlossen. Seine Auslagen bestanden aus kleinen Sektfläschchen und edlen Schokoladentafeln. Irgendwie wirkten sie jetzt fast grotesk. Aus den Türen, aus den Ecken, aus den Tiefen der Sessel heraus sahen mich nämlich vertraute und bekümmerte Gesichter an.

Schwester Anita schwebte hin und her, legte die Hand auf schmale Schultern, murmelte tröstende Worte. Im Hintergrund sah ich Eleanor von Schönleben mit ihrem Mann zusammenstehen und den Kopf schütteln. Ich hatte Thomas von Schönlebens schicken bunten Bio-Catering-Wagen ebenfalls draußen stehen sehen, und auch Klines Stimme erscholl dröhnend von Ferne.

Mein erster Todesfall im Hause »SchönLeben«.

»Wer ist es?«, flüsterte ich leise in Anitas Ohr, die gelernt hatte, zu arbeiten und gleichzeitig zuzuhören.

»Ina von Schroth-Lauinger. Das Herz! Es war zu viel. Sie hat sich ja oft in Dinge hineingesteigert, da konnte schon ein Fernsehbericht oder ein Tierfilm reichen. Sie war sehr sensibel. Das haben Sie ja auch gemerkt. Immer den Tränen nahe. Und sie hat sich dann heute – wie immer – neue Zeitschriften kommen lassen, und dann muss sie sich so aufgeregt haben ... Wir haben die ›Frau mit Krone‹ neben ihr gefunden, darin der schlimme Bericht über Eltern, die ihr Baby gequält und die Bilder ins Internet gestellt haben. Mr Kline war erst nachmittags bei ihr, und er sagt, sie war ganz normal, aber da hatte sie diese traurigen Geschichten wohl noch nicht gelesen.«

»Und darüber hat sie sich so aufgeregt, dass sie gestorben ist?«

Anita beugte sich zu mir. Ich roch medizinische Handwaschcreme.

»Es wissen nicht alle, und man sollte sie auch niemals darauf ansprechen, aber Ina hat selbst damals im Krieg eine Schwester verloren, die viel jünger war als sie. Cornelia hat mir davon erzählt. Es ist nicht bekannt gemacht worden, aber das Mädchen ist verschwunden und wurde wohl vergewaltigt, und dann ...« Anita schluchzte leise auf und schluckte. »Sehen Sie, sogar mich regt das jetzt auf. Ich habe auch eine Tochter. Man hätte ihr solche Zeitschriften einfach nicht geben dürfen.«

»Hat denn jemand bemerkt, dass sie sich so furchtbar aufgeregt hat?«

»Ja. Ich selbst habe sie gesehen. Und auch die Servierkraft. Sie war ganz durcheinander. Hatte Tränen in den Augen. Murmelte dauernd vor sich hin: ›Warum nur ist sie verschwunden? Wer hat das getan?‹«

»Und was haben Sie dann gemacht?«

»Ach, sie hat schon manches Mal so empfindsam reagiert. Dann habe ich mich mit ihr hingesetzt, habe ihr mit ihrer Maschine ein Tässchen Kaffee gemacht, und wir haben in Ruhe geredet.« Sie seufzte.

»Heute ist Donnerstag. Ihr Fastentag. Da hat sie ja sowieso nichts gegessen, nicht mal die Früchte aus ihrem Obstkorb, obwohl der Herr Thomas noch ganz lieb mit ihr gesprochen hat, als er heute Morgen bei ihr war. Der junge Mann ist ein Segen für die Bewohner. Und er ist nicht so ... abgehoben. Mehr wie einer von uns.«

Anita schnappte nach Luft wie ein Goldfisch. »Donnerstags hat sie gerne meditiert und gelesen. Vielleicht war das gar nicht gut für sie. In dem Alter noch fasten. Sie hat ja so diszipliniert gelebt. So sind sie hier eben.«

Noch im Tod diszipliniert. Das gefiel Anita sichtlich.

»Aber Kaffee hat sie immer getrunken. Jeden Tag mindestens eine Tasse. Ihre Schwäche. Ina hat immer gesagt, es gibt kaum etwas auf der Welt, das durch eine gute Tasse Kaffee und ein schönes Gedicht nicht besser wird. Starker Kaffee gegen Kummer. Das war ihr Rezept.«

»Aber war das nicht eher ungesund bei ihrer Herzerkrankung?«

Schwester Anita schnaufte vor lauter Rechtschaffenheit. »Wir hatten ihre Pads schon seit Langem ohne ihr Wissen durch koffeinfreie ersetzt. Vielleicht hat sie es auch gewusst. Keine Ahnung. Es ist ja oft mehr der Geschmack, den die Leute beim Kaffee suchen, und da haben wir eben die kräftigste Sorte genommen.«

»Und ihre Probleme mit dem Herzen …?«

»Altersgemäße Probleme. Nichts Dramatisches. Ich bin so durcheinander. Die Arme. Und so eine Nette. Irgendjemand – wer war das nur? – hat mir vorhin gesagt, dass sie vor vielen Jahren eine neue Herzklappe bekommen hat. Aber so was hält auch nicht ewig, und ab achtzig muss man leider mit allem rechnen. Wir erleben das hier nicht zum ersten Mal. Sind schließlich kein Kindergarten. Aber Herr Kline möchte, dass die Dinge diskret abgewickelt werden. Es gibt sonst Unruhe unter unseren Gästen.«

»Natürlich. Das verstehe ich.«

»Ich bin immer traurig«, sagte Schwester Anita leise, »wenn einer geht. Es stirbt eine ganze Welt mit ihnen. All die Erinnerungen. Und die schönen Sachen. Ob die Nachfahren das alles so würdigen können? Wir hatten vor nicht allzu langer Zeit einmal eine preußische Prinzessin hier. In ihre bestickten Taschentücher waren echte Goldfäden eingewoben. Beinahe hätte ihre Großnichte die weggegeben, wenn Herr Kline nicht bemerkt hätte, dass sie so schwer waren, die Taschentücher, meine ich. Er kennt sich nämlich gut aus mit solchen Sachen. Ist fast ein Experte. Er liebt alte Sachen aus guten Häusern.«

»Darauf wette ich!«, sagte ich unbedacht.

Anita sah mich erstaunt an. »Wieso? Er ist doch auch einer wie wir. Nur halt studiert. Und der Chef. Mit Verantwortung.«

»Auch einfache Leute können Freude an wertvollen Dingen haben.«

»Na ja«, sagte Anita, »ich weiß nicht. Je einfacher die Leute, desto mehr wollen sie nur das Geld, das die Sachen wert sind. Wie unser Buchmann. Hat ihm doch ein alter Offizier, unter uns gesagt ein unverbesserlicher Nazi, mal einen Orden geschenkt. Und was macht er? Verkauft ihn. Irgendwo im Internet. An einen Kriegsnarren. Blöd. Ich würde so was behalten. Sind doch Erinnerungen.«

Buchmann. Dem traute ich so etwas zu. Schleimige Kröte.

★★★

Wir gingen geschlossen zur Beerdigung. Die Pflegekräfte, die Gesellschaftsdamen, Kline, Eleanor von Schönleben und ihre Familie, Cornelia im Rollstuhl.

Ich hatte endlich Gelegenheit, mein schwarzes Kleid anzuziehen, das ich im schnieken Internetportal mytheresa.com erworben hatte. Das halblange, abwechselnd aus einem Streifen Seidenstoff und Tüll gewirkte Gewand mit ganz leichtem Volant sah wunderbar zu schwarzen Strümpfen und hohen schwarzen Schuhen aus. An dem durchdringenden Blick, mit dem mich Kline musterte, erkannte ich, dass das Kleid gut gewählt war.

Aus unerfindlichen Gründen war auch Gitte Vonundzurbrücke erschienen. Hatte die eigentlich keine anderen Hobbys, als in einem Altenstift herumzusitzen?

Heute trug sie ein graues Ensemble von Meister Boss, das sie um mindestens zehn Jahre älter machte. Ihre beginnenden Falten wirkten wie ein Netz, das sie sich aus Respekt vor den Toten übers Gesicht geworfen hatte.

Die entschlafene Ina hatte außer der Enkeltochter keine nahen Angehörigen gehabt; die stand, unschön gekleidet in ein blaues Kostüm, das nach Heine-Katalog aussah und das schier aus allen Nähten platzte, am Grab und nahm die Kondolenzwünsche entgegen. Sie schien vom Tod ihrer Oma nicht besonders betroffen zu sein. Ich sah schon vor mir, wie sie das Konto rasch leer räumte und ihren Kreuzfahrtjob dann an den Nagel hängte.

Ich hingegen bedauerte es sehr, dass Ina verstorben war.

Am Grab rief ich ihr ein stummes Adieu hinterher.

»Wo sie die Herzklappenoperation noch so gut überstanden hat«, sagte Major von Arentz kopfschüttelnd. »Tapferes altes Mädchen!«

Ich runzelte die Stirn. Irgendjemand hatte kürzlich etwas dazu gesagt. Ich hörte einen falschen Klang, konnte ihn aber nicht greifen.

»Nun, wir haben es nicht in der Hand«, meinte Eleanor rasch und legte ihm ihre Hand auf den Arm. »Dort, wo sie jetzt ist, hat sie es gut.«

Warum hatte ich das Gefühl, dass Inas Zeit eigentlich noch nicht gekommen gewesen war?

Nach ihrem Tod war ich noch einmal in ihrem Raum gewesen. Ich hatte dort ein Buch vergessen, aus dem ich ihr vorgelesen hatte: eine ziemlich geschönte Darstellung des Lebens der Gebrüder Grimm. Ina hatte an vielen Stellen gejauchzt und mit dem Kopf genickt. Sie war glücklich gewesen. Nein, sie hatte noch nicht sterben wollen.

Als ich mich umdrehte, trafen meine Augen die von Kline, der mich aufmerksam betrachtete. Ich wich aus.

Später nahm er mich zur Seite: »Hoffentlich haben Sie mit Ihrem nächsten Gast mehr Fortune, Frau Tobler.«

»Das hoffe ich auch. Eine Tote ist traurig, zwei wären dramatisch, und drei sind verdächtig«, erwiderte ich trocken.

Eigentlich war es ja nur eine harmlose Bemerkung gewesen, aber zu meinem Erstaunen, nein, zu meinem Erschrecken sah ich, wie sich etwas wie Angst in Klines Augen schlich.

Hier stimmte etwas nicht, doch ich konnte es nicht benennen.

Als neue Klientin bekam ich jetzt Fräulein von Klausenthal zugeteilt, ein versponnenes altes Mädchen, die mich zunächst misstrauisch betrachtete und nicht viel sprach.

Anfangs saßen wir nur zusammen und schwiegen. Ab und zu schaute sie auf ein Foto oder auf ein Bild und seufzte.

Irgendwann erzählte sie mir, dass sie als jüngste Tochter einer Riesenfamilie keinen Mann abbekommen hatte. »Die Mitgift hat einfach nicht mehr für mich gereicht.« Deshalb sei sie Lehrerin fürs Englische an einer Klosterschule geworden.

»Die Leute dachten immer, wie gut wir es hatten, wir Adeligen, aber bei uns in den großen Zimmern war es kälter als bei ihnen zu Hause, und wenn man eine Familie mit elf Kindern war, so wie wir, da blieb für den Einzelnen nicht mehr viel.«

Ich dachte an meine verwöhnte Tochter, das Einzelkind. Vielleicht war es manchmal besser, nicht adelig, sondern einfach nur stinkreich zu sein.

Fünftes Zunehm-Essen von Irmentraud:
Kaiserschmarrn mit Rosinen, Rum, Butter, Puderzucker und Milch

Eine Woche später, ich hatte mir gerade eine Karte für die Saunalandschaft im Pforzheimer Parkhotel gekauft, weil ich nicht auf jeden Luxus verzichten wollte, geschah etwas Eigenartiges.

»lovingoldplaythings«, das führende Internetportal aus der Welt der Spielzeugantiquitäten, schickte mir eine Infomail. Da es sich um ein englischsprachiges Portal handelte, waren die deutschen Texte etwas ungeschickt übersetzt und die Wörter manchmal grotesk getrennt worden.

»Neue Preciosen und h-istorische Spiel-sachen eingetroffen. See?«

Man musste einen Button mit »See« darauf anklicken, es ertönte die altmodische Musik einer Spieldose, und dann öffneten sich virtuell wie bei einem Schrank in einem nostalgischen Kinderzimmer zwei Türen, und die Angebote erschienen. Die Seite war nett gemacht. Bunte Spielzeuge purzelten quasi aus dem Schrank heraus, als räume ein Kind sie gerade aus. Ein Teddybär aus den Zwanzigern, der reichlich zerrupft aussah, eine Blechtrommel, eine Lokomotive. Die Preise, die Herkunft, der Zustand, alles war säuberlich aufgelistet, zu jedem Objekt gab es mehrere anklickbare Fotos.

Ich scrollte weiter. Kreisel. Zinnfiguren. Alte Blechautos, Kaufläden. Dann blieb mein Auge an etwas hängen, das mir vertraut vorkam: ein kleines blasses, aber fettes Püppchen in einem Badeanzug und mit aufgemalten Haaren.

Die Beschreibung des Objekts passte zu meiner Erinnerung: »Puppe, 22,5 cm. Biedermeier. Sogenannte Badepuppe, innen hohl. Stiftmechanismus für bewegliche Arme und Beine. Kopf erneuert 1930. Haar aufgemalt. Aus Familienbesitz. Badeanzug aus einer späteren Periode«.

Ich hatte diese hässliche Puppe erst kürzlich gesehen. Und hatte noch gedacht, dass das Hängerchen zu farblos und altbacken aussah. Sie hatte mir nicht gefallen. Wo war das nur gewesen?

Ich grübelte lange, doch dann fiel es mir ein. Bei Ina.

Es war dies eindeutig eine von Inas vielen geheiligten Puppen.

Ich suchte nach der Angabe, seit wann das Objekt im Portal »lovingoldplaythings« gelistet war, und fand das Datum: ein paar Tage nach Inas Tod.

Hatte sich Ina an ihrem Todestag so aufgeregt, weil sie bemerkt hatte, dass die geliebte Puppe, die auf ihrem Stuhl gesessen und der sie stets das Gesicht eingecremt hatte, verschwunden war? »Weißt du, Swentja, man muss einen blassen Teint behalten, wenn man hübsch bleiben will. Und es ist jetzt Sommer«, hatte sie ihr törichtes Tun erklärt.

War sie deswegen so erregt gewesen und nicht wegen eines traurigen Berichts in einer Zeitschrift? – Eine Erklärung, die mir ohnehin weit hergeholt schien. Und ihre Herzklappe war erst zwei Jahre alt gewesen, wie sie mir selbst gesagt hatte, nicht viele Jahre, wie allgemein verbreitet worden war.

Ich fasste zusammen.

Anna-Maria hatte ein geliebtes Puppenpärchen weggegeben, worüber sich Cornelia gewundert hatte. Doch Anna-Maria hatte gegenüber ihrer Familie absolut glaubhaft versichert, sie habe es freiwillig verschenkt.

In einem anschließend belauschten Gespräch hatte ich allerdings einen anderen Eindruck gewonnen. Ein »Er«, dem sie vertraute, hatte ihr die Puppen weggenommen oder abgeschwatzt. Manches sprach für Scott Kline, denn er genoss das Vertrauen aller Bewohner, kannte sich – laut Anita – mit alten Sachen aus und wusste bestens Bescheid über die weltlichen Besitztümer aller Bewohner.

Das Puppenpärchen war einige Zeit nach seinem Verschwinden beim Auktionshaus des strebsamen Klaus Feuer gelandet. So wie auch eine Puppe von Cressida dort zum Verkauf angeboten worden war, die ja praktischerweise nun in den USA weilte.

Nun waren aber, wie mir das Serviermädchen berichtet

hatte, immer mal wieder Sachen verschwunden im »Schön-Leben«. Nicht nur Puppen. Auch andere alte und historische Erinnerungsstücke, beispielsweise ein Majolikaleuchter und vor Kurzem dann Herrn Major von Arentz' Zinnfigur.

Durch Zufall war ich nun Inas Puppe in einem fremdsprachigen Internetportal auf die Spur gekommen.

Diese Dinge waren aktuell nicht beim Auktionshaus Feuer gelistet, sondern vielleicht schon über die vielen anderen Kanäle angeboten und verkauft worden, die es für diesen nostalgischen Kram gab. Vielleicht würden sie auch in einem späteren Feuer-Katalog erscheinen, obwohl das unwahrscheinlich war, denn die Lagerhaltung der alten Sachen mochte viel Geld kosten und Feuer froh sein, alles so schnell wie möglich weiterzuverkaufen. Man musste diesen Punkt einmal klären.

Wahrscheinlicher schien mir, dass der Dieb gewarnt war und inzwischen andere Vertriebswege als über das Auktionshaus Feuer mit seinen weitverbreiteten Katalogen suchte. Eleanor hatte selbst gesagt, sie würde mit Herrn Kline über die Vorfälle reden und ihn ermahnen, dass niemand, NIEMAND, das Vertrauen der Gäste ausnutzen dürfe. Seither war anscheinend nichts mehr bei Feuer direkt aufgetaucht.

Das machte Kline umso verdächtiger. Er hatte möglicherweise seine Strategie geändert.

Unruhig ging ich in meiner kleinen Wohnung hin und her und fühlte mich erstmals wie in einem zu engen Käfig. Wenn ich nur mit jemandem hätte reden können. Das war das Schlimmste am Singledasein. Nicht das Allein-Schlafen, das Allein-Essen oder Sonntage allein. Obwohl die auch schlimm waren. Nein, es war das Allein-Denken.

Wenn ich Marlies anriefe, würde sie mich nur ermahnen: Swentja, keine Morde mehr. Bitte.«

Also grübelte ich weiter über den Drahtzieher all der merkwürdigen Vorkommnisse und stolperte immer wieder über die Rübezahlgestalt des Scott Kline.

Kline war ein von den Schönlebens leidlich bezahlter Angestellter, und er war für reibungslose Abläufe im Stift verantwortlich. Er kannte alle Zimmer, alle Vermögenswerte, alle Bewohner und ihre Verwandten. Und es war ersichtlich, dass Scott Kline jenen Luxus liebte, den er bei seinen Bewohnern sah und bewunderte.

Er besaß eine sehr teure Uhr, und er trug handgenähte Schuhe. Ich hatte ihn in Baden-Baden nicht nur mit einer sehr koketten, um nicht zu sagen: ordinären Dame gesehen. Offenbar besaß er auch zwei Autos. Einen einfachen Golf, den er vor dem Stift auf dem Parkplatz mit dem Schild »Geschäftsführung« parkte, und die Luxuskarosse, mit der er in Baden-Baden vorgefahren war. Zwei Autos, zwei Leben?

Er hatte mich außerdem angelogen, was seinen Urlaubsort betraf. Warum lebte dieser Mann überhaupt hier in Deutschland, und was war sein dubioses Diplom wert, das an der Wand neben dem anderen Krempel hing, den er sammelte und hortete?

Tatsache war, dass Kline mir von Anfang an nicht gefallen hatte. Etwas an ihm machte mich aggressiv, machte mich misstrauisch, machte mich geradezu wütend. Ich wusste nicht, was es war, doch hatte ich – trotz mancher Irrtümer – gelernt, mich auf mein Bauchgefühl zu verlassen.

Solch ein Job wie seiner hier war doch wie ein Honigtopf. Reiche alte Leutchen, die ihrem eigenen Verstand nicht mehr trauten oder das Verschwinden kleinerer Erinnerungsstücke gar nicht bemerkten. Als Einzelstücke waren die Sachen wohl auch nicht so wertvoll, dass die Verwandten sie ganz oben auf der Liste der Erbgüter stehen hatten. Aber wenn man dringend Geld braucht, macht Kleinvieh auch Mist.

Eine Weile zögerte ich.

Ich sollte das nicht tun. Andererseits war es wichtig, dass jemand außer mir Bescheid wusste.

Es ist ein Vorwand, Swentja.

Es ist notwendig, Swentja, sagte ich mir.

Schließlich überwand ich mich und rief Hagen auf dem Revier an.

Er meldete sich unverzüglich mit dem vertrauten »Hayden?«

»Swentja«, meinte er kühl, als ich mich hastig und verlegen meldete, »was gibt's? Ich glaube nicht, dass wir uns im Moment viel zu sagen haben.«

Das war immerhin ein gewisser Fortschritt. Letztes Mal hatte er einfach wortlos den Hörer aufgelegt. Ich hatte noch niemals im Leben etwas derart Peinliches und Demütigendes erlebt. Ich wusste, dass ich jetzt schnell sprechen musste, bevor er wieder auflegte.

»Es ist nichts Privates, Hagen. Hör zu. Ich arbeite derzeit in einem Altersheim in Pforzheim. Kein normales Altersheim. Es ist vielmehr ein Stift. Das ›SchönLeben‹. Ein Seniorenheim der gehobenen Klasse. Der sehr gehobenen Klasse.«

»Na«, kam es kühl durch den Hörer, »alles andere hätte uns auch gewundert, nicht wahr?«

Wir hatten nun seit Monaten nicht miteinander gesprochen, und kaum taten wir es, gab es sofort wieder Streit.

»Nun, ich muss ja nicht unbedingt in einer Arbeitslosenkantine arbeiten, oder?«

»Darf ich dir etwas enthüllen, Swentja?«

»Ja?«

»Es gibt keine Arbeitslosenkantinen mehr. Die gab es vielleicht bei Bismarck, aber da hast du noch nicht gelebt, es sei denn, deine Anti-Aging-Creme ist noch besser, als ich dachte. Also, was willst du von mir?«

Egal, wie elend ich dran bin, in diesem Ton fragt mich das weltweit kein Mann.

Ich war einst die meistumschwärmte Frau Mittelbadens gewesen. Deshalb erwiderte ich eiskalt: »Von dir will ich zunächst einmal gar nichts. Es geht um —«

»Ach, hast du also einen neuen Gönner gefunden? Jemand, der dich herumfährt, dich zum Essen einlädt und dankbar ist, wenn du ihn einmal mit deinen perfekten Zähnen anlächelst?«

Fast wollte ich verneinen, da dachte ich an Paul Nicoletto.

»Vielleicht. Es gibt immer mal wieder nette, wohlerzogene Herren, die wissen, dass es eine Auszeichnung und eine Ehre ist, mich herumzufahren. Aber darum geht es nicht. Ich habe den

Verdacht, dass eine meiner Patientinnen, meiner Klientinnen, ermordet worden ist.«

Spöttisches Lachen. »Wieder einmal? Du ziehst eine Spur des Todes hinter dir her!«

»Ich habe nichts damit zu tun. Es ist reiner Zufall, dass ich hier arbeite«, sagte ich.

Schon als ich diesen Satz sagte, runzelte ich verwirrt die Stirn. Zum ersten Mal kam mir ein seltsamer Gedanke. War es denn wirklich ein Zufall, dass ich hier arbeitete?

»Ich finde es schon bemerkenswert«, riss mich Hagens kühle, ungemein erotische Stimme aus diesen Gedanken, »dass du überhaupt arbeitest. Bisher wusstest du kaum, wie man das Wort buchstabiert.«

»Du vergisst, dass ich immerhin einen gehobenen Haushalt zu betreuen hatte. Doch lassen wir das jetzt. Diese alten Leute hier, sie sind sehr reich. Und sie haben Schmuck und Geld. Wenn man ihnen diese Dinge stehlen würde, das fiele den Angehörigen auf. Wenn man aber Gegenstände entwendet, die auf den ersten Blick nur nostalgisch sind, für Sammler aber einen gewissen Wert haben, dann ist das doch fast eine geniale Masche. Ihr Fehlen fällt kaum auf. Spieluhren, Porzellanschäferinnen, Leuchter, Serviettenringe, Puppen – du glaubst nicht, wie vollgestopft diese Zimmer mit Erinnerungen an die gute alte Zeit sind.«

Ich hörte, wie Hagen gelangweilt mit einem Bleistift auf seinem Schreibtisch herumhämmerte. Niemals hätte ich gedacht, dass ich ihn einmal langweilen würde.

»Swentja, es ist nie gut, in der Vergangenheit zu leben. Und wenn du solche Vorkommnisse beobachtet zu haben glaubst, dann wende dich an die Kollegen in Pforzheim. Die werden bestimmt dankbar sein, mit dir zusammenzuarbeiten. Allerdings ist mein sympathischer Kollege dort, Florian Belou, gerade Single. Frisch geschieden. Vorsicht. Er leckt sich noch die Wunden und könnte eine leichte Beute für dich sein. Also bitte ... lass den armen Kerl in Ruhe.«

»Hagen, ich denke, da ist was faul. Und es ist eine Bewohnerin auf seltsame Art gestorben. Ich weiß nicht, wie, aber ich halte es für möglich, dass man sie loswerden wollte, denn auch bei ihr ist ein Spielzeug gestohlen worden.«

Spöttisch: »Du sagtest, es ist ein Altenheim. Da wird nun mal gelegentlich gestorben.«

»Aber sie war nicht krank.«

»Man muss nicht krank sein. Manche alten Leute sterben einfach.«

»Aber –«

Er ließ mich nicht einmal mehr ausreden. Scharf: »Nicht mit mir, Swentja. Nicht noch einmal!«

Und er legte einfach auf.

Nur eine Frau, die überhaupt keinen Stolz mehr zu verlieren hatte, würde jetzt noch einmal anrufen. Kurzfristig erwog ich, genau diese Frau zu sein, doch dann kam ich im Flur am Spiegel vorbei und überlegte es mir anders.

Ich sah immer noch gut aus. Mein Äußeres hatte nicht gelitten. Im Gegenteil. Das Leid und Irmentrauds nahrhafte Küche hatten mich in der letzten Zeit zu einer reifen Schönheit werden lassen. Einen Teufel würde ich tun und ihm hinterherlaufen. Wer zum Teufel brauchte einen kleinen Beamten namens Hagen Hayden?

Ich nahm ein Glas, aus alter Gewohnheit, vergessend, dass ich nicht allein zu Hause in meiner Villa war, sondern mich in einer gemieteten Wohnung befand, und schleuderte es meinem Spiegelbild entgegen.

Es zersplitterte in tausend Bestandteile, zerteilte mein Gesicht wie ein Kaleidoskop. Fast gleichzeitig klingelte es an meiner Wohnungstür.

Groß, vertrauenerweckend und väterlich erschien Paul Nicoletto im Türrahmen. Er schien ehrlich erschrocken.

»Ist irgendetwas los, Swentja?«, fragte er, und ob es jetzt dieses vertraute »Swentja« war oder etwas anderes den Ausschlag gab, jedenfalls lag ich Sekunden später in seinem Arm und tat das, was ich schon lange hätte tun sollen.

Ich heulte nämlich wie ein Kind. Und merkte erst gar nicht,

dass seine tröstenden Streichelbewegungen nach und nach in etwas anderes übergingen. Mit aller Kraft löste ich mich.

»Nein!«, sagte ich. »Nein.«

Und schon herrschte mal wieder Chaos in meinem Privatleben!

Irmentraud Nicoletto mochte ich von nun an kaum in die Augen sehen, wenn ich sie auf der Treppe traf, wenn sie bei mir klingelte und mir ein Stück ihres wunderbaren selbst gebackenen Kuchens anbot oder mir, jetzt zur Obstzeit, ein Schüsselchen Mirabellen hinstellte.

»Vom Garten meines Mannes geerntet«, verkündete sie dann ganz stolz. Sie war überhaupt überaus stolz auf ihren Mann, und er genoss es sichtlich.

Dies war eine Ehe, die noch auf althergebrachten Vorstellungen basierte und die deshalb funktionierte. Leider nur nach außen hin. Der Ehemann umarmte seine Untermieterin, und die Ehefrau hatte einen eher ungewöhnlichen Job, von dem sie ihm nichts erzählte. Mich machte das traurig. Wem konnte man also noch vertrauen?

★★★

Draußen war es heiß, die Urlaubszeit nahte, die Straßen leerten sich, Parkplätze wurden frei, nur ich fuhr immer noch pflichtbewusst ins »SchönLeben« und versah meinen Dienst.

Die Hitze legte sich bleischwer auf das Gemüt der alten Bewohner. Sie dösten halbe Tage wie Schildkröten mit halb geschlossenen Augen oder ruhten auf schön geformten Liegen im Garten und warteten auf die abendliche Abkühlung. Thomas erschien und verteilte Melonenstückchen.

Eleanor, die Inas Zimmer taktvoll räumen ließ, tauchte regelmäßig auf und überwachte zusammen mit Kline die Arbeiten. Oftmals verschwand sie mit ihm lange im Büro.

Das Zimmer wurde renoviert, wie es im »SchönLeben« üblich war. Der Geist der Toten wurde übertüncht. Buchmann begleitete den Vorgang mit sardonischem Grinsen. »Wo die jetzt ist, sind alle gleich«, sagte er. »Und was wird jetzt mit ihren tollen Sachen, hm?«

Ansonsten geschah nichts Ungewöhnliches. Inas Tod schien rasch verarbeitet; das Pendel der Gefühle schlug bei den alten Menschen nicht mehr so weit aus wie in der Jugend, man fand sich mit vielem ab. Immer wenn ich an Ina dachte, versuchte ich mich selbst davon zu überzeugen, dass sie einfach gestorben war, weil sie alt gewesen war. Und doch blieb ein nagender Zweifel.

Mir persönlich fehlte sie sehr, denn sie war auf ihre Weise sehr lieb gewesen.

So versuchte ich stattdessen, das Vertrauen von Fräulein von Klausenthal zu gewinnen, der versponnenen buckligen Existenz mit ihren langen Wallegewändern und jeder Menge alter Bücher mit und ohne Goldschnitt. Doch sie betrachtete mich immer noch argwöhnisch durch ihre dicken Brillengläser.

Als ich ihr erzählte, dass meine Mutter Italienerin gewesen sei, hielt sie instinktiv ihre Halskette fest. Jetzt konnte ich die armen Golds besser verstehen. Vorurteile leben lange.

Bei den Nicolettos ging auch alles seinen spätsommerlichen Gang.

Irmentraud setzte zu einer Großoffensive an, was meine Gewichtsprobleme betraf, und es gab ein weiteres Gericht aus ihrer Küche.

Sechstes Zunehm-Essen von Irmentraud:
Hirschbraten in Himbeerbeize mit Speck, Rotwein, Karotten, Lauch, Sellerie, Himbeeren und Crème fraîche

Ich nahm trotzdem kaum zu. Besorgt und mütterlich ruhte Irmentrauds Blick auf mir und machte mir ein schlechtes Gewissen, dabei war nichts mehr vorgefallen zwischen Paul Nicoletto und mir. Doch war durch eine einzige unbrüderliche Umarmung eine Vertrautheit entstanden, die nicht mehr wegzudiskutieren war.

Ich versuchte, ihm aus dem Weg zu gehen, was nicht einfach war, wenn man in einem Haus wohnte und ums Haus herum ein durchaus ansehnlicher Mann in den besten Jahren mit liebevollem Blick wuselte. Mir blieb keine große Auswahl, was mein Leben außerhalb des »SchönLeben« betraf.

Mit wem sollte ich etwas unternehmen, mit wem in Urlaub fahren? Ich beschloss, Pforzheim auch allein zu genießen, unternahm lange Spaziergänge an den Flüssen der Stadt entlang, die es mir angetan hatten. So verschlug es mich erneut an das ungepflegte und doch romantische Ufer der Nagold, und erneut kam ich an dem schachtelartigen Gebäude des Auktionshauses Feuer vorbei.

Das im Grunde moderne Haus mit seiner roten Fassade mutete an, als sei es in Blut getränkt. Die dunklen Fenster ließen von außen nicht erkennen, was sich drinnen abspielte. Und doch konnte und sollte man das Gebäude nicht übersehen, denn kein anderes Haus weit und breit war in dieser roten Farbe gehalten.

Ich setzte mich auf eine Bank gegenüber und tat das, was ich früher viel zu selten gemacht hatte: nachdenken.

Über Ina, über Cornelia und vor allem über mich.

Was sollte aus mir werden, wenn dieses erste chaotische Jahr zu Ende ging? Ein Fotomodel für reife Damen, wenn es mir nur gelang, fett genug zu werden? Und sonst? Eine alternde, geschiedene Frau, die umgeben von anderen Geschiedenen über ihren Mann schimpfte und seine monatlichen Zuwendungen für Kulturreisen und Wellnesswochenenden ausgab? Eine verwitterte Gesellschaftsdame, die irgendwann zu tüdelig für den Job wurde?

Eleanor von Schönleben hatte mich stets freundlich und mit höflichem Respekt behandelt. Vielleicht spürte sie, dass ich unter anderen Umständen bei einer Dinnereinladung ihre Tischnachbarin hätte sein können. Ich tröstete mich also damit, dass man mir die einstige Klasse immer noch ansah: Kleidung. Benehmen. Haltung. Da hatte Schwester Anita schon recht.

Ich dachte an diesen scheußlichen Hausmeister mit seinem lauernden, neidischen Blick. Menschen wie unsere Gäste waren für ihn unerreichbar, und weil er das wusste, steckte so viel Hass ihn ihm.

Mitten in meinen Gedanken schreckte ich jäh auf.

Gerade eben verließ eine Person das Auktionshaus, die man dort nicht erwartet hätte. Eine Person, die anscheinend immer auftauchte, wo man sie nicht erwartete: Scott Kline.

Diesmal war er nicht in Begleitung seiner drallen Geliebten, sondern eines schmalen, geschäftig wirkenden Mannes. Es war ein Verdienst meiner Langweile, dass ich ihn sofort erkannte. Ich war natürlich auf der Homepage des Auktionshauses Feuer gewesen und wusste deshalb, dass es sich hier um keinen Geringeren als Klaus Feuer selbst handelte, den umtriebigen Chef des Hauses.

Die beiden Männer unterhielten sich eine Weile. Es war, als liefe ein Stummfilm vor meinen Augen ab. Feuer lachte und klopfte Kline freundschaftlich auf die Schulter. Dann holte er etwas aus seiner Tasche. Ich erhob mich halb von meiner Bank. Schwer zu erkennen, was da genau vorging. Ich kniff die Augen zusammen, so als sähe man dann besser. Feuer hatte eine Brieftasche in der Hand und reichte Kline einen Schein. Der sah ihn und schüttelte den Kopf. Aha, es war ihm zu wenig.

Es war jedenfalls eindeutig, dass die beiden nicht das erste Mal miteinander sprachen.

Aus dem Haus kam nun eiligen Schrittes eine stämmige Mitarbeiterin mit kurz geschnittenem rotbraunem Haar, ein Blatt in der Hand, das sie Feuer offenbar zur Kenntnis brachte. Er unterschrieb beiläufig. Sie dankte und verschwand wieder im Inneren. Schließlich stieg Feuer in einen Porsche und brauste vom Hof. Kline machte sich mit ausholenden Schritten in die andere Richtung davon. Er hatte mich nicht gesehen.

Wie angewurzelt saß ich auf meiner Bank, halb versteckt vom Ast einer Trauerweide am Ufer der Nagold.

Eines hatte ich aus meinen vorangegangenen Fällen gelernt: Zunächst waren die Fakten nüchtern und ohne Gefühle zu bewerten!

In solchen Momenten wünschte ich, ich wäre Raucherin. Dann hätte man etwas zu tun, während man seine Gedanken ordnet.

Scott Kline und Klaus Feuer waren also miteinander vertraut, obwohl ihre beiden Tätigkeitsfelder auf den ersten Blick keine Schnittpunkte aufwiesen. Kline wohnte nicht mal in Pforzheim, und er stammte aus dem Ausland. Welcher Art konnten also die offiziellen Verbindungen der beiden Männer sein?

Andererseits verschwanden offenbar alte Sachen, die man als Nostalgieobjekte ganz gut versteigern konnte, aus den Zimmern der Gäste im »SchönLeben«. Und das wahrscheinlich schon seit einiger Zeit. Meistens wohl unbemerkt. Wer wusste schon genau, wie viele es im Laufe der Zeit gewesen waren? Die Zinnfigur von Major Arentz war nur eine davon.

Anna-Maria von Schönleben und ihre beiden verschwundenen Püppchen waren in gewissem Sinn eine Ausnahme gewesen. Die alte Dame hatte einen Verdacht ausgesprochen. Ich versuchte, die Worte in der Erinnerung zu fassen: Er hat meine Puppen genommen und will sie verkaufen? Verdient dieser Mann denn nicht genug Geld?

Hatte Kline sie beschwatzt, ihm die Puppen – halb freiwillig – zu überlassen?

Er hätte es nicht gewagt, eine von Schönleben heimlich zu bestehlen. Die Gefahr der Entdeckung wäre zu groß gewesen. Vielleicht hatte er sie mit einem Trick dazu gebracht, sich von den Puppen zu trennen. Etwa damit, sie reparieren oder schätzen zu lassen. Und dann waren sie halt einfach nicht mehr zurückgekommen und jenem schleichenden Vergessen anheimgefallen, das im Hause sowieso grassierte und sich wie Mehltau auf alles legte.

Keiner hätte es bemerkt. Cornelia, die das Haus nicht mehr allein verlassen konnte, bekam den dicken Auktionskatalog des Hauses Feuer normalerweise niemals zu Gesicht. Er wurde nur auf Anfrage verschickt.

Dennoch hatte der Dieb durch meine Nachfrage bei Anna-Maria und den Schönlebens offenbar beschlossen, seine Taktik zu ändern und die entwendeten Kleinantiquitäten vorübergehend auf einer nur Insidern bekannten Internetseite anzubieten, was wesentlich unauffälliger war.

Das Ganze war mies, und es war widerlich.

Kurz erwog ich einen Anruf bei Herrn Belou von der Pforzheimer Kripo, doch hatte ich keinerlei Beweise, sondern mal wieder nur die viel belächelten Beobachtungen der Swentja Tobler.

★★★

Sein Fahrstil war bedächtig und angenehm ruhig. Keine aggressiven Abbremsmanöver wie bei meinem Mann, keine schnellen Tempowechsel wie bei Hagen.

Paul Nicoletto fuhr mich gerade zu einem Baumarkt außerhalb von Pforzheim. Ich brauchte eine Teleskop-Kleiderstange, die ich zwischen Schrank und Wand klemmen konnte. Der Platz im Schrank reichte nicht einmal für meine Notfallgarderobe.

Und Kleider von Laurel wie das blau-grüne Teil mit den kleinen Knöpfen am Kragen, das eine Meerjungfrau aus mir machte, verdienten es, an einen schönen, möglichst gepolsterten Bügel gehängt zu werden. Paul seufzte und schien froh, dass er am Steuer saß und mir nicht direkt in die Augen zu schauen brauchte.

Nach einer Weile brach es doch aus ihm heraus: »Es tut mir leid, dass die Sache mit dir passiert ist. Irgendwo unterwegs ist etwas in meiner Ehe verloren gegangen, Swentja.«

Ich schwieg.

»Als ich noch ein erfolgreicher Manager war, da war das ein herrlicher Gedanke. Ich schwirre draußen in der Welt herum, und sie hütet das Haus und erzieht unsere Kinder. Anspruchsvolle Gespräche hatte ich ja genug bei der Arbeit. Doch nun ist es anders. Ich bin zu Hause, sie ist zu Hause, und ich sehne mich nach mehr.«

Ich schwieg immer noch. Was sollte ich auch sagen?

Bei seinem Problem konnte ich ihm nicht helfen. Ich war ungeeignet für anspruchsvolle Gespräche über anderer Leute Ehe. Ich war nur ein wenig einsam, war aus meinem gepolsterten Nest gefallen und spielte mehr schlecht als recht die Rolle einer berufstätigen Frau. Doch es war eben nur eine Rolle.

Er täuschte sich in mir.

Alle täuschten sich in mir.

Der Spätsommer entfaltete sich jetzt so hitzig, als wolle er es noch mal wissen, protzte mit fast südlicher Pracht und trug doch schon den Keim des Endes in sich.

Eigentlich war ich froh, dass es bald Herbst wurde. In einer der vielen Zeitschriften, die im Lesezimmer des »SchönLeben« lagen, hatte ich gelesen, dass Depressionen im Sommer besonders schlimm sind.

Schwül und gewittrig waren auch die Nächte. Ich klebte in meinem Bettzeug fest und fragte mich in den nicht enden wollenden zergrübelten Stunden zwischen ein und drei Uhr, was meine Katze wohl machte. Wenn sie sich wider Erwarten doch kein neues Zuhause gesucht hatte, so würde die Haushälterin sie hoffentlich versorgen.

Mein Mann hatte sich niemals dafür interessiert, wie es den anderen Lebewesen in seinem Haus erging. Anders als Hagen, der sich in seiner ruppigen Art durchaus liebevoll um seinen hässlichen Hund gekümmert hatte.

Komisch, dass ich mich niemals fragte, was eigentlich mein Mann machte. War er weniger wert als eine Katze?

Siebtes Zunehm-Essen von Irmentraud:
Badische Sudhaxe mit Gemüse, Senf und Zucker

Im »SchönLeben« ging alles seinen geordneten Gang. Ein Klavierabend fand statt, ein Flamencoabend stieß auf wenig Interesse, und am Ende des Filmabends über vergessene Kulturen im Zweistromland mussten die meisten Bewohner geweckt werden.

Meine schrullige Klientin, Fräulein von Klausenthal, hatte allerdings ein neues musisches Hobby für sich entdeckt. Sie erlernte das Triangelspielen, was ein bisschen nervig war, denn die Bandbreite an Klangfarben ist bei einer Triangel höchst überschaubar.

Die ehemalige Lehrerin lebte in der Erinnerung an ihre Schüler aus ersten Kreisen. Stolz verwies sie auf ihre verwitterte Sammlung von alten englischen Grammatiken und las mir Sätze vor wie: »Das Schwert des Anführers drang mühelos durch den Körper des Feindes«. Ich musste das Lachen unterdrücken.

Sie stammte aus dem alten Breslau und berichtete mir von Bällen im Winter, zu denen sie mit einer Kutsche durch den Schnee gefahren wurde, die Hände im Muff, den Kopf durch eine Pelzmütze geschützt. Sie erzählte so farbig, ich hörte fast das Klingeln der Glöckchen am Geschirr der in der Kälte schnaubenden Pferde.

Insgeheim teilte ich ja Fräulein von Klausenthals Einstellungen über die selige Zeit klarer gesellschaftlicher Verhältnisse. Nur von unten sah diese Einteilung doch ein wenig anders aus.

Es gab jedoch Lichtblicke. Überraschenderweise lud mich Eleanor von Schönleben in meiner Funktion als Gesellschafterin von Cornelia von Schönleben-Trewitz erneut zum Tee ein. Nicht ins Schloss, nein, sondern vielmehr nach Bad Wildbad im Nordschwarzwald, wo die Familie im Sommer des Öfteren in einer dauerhaft gemieteten Suite des ersten Hotels am Platze weilte.

»Der Frische wegen«, sagte Eleanor von Schönleben am

Telefon. »Meine Familie hat, ebenso wie die meines Mannes, immer schon die Wälder und die Berge geliebt. Nicht nur wegen der Jagd, die wir dort in der Nähe, Richtung Dobel, besitzen. Nein, wir von Schönlebens sind einfach sehr naturverbunden. In der Nähe des Dobel haben wir deshalb eine kleine Waldkapelle gestiftet. Dorthin gehen wir noch heute zum Beten, wenn wir Gottes Rat suchen.«

Sie ließ Cornelia, die etwas kindisch vor Vergnügen über die Aussicht auf einen Ausflug zur feinen Familie gluckste, und mich sogar von einem Chauffeur abholen.

Der Fahrer, ein stiernackiger, kahlköpfiger Mann, sah wie ein Bodyguard aus und war vielleicht früher auch einer gewesen. In breitem Badisch erzählte er uns während der Fahrt Geschichten aus jenem waldreichen wilden Tal, das sich in weiten Schleifen bis hinauf zu dem in Wälder eingebetteten einstigen Nobelkurort Wildbad schwang. Heute machte Wildbad den Eindruck eines etwas verschlafenen Städtchens, das nach vergangener Pracht darauf wartete, von Touristen wach geküsst zu werden.

In der Lobby des noblen Hotels gegenüber der wunderschönen Therme, das ebenfalls die Glorie früherer Zeiten widerspiegelte, empfing uns eine aufgeräumte Eleanor von Schönleben außerordentlich herzlich mit dem Versprechen, es werde gleich einen echt englischen *High Tea* geben.

»Die Engländer beherrschen nichts auf der Welt so gut wie diese kleine Mahlzeit«, sagte sie. »Man sollte zum Tee in London weilen und dann nach Paris fliegen, um zu Abend zu essen.«

»So ähnlich hat es ja Lady Diana gemacht«, merkte ich an.

»Nur dass ihr das schlecht bekommen ist. Ich frage mich bis heute, ob man die Wahrheit über ihren Tod wirklich kennt.«

»Wir wollen nicht über Verstorbene sprechen«, meinte Eleanor mit einem kleinen Seitenblick auf die gespannt dasitzende Cornelia, deren Augen aufmerksam wie kleine Lichter hin und her flackerten. »Wir wollen einen recht schönen Tag genießen.«

»Schade, dass Herr Kline nicht dabei ist«, sagte ich. »Ich glaube, er schwärmt sehr für alles Royale. Bestimmt auch für *High Tea*.«

»Lassen wir den Mann doch schwärmen«, meinte Eleanor wegwerfend. »Das Volk hat zu allen Zeiten für uns geschwärmt. Wissen Sie, was meine absolute Lieblingsszene in meinem Lieblingsfilm ist? Diejenige, in der Sissi von ihrer bayerischen Heimat auf der Donau nach Wien reist. Und alle jubeln ihr an den Ufern zu. Und dann, als sie das Schiff verlässt, erklingt mächtig die deutsche Hymne.«

Versonnen sah sie vor sich hin. Ich könnte wetten, sie wäre gern eine Sissi gewesen. Ich übrigens auch. Diese Frau hatte tolles Haar und einen guten Geschmack gehabt. Man hätte mehr aus dieser Position als Kaiserin machen können. Anstatt sich für irgendwelche wilde Ungarn einzusetzen und in der Puszta herumzustolpern, hätte sie ihr nobles Leben in Wien genießen sollen und ein paar Modistinnen glücklich machen können. Das war aber nur meine Meinung.

»Möchtest du kurz Tante Anna-Maria Guten Tag sagen, Cornelia? Sie hat sich mit ihrer Migräne in ihr Zimmer zurückgezogen, aber dich einmal wiederzusehen, freut sie gewiss.«

»Aber sicher«, freute sich programmgemäß auch Cornelia. »Swentja, mein schönes Kind, möchten Sie mich nicht dorthin schieben?«

Gemeinsam begaben wir uns in den mit Teppichen ausgestalteten großen Aufzug, der für so ein altehrwürdiges Hotel erstaunlich rasch und geräuschlos nach oben surrte, und steuerten, ebenfalls auf Teppichen wandelnd, die Suite Nummer 27 an.

Obwohl wegen ihrer Migräne die Vorhänge zugezogen waren, hätte ich Anna-Marie überall erkannt. Genau wie letztes Mal saß die gut aussehende alte Dame stocksteif und würdevoll da, korrekt gekleidet in einem schwarzen Kleid mit einem weißen Spitzenkragen. Sie reichte mir eine schmale, nur von einem Rubin gezierte Hand und strich sich mit der anderen anmutig über die Stirn.

»Schön, dass Sie sich so nett um unsere Verwandte kümmern«, lächelte sie. »Das ›SchönLeben‹ ist natürlich nicht ganz billig, aber dort zu leben, ist ein Privileg. Man muss dankbar sein.

Wenn ich mir ein staatliches Altenheim vorstelle und mir denke, wie man dort behandelt wird ... Oftmals ist es nur ein kleiner Schritt von hier nach da.«

Es entstand eine Pause, in der vermutlich alle erschrocken darüber nachdachten, wie man in staatlichen Altersheimen denn so behandelt wurde, und ich konnte darauf wetten, dass keiner von uns darauf Lust hatte. Auch ich nicht.

»Das stimmt«, sagte Cornelia nach einem kleinen Moment entschlossen und beugte sich dann zu ihrer Verwandten vor. »Anna-Maria, es freut mich, dich so wohlauf zu sehen. Für deine Migräne wünsche ich dir gute Besserung.«

»Ich wünsche dir auch, dass du das ›SchönLeben‹ noch lange gesund genießt.«

Die beiden gesellschaftlichen Fossile küssten einander auf die hochgeborenen Stirnen. Es ist wie ein Theaterstück, dachte ich, bei dem jeder seine Rolle von Anfang an kennt. Doch wer führt eigentlich Regie? Wer entscheidet über die Darsteller, die Texte?

Unten war der *High Tea* vollendet aufgebaut worden und hätte in England nicht besser aussehen können. Kleine Schnittchen mit Käse, Gurken, Ei und Kresse stellten wahrscheinlich eine frühe Form des Fingerfood dar. Das Ganze war entzückend auf einer hübschen Etagere aus Sterlingsilber angerichtet.

Eleanor überflog meine Erscheinung mit Wohlwollen. »Sie verstehen es, sich stets dem Anlass entsprechend zu kleiden, Frau Tobler. Als ob Ihnen unsere Regeln vertraut wären: Bluse, Kaschmirpullover, Polohemd, aber bitte keinen nackten Hals. Und niemals Leggings. Die überlassen wir Hanne Hobelpopel.« Und sie lachte gutmütig.

Obwohl ich sie irgendwie mochte, fragte ich mich jetzt doch: Gibt es das wirklich noch? Diese natürliche und so ganz und gar selbstverständliche offene Arroganz gegenüber dem sogenannten gemeinen Volk?

In meiner guten Ettlinger Zeit hatten wir natürlich auch mit adeligen Leuten verkehrt. Nicht zu viele, nicht zu hochrangige, aber ab und zu war ein Graf oder Baron im Club oder bei einem

Empfang aufgetaucht. Man hatte das wohlwollend registriert, allerdings hatte man auch einen scharfen Blick auf die Verhältnisse geworfen, in denen sich die »Vons« befanden.

Es waren meistens freundliche, wohlerzogene Menschen gewesen, und sie hatten sich irgendwie eingefügt in unseren allgemeinen Reichtum. Rückblickend fiel mir allerdings auf, dass sie selbst eher zu einem gewissen Understatement geneigt hatten. Keine protzigen Autos, keine Rolexuhren an dafür viel zu schmalen Handgelenken. Keine dicken Goldketten um feine weiße Hälse. Nur echte alte Perlen. So wie auch Eleanor eher zurückhaltend gekleidet war.

Sie trug heute ein ähnliches Ensemble wie jenes, in dem ich sie schon gesehen hatte. Sie kombinierte nur immer anders und geschickt. Ja, dachte ich, das ist der Unterschied. Sie geben einfach nicht an. Sie wissen, wer sie sind. Sie brauchen Kaisers neue Kleider nicht.

Eleanor lächelte verbindlich in die Runde, als hätte sie meine Gedanken erraten. »Wir sind immer noch Vorbilder, das sollte keiner je vergessen. Bescheiden und sorgend, so ist unsere Rolle. Deshalb gehen wir auf ordentliche Schulen, gern Internate, wir machen dem Namen keine Schande. Wir versuchen, unseren Rang unter den Vermögenden dieses Landes zu wahren, aber wir drängen uns nicht vor.«

»Wir nennen unsere Großmutter auch nicht Oma, wir brechen Kartoffeln mit der Gabel, wir gehen nicht zur Toilette, sondern zum Klo, auch wenn es sich erst mal seltsam anhört«, warf Cornelia zwischen zwei Gurkenschnittchen ein. »Adel kommt von edel. Und Edle, das waren eben Menschen, die eine besondere Nähe zur Macht und zu Gott hatten. Und die zueinanderhielten. Das zeichnete sie aus.« Sie schleckte die Fingerspitzen graziös ab.

Eleanor bedachte die alte Dame mit einem liebevoll anerkennenden Blick. »Genau, liebe Cornelia. Ich hätte es nicht besser sagen können. Und es ist wichtig, dass die Standards gehalten werden. Sonst gibt es bald keine Elite mehr. Und was sind wir dann in diesem Land? Ein Haufen Wilde.«

»Gewiss.«

»Sie haben gesehen, was in England passiert ist, als falsch geheiratet wurde.«

»Genau«, sagte Cornelia und fügte dann überraschend gut informiert hinzu: »Und heute, mit der Presse und diesem Internet, da kann man nichts mehr geheim halten. Sie machen Fotos, die eine Sekunde später zu sehen sind. Insta… Insta… irgendein Gramm.«

Eleanor warf ihr einen besorgten Blick zu, so als sei schon die Erwähnung des Wortes Internet zu viel Moderne für die fragile Greisin.

Cornelia nahm den Faden wieder auf. »Eleanors Mutter erbte nach dem Tod ihres Vaters ein kleines Renaissanceschloss aus dem 16. Jahrhundert in Langgreb in der Tegernseeregion. Schloss Freienberg. Sie hatten mehr als vierzig Räume. Personalgebäude, eigener Park. Du selbst warst auf einer Privatschule am Ammersee, nicht wahr, Eleanor?« Tegernseeregion. Dort hatten wir viele Freunde. Fast nichts in Deutschland ist feiner, als am Tegernsee ein Anwesen zu haben.

»Auf einem Adelsball in München habe ich meinen Mann kennengelernt. Ich habe mir keine ernsthaften Sorgen gemacht, nicht standesgemäß heiraten zu können.« Eleanor lachte. »Es gibt ja sogar heute noch rund vierzigtausend ehefähige adelige Männer in Deutschland, da musste damals doch einer für mich dabei sein.«

»Ein Nichtadeliger kam überhaupt nicht in Frage?« Ich dachte an mein erotisches Abenteuer mit Hagen. Hagen ohne Abitur. Hagen ohne Geld. Hagen ohne richtig große Karriere. Hagen, den ich geliebt hatte. Verdammt noch mal. Was ist ein Abitur gegen richtig guten Sex?

»Eher nicht. Wir teilen die gleichen Vorlieben, die gleiche Sprache. Den Wunsch nach dem Bewahren alter Werte, die innere Haltung, die Regeln, die engen Familiennetze, den Stammbaum und die Religion.«

Ich sah mich um. »Und 1919? Das hat doch einiges verändert …«

»Gewiss. Nur kann man doch eine ganze Gesellschaftsschicht nicht auslöschen. Man hat die Privilegien abschaffen wollen, den Adel mit seiner inneren Einstellung wird es immer geben.«

Stolz reckte sie ihr Kinn, und Cornelia hob das Glas: »Zum Wohl!«

In dem Moment war ich wieder voller Bewunderung. Bisher hatte ich nur Neureiche kennengelernt, die ihre Marotten unwidersprochen auslebten, aber die von Schönlebens dieser Welt setzten noch eins drauf.

Nach dem Tee gingen wir alle zusammen gemessenen Schrittes im Kurpark von Wildbad spazieren. Sogar Anna-Maria wurde am Arm geführt. Cornelia, die ja sehr schlecht sah, rollte neben mir her und streckte die Hand ab und zu nach mir aus. Es war, als führte ich die Großmütter, die ich selbst niemals gehabt hatte. Die eine hatte in Schweden gelebt, die andere in Italien, und beide hatten sich niemals gesehen, und wenn, dann hätten sie sich nicht verstanden.

Der Aufenthalt bei ihrer Familie schien Anna-Maria von Schönleben-Trostdorff jedenfalls gutzutun. Ich fand, dass sie sich gerader hielt und besser lief als bei unserer ersten Begegnung. Eleanor fing meinen Blick auf und lächelte fein. Die Frau war sensibler, als ich dachte.

»Es geht nichts über das Leben in der Familie«, wisperte sie mir zu. »Ich vertrete das ›SchönLeben‹ und verteidige es, aber letztendlich ist man doch nirgends so geborgen wie bei den eigenen Leuten. So denke ich, und so denken meine Kinder.«

Ich dachte an meinen Unterschlupf, denn mehr war es ja nicht, bei den freundlichen, aber letztlich wildfremden Nicolettos und musste ihr recht geben. Ich lief noch immer auf Zehenspitzen durch meine Einliegerwohnung, denn ich wollte nicht stören. Ich war nur Gast in ihrem Leben.

Später, im Hotel, lernte ich nun auch den Ehemann von Eleanor etwas näher kennen.

Mit einer galanten und routinierten Verbeugung neigte sich Rudolf von Schönleben ein Stück weit über meine bürgerliche

Hand. »Leider – oder glücklicherweise – ist es ein Vorrecht der Frauen, den Mittag verplaudern zu dürfen«, sagte er sanft. »Die Herren müssen ab und zu ein wenig tätig werden.«

Er sagte nicht reden, er sagte plaudern. Er sagte nicht arbeiten. Ein von Schönleben arbeitete wahrscheinlich nicht. Er war tätig.

Der blonde melancholische Mann mit dem verträumten Zug um den weichen Mund erschien mir ein wenig wie die ideale Besetzung für einen charmanten Operettenbaron. Ich versuchte durch verschiedene Fangfragen herauszubekommen, worin seine Tätigkeit denn eigentlich bestand, doch es gelang mir nicht.

Ich hatte im »SchönLeben« bereits oft die Erfahrung gemacht, dass man in Adelskreisen ohnehin herzlich ungern Konkretes von sich gab. Abwarten wie die Raubvögel, das konnten sie, die feinen Leute mit großer Vergangenheit!

»Meine Leidenschaft waren immer schon die Mittel der Fortbewegung«, verkündete der Graf stattdessen ohne jede Leidenschaft. »Zu Pferd, wie unsere Vorfahren, auf dem Wasser, mit Kutschen und heute mit Autos. Und dieses Steckenpferd habe ich mir zur Profession gemacht.«

Eleanor lächelte milde.

Aha. Sollte das nun heißen, er verkaufte Gebrauchtwagen, oder was tat er wirklich? Reparierte er sie? Frisierte er sie? Fuhr er sie von hier nach da?

Als wir im Auto nach Dillweißenstein zurückfuhren, enthüllte mir Cornelia, Rudolf von Schönleben sei Verwalter und freier Geschäftsmann. Man verzeihe mir, aber auch damit konnte ich nicht allzu viel anfangen.

»Er ist ein seriöser Mensch. Kein charmanter Luftikus wie manche von uns. Er hat natürlich damals – wie heißt das? – Forstwirt studiert«, fügte sie noch an. »Schließlich haben wir Ländereien. Wälder. Liegenschaften. Jagdrechte.«

Ich nahm das beeindruckt zur Kenntnis. »Und die Kinder?«

Sie nahm ihre starke Brille ab und pustete sie blank. »Wenn ich doch besser sehen könnte. Wie war das wohl früher, als es noch keine Brillen gab? Alle blind wie die Fledermäuse, hm.

Und das einfache Volk? Ach, die guten Leute sind gar nicht so alt geworden, um Brillen zu brauchen.«

»Traurig«, sagte ich.

Cornelia fand das ganz offensichtlich nicht so furchtbar traurig. Gleichmütig sah sie aus dem Fenster auf die vorbeifliegende Landschaft des Nordschwarzwalds. Im Hintergrund erahnte man schon die Häuser von Pforzheim. Links neben uns schlängelte sich hurtig die Stadtbahn Richtung Zentrum, in der jener Pöbel saß, der nicht – wie wir – von einem haarlosen Chauffeur gefahren wurde.

»Das ist der Lauf der Natur. Menschen, die schwer arbeiten müssen, sterben eben früher. Deshalb bringen es ihre Familien zu nichts. Vor der Blüte und bevor genug Wohlstand erarbeitet ist, sterben sie weg. Erst in der Reife des Alters und durch die Weitergabe eines soliden Vermögens konnte sich die Elite entwickeln.«

Ja, die viel besungene Elite. »So betrachtet«, murmelte ich und kuschelte mich in die Ledersitze.

Vor der Blüte schon weggestorben. Sie starben auch, im »SchönLeben« aber nicht vor der Blüte. Und doch starben manche zu früh. Ich dachte an Ina.

»Aber Sie hatten mich nach den Kindern gefragt, meine gute Swentja. Der Junge, der Johannes, studiert seit Langem in Wien, ich weiß nicht so genau, was. Thomas hat den erfolgreichen Bio-Catering-Service, und unsere Victoria entwirft Mode. Sie sollten sich ihre Sachen einmal anschauen. Sie betreibt ein Geschäft in Pforzheim. Wo es genau ist, weiß ich nicht. Ich war noch nie dort. Aber ihr habt ja heutzutage diese kleinen Maschinen sogar in der Handtasche, da könnt ihr das alles nachschauen.«

»Im Internet, auf Tablets oder Smartphones, meinen Sie?«

»Genau, das Internet. Mein Gott, in der alten Zeit wurden die Lexikonbände vom Vater an den Sohn vererbt. Fast so kostbar wie die Bibel. Heute hat man keinen Platz mehr für solche Dinge. Und dabei sind sie so wichtig für die Identität einer Familie.«

Ich schwieg. Bücher hatten in meiner Ettlinger Villa nur eine dekorative Nebenrolle gespielt. Wir hatten ab und an aktuelle Spiegelbestseller auf einem Glastisch arrangiert. Ungelesen. Und ich war sowieso bei »Vom Winde verweht« und Scarlett O'Hara als Rollenmodell stehen geblieben.

Achtes Zunehm-Essen von Irmentraud:
Muschelsuppe mit Weißwein, Sahne, Jakobsmuscheln, Eigelb, Butter, Stärkemehl, Zwiebeln und Brühe

Im »SchönLeben« wurden jetzt das Klavierzimmer, das Lesezimmer und das Konversationszimmer restauriert. Die Seidentapeten sowie der Stuck waren teilweise ein wenig abgestoßen und mussten durch Spezialkräfte erneuert werden. Handwerker liefen geschäftig hin und her. Buchmann stand im Rahmen der jeweiligen Tür und beobachtete alles mit bärbeißiger Kompetenz.

»Man kann froh sein«, sagte ich zu ihm, »dass die Familie von Schönleben investiert und alles so liebevoll herrichten lässt.«

»Ja, für ihresgleichen polstern die Herrschaften das Nest warm aus«, kam es wenig überraschend zurück. »Möchte wissen, wie es erst bei denen zu Hause aussieht.«

»Waren Sie noch nie bei den von Schönlebens?«

»Ich?« Er lachte ein äußerst unfrohes Lachen. »Die laden doch nicht jemanden wie mich ein. Kline kann froh sein, wenn er geduldet wird. Und mehr als dulden werden sie ihn nie, wenn er sich auch noch so anstrengt. Ich bin hier nur der Hausmeister, Lady. Die interessieren sich nicht dafür, was ich vorher war und was ich sein werde. Und bilden Sie sich nur mal nichts ein. Domestike ist Domestike!«

Ich sah nach draußen. Es war offenbar schon wieder Zeit für Frau Vonundzurbrückes wöchentlichen Besuch bei der alten Dame, denn ich sah Gitte am Steuer ihres kleinen roten Sportwagens in die Einfahrt biegen.

Mit ihrer beigefarbenen Jeansjacke von Sansibar und halbhohen Stiefelchen mit Troddeln war sie für meinen Geschmack etwas zu jugendlich angezogen. Ihre hellbraune Gucci-Tasche war dagegen zum Niederknien schön.

In einer Hand hielt sie etwas lieblos einen mageren Strauß Blumen, begab sich eilig ins Zimmer der alten Dame, die sie regelmäßig aufsuchte, blieb nicht allzu lange, kam wieder heraus, winkte mir fröhlich zu, sah auf die Uhr, so als ob sie nur wenig Zeit hätte, und verschwand dann in Klines Vorzimmer.

Ich sah noch, wie sie die eilfertig von ihrem Stuhl aufspringende Gundrama herzlich umarmte, und wunderte mich. Diese ausdauernden Besuche der oberflächlichen Gitte schienen mir seltsam irreal. Die Frau war ein Gewächs, das am Rande von Tennisplätzen und Golfanlagen blühte. Sie mochte ja ganz entfernte adelige Vorfahren haben, aber mit der gewachsenen Würde der von Schönlebens hatte sie nichts gemeinsam.

Nachdenklich wandelte ich durch die Baustellenlandschaft des ersten Stocks. Überall Leitern, Farbeimer, Planen und Farbrollen. Tapeziertische. Bohrmaschinen. Die Bewohner hatten sich in ihre Zimmer verzogen und huldigten ihren Zeitvertreiben. Der Major hörte laute Musik seines Lieblingskomponisten Wagner, Fräulein von Klausenthal hatte sich deshalb Watte in die Ohren gesteckt und las einen englischen Roman, und Cornelia war mit Hilfe eines Serviermädchens in den Park gerollt.

Ich selbst bewunderte den neuen Glanz des Stuckwerks im Konversationszimmer. Ein ausgesprochen hübscher, sehr junger Mann mit ungezähmten braunen Locken saß auf dem Boden hinter einer Art Plastikplane und pinselte sorgsam die kleinen Blätter an einer der Zierranken mit Gold aus. Dabei sang er leise vor sich hin.

Ich hatte ja nun allmählich Übung darin, mich huldvoll zu geben.

»Das ist ja richtige Kleinstarbeit, was Sie da machen. Da darf die Hand bestimmt nicht zittern.«

»Ja, das braucht Konzentration. Schauen Sie mal genau«, sagte der Mann, und ich glaubte, einen italienischen Akzent herauszuhören. Er hob die Plane, hinter deren Schutz er werkelte: »Hier. Einmal danebengemalt und schon eine ganze Blüte verdorben.«

Vielleicht weil er Italiener war, vielleicht weil er so hübsch war, jedenfalls nahm ich sein Angebot an und begab mich in einer leicht gebückten Haltung zu ihm unter die Plane.

In diesem Moment kamen auf dem Gang Gitte und Kline vorbei. Sie sahen mich nicht, denn ich kauerte hinter dieser nahezu undurchsichtigen Plane, hinter der ohnehin kein normaler Mensch eine feine Gesellschaftsdame vermutet hätte.

Die beiden unterhielten sich, und Gitte lachte spöttisch: »Ihr renoviert. Na, wunderbar. Da nimmt aber jemand Geld in die Hand. Nur das Beste für die edlen Damen und Herren, nicht wahr?«

Auch Kline lachte. »Man kann es sich leisten. Ich selbst lege ja auch Wert auf eine stilvolle Arbeitsumgebung.«

»Und wenn sie es so schön haben, werden die feinen Leutchen es auch verschmerzen, dass man sie ein klein wenig belügt und betrügt. Oder?«

»Gewiss«, sagte Kline freundlich. »Sie sind alt. Sie merken es doch nicht mehr. Und es fügt ihnen keinen wirklichen Schaden zu.«

»Und wenn sie es bemerken würden?«

»Nun, dann gäbe es natürlich ernsthafte Probleme. Vor allem mit den Familien. Aber ich sorge schon dafür, dass sie nichts erfahren. Es ging jetzt schon lange gut. Solange das Geld fließt wie Öl …«

Und die beiden gingen weiter. Ich hielt die Luft an unter meiner Plane, hinter der die Spätsommerwärme sich nun unangenehm staute und einen feuchten Film bildete. Der schöne junge Mann mit dem Gesicht eines der Cherubim, die er restaurieren sollte, sah mich erstaunt an.

»Ich kann es nicht glauben«, murmelte ich. »Es ist so gemein.« Er schüttelte den Kopf.

»Sie sind traurig. Aha. Man hat so eine schöne Frau wie Sie betrogen? Wer ist es? Dieser Mann von eben? Mit die aufge… wie sagt man? … aufgetakelten Frau.«

»In gewissem Sinne.«

»Der ist der Chefe hier, großer Chefe. Hätte ich nicht gedacht, dass macht so was.«

»Er ist Chefe, aber nicht großer Chefe«, sagte ich langsam. »Er hat mich nicht betrogen. Obwohl. In gewissem Sinne auch mich.«

★★★

Das »SchönLeben« hatte mich aufgefangen, als es mir schlecht ging. Ich hatte einen Hort der Ruhe in dem Stift gesucht, doch jetzt war ich unglücklich und ratlos, machten sich Enttäuschung und Schrecken breit. Hinter der schönen, edlen Fassade lauerten also Gier und Betrug.

Hinzu kamen trübe Gedanken, für die ich viel zu viel Zeit hatte. Ich kannte niemanden in Pforzheim und wollte auch niemanden kennenlernen. Mit Paul Nicoletto durfte ich nicht mehr so viel unternehmen. Es wäre nicht fair gewesen.

Verwirrt und mit bleischwerem Herzen ging ich also Richtung Friedhof spazieren, bog ab auf einen Weg namens Hachelallee mit herrlichem Blick über Pforzheim bis hinüber auf die gegenüberliegenden bewaldeten Hügelketten, atmete tief durch und hatte plötzlich eine Idee.

Wieder zu Hause, schaltete ich den Computer an. Ich googelte »Victoria von Schönleben« und stieß auf eine kleine Boutique in der Nordstadt. Passenderweise in der Kronprinzenstraße, einer Seitenstraße der Hohenzollernstraße. »Victoria: No Secret« hatte sie ihren Laden genannt, und das gefiel mir, denn es sprach für Humor, Victoria's Secret, die Marke von Victoria Beckham, zu persiflieren.

Ich beschloss, dieser Boutique einen Besuch abzustatten, eine Aufgabe, die mir nicht besonders schwerfallen würde, denn Boutiquen waren viele Jahre lang sozusagen mein natürliches Biotop gewesen, in dem ich gedieh wie ein Champignon im Feuchten.

Verführerischer Kuchenduft zog durchs Treppenhaus, als ich das Haus verließ, um in die Nordstadt zu fahren.

Mama Nicoletto buk. Ihre Begeisterung für alles Häusliche war fast beneidenswert. Sie war eine gute Ehefrau und Mutter und hütete noch dazu ihr einträgliches kleines Geheimnis, das sie davor bewahrte, allzu sehr in ein Frauenidyll des Biedermeier abzugleiten.

Gestern hatte ich mit leichtem Neid die Tochter samt Enkelkindern gesehen. Sie hatten sich johlend auf eine strahlende Oma gestürzt.

Männer! Paul besaß eine wunderbare Frau. Ihn zu ermutigen, mehr in unserer Bekanntschaft zu sehen, war falsch.
Falsch. Falsch. Falsch.

Ich fand einen Parkplatz in der Nähe der Kronprinzenstraße, schlenderte ein wenig herum und näherte mich dann der Boutique.

»Victoria: No Secret« erwies sich als ein eher kleiner Laden mit nur einem Schaufenster, das aber originell mit einem alten Sessel, einem Spiegel und einer alten Stehlampe dekoriert war.

Ein paar Stufen führten nach oben, ein Ladenglöckchen läutete. Im Inneren sah es aus wie in den feinsten Münchener Läden. Nur wenige weiße Regale mit sparsam dekorierter Ware darin lenkten den Blick auf das Wesentliche.

Aus dem Hintergrund schälte sich eine junge Frau hervor. Sie hatte eine Stecknadel im Mund, in der Hand hielt sie einen Rock. Beides legte sie sofort zur Seite.

»Darf ich Ihnen helfen?«

»Mein Name ist Tobler. Ich bin eine Bekannte Ihrer Mutter und Ihrer Tante Cornelia.«

Sie lachte und nahm damit ihren folgenden Worten das Peinliche. »Ach, Sie sind die nette Altenpflegerin mit den guten Klamotten, die irgendwie ein gefallener Engel ist und es eigentlich gar nicht nötig hat zu arbeiten?«

Trotz der etwas gewöhnungsbedürftigen Zusammenfassung meiner augenblicklichen Lebenssituation musste ich schmunzeln. Victoria gefiel mir.

Sie war klein, drahtig, mit kurzem blondem Haar, nicht besonders hübsch, aber quirlig, und natürlich hatte sie die Familienveilchenaugen mit den typischen grauen Einsprengseln. Sie mochte um die dreißig sein, und sie trug keinen Ehering.

»Ich nenne mich Gesellschafterin und nicht Altenpflegerin. Führen Sie nur Ihre eigene Ware, oder haben Sie auch andere Designer?«

Sie betrachtete mich aufmerksam. »Nein, ich habe eigene Sachen, dahinten die Röcke, aber die Hosen und Strickjacken sind von einer jungen irischen Designerin. Laura Kelly. Und Sie? Hose und Pullover von Emilia Lay, nicht wahr?«

»Respekt«, sagte ich.

»Gehört zum Geschäft. Nehmen Sie einen Kaffee? Es ist ...«, sie sah sich um und lachte wieder mit ihren perfekten Zähnen, »gerade rein zufällig keine Kundschaft da.«

»Ich hatte den Eindruck, dass man in Ihren Kreisen hauptsächlich Tee trinkt.«

»Ja, wir lieben es, uns möglichst englisch zu geben. Dort gibt es solche wie uns noch in der Mitte der Gesellschaft. Und ich sollte dreimal so viel Tee trinken. Schließlich heiße ich Victoria, nicht wahr?«

»Nach Queen Victoria?«

»Vermute ich mal. Nicht gerade ein Vorbild für mich, die Dame. Zu enges Korsett. Sowohl optisch als auch moralisch.«

»Dennoch. Der Name spiegelt die Einstellung.«

»Oh, das täuscht. Wir Adeligen sitzen in der Straßenbahn oder im alten Golf und nicht immer hoch zu Ross oder in der Kutsche. Wir stehen beim Bäcker an und müssen zum TÜV, und viele von uns Jungen, wir nennen uns manchmal scherzhaft die *Aristocats*, wie der Film damals, stellen sich ohne Titel vor. Wir treten allerdings eher leise auf, rennen nicht zu jeder billigen Bling-Bling-Veranstaltung, um gesehen zu werden.«

»Warum dieses Understatement?«

»Die Leute gucken komisch, wenn du deinen Namen mit Titel nennst. Und das eint uns. Wir Jungadelige haben viele Dinge gemeinsam. Eine tolle Familiengeschichte und ellenlange, verzwickte Stammbäume. Auf unserem turnen von Schönlebens in Frankreich, Belgien, Dänemark und England herum. Und das sind nur die ehelichen, die offiziellen. Unsere Altvorderen waren nämlich keine Kinder von Traurigkeit, und hübsche Stubenmädchen und Hutmacherinnen gab es zu allen Zeiten.«

Ich lächelte. »Also wie im richtigen Leben.«

»Genau. Durch die Familie bekommt man natürlich gute Kontakte: ein Vorteil. Der Nachteil: Es wird erwartet, dass man die Traditionen fortführt. Bedeutet Kinderkriegen und ein zugiges, unrentables Schloss bewohnen und irgendwie instand halten. Dabei immer nobel aussehen. Und das alles klappt nun mal am besten mit jemand, der den Kodex kennt.«

Sie lächelte. »Meine Brüder und ich besuchen regelmäßig die Bälle und Veranstaltungen des badischen und des württembergischen Adels. Kleidung und Benehmen, das wird von den alten Damen mit Argusaugen kontrolliert. Na ja, ich glaube, ich kann es so zusammenfassen: Ich bin stolz auf meinen Namen, aber auf einen Titel kann man sich nicht unbedingt etwas einbilden, bevor man ihn selbst mit Leben erfüllt hat.«

Eine nette junge Frau. »Sieht Ihre Mutter das auch so?«

»Mama kommt aus einer sehr alten und eigentlich sehr vornehmen Familie. Eleanor Katharina Elisabeth Herzogin zu Freienburg. Wenig Geld, aber viel Stolz. Eine große Familie, deren Zweige sogar bis nach Ungarn reichen. Da sind aber viele enteignet worden. Wir von Schönlebens sind ein bisschen bodenständiger, und unser Zweig ist meistens in Baden und in Württemberg geblieben. Hier stolpert man fast überall über uns.«

»Meine Leute sind alle weit weg«, entfuhr es mir.

»Und? Macht dich das traurig?«

»Ja«, antwortete ich, und erst dann merkte ich, dass wir per Du waren. Außer der unermüdlichen Irmentraud meine erste Vertraute in Pforzheim – und gleich eine echte Adelige. Was sagst du jetzt, Hagen Hayden, kleiner Kripobeamter aus Ettlingen? Typisch Swentja, würdest du sagen. Sie rennt immer ihrem Stallgeruch nach.

★★★

Immer mittwochs fand eine routinemäßige Besprechung im »SchönLeben« statt.

Meistens hatte eine der Damen Kuchen mitgebracht, oder Kekse machten die Runde. Natürlich hielten sich alle vornehm zurück. Nur ich nicht. Beobachtet von neidischen Blicken meiner Mitstreiterinnen, nahm ich außerdem zwei Stücke Nusskuchen zu mir.

Natürlich präsidierte Kline diese Sitzungen. Groß und kräftig, vierschrötig und kraftvoll wie ein Bauer saß er am Kopfende und fragte jeden mit seiner lauten Stimme, ob es etwas Besonderes gäbe.

Doch es gab nur das Übliche: Eine Bewohnerin musste zum Flughafen gefahren werden, eine andere beschwerte sich über die Raben im Park. Die Portoregelung musste erneuert werden, da immer wieder Briefmarken verschwanden. Da aber zum Personalaufenthaltsraum alle Zugang hatten, ließ sich da kein Verdächtiger ausmachen. Es wurde beschlossen, dass Gundrama die Briefmarken in Zukunft hüten solle. Zwei Bewohnerinnen kamen offenbar nicht mit den Pad-Kaffeemaschinen klar. Man würde ihnen traditionelle Maschinen besorgen.

»Dabei ist das so einfach«, sagte Gundrama sanft, »man nimmt ein Pad, legt es hinein, und schon ist er fertig, der genau richtig dosierte Kaffee. Kein Pulver. Nichts wird verschüttet. Alles ist schon gebrauchsfertig vorbereitet.«

»Gut, aber die Wünsche unserer Gäste gehen vor.« Kline notierte sich etwas auf seinem Besprechungsblock und machte eine Eintragung in seinem mit tausend kleinen Anmerkungen sorgsam gefüllten Terminkalender, der letztlich bei Gundrama auf dem Schreibtisch lag. Alle sahen auf die Uhr.

Schließlich räusperte er sich feierlich. »Ich habe eine recht gute Nachricht. Eine Journalistin der Zeitschrift ›Frau und Adel‹ wird unser Haus besuchen und ein paar Eindrücke und Einzelporträts unserer Gäste sammeln, die sie dann in einem Artikel veröffentlichen wird. Thema: Noblesse bis ins hohe Alter. Bitte begegnen Sie also Frau Rubina Einzeltochter freundlich und unterstützen Sie sie bei ihrem Vorhaben.«

»Toll für unser Ansehen!«, freute sich eine langjährige Betreuerin.

»Wir brauchen kein besseres Ansehen«, ermahnte Kline sie höflich, »das bisherige reicht. Wer zu uns kommt, hat in entsprechenden Kreisen von uns gehört. Und nur diese Menschen möchten wir in unseren Mauern verwöhnen.«

»Und die Golds?«, fragte eine junge Krankenschwester namens Moni. »Die sind doch nicht adelig.«

»Aber reich«, murmelte Buchmann in der hinteren Ecke, in der bei Besprechungen sein Platz war.

»Das Ehepaar Gold ist von innerem Adel«, erklärte Kline standfest, ohne seinen Hausmeister eines Blickes zu würdigen. »Außerdem haben die beiden eine Weile in England gelebt und dort Kontakt zu hohen und«, er räusperte sich, und ich wunderte mich, dass er dabei nicht aufstand und sich verneigte, »höchsten Kreisen gehabt.«

Ich betrachtete Kline fassungslos. In meinen vorangegangenen Fällen hatte ich bereits mit Lügnern und scheinbaren Ehrenmännern zu tun gehabt, aber selten hatte jemand so gekonnt getäuscht wie Scott Kline. Seine angebliche Begeisterung für den Adel war zwar zu dick aufgetragen, klang aber wahrscheinlich echt für seine Mitarbeiter.

Später sollte ich mich an diese Szene erinnern.

Sie war der Schlüssel zur Wahrheit gewesen, doch ich hatte damals nichts mit diesem Schlüssel anfangen können. Ich kannte die Tür nicht, die er öffnen konnte.

★★★

Rubina Einzeltochter trug nun wirklich einen beneidenswert interessanten Namen, stellte sich aber als eine große, dürre Person mit einem nichtssagenden Gesicht heraus. Sie erschien am Montag um vierzehn Uhr und stellte sich den Gesellschaftsdamen kurz vor.

Sie war ebenso langweilig gekleidet, wie es ihr Gesicht bereits verhieß. Den Rundhalspullover in fadem Taubenblau, den sie trug, hatte ich vor Kurzem bei S.Oliver gesehen, einem Laden, den ich ablehne, da er braven Pseudoschick in zweifelhafter Qualität zu überzogenen Preisen verkauft.

Als sie uns begrüßte und verkündete, sie sei Spezialistin für deutschen Kleinadel, hörte ich einen leichten schwäbischen Unterton heraus – ebenfalls keine Visitenkarte. Nachdem sie sich einen Block mit Stift sowie ihre Kamera geschnappt und ihre Tasche in unserem Aufenthaltsraum geparkt hatte, ließ sie sich eine Liste der Zimmer und der Bewohner geben.

Zum Nachmittags-Aufwachkaffee ging ich herum und verteilte Zeitungen. Die meisten unserer Gäste stammten aus einer Zeit, in der man ihnen zweimal täglich Zeitungen gebracht hatte. Also boten wir ihnen morgens andere Zeitungen an als mittags. Morgens Süddeutsche, mittags FAZ.

Major von Arentz las zusätzlich noch die Bildzeitung, und man konnte froh sein, dass es nichts Schlimmeres war. Die Golds hielten sich an die Allgemeine Jüdische Wochenzeitung, und Cornelia ergötzte sich an der Bunten.

Während meines Rundgangs sah ich Rubina Einzeltochter mehrmals. Sie ging in jedes Zimmer, stellte sich höflich vor und plauderte ein wenig mit den Anwesenden. Da sie auf adelige Menschen spezialisiert war, besuchte sie unser jüdisches Ehepaar nicht, was ich taktlos fand.

Ansonsten gab sie sich ungemein freundlich und interessiert. Sie bewunderte geduldig all die Fotos und Erinnerungsstücke der alten Leute, nahm sich viel Zeit, den Geschichten zu lauschen, die sie über die Dinge erzählten, die ihr Leben ausgemacht hatten. Zu Herrn von Arentz kam sie, als ich ihm gerade die Todesanzeigen in der Zeitung vorlas, eines seiner Hauptvergnügen übrigens, und sie hatte nichts gegen meine Anwesenheit einzuwenden.

Dennoch öffnete Frau Einzeltochter das Füllhorn ihrer Sympathie nicht für jeden in gleichem Maße.

Bei Cornelia von Schönleben beispielsweise blieb sie nur sehr kurz, und zu deren Enttäuschung nahm sie wenig Notiz von ihrer Sammlung historischer Meissener Teetässchen, ein Foto von Tassen und Besitzerin benötigte sie offenbar nicht.

Cornelia sagte nichts, aber ich sah ihr an, was sie dachte: Weil ich im Rollstuhl sitze, macht sie kein Bild von mir. In diesem Moment tat sie mir aufrichtig leid, denn die anderen Bewohner posierten stolz, frisch frisiert, in schicken Kleidern und mit Familienwappenbroschen vor ihren Familienbibeln und all den Spieldosen, Puppenwiegen, Bären und Säbeln.

Frau Einzeltochter verstand offenbar ihr Handwerk und ihre Klientel. Ihre ruhige, sachliche Art und der interessierte Blick hinter biederen Brillengläsern kamen bei den verwöhnten alten Leutchen gut an. Allerdings machte sie bei Fräulein von Klausenthal im Zimmer dann einen entscheidenden Fehler.

Während das alte Mädchen stolz noch ein Bild ihrer Sommerresidenz in Mähren aus einer Kommode hervorkramte, das von irgendeinem längst vergessenen Heimatmaler geschaffen worden war, nahm Rubina Einzeltochter die Brille ab, um hinter die Kommode zu schauen. Dabei hielt sie ihre glatten, halblangen mausbraunen Haare mit der rechten Hand zurück, damit sie ihr nicht ins Gesicht fielen.

Und da sah ich sie. Die plötzlich aufblitzende, verblüffende Ähnlichkeit mit einer Frau aus dem geheimen Rechercheteam des Klaus Feuer.

Ich habe ein Auge für Fotos und für Gesichter. Und ich erkannte sie, da sie auf dem Bild, das die Kollegen der Tochter der Nicolettos geschenkt hatten, genau die gleiche Frisur mit zurückgebundenem Haar gehabt hatte; nur hatte sie eine Haube und keine Brille getragen. Doch war sie genau im gleichen Winkel fotografiert worden, wie ich sie jetzt gesehen hatte. Ich hatte mir die Person damals genauer angeschaut, da Paul sie als Gruppenleiterin vorgestellt hatte.

Ich beobachtete Frau Einzeltochter oder wie auch immer sie hieß, wie sie schwer atmend wieder hinter der Kommode auftauchte. Sie durfte nichts von meiner Entdeckung merken. Ich schluckte, und als sie sich umdrehte, hatte ich mich gefasst, stand da und bot ihr lächelnd meine Hilfe an. Sie lehnte ab und setzte die Brille wieder auf, von der ich wettete, sie bestand sowieso nur aus Fensterglas. Auf Zehenspitzen verließ ich das Zimmer.

Im Aufenthaltsraum der Angestellten traf ich auf Schwester Anita. Die saß erschöpft herum, stippte sich ein Stück Brioche in den Kaffee und hörte auf zu essen, als sie mich sah. »Ich sollte das nicht tun«, meinte sie müde. »Wenn ich so eine Figur haben will wie Sie, sollte ich das nicht tun!«

»Wenn Sie wüssten, wie hinderlich diese Figur manchmal werden kann«, erklärte ich in ein verständnisloses Gesicht hinein. Ich setzte mich ihr gegenüber und schnitt mir ein extragroßes Stück von der Brioche ab. Sie sah es mit Neid.

»Anita, kennen Sie die Zeitschrift, für die diese Journalistin schreibt?«

»Nee, diese Hefte schießen doch wie Pilze aus dem Boden. Adel ist in. Ich hab schon manchmal Angebote gehabt, Sachen von unseren Bewohnern zu erzählen. In unserem Haus gibt es sogar echte Prinzessinnen, wissen Sie. Allerdings aus Königreichen, die nicht mehr existieren.« Anita schaute traurig in ihre Tasse.

»Aber Sie widerstehen diesen Angeboten.«

»Ja, das würde mich ja meinen Arbeitsplatz hier kosten. Ich mag meinen Job. Ich führe lieber adelige Ärsche zur Toilette als den von Frau Irgendwer. Außerdem, was soll ich mit mehr Geld? Habe sowieso wenig Zeit, und öfter als einmal essen kann man nicht und mehr als ein Paar Ohrringe tragen auch nicht. In die teuren Klamotten, die Sie anhaben, pass ich sowieso nicht rein. Meine Oma war aus dem Elsass. Die Frauen dort hatten meistens eine Figur wie ihr Vieh im Stall. Hab ich direkt geerbt.«

Ich murmelte einen leisen Protest.

»Ach, egal, ich brauch jedenfalls kein Vermögen. Ich hätte viel lieber wieder einen netten Mann.«

»Ich auch. Trotz guter Figur und teurer Klamotten. Anita, wissen Sie, wer diese Frau Einzeltochter angeschleppt hat?«

»Keine Ahnung«, sagte Anita jetzt etwas verstockt und zog ihren Kittel aus, unter dem ein unschönes Versandhauskleid mit viel zu großen aufgedruckten Blumen erschien.

Sie dachte nach.

»Kommt von Kline. Ja, von Kline. Er hat die Anweisung rausgegeben, dass wir die Reporterin unterstützen sollen. Ich hab noch gedacht, die Aktion kommt von den Schönlebens, wär ja logisch, gell, aber die Frau von Schönleben hat vorhin wegen was anderem angerufen. Wir brauchen nämlich neue Liegeauflagen für das Verbandszimmer, und da kamen wir rein zufällig drauf zu sprechen – ich meine, normalerweise rede ich ja nicht so mit ihr. Jedenfalls wusste sie nichts von der Frau Einzeltochter und 'ner Reportage. Die war ganz schön erstaunt. Wenn Kline da mal nicht Ärger kriegt. Ob die in England immer alles so im Alleingang machen? Ich war ja noch nie drüben.«

Kline. Immer wieder Kline.

Kline, der die Bewohner belog. Kline, der viel zu vertraut mit Gitte war. Kline, der immer an Orten war, an denen er nicht sein dürfte, und Frauen mit teuren Kleidern ausstattete und der seinerseits in ein viel zu nobles Auto stieg. Kline, der Mitarbeiterinnen eines Auktionshauses mit einer Lüge ins Haus schleuste.

Kline, der Lügner.

Kline, der mich nicht bewunderte!

Vielleicht sein größter Makel.

Neuntes Zunehm-Essen von Irmentraud:
Allgäuer Wursttoast mit Bauernbrot, Butter, Schinkenwurst, Tomaten und Senf

Es war mein freier Tag. Nach einem kurzem heftigen Gewitter war es wieder unangenehm heiß geworden. Marlies und ich hatten uns zum Kaffee im verwinkelten und romantischen Karlsruher Stadtteil Durlach verabredet.

Ich erzählte Marlies nichts von meinem Besuch bei der Agentur von Frau Faul und nichts von meinen vergeblichen Versuchen, dick zu werden. Frauen, die mit jedem Pfund kämpfen, mögen so etwas nicht. Es kann sie sogar regelrecht aggressiv machen.

Stattdessen berichtete ich ihr von meinem Verdacht Kline und Herrn Feuer betreffend.

»Ich verstehe nicht, was unsere Ettlinger Gitte mit alldem zu tun hat. Wenn da etwas Schräges läuft, warum vermittelt sie mich ausgerechnet dorthin?«

»Du wieder!« Marlies musterte mich.

»Was meinst du denn damit?«

Marlies schüttelte den Kopf, und ich bestellte möglichst unauffällig das zweite Schwarzwälder Kirsch.

»Swentja, schön, dass du wieder Appetit hast. Aber ich dachte wirklich, in einem abgelegenen Seniorenstift bist du zumindest weit weg von Mord und Totschlag.«

»Ich habe nichts von Mord gesagt. Noch nicht. Obwohl es kürzlich einen seltsamen Todesfall gab. Aber ich spreche von Diebstahl an tüdeligen alten Leuten, und das ist bekanntlich nichts Seltenes. Davon hört man ständig. Ich weiß natürlich nicht, wie lange das schon so geht. Doch bei der Klientel im ›SchönLeben‹ lohnt es sich, mal zuzugreifen. Gut, es verschwinden keine wirklichen Kostbarkeiten, aber eine sehr alte Puppe oder eine hässliche Zinnfigur können durchaus mal tausend Euro bringen. Ich habe das recherchiert. Im Netz sind Leute unterwegs, die für ihre Sofaecken ganz bestimmte Puppen suchen. Oder Sammler, denen genau *diese* eine Figur oder diese

Marionette oder Spieluhr oder ein antiker Puppenherd aus Messing noch zu ihrem Glück fehlen. Das ist eine richtige Szene. Man glaubt es nicht. Haben diese Leute keine *echten* Häuser einzurichten?«

»Vermutlich nicht. Aber die alte Dame, Anna-Maria von Schönleben, hat dir gegenüber gesagt, sie habe die Puppen freiwillig hergegeben. Und ihre Bemerkungen, die du anschließend belauscht hast, können sich auf alles Mögliche bezogen haben.«

Marlies lehnte es ab, sich noch ein zweites Stück Kuchen zu bestellen, und sah mir misstrauisch zu, wie ich in der üppigen Sahne meines Cappuccino herumrührte.

»Erstens glaube ich das nicht. Die alte Frau war richtig aufgebracht, dass ihre Puppen in einem Auktionskatalog auftauchen. Und selbst wenn. Marlies, in dem Alter ist zwischen freiwillig und gezwungen ein schmaler Grat. Die alten Leute sind leicht zu beschwatzen. Selbst ich könnte aus dem ewigen Casanova Major von Arentz etwas herausholen, wenn ich ihm ein wenig schmeicheln würde. Und vergiss nicht die Sachen von Cressida, die ebenfalls verschwunden sind. Eine Majolikafigur und eine Puppe.«

»Swentja, du bist ja bei dem Gespräch zwischen dieser Anna-Maria und Eleanor nicht dabei gewesen. Du hast nur einen kleinen Teil gehört. Und sie hat keinen Namen genannt.«

»Aber das Entscheidende habe ich gehört. Vielleicht haben sie Angst, diesen undurchschaubaren Kline mir gegenüber bloßzustellen, weil sie sonst Nachteile für ihre Freundin und entfernte Verwandte Cornelia befürchtet. Die hat nämlich nicht ganz so viel Geld und ist für ihre tausend Sonderwünsche auf den guten Willen der Heimleitung und des Personals angewiesen. Möglicherweise ist es Anna-Maria auch peinlich gewesen, dass ihr so etwas mit Familienerbstücken passiert ist, und wollte vor mir nichts dazu sagen. *Contenance*, verstehst du?«

Ich sah Marlies an. »Ich weiß nicht, was in ihren Köpfen vorgeht. Ich kannte bisher wenige sehr alte Menschen und schon gar keine adeligen alten Menschen.«

»Und diese Eleanor von Schönleben?«

»Die tut mir eigentlich leid. Muss den ganzen Laden da zusammenhalten und dabei immer aussehen wie aus einer Jägerzeitschrift. Ihr Mann ist gut aussehend, aber auch ein bisschen blutleer. Sie dagegen ist wirklich ganz in Ordnung. Hat eine gute Menschenkenntnis.«

Marlies grinste. »Das bedeutet in deinem Universum, sie hat dich wegen deines blendenden Geschmacks gelobt.«

»Erwischt! Aber ernsthaft. Diese Schönlebens kümmern sich wirklich um das Stift, und das nicht nur wegen der Presse und der ganzen öffentlichen Aufmerksamkeit. Sie besuchen die alten Leutchen und hören sich ihre Nöte an. Sie sind beliebt, und sie sind großzügig. Bestes Essen, Ausflüge, Betreuung. Die Sippe hängt wirklich an diesem Haus und an der Idee, das spürt man. Das ist echt.«

Nachdenklich studierte ich die Kuchenkarte.

»Marlies, ich würde gern irgendwie einen Haken an dem Stift und an den Schönlebens finden, aber bis jetzt habe ich außer dem undurchsichtigen Kline nichts entdeckt. Eigentlich würde man selbst gerne so alt werden wie die Herrschaften da drin.«

»Na ja … Sag mal, willst du jetzt etwa noch einen Kuchen essen?«

»Ja, irgendwie ist mir danach. Pass auf, ich weiß, ich habe mich schon oft geirrt, aber diesmal ist es so, wie es scheint. Scott Kline ist ein grober Klotz mit miesen Manieren und bestimmt aus miesem Stall, trotz seiner teuren Anzüge und der Angeberuhr und der feinen Schuhe, von denen ich nicht weiß, wie er sie bezahlt. Er liebäugelt mit billigen Weibern in teuren Fummeln. Er lügt, was seine Person angeht, und ich habe mit eigenen Ohren gehört, wie er sogar fast damit angibt, die alten Leutchen zu belügen.«

»Na, diesen Mister Kline hast du ganz offensichtlich nicht ins Herz geschlossen.« Marlies lachte. »Das können alles Zufälle sein, Satzfetzen, die nichts miteinander zu tun haben.«

»Es stimmt etwas nicht mit ihm, Marlies. Ich habe ihn vor dem Auktionshaus im Gespräch mit Herrn Feuer persönlich gesehen, und jetzt schnüffelt rein zufällig eine Mitarbeiterin von Feuer, die sich als Kunsthistorikerin mit alten Spielsachen auskennt, in falscher Mission im ›SchönLeben‹ herum. Mal ehrlich, Marlies. Eins und eins kann ich noch immer zusammenzählen.«

Marlies holte ihren riesigen Geldbeutel, ein scheußliches rotes Ding aus Plastik, hervor. Müsste man sofort konfiszieren. Geldbeutel, Schlüsseltasche, Kalender, Uhrenarmbänder, Gürtel und Handtaschen müssen unbedingt und immer aus bestem Leder sein, meine Damen! Ein nettes T-Shirt für zehn Euro, okay, aber alles andere muss stimmen.

»Swentja, ich habe dir ja schon mal erklärt, dass ich nichts mehr mit deinen Machenschaften zu tun haben will. Sie bringen kein Glück. Sie haben auch dir kein Glück gebracht.«

»Marlies, es tut mir leid, aber ich brauche dich.«

»Hast du nicht zugehört? Schlag dir das ein für alle Mal aus dem Kopf.«

»Marlies, nur du kannst es.«

»Nein, ich gehe nicht in dieses Auktionshaus. Mir hat unser letztes Abenteuer in der Alten Mühle gereicht.«

»Woher weißt du, dass du ins Auktionshaus gehen sollst?«

»Weil ich dich inzwischen kenne. Aber vergiss es. Ich wüsste auch gar nicht, wie und wieso.«

»Aber ich. Sie suchen laut eigener Homepage ständig Aushilfen, Schüler, Studenten und Hausfrauen zum Einräumen der sogenannten Einlieferungen. So nennen sie die Sachen, die sie kriegen.«

»Dieser Job ist in Pforzheim, Swentja, und ich lebe bei Ettlingen und habe einen Ehemann, falls du dich noch erinnerst, was das bedeutet. Stichwort Haushalt. Ich bin nicht so frei wie du.«

Gekränkt verstummte ich für einen Moment.

Sie griff nach meiner Hand. »Tut mir leid, Swentja. Das war blöd, aber ich habe nun mal eine Familie.«

»Die dich nicht mehr braucht. Mit dem Zug sind es nur achtzehn Minuten von Durlach nach Pforzheim. Es wäre gut, wenn du dich dort mal umsiehst und vielleicht herausfindest, wer die Puppen von Cressida und Anna-Maria offiziell dort abgegeben

hat. Sie müssen doch darüber irgendwie Unterlagen haben. Die können doch nicht einfach Sachen ohne Abgabeadresse bei sich verkaufen. Dann wären ja Hehlern Tür und Tor geöffnet.«
»Die Antwort ist: nein.«
»Achtzehn Minuten!«
»Das sind achtzehn Minuten zu viel. Wird dir nicht schlecht, wenn du noch einen Capuccino trinkst? Lass uns zahlen.«
»Marlies, hast du nicht doch ein bisschen Verlangen nach Abenteuer?«
»Nein.«
Ich schwieg und sah sie nur an.
»Marlies!«
Sie seufzte. »Also gut. Wie soll ich mich bewerben, wann soll ich anfangen, und was genau soll ich herausfinden?«

Ich loggte mich am Abend in mein bereits vertrautes »lovingoldplaythings« ein und ging die neuesten Anzeigen durch: »Suche aus Gründen der Vollständigkeit meiner Sammlung authentische viktorianische Puppen. Vorzugsweise 19. Jahrhundert aus belgischen, französischen oder britischen Werkstätten. Zahle Höchstpreise.« Dahinter eine Chiffrenummer.

Nichts, was es nicht im Internet gäbe. Alte Dinge hatten Hochkonjunktur. Wenn ich bedachte, wie relativ selten meine Klienten Besuch hatten, beschlich mich das Gefühl, dass alte Menschen offenbar weniger begehrt waren als ihre Habseligkeiten.

»Ich sage doch«, murmelte ich, »das Geschäft lohnt sich.«
Jedenfalls blieb ich auf den Seiten hängen und tauchte ein in eine blecherne und rüschige Spielzeugwelt von früher – als steckte auch in mir noch ein kleines Mädchen, das im Land der Phantasien spielt. Mit einem mehrstöckigen Puppenhaus, mit einem Teddy, der laut Beschreibung mit seinem englischen Besitzer, einem Pflanzer, in Ostindien gewesen war, und der Zinnfigur eines Generals mit abgebrochenem Säbel aus dem 18. Jahrhundert: »Absolute Rarität.«
Zinnfigur? General?

Schwach erinnerte ich mich daran, dass der Zinngeneral, den Major von Arentz vermisste, einen abgebrochenen Säbel hatte. »Sieh da«, murmelte ich. »Sollen wir mal für einen Zinngeneral mitbieten, hm? Fünfzig Euro wäre er mir wert, um herauszufinden, wer ihn mir dann mit der Post zuschickt.«

Zehntes Zunehm-Essen von Irmentraud:
Marillenknödel mit in Butter gerösteten Semmelbröseln und ganz viel weißem Zucker

Bei mir in der Wohnung war eine Glühbirne kaputt. Sie zuckte wild und verbreitete ein unheimliches Lichtgewitter.

Irmentraud Nicoletto versprach mir, ihr Mann werde sich darum kümmern. »Es macht ihm Spaß, dich ein bisschen zu betreuen«, verkündete sie. Mein schlechtes Gewissen ihr gegenüber wuchs ins Unermessliche.

Mittags erschien der bewährte Helfer in der Not. In einem blauen Hemd und Jeans. Stattlich und viele Jahre jünger aussehend. Die Glühbirne war schnell entfernt und eine neue eingeschraubt. Ich beobachtete Paul aufmerksam. Weniger seinetwegen. Eigentlich wegen der neuen Welt, in der ich jetzt unterwegs war. In meiner alten Welt hatte sich um all diese lästigen Dinge meine Zugehfrau gekümmert. Ich hätte von diesem Reparaturvorgang gar nichts mitbekommen.

Im Grunde hatte ich in etwa gelebt wie die unglückliche Marie-Antoinette, was meiner adeligen Kundschaft im »Schön-Leben« gefallen hätte: verwöhnt und in meiner eigenen Realität.

Nach getaner Arbeit lehnte sich Paul müßig an meine Kommode, da ich ihn nicht zum Sitzen aufforderte und er – im Gegensatz zu Hagen, der sich immer genommen hatte, was er wollte – zu höflich war, um sich einfach niederzulassen.

»Du siehst gut aus, Swentja. Es ist schön, dass du so oft von Irmentrauds Essen nimmst. Das macht ihr Freude. Kochen, das ist ihre Welt. Ihre einzige.«

»Nicht ganz«, murmelte ich, doch er hörte es nicht. Dinge, die Irmentraud betrafen, drangen derzeit nicht zu ihm vor. Zu sattsam kannte er sie bereits. Ich hingegen war in seinen Augen die verbotene und sündige Frucht. Doch ich hatte trotz aller Sympathie für Paul Nicoletto einfach keine Lust mehr, eine wie auch immer geartete Frucht zu sein.

»Was machst du so, Swentja? Du bist oft weg. Ich muss an dich denken, aber ich verbiete es mir.«

Er sah nicht aus, als verbiete er es sich wirklich, sondern glitt mit dem Blick sehnsüchtig über mich. Dabei trug ich eine einfache weit geschnittene Closed Jeans und meine schwarze Marc-Cain-Bluse.

Das alles durfte nicht sein. Irmentraud war liebevoll und hilfsbereit und wollte mir mit all ihrer Kocherei sogar noch zu einem Job verhelfen. Sie hatte nicht einmal Angst vor mir als Konkurrentin, sondern ruhte lächelnd und kochend in sich. Ich beneidete sie.

Streng streckte ich die Hand aus und hielt Paul auf Abstand. »Ich verbiete es dir auch. Ich habe bereits meine eigene Ehe ruiniert und die Beziehung zu einem anderen Mann gleich mit. Eine weitere Familie zu zerstören, wäre zu viel, selbst für mein strapazierfähiges Gewissen.«

»Manches lässt sich nicht mit der Vernunft lösen«, meinte er trübe.

Und genau in diesem Moment rief Irmentraud von oben. »Essen, ihr zwei. Ich habe Marillenknödel gemacht.«

»Siehst du«, sagte ich sanft. »Es geht einfach nicht.«

★★★

Es war doch bisher immer so gewesen. Marlies sträubte sich erst und wollte nicht, und dann war sie froh, aus ihrer grünen Hölle oberhalb von Ettlingen herauszukommen und in eine andere Haut zu schlüpfen.

Und diesmal musste sie nicht einmal ihren Kleiderschrank nach etwas Passendem durchsuchen. In diesem Auktionshaus konnte sie zum Kistenausräumen und Bücherabstauben auch in ihrer grausigen Brax-Jeans erscheinen.

Ja, es ist nicht mehr zu leugnen. Ich hasse diese biederen, gerade geschnittenen Brax-Jeans, die im Stiefel und außerhalb unsexy aussehen und aus ihren Trägerinnen einen Einheitsbrei machen.

»Ich muss zugeben: Es ist ganz interessant in diesem Auktionshaus«, berichtete Marlies wenig später. »Mal was Neues. Normalerweise erlebt man so was ja nur im Fernsehen. Sie hatten letzte Woche eine Sonderauktion orientalischer Teppiche. Brücken. Läufer. Aus Seide. Ich durfte helfen, sie hereinzutragen. Du, die Zahlen rattern so schnell durch, da hast du gar keine Chance. Und schon ist einer verkauft, der nächste kommt und wieder Rattern. Und die Käufer ... oh, là, là. Der Hauptposten ging übrigens an ein Bordell bei Frankfurt.«

Wir saßen diesmal in Bad Herrenalb im Café. Nicht dass ich besonders gern dort im Café sitze, das keineswegs, aber das Örtchen zwischen den sieben Hügeln, welches bekleidungstechnisch nur aus einer einzigen langweiligen Ladenstraße mit Mode für betagtere Damen besteht, liegt günstig in der Mitte zwischen Pforzheim und Ettlingen und war im Vergleich zur schwülen Rheinebene jetzt eine frische Oase.

»Sie kriegen jeden Tag Kisten von Sachen aus Nachlässen. Und sie kaufen auf Flohmärkten. Aber die Einkäufer treiben sich auch auf anderen Auktionen herum. Natürlich ist es ihnen recht, wenn die Leute, die Sachen abgeben wollen, diese ankündigen oder vorher Listen schicken, was zu erwarten ist.«

Wer sagt's denn? Mein Watson hatte sich mal wieder blitzschnell eingearbeitet!

»Manchmal, bei größeren Einlieferungen, fahren sie auch zu den Kunden nach Hause, besichtigen und sortieren schon mal vor. Das Zeug kommt in große Lagerhallen, wir kleben Nummern drauf, die dann mit der EDV dem Besitzer zugeordnet werden. Dann kommt jemand von den Festangestellten, ein Kunsthistoriker oder auch mal ein Student, bewertet, beschreibt und katalogisiert das Ganze, und dann bekommen die Einlieferer Bescheid, für wie viel man es anbietet. Bei großen Posten macht der Feuer sogar extra Sonderauktionen.«

»Keine Unregelmäßigkeiten?«, fragte ich.

»Also, nach außen hin scheint alles rechtens. Ich meine, der Feuer ist zwar ein knallharter Geschäftsmann, aber offenbar seriös. Das ist nun mal eine Branche, in der es Grauzonen gibt. Ich hatte mich beispielsweise beim Einräumen in ein kleines Krokoledernotizbuch verliebt. So ein bisschen abgewetzt. Vintage nennt man das.«

»Was du nicht sagst! Du, ich habe meinen Mann und meinen Liebhaber verloren, aber nicht gleich meinen ganzen Verstand.«

»Ach, Swentja«, sagte Marlies nur. »Also, das Ding war in einem abgeschabten Karton zusammen mit ganz wertlosen Sachen, die von einem Juwelierladen kamen, den es nicht mehr gibt. Ich habe gefragt, ob ich es jetzt gleich kaufen kann, aber die Geli, das ist die, die mich anlernt, sagt, es geht nicht. Sie dürfen keine Einlieferungen auseinanderreißen und schon gar nicht unter der Hand an Mitarbeiter verkaufen. Es muss so, wie es kommt, angeboten werden.«

»Und dann?«

»Schade«, hab ich gesagt, »es wäre mir zwanzig Euro wert, und zufällig habe ich die auch gleich da.«

»Und dann?«

»Dann hat sie sich ein paarmal umgesehen und hat mir zugeraunt: Na ja, manchmal machen wir das. Sogar der Chef. Wenn es Sachen sind, wo der Verkäufer sofort Geld braucht, oder jemand will das Ding wirklich unbedingt haben. Da macht man Ausnahmen. Du hast es in bar? Also los. Schnell. Steck's ein.«

»Das ist interessant. Sie verkaufen also auch unter der Hand. Wer weiß, wie viele Dinge aus dem ›SchönLeben‹ da schon unter dem Ladentisch weggegangen sind. Ja, ich weiß, Marlies. Nur ein Verdacht bisher. Und sonst? Was hast du für einen Eindruck von dem Laden?«

»Das ist eine professionelle und riesige Verkaufsfabrik für altes Zeug. Geht alles wie am Schnürchen. Sachen, die für Auktionen uninteressant sind, bieten sie bei Ebay oder entsprechenden Portalen an. Sie bedienen beispielsweise ein ursprünglich englisches Portal im Internet. Es heißt ›lovingoldplaythings‹. Dort kann man eine Suchanzeige nach etwas ganz Bestimmtem aufgeben. Sie stellen auch interessante neue Artikel in dieses Portal. Das wird aber alles mit dem, der das Zeug abgibt, vorher besprochen. Den Chef, diesen Herrn Feuer selbst, sieht man übrigens nur ganz selten. Der Laden läuft wie Lottchen.«

Ich kannte das aus meinen vorhergehenden Fällen. Es kribbelte. Triumphierend lehnte ich mich zurück.

»lovingoldplaythings« kenne ich. Mehr noch, ich bin sogar registriert und studiere die neuen Annoncen, die etwas mit den gestohlenen Objekten im Stift zu tun haben könnten. Das ist natürlich eine mühsame Kleinarbeit, denn altes Spielzeug boomt. Es gibt unendlich viel Zeug.«

»Ja, das habe ich auch bemerkt. Ich werde meiner Tochter Janine ihre schreckliche Überraschungseisammlung unter dem Hintern weg verkaufen. Die Figürchen ziehen nur Staub an.«

»Tu es nicht. Sie wird dich ewig hassen«, sagte ich. »In diesem Internetportal sucht jemand derzeit eine bestimmte viktorianische Puppe, und ein anderer bietet einen Zinngeneral mit beschädigtem Säbel an. Und jetzt halt dich fest: Genau solch ein General ist Herrn Arentz abhandengekommen. Ich habe mitgeboten. Mal sehen, wie weit ich komme. Die Internetauktion läuft heute Abend ab.«

Marlies hob die Augenbrauen. »Du hast wirklich viel, viel Zeit, Swentja, nicht wahr? Wie wäre es mit einer neuen ... Männerbekanntschaft? Jemand, der nett ist, unverheiratet, solide und ernsthafte Absichten hat?«

»Schreibst du seit Neuestem Märchenbücher, Marlies? Als ich noch verheiratet war, hätte ich beliebig viele Liebhaber haben können, doch jetzt sieht die Sache anders aus. Jetzt bin ich auf einmal gefährlich, weil ich keine Affäre, sondern eine Beziehung haben will.«

»Sorry.«

»Tatsache ist: Jemand hat eine Zeit lang offenbar historisch bedeutsame Erinnerungsstücke aus den Zimmern der Leute gestohlen und an Feuer weitergegeben, der sie auf Auktionen angeboten hat. Cressida hat dem Verlust ihrer Puppe nicht viel Bedeutung beigemessen. Sie war innerlich schon auf dem Sprung in die USA, sie hat hier und dort furchtbar viele Sachen, ist sehr reich und hat keinen Überblick. Aber bei Ina lag die Sache anders. Ihre Puppe wird im Internet angeboten. Das heißt, sie ist definitiv nicht mehr in ihrem Zimmer.«

Ich machte eine Pause, um die Botschaft wirken zu lassen.

»Weiter«, seufzte Marlies.

»Wir wissen nicht, wann die Puppe verschwunden ist. Es könnte am Tag ihres Todes gewesen sein. Sie muss gemerkt haben, dass die Puppe nicht mehr auf ihrem Platz saß, denn sie hat diesem Ding jeden Tag das Gesicht eingecremt – gründlich, wie sie war, und so exakt, wie ihr Tageslauf ausgesehen hat – und ist prompt kurz darauf gestorben. Ist doch seltsam, oder? Nur ein Zufall?«

»Was willst du damit sagen, Swentja?«

»Der Dieb hat vielleicht nicht gewusst, dass sie so merkwürdig und verschroben war und sich täglich mit dieser Puppe abgab und deshalb das Verschwinden sofort bemerken würde. Sie besaß schließlich noch mehr Puppen und Bären.«

»Und?«

»Ganz einfach: Ich glaube, hier wird ein schwunghafter Kleinhandel betrieben. Von jemand, der Geld braucht, und zwar jeden Cent. Das gestohlene Zeug selbst im Internet anzubieten, war dem Dieb zunächst zu aufwendig und zu riskant. Er lieferte die Sachen also an Feuer, der die besseren Stücke bei Auktionen, manche vielleicht unter der Hand verkaufte und wieder andere im Netz verscherbelte.«

»Hm, eine sehr abenteuerliche Theorie.«

»Vielleicht. Lass mich weiterspinnen. Du sagst, im Auktionshaus registrieren sie den Namen des Besitzers und prüfen seine Personalien. Der Einlieferer kann das Spielzeug also nicht anonym abgegeben haben. Diesen Namen müssen wir rauskriegen. Feuer bot die Dinge auf Auktionen und auch im Internet an, behielt seinen Prozentsatz, und der Einlieferer bekam seinen Anteil. Ein mieses kleines Geschäft, wie es wahrscheinlich oft vorkommt, nur dass wir diesmal mehr als nur ein paar verschwundene alte Sachen haben.«

»Was meinst du?«

»Nach meinem Besuch bei der Familie von Schönleben hat Eleanor ihren Verwalter angehalten, darauf zu achten, dass keine Habe der Bewohner verschwindet. Zumindest hat sie das angedeutet. Daraufhin – nehmen wir mal an, der Dieb heißt Scott Kline – hat er sich offenbar umgestellt. Keine Objekte mehr in

Auktionskatalogen, die den alten Leutchen dann doch mal in die Hände fallen können.«

»Der Mann ist Verwalter mit einem ganz normalen, vielleicht sogar überdurchschnittlichen Gehalt. Warum sollte er so etwas tun?«

»Normales Gehalt! Eben. Er lebt auf zu großem Fuß. Und wir haben eine Leiche, die keineswegs herzkrank war und vorhatte, hundert Jahre alt zu werden.«

»Swentja, das ist alles mal wieder reine Phantasie. Du kannst offenbar nicht ohne Leichen leben. Es ist wegen Hagen, gib es zu. Du hast das Gefühl, ihm nahe zu sein, wenn du dich mit Mord und Totschlag beschäftigst.«

Am Nachbartisch rückte eine Dame mit ihrem Stuhl empört ein Stück von uns weg. Ich winkte der Kellnerin und sprach mit gedämpfter Stimme weiter. »Aber was sagt denn der Einlieferer, also der Dieb, woher er die Stücke hatte, und warum schöpfte Feuer keinen Verdacht? Wenn er angeblich seriös ist und einen Ruf zu verlieren hat.«

Marlies holte Luft, ich stach mit der Kuchengabel nach ihr.

»Marlies, dein Herr Feuer ist vielleicht gar nicht so seriös. Er spricht mit dem Leiter eines noblen Altenheims, ich habe es selbst beobachtet, und dann werden ihm immer wieder Objekte aus echt adeligem Familienbesitz zum Verkauf angeboten. Da muss sich Feuer doch selbst sagen, dass etwas nicht stimmen kann. Außer er steckt mit Kline unter einer Decke. Seltsam, dass Feuer bei dem großen Laden so etwas nötig hat.«

»Groß ist immer relativ!«, warf Marlies ein.

»Ja, bei manchen Leuten nimmt man einfach an, sie seien reich, weil es überall erzählt wird, doch in Wahrheit sind sie klamm. Wer weiß, wo Kline und Feuer ihre schicken Autos geleast haben.«

Marlies seufzte. »Das weiß ich natürlich nicht. Ich vermute übrigens immer noch, dass diese Eleanor oder ihre Familie selbst die Sachen stehlen. Die Frau weiß doch am besten, was das alte Gerümpel aus den Adelshäusern wert ist.«

Ich schüttelte den Kopf. »Nette Theorie, aber sie passt nicht. Die Schönlebens wissen zwar wahrscheinlich, was die Sachen wert sind, aber warum sollten sie dann diese Frau Einzeltochter als Gutachterin schicken, von deren Auftauchen Eleanor von Schönleben übrigens laut Anita angeblich keine Ahnung hatte? Die Familie hat doch sowieso Zugang zu jedem Zimmer, besucht die Bewohner, genießt deren Vertrauen. Die Schönlebens könnten denen vielleicht wirklich alles abschwatzen, aber warum sollten sie das tun?«

Marlies schwieg verstockt.

»Es ergibt einfach keinen Sinn. Die Familie hat in ihrem Schloss so viel von all dem Zeug. Ich habe es selbst gesehen. Genau solche Sachen wie in den Zimmern unserer Gäste verstauben da vor sich hin. Ich wollte die ganzen Spieluhren, Wappen, Säbel und Puppen nicht wienern müssen.«

Marlies schmunzelte. »Du hast sowieso noch nie etwas abgestaubt oder gewienert.«

Ich ignorierte diesen Einwurf. »Nein, nein. Derjenige, der Einzeltochter engagiert hat, ist verantwortlich für die Diebstähle und vielleicht noch für Schlimmeres. Und da steht nun mal der Name Kline im Raum. Manchmal sind die Dinge eben so, wie sie scheinen. Denk an den Mühlenmord.«

Marlies runzelte die Stirn. »Du bist absolut voreingenommen, was diesen Mann angeht.«

»Ehrlich gesagt, Marlies, ich habe keinen Anlass, sie zu verteidigen, aber Eleanor als Drahtzieherin ist wirklich absolut unlogisch. Erstens brauchen diese Schönlebens kein Geld, schon gar nicht ein paar hundert Euro für irgendwelche alten Raritäten, von denen sie selbst mehr als genug herumstehen haben. Diese uralte, reiche Sippe hütet von allem, was es in diesem Heim gibt, mindestens dreimal so viel. Das Stift wird außerdem nach höchstem Luxusstandard geführt.«

Marlies nickte langsam. »Das ist allerdings ein Argument!«

»Siehst du. Zweitens hat Anna-Maria von Schönleben die Puppe tatsächlich nicht ganz freiwillig hergegeben. Das habe ich selbst gehört. Sie wusste ja nicht, dass ich Zeuge der Unterhaltung wurde. Sie hat aber keinerlei Vorwurf an Eleanor von Schönleben gerichtet, sondern sie hat von Kline gesprochen.«

»*Vermutlich* von Kline! Genau weißt du es nicht.«

»Ja, sicher. Aber sie hat sinngemäß gesagt, dass der Mann ihr Vertrauen und ihren Respekt genoss, dass er Zugang zu allen Zimmern hat, dass sie nicht wusste, dass er es so nötig hat, weil sie dachte, er bekommt ein Gehalt, das ausreicht.«

»Hm.«

»Kline, Marlies! Noch einmal. Gegen ihre eigenen Leute hat die alte Frau in diesem Gespräch schließlich keinen Vorwurf erhoben. Sie stand nicht unter Drogen oder Zwang. Sie wusste nicht, dass ich ihre Worte höre. Im Gegenteil. Und was noch mehr bedeutet: Diese alte Dame hat ein sehr herzliches Verhältnis zu ihrer Familie. Ich war erst vor Kurzem in Bad Wildbad mit der Sippe und habe es beobachten können. Da hat alles gepasst.«

»Trotzdem komisch«, meinte Marlies.

»Ja. Hier laufen zwei Fäden auseinander oder nebeneinanderher.«

Ich dachte eine Weile nach.

»Man kann es ja ausprobieren. Eine meiner Klienten, Fräulein von Klausenthal, besitzt ein uraltes Hasenschulzimmer. Original aus dem 19. Jahrhundert. Gut erhalten. Mit historischen Stühlchen und einer winzigen Schiefertafel. Ich könnte mir denken, dass es dafür vielleicht Interessenten gibt.«

»Ein Hasenschulzimmer?« Marlies runzelte die Stirn. »Meinst du?«

»Ja. Und einer dieser Interessenten werde ich sein. Ich bin in diesem Portal bereits angemeldet. Ich werde in ›lovingoldplaythings‹ eine Suchanzeige nach einer ähnlichen Hasenschule aufgeben. Und vierhundert Euro für den Kitsch bieten. Dann schauen wir mal, was passiert. Denk an meine Worte, Marlies. Es sollte mich nicht wundern, wenn Fräulein von Klausenthal bald keine solche Hasenschule mehr besitzt.«

Ich verlor bei der Zinngeneral-Auktion gegen jemanden, dem das Ding fünfhundertsechzig Euro wert gewesen war. Unglaublich. Doch ich erhielt eine E-Mail, die mir mitteilte, dass der

Verkäufer Kohli73 noch weitere Objekte anbiete und dass ich auf seine Auktionen achten solle. Ich konnte mich unter der Mailadresse kohli73@web.de auch bei ihm persönlich als Interessent einschreiben lassen.

Auch sonst hatte ich mit meinen Recherchen keinen Erfolg. Drei Wochen vergingen, und kein passendes Hasenschulzimmer wurde mir im Internet angeboten.

Konnte es auch nicht, denn es stand nach wie vor friedlich bei Fräulein von Klausenthal im Zimmer. Gut, es war einen Versuch wert gewesen.

Elftes Zunehm-Essen von Irmentraud:
Kraichgauer Rehragout mit Rotwein, Sahne, Pilzen, Bratensoße, Pflaumen und Essig

Der Herbst kam, und im »SchönLeben« war Buchmann schimpfend und grollend damit beschäftigt, die Blätter im Park zusammenzurechen.

Ich betreute meine Schäfchen und hoffte, dass ich allmählich etwas zunehmen würde. Doch vor allem Cornelia von Schönleben hielt mich auf Trab. Das ehemalige Fräuleinstift war nämlich – trotz aller Modernisierungen – ein ziemlich verwinkeltes Gebäude mit langen Gängen und vielen Treppen. Cornelia konnte zwar nicht mehr allein laufen, hatte aber viele Wünsche und immer mehr Bedürfnisse.

»Ach, Schätzchen, hol mir doch mal eine Zeitschrift«, sagte sie etwa. »Am besten was von den jungen Leuten. Der Kate und der Netten da oben in Schweden. Haben ja alle Bürgerliche geheiratet. Ich halte nichts davon. Mal eine Affäre vielleicht, aber nicht gleich heiraten. Das geht nicht gut.«

»Warum nicht?«

»Weil man nicht aus dem gleichen Stall kommt. Und die Kinder wissen dann nicht, wohin sie gehören. Du glaubst doch nicht, dass dieser kleine Rothaarige mit den Sommersprossen ein echter Windsor ist, oder? Der sieht nicht die Spur aus wie die ganze Sippe und hat nur Sex im Kopf.«

»Sprechen Sie von Prinz Harry, der Nummer fünf in der Thronfolge?«

»Natürlich. Von dem kleinen Kuckucksei. Wenn alle unehelichen Kinder in Englands Upperclass eine Kerze in der Hand hielten, wäre die Insel auch ohne Strom hell erleuchtet. Frag mal Mr Kline, was man da an Elektrizitätskosten sparte. Der weiß das.« Fröhlich gluckste sie vor sich hin.

Und dann bestellte sie wieder ein feines Essen für sich und mich.

Diesmal wurde es vom »Ochsen« in Karlsruhe-Durlach, einem französischen Gourmet-Restaurant mit entsprechenden

Preisen, eigens mit einem kleinen Lieferwagen angekarrt und auf altem Silber serviert. Ein Servierkoch stand mit ausdruckslosem Gesicht dabei und legte mir auf Wunsch frittierte Artischocken nach.

»Sorry«, sagte ich zu Schwester Anita, die natürlich bei der täglichen Medikamentenvergabe Zeuge des dekadenten Gelages wurde. »Sie soll es nicht, ich weiß, aber ich konnte es nicht verhindern.«

»Ist schon okay«, erwiderte Schwester Anita erstaunlich gelassen. »Wenn sie Freude daran hat. Herr Kline hat mir grünes Licht für sie gegeben. Weiß nicht, warum.«

Gut zu hören. Ich würde weder jetzt noch im Alter auf meinen gewohnten Luxus verzichten wollen.

Trotzdem wunderte ich mich, dass sich Cornelias Situation plötzlich so verbessert hatte. Warum eigentlich? War Mr Kline großzügig geworden, weil es mit ihm selbst aufwärtsging oder weil er nicht mehr lange da sein würde?

Im Grunde konnte es mir egal sein. Ich hatte meine eigenen Sorgen.

Ich versuchte, nicht an Hagen zu denken, damit es nicht wehtat. Mit der Zeit lernt man das, und traurigerweise funktioniert es auch irgendwann.

Das Wetter wurde langsam etwas kühler. Ein schöner Sommer verhandelte mit einem kühlen und herbstlichen September, dass man sich in der Mitte treffen würde. Allmählich konnte ich in meiner Pause den Schattenplatz im Park des »SchönLeben« vom Baum weg in Richtung Teich verlagern.

Früher hatte ich nicht auf so etwas geachtet, doch nun sah ich die Schönheit eines Busches mit ausgefallen gezackten Blättern. »Gingko«, stand auf einem kleinen Schildchen. Ich betrachtete ein einzelnes Blatt, das heruntergefallen war. Es war in seiner geometrischen Schönheit ein Universum für sich.

Ich bewahrte es drei Tage lang in einem Buch auf. Das Blatt zeigte kein Zeichen des Welkens. Ich machte mir eine Notiz, in Naturkosmetikläden nach Gingkoextrakt zu fragen. Ich wollte nämlich auch nicht welken.

Das würde Hagen so passen, dass er meine letzte Liebe gewesen war, bevor ich verwitterte.

An einem Mittag bekam ich am Teich Gesellschaft.

Gundrama von Guntershausen erschien in ihrer üblichen bescheidenen und unaufdringlichen Art und schlich eine Weile um mich herum, scheinbar die Entchen betrachtend, die auf dem Wasser ihre stillen Runden drehten und sich nicht um das Böse, aber auch nicht um das Gute der Welt scherten. Trotz des beeindruckenden Namens und des vermutlich auch beeindruckenden Stammbaumes schien sie zu schüchtern, mich in meiner Beschaulichkeit zu stören.

»Darf ich mich setzen, Frau Tobler?«, fragte sie schließlich.
»Gerne. Aber sagen Sie doch Swentja zu mir.«
»Möchten Sie ein Stück Apfel?«
»Danke. Ich mag keine Äpfel.«
»Ich auch nicht besonders. Doch sie sind preiswert. Ich esse jeden Tag einen Apfel. Sie kennen ja den Spruch: *An apple a day* ...«
»Ich verstehe.«
»Ich muss sparen. Für meinen Namen bekomme ich kein Brot in der Bäckerei. Ich bin eine alleinstehende Frau. Äußerlich nichts Besonderes – nein, nein, widersprechen Sie mir nicht –, um die fünfzig, meine Haare sind fast grau, meine Haut schlägt erste Falten, und ich habe kurze Beine wie ein Dackel. Also werde ich wohl allein bleiben und muss noch dazu für meine uralten Eltern sorgen. Die beiden leben scheinbar ewig. Obwohl Mama jetzt doch manchmal kränkelt. Gott schütze sie.«

Sie lächelte, um ihren Worten die Schärfe zu nehmen. »Insgesamt gesunde Rasse, die von Guntershausens. Wir kommen aus dem Osten. Hatten dort zwei große Güter bei Breslau. Ja, wie das Fräulein von Klausenthal. Oh, ich kenne die Klausenthals vom Namen seit Kinderzeiten. Wir sind sogar ›alter Adel‹, wie man in Österreich-Ungarn sagte. Also noch aus dem Mittelalter und nicht erst im Kaiserreich durch entsprechende Briefe und Erlasse hastig ernannt.«

Sie grinste. »›Hintertreppenadel‹ sagten wir zu diesen Leuten. Aber dann kam der Krieg. Ich habe ihn ja nicht mehr persönlich erlebt, aber es wurde mir als Kind oft und oft berichtet, wie wir alles verloren haben. Meine Mama hat noch gehört, wie sie Rex, unseren Schäferhund, in einen Schuppen gesperrt haben, und dann einen Knall. Es muss furchtbar gewesen sein. Den Knall wird sie niemals vergessen. Und ich auch nicht, denn sie hat mir so oft davon erzählt, dass ich ihn fast zu hören glaubte.«

Die blasse und sanfte Gundrama sah mich ernst an: »Ich könnte jemanden ermorden. Aber ich könnte ihn niemals erschießen.« Ihr Ton ließ mich erschaudern, doch sie sprach schon weiter.

»Natürlich gab es Entschädigungen vom neuen deutschen Staat, aber die reichten nicht aus, und mein Vater wurde vollkommen lebensuntüchtig. Er kommt aus einer Familie, in der die Söhne traditionell entweder in Prag studiert haben oder den Hof weiterführten. Sofern sie nicht an die Kirche fielen wie die Jüngeren, versteht sich.«

Ich hörte ungläubig diesen Geschichten aus einer versunkenen Welt zu.

»Er hat sich dann auf windige Geschäfte eingelassen, nur wenn ihn jemand oft genug ›Herr Baron‹ genannt hat. Und jetzt sitze ich da. Mitten im Schlamassel.«

Ich sah sie an. Das elegante blaue Kostüm war etwas verschlissen, und die Handtasche hatte auch schon mehrere Besuche beim Schuhmacher hinter sich, denn der Riemen war genäht worden.

Mitfühlend stimmte ich ihr zu. »Komisch, dass das Leben so seltsame Auf- und Abfahrten hat. Man ist quasi auf der Autobahn, immer geradeaus auf ein Ziel zu, und plötzlich muss man runter. Umleitung und ab auf die kurvige Landstraße. So ging es mir auch.«

Gundrama lächelte. »Ich weiß«, sagte sie. »Frau Tobler, ich muss Ihnen gestehen, dass ich über Sie nachgeforscht habe.«

»Nachgeforscht?«

»Ja. Sie waren – oder sind noch – die Frau von Rechtsanwalt Tobler. Ein erfolgreicher Mann, und Sie sind sehr reich.«

»Falsches Tempus. Ich *war* sehr reich. Ich brauchte keinen Weltkrieg, um alles zu verlieren.«

»War ein Mann dafür verantwortlich?«

»Ja und nein. Verantwortlich war erst mal ich selbst. Und was die Männer angeht: mindestens einer. Und es werden täglich mehr.«

»Ehrlich?« Fast klang Bewunderung in Gundramas Worten mit.

Ich seufzte. »Nein. Das war ein bisschen übertrieben. Es ist noch überschaubar. Wie lange arbeiten Sie schon im ›Schön-Leben‹?«

»Zehn Jahre. Ja, es sind dieses Jahr schon zehn Jahre.«

»Und fühlen Sie sich hier wohl?«

»Ja. Sehr. Die Klientel ist ungemein angenehm. Meistens ganz liebe Gäste aus Baden und Württemberg. Weniger aus meiner Heimat natürlich, aber die Gedankenwelt ist trotzdem gleich. Wir sind alle im gleichen Geist erzogen. Die Familie ist das Wichtigste. Und der gute Ruf, den es zu erhalten gilt. Er überdauert uns.«

»Lassen wir das«, meinte ich lakonisch. »Das mit dem guten Ruf ist derzeit nicht mein Lieblingsthema.«

Sie lächelte. »Genehmigt. Und man glaubt es nicht, aber die meisten von unseren Gästen sind erstaunlich sparsam. Was natürlich die Gesellschaftsdamen manchmal beklagen, denn die Trinkgelder fallen nicht so üppig aus wie bei Neureichen. In adeligen Familien musste man das Geld für zukünftige Generationen zusammenhalten.«

»Es ist schon erstaunlich, dass das wirklich so funktioniert. Die Klammer ist anscheinend das ›von‹. Ob einer aus Württemberg, aus Baden, aus der Kurpfalz oder aus dem Baltikum stammt. Ich hatte mal eine Freundin, die hat gesagt: Es gibt keine Nationen, es gibt nur Berufe. Ein afrikanischer Arzt und ein deutscher Arzt haben sich mehr zu sagen als ein deutscher Arzt und ein deutscher Fabrikarbeiter.«

»Schön gesagt. Ganz so ist es bei uns nicht. Die Leute im ›SchönLeben‹ kochen schon ein bisschen im eigenen Saft. Viele kennen sich von Adelszusammenkünften, Verbindungen, Frauenkränzchen ... Vielleicht wäre es nicht schlecht, wenn wir ein wenig internationaler wären.«

»Die Verwandte von Brigitte Vonundzurbrücke kam ja aus dem Baltikum.«

»Ja, sie hat sie liebevoll betreut, das muss ich sagen. Und dass sie jetzt schon seit vier Jahren kommt und die alte Frau von Weilerdorff betreut, ist wirklich nett. Sie ist ein guter Mensch, auch wenn sie auf manche oberflächlich wirkt.«

Ach, Gundrama, dachte ich. Für dich ist jeder ein guter Mensch, der dir zulächelt.

Doch was hatte sie gesagt? Seit vier Jahren komme Gitte ins Stift. Ich hatte ihre Stimme noch im Ohr, wie sie mir erzählte, woher sie Kline kenne: Er hatte sie gefragt, ob sie nicht weiterhin tätig sein wolle im Stift, nachdem ihre Tante gestorben war.

»Er kann sehr überzeugend sein, also habe ich das Angebot angenommen.«

Vor vier Jahren war Kline aber noch gar nicht im Stift gewesen. Er war erst seit zwei Jahren da. Sie hatte also gelogen.

Immer wieder Kline. Es begann und endete alles mit diesem unheimlichen Briten und einem Haufen Lügen.

»Kennen Sie Herrn Kline eigentlich gut?«

Gundrama sah mich von der Seite an und warf den Stiel des Apfels weg. Den Rest hatte sie ganz und gar aufgegessen. Mit den Kernen. So etwas sah man auch nicht oft.

»Nein. Er ist sehr diskret. Trennt Privates und Dienstliches. Ich weiß nur, dass er bei Gondelsheim wohnt. Da, wo das Schloss ist, das einer halb schottischen Familie gehört. Was er mit denen zu tun hat, weiß ich nicht. Kann nichts Besonderes sein. Er ist ja ein einfacher Mann. Seine Mutter ist eine Deutsche oder ist deutscher Herkunft, aber sein Vater war ein schottischer Offizier.«

»Er selbst ist aber nicht adelig?«

»Nein, nein«, sagte Gundrama, »keinesfalls. Er ist nur begeistert von allem, was hochwohlgeboren ist, und er ist ein echter Fan der britischen Königsfamilie. Erst gestern kam ... na ja, egal!«, unterbrach sie sich selbst.

»Ist er verheiratet?«

»Nein. Zumindest wüsste ich es nicht.« Gundrama schickte ihren Worten einen winzigen Seufzer hinterher.

Armes Mädchen. Ich konnte nur hoffen, sie machte sich keine Hoffnungen auf diesen Mann. Erstens war er zwar ein unansehnlicher Klotz, aber letztlich doch jünger als sie, und außerdem käme sie vom Regen in die Traufe. Er war ein emporgekommener Habenichts und vielleicht Schlimmeres. Dieses feine alternde Pflänzchen brauchte einen gut situierten älteren Standesgenossen mit sehr viel Geld. Vielleicht gab es da keinen wilden Sex mehr, aber wenigstens Sicherheit.

Ich stand auf. »Es war nett, mit Ihnen zu plaudern.«

»Danke. Ich habe Vertrauen zu Ihnen, ich weiß auch nicht, warum.«

»Ich auch nicht«, erwiderte ich. »Ich auch nicht.«

***

Obwohl ich kein gesellschaftliches Leben im klassischen Sinne mehr hatte, war ich dennoch irgendwie ziemlich beschäftigt. Mürrisch stellte ich fest, dass weiße Blusen sich schwer bügeln ließen und dass Einkaufen nicht nur aus dem Lustshoppen mit einer kleinen Longchamp-Tasche über der Schulter bestand, sondern Klorollen und Mineralwasser irgendwie vom Laden in meine Kammer kommen mussten.

Sodass ich, satt wie ich von dem köstlichen Rehragout aus Irmentrauds Hexenküche war, zunächst nicht dazu kam, mir intensivere Gedanken über Gitte und ihre kleine Schwindelei mit der Jahreszahl zu machen.

Was das Stift anging, bemühte sich neben Thomas, dem Biobauern, der sowieso täglich kam, Graf Rudolf von Schönleben derzeit am häufigsten persönlich um seine Gäste. Jedes Mal begrüßte er die Damen mit einem Handkuss und mich mit einer kleinen Verbeugung. Obwohl er ein zurückhaltender Mann war, genoss er doch allgemeinen Respekt. Letztlich gehörte ihm, dem Träger eines alten und ehrwürdigen Namens, ja der ganze Laden.

An meiner Gesellschaft hatte – außer Gundrama – offensichtlich Victoria von Schönleben ebenfalls Gefallen gefunden. Sie lud mich ein, sie auf dem Familienschlösschen zu besuchen, um mit mir gemeinsam einen Spaziergang über die Herbstfelder zu unternehmen.

Zum Anlass des Schlossbesuches trug ich eine schlichte weiße Bluse von Christian Berg und einen weinroten, etwas längeren Rock von Oasis, den ich erstmals in dieser Saison mit den Stiefeletten von Tod's kombinieren konnte. Leider ging der Reißverschluss am Rock fast mühelos zu, was bedeutete, dass ich offenbar kaum zugenommen hatte.

Victoria streifte mich mit einem anerkennenden Blick, als ich in ihren kleinen Sportwagen einstieg. Wir fuhren mit offenem Verdeck gemeinsam über die Landstraße zum Schloss. In der Familie von Schönleben wusste man zu leben.

Auf dem Schloss angekommen, umrundeten uns zu meinem Missfallen gleich drei große hellbraune Hunde mit peitschenden Schwänzen. Ich bin eine Katzenfrau. Hunde kann ich nicht einschätzen.

Victoria lachte. »Keine Angst. Es sind deutsche Bracken. Freundliche Tiere. Von Kindern und Hunden haben Adelsfamilien auch heute noch immer genug. Komm, wir sagen Mama Guten Tag, und dann laufen wir mit unserem Rudel.« Sie sagte Ma*ma*, betonte auf der letzten Silbe, was sich immer sehr vornehm anhört.

Eleanor Gräfin von Schönleben saß allein und in Gedanken versunken in einem hochlehnigen Sessel am Fenster und sah schweigend hinaus auf die Landschaft, die sich grün und weit vor ihrem Auge erstreckte.

Man hätte das Ganze für die Zeitschrift »Schöner Wohnen« fotografieren können, ohne etwas nachstellen zu müssen. Das Wohnzimmer. Die Bücherwand. Die Bilder und Pflanzen. Der niedere Couchtisch, auf dem malerisch noch immer die Bücher vom letzten Mal lagen, was darauf schließen ließ, dass Frau von Schönleben insgesamt keine Leseratte war. Vermutlich suchte sie die Bücher mehr nach der Optik aus.

Die »Kleine Geschichte des Kraichgau« war fröhlich bunt, das gebundene Werk »Württembergische Prinzessinnen auf Europas Thronen« schimmerte passenderweise in Gold und Rot. Neben dem eher nüchtern aufgemachten »Geheimnis der Chiffren« war »Prinzessin Diana: Die ungeschminkte Wahrheit« hingegen ganz in jenem leuchtenden royalen Blau gehalten, das die Prinzessin von Wales gern getragen hatte. Wahrscheinlich las Eleanor in Wahrheit gar nichts von diesem Sammelsurium, sondern posierte als Gräfin mit Buch und ein paar Hunden wie in einem Renaissancegemälde.

»Ach, wie schön, Frau Tobler.« Sie lächelte flüchtig. »Gehen Sie also etwas mit unserer Victoria spazieren? Die Hunde brauchen Bewegung, und allein kann es langweilig werden, über die Felder zu stapfen. Noch ist es ungefährlich. Keine Jagdsaison. Ach, als alle ihre Brüder noch dauerhaft hier gelebt haben, war es wesentlich interessanter für unsere Victoria, ihre alten Eltern zu besuchen.«

»Alte Eltern!«, schimpfte Victoria und küsste ihre Mutter auf beide Wangen. »Ihr doch nicht, Mama.«

»Ich erhebe Einspruch.« Victorias hübscher Bruder, der Student Johannes, erhob sich aus einem tiefen Sessel, in dem er, die Beine über die Lehne gelegt, in einer Jagdzeitschrift gelesen hatte. Er war so blond wie sein Vater, hatte feine Züge und lange Glieder, und wenn ich eine Prinzessin wäre, so hätte ich ihn geheiratet.

Er war fast der Schönste der Familie, doch wirkte er schüchtern. Er besaß nicht Thomas' umwerfenden Charme und sein Draufgängertum.

Johannes küsste seine Schwester, beugte sich kurz über meine Hand, verneigte sich knapp vor seiner Mutter und verabschiedete sich. »Heimaturlaub. Ich muss lernen.«

Ich betrachtete die ganze Szenerie mit einer Mischung aus Unglauben und Neid. Auf einem großen Eichenholztisch, der das Zentrum des Zimmers darstellte, lagen dekorativ angeordnet alle möglichen Papiere und Zeitungen. Unter einer Zeitung lugte schwarz umrandet eine Todesanzeige hervor: »Babette v. Schönleben«.

Eleanor war meinem Blick gefolgt. Sie seufzte und hob die Schultern. »Ja, leider. Das bleibt nicht aus. Eine entfernte Verwandte. Und sehr alt. Sie lag lange Zeit tot in ihrer Wohnung. Das Herz. Ein tragischer Fall, dass sie so einsam sterben musste.«

»Lebte sie auch hier in der Gegend?«

»Nein, nein. Babette hat am Neckar gewohnt. In Mosbach, in einer kleinen Wohnung. Ich habe sie kaum gekannt. Wir werden wahrscheinlich trotzdem hinfahren, es gehört sich, dass die Familie sich bei der Beerdigung blicken lässt. Die Leute sind stolz, wenn wir kommen.«

»Ich schicke Blumen und eine Karte, Mama. Ist das in Ordnung? Die Fahrt nach Mosbach würde mich einen ganzen Tag kosten. Ich müsste dann den Laden schließen.«

Eleanor wehrte ab. »Aber natürlich, Kind. Du hast ein Geschäft zu betreuen. Der Laden läuft gut an, nicht wahr? Da kann man nicht einfach einen Tag zumachen. Es ist wichtig, dass man bei dem bleibt, was man einmal angefangen hat. Und jetzt lauft los, ihr beiden Mädchen. Die frische Luft wird euch guttun.«

Das Wort Mädchen hörte ich nur zu gern.

»Ich lasse euch nachher eine Kanne Tee und etwas Gebäck bereitstellen.«

»Danke, Mama.«

Die Hunde sprangen wie verrückt auf den weiten Feldern herum, die sich zwischen den Ortschaften erstreckten. Sie balgten sich, bissen sich spielerisch in die Hälse, und ab und zu erspähten sie ein Karnickel, das sich erschrocken Richtung Waldrand verzog. Victoria pfiff dann, und sie gaben mürrisch die Verfolgung auf und kehrten gut erzogen zurück. Victoria hatte sich eine Barbourjacke mit vielen Taschen übergeworfen, aus einer davon fischte sie drei Leckerlis und verteilte sie an die hechelnden Tiere.

»Mädels. Aggressiver als Rüden. Es sind drei Schwestern«, sagte sie. »Wir lassen die Hündinnen regelmäßig decken, und sie hatten insgesamt schon einundzwanzig Junge. Dafür springen sie noch ganz ordentlich, oder?«

»Was? Oje. Und wo sind die Kleinen?«

»Die Welpen verkaufen wir an Interessenten, die jagdlich geeignete Hunde brauchen. Man verdient nicht viel dabei. Es ist mehr ein traditionelles Hobby. Diese Bracken sind nicht so häufig in Deutschland, die Zuchtbasis ist hier ziemlich dünn. Da muss man aufpassen, wegen Inzucht. Es ist besser, wenn sie alle ein bisschen anders herauskommen, als es der Rassestandard erlaubt. Das spricht für gesundes Blut. Aber lassen Sie das Mama nicht hören, sie bevorzugt die Art Reinrassigkeit, die man auch sieht.«

Später, als wir müde und dennoch erfrischt zurückkehrten, gab es den versprochenen Tee, der von einem Mädchen aufgetragen wurde, und mir schien, als ob es diesmal sogar ein anderes Mädchen war. Viel Personal. Hier wusste man ganz offensichtlich, was man sich und dem Namen wert war.

Eleanor erschien in einem dunkelgrauen Walkkostüm unbekannter Marke, um sich zu verabschieden.

»Ich habe eine Sitzung der ›Badischen Schwestern für das Gemeinwohl‹ in Bretten. Uralte Institution, in der die von Schönlebens seit jeher die Präsidentin stellen. Nehmt euch noch Tee. Wir sehen uns bald wieder.«

Und weg war sie. Einen herben, aber sehr teuren Duft hinterlassend.

Zwölftes Zunehm-Essen von Irmentraud:
Leberbraten mit Semmelbröseln, geriebenem Käse, Apfelmus und saurer Sahne

Mein Leben unterhalb der Nicolettos verging, und es kam immer noch kein Angebot für die winzige Hasenschule aus Holz, die friedlich und unbeschadet beim Fräulein von Klausenthal stand, während Marlies' Aushilfstätigkeit im Auktionshaus Feuer unweigerlich zu Ende ging.

»Jetzt ist die letzte Chance, herauszufinden, wer die Puppen abgegeben hat, Marlies. Du hast nur noch ein paar Tage zu arbeiten.«

Marlies nickte und hob bedauernd die Schultern. »Die Einlieferungsadressen werden im Computer verwaltet. Der Computer ist zwar immer eingeschaltet, wenn ich da bin, aber ebenso sitzt auch immer ein gewisser Manfred Kreuzle davor, der die Eingabendatenbank verwaltet. Wenn er essen geht, schaltet er das Gerät aus. Ich wüsste auch gar nicht, wie ich suchen sollte oder mit welchem Vorwand ich ihn überhaupt von seinem Rechner weglocken sollte.«

Ich überlegte. »Weißt du was, Marlies. Sag einfach die Wahrheit. Frag ihn ganz harmlos, ob er dir bitte sagen kann, wer eine bestimmte Puppe eingeliefert hat. Und dann sagst du leichthin: Ach, das können Sie bestimmt sowieso nicht. Das kann sicher nur der Chef. Da muss ich vielleicht den mal fragen.«

»Swentja?«

»Und mach dich richtig hübsch an diesem Tag. Zieh ein T-Shirt mit einem tiefen Ausschnitt an.«

»Swentja!«

»Probier es einfach mal aus.«

Mit Spannung wartete ich auf Marlies' Bericht. Spätabends erst rief sie mich an.

»Und?«

»Du bist eine Hexe. Es hat funktioniert. Ich hatte aber auch Glück. Der Mann hört sowieso zum Monatsende auf und zieht nach Irland. Er will dort Wein anbauen. *Irish wine.* Unerhört.

Deshalb ist es ihm egal. Klar, hat er gesagt, klar kann ich nach Sachen gucken. Und da brauche ich doch keinen Chef zu fragen. Ich bin sowieso bald mein eigener Chef. Schluss mit der Angestelltenmentalität. Also ... diese bestimmte Puppe, die kleine Badepuppe, von der du sprichst, wurde eingeliefert von Horst Kohlmann aus Mannheim, Speyerer Straße 73. Nachweis erfolgte mit dem Führerschein.«

»Aha.«

»Ja. Also, das wär's dann, Swentja, meine letzten Tage als Aushilfe beim Auktionshaus Feuer. Und die von Manfred Kreuzle auch. Er hat von der Freiheit geschwärmt. Er geht ganz allein nach Irland. Beginnt nochmals von vorne. Natur. Weite. Freiheit. Toll, was?«

»Hey, Marlies, kann das sein, dass du dich irgendwie sehnsüchtig anhörst?«

»Na ja, manchmal denkt man halt schon übers Leben nach. Gut, also bald bin ich wieder Hausfrau und hingebungsvolle Mutter.«

»Was soll ich sagen, Marlies?«

»Nichts. Ich glaube, Swentja, diesmal warst du auf dem falschen Weg. Da ist nichts Geheimnisvolles am Auktionshaus Feuer. Ich glaube nicht, dass dieser Feuer es nötig hat, unrechtmäßig erworbene Sachen von alten Leuten aus dem Altenheim zu verscherbeln. Außerdem sprechen wir nicht von den Kronjuwelen, sondern nur von ein paar nostalgischen Puppen.«

Ich war nachdenklich. »Das stimmt schon. Gut, dann habe ich es mir eingebildet. Aber etwas ist doch seltsam, und es hat einmal mehr mit unserem lieben Kline zu tun.«

»Kline! Der hat es dir angetan, was?«

»Nein, mach dich nicht lächerlich, Marlies, dieser Klotz interessiert mich nicht. Doch er besteht nur aus Lügen. Er lügt, was seinen Urlaubsort angeht. Er hat Frau Einzeltochter unter falschen Vorwänden in den Zimmern der Gäste herumschnüffeln lassen. Sogar unsere wohltätige Gitte hat gelogen. Sie sagte, sie kenne ihn aus der Zeit, als ihre Tante, eine baltische Adelige, im ›SchönLeben‹ gewesen sei. War aber Kline damals überhaupt schon im Haus gewesen? Nein. Gelogen! Woher kennt sie ihn dann?

Marlies wehrte ab. »Würde ich nicht ernst nehmen. Unsere Brigitte gibt eben gerne an und ist außerdem nicht die Schlaueste. Sie bringt die Sachen durcheinander. Doch seit du verschwunden bist, schmeißt sie eine Party nach der anderen. Ihr kahlköpfiger Tattergreis von Mann kommt immer runter, sagt Hallo, und dann geht er bald ins Bett.«

Vertraute Klänge.

»Und was gibt es sonst Neues in Ettlingen? Hast du etwas von Hagen gehört?«

»Nicht viel. Ach, bei Maryll gab es eine Modenschau. Herbstmode. Es waren die üblichen Verdächtigen da. Ich habe extra keine Kreditkarte mitgenommen, aber dann hatten sie da einen netten Pullover, und ich hab ihn gekauft und mir das Geld von meiner Nachbarin geliehen. Ich hab gar nicht auf den Preis geachtet. Bei der Bluse auch nicht, was kann so eine dünne Bluse schon kosten ... Und als sie dann an der Kasse den Preis nannten, bin ich fast umgefallen. Vierhundertsechsundsechzig Euro«, sagte Marlies. »Eine Bluse!«

»Marlies ...«

»Ja?«

»Marlies, was ist los? Du lügst schlecht. Hat er eine Neue?«

»Wer?«

»Na, wer?«

»Dein Mann oder Hagen?«

»Hagen!«

»Swentja, du solltest dich lieber für die Beziehungen deines Noch-Ehegatten interessieren, denn wenn erst einmal eine neue Frau im Spiel ist, sind die Herren erfahrungsgemäß wesentlich weniger bereit, Geld für die Ex zu bezahlen.«

»Es gibt Gesetze. Was ist mit Hagen?«

Pause.

»Ich habe ihn mit einer Frau gesehen. Sie saßen im Eiscafé, und sie haben ... sie haben sich geküsst.«

Ich schluckte. Alles drehte sich vor mir. »Marlies«, sagte ich wie betäubt und nur um mich abzulenken, »von wem waren die Sachen, die du gekauft hast?«

»Die Bluse war von einer unbekannten Frau namens Schuhmacher aus Mannheim ...«

»International erfolgreiche Designerin. Hat ihr Atelier am Mannheimer Hafen.«

»Und der Pullover war von einer gewissen Diana von Fürstenberg.«

»Aha.«

Und gemeinsam sagten wir: »Verdammte Adelige.«

Ich fügte im Geist noch hinzu: Verdammter Hagen!

★★★

»Sei mir nicht böse, Irmentraud. Ich kann nichts essen. Ich kann einfach nicht. Ich weiß nicht, warum, aber ich kann nicht.«

★★★

Im »SchönLeben« verliefen diese stillen Tage, die schon würzig nach Herbst rochen, ruhig und friedlich. Buchmann musste die ersten fetten Spinnen nach draußen scheuchen, und das Restaurant servierte das erste Pilzgericht der Saison. Die Tische waren mit kleinen Arrangements aus Maronen und Haselnüssen dekoriert, und um die mageren Schultern meiner Gäste legte ich fein gewobene Tücher und Schals.

Die Golds, die vergleichsweise ziemlich gut in Schuss waren, hatten sich in Urlaub begeben, zuerst nach London und dann nach Israel. Sie wurden von den meisten Heimbewohnern darum beneidet, dass sie solche Reisen noch unternehmen konnten.

Nach zwei Wochen waren sie nun braun gebrannt wieder da. Sie brachten der Küche eine Flasche Olivenöl mit. Aus Jerusalem hatten sie eine Karte geschickt, die dummerweise einen Tag nach ihnen eintraf.

Ein alter Herr, der von einer Gesellschaftsdame namens Frau Kusinski betreut worden war, starb friedlich im Schlaf. Seine wenigen Sachen wurden vom Auktionshaus Feuer abgeholt, es handelte sich vor allem um Bücher und ein paar Bilder. Für dieses Ausräumen hatte man den Tag des Sommerfestes hinten im Garten gewählt, damit die Bewohner nicht aufgeschreckt würden.

Anlässlich dieser Aktion, die verständlicherweise diskret und rasch vonstattengehen musste, tauchte überraschenderweise Klaus Feuer persönlich auf. Ich sah ihn mit seinem teuren Porsche im Innenhof einparken. Kline, der offenbar in seinem Büro auf ihn gewartet hatte, kam ihm unverzüglich und eilenden Schrittes entgegen und schüttelte ihm die Hand.

Von hinten aus dem Garten erklang indessen dünne Geigenmusik, dargeboten von einer pummeligen Person aus Waghäusel, die viel Ausschnitt und wenig Talent zeigte.

Das Haus war menschenleer, in den Gängen schien die Leere widerzuhallen. Ich selbst war auch nur im Haus unterwegs, weil Cornelia mich mal wieder gebeten hatte, ihr ein Taschentuch zu bringen. Tempotaschentücher lehnte sie resolut ab. »Diese Fasern sind in meinen Augen für all die vielen Allergien zuständig. Das ist verarbeitetes Holz, meine Liebe.«

Sie ist schon ganz schön verwöhnt, dachte ich. Na ja, ich war ja auch verwöhnt gewesen, und es hatte mir verdammt viel Spaß gemacht, aber Cornelia überschritt gelegentlich die Grenze zur Schrulligkeit.

Leise öffnete ich eines der Fenster vom ersten Stock. Wegen der umliegenden hohen Mauern, die eine Akustik wie in einem Theater herstellten, konnte man geradezu eine Stecknadel im Hof fallen hören. Ich wusste das, denn Fräulein von Klausenthal hatte sich angewöhnt, morgens draußen Triangel zu üben, und die restlichen Bewohner hatten sich schon mehrmals beschwert, es klinge, als ob ein ganzes Orchester Triangel spiele.

Wenn ich Glück hatte, würde ich also hören, worüber die beiden Männer da unten miteinander sprachen. Es war wie ein Zeichen. Seit ich im Stift arbeitete, wurde ich Zeuge von Gesprächen, die nicht für mich bestimmt waren.

»Kommen Sie später mal in mein Büro!«, vernahm ich die

dunkle, kräftige Stimme Klines mit seinem ganz leichten britischen Akzent. »Wir haben ja bisher gut zusammengearbeitet. Ich muss Ihnen etwas sagen. Es hat mit sehr viel Geld zu tun. Die Sache ist nicht ganz sauber, aber bisher ist es mir gelungen, damit durchzukommen. Wenn mir nicht jemand drauf kommt. Aber das kann man ja verhindern. Zur Not muss man die Leute halt loswerden.« Kline lachte trocken.

Feuer lachte auch, mit dem Selbstbewusstsein des erfolgreichen Geschäftsmannes. »Vertraulich und interessant, das sind meine Lieblingsworte, mein Bester. Okay, ich komm gleich. Wir müssen bei dem alten Freiherrn nur schnell das Klavier rausholen. Die großen Sachen zuerst, den Kleinkram kann man immer noch diskret entsorgen.«

Steif und wie aufgezogen ging ich zurück in den Garten zum Fest. Erst als ich unten ankam, begann ich zu zittern und hörte meine eigenen Zähne aufeinanderschlagen. Es war eine Sache, einen Verdacht zu haben, und eine andere, ihn bestätigt zu sehen. Vor allem, weil man jetzt eigentlich endgültig handeln musste, aber ich wollte es nicht. Nicht schon wieder. Ich wollte endlich meine Ruhe.

Die Gesellschafterinnen hatten unten inzwischen den Sekt kalt gestellt, es gab auch Bowle mit Mango und die von den alten Adelsleuten geliebten Likörchen sowieso. Hinter ihrem Kuchenstand genehmigte sich auch Anita heimlich ein paar Gläschen. Die unangenehme Gestalt des Hausmeisters Edgar Buchmann sah ich nirgends.

Doch sonst war alles wunderbar wie immer. Frische Früchte standen überall herum. Die schräge Stehgeigerin legte eine kleine Pause ein. Rudolf von Schönleben hielt eine kleine, aber angemessene Ansprache und bedankte sich für das Vertrauen der Bewohner, »dass Sie diesen schönen, diesen reifen Lebensabschnitt in die Hände unserer Familie legen«.

Fräulein von Klausenthal schlug die Triangel, die Umsitzenden bewiesen selbst angesichts dieses Schrecks aristokratische Haltung.

Golds zeigten Fotos von entzückenden braunhäutigen Kindern aus einem Kibbuz, den sie unterstützten. Fotos, die von den umsitzenden Herrschaften eher misstrauisch betrachtet wurden.

»Die sehen aber gar nicht europäisch aus«, mäkelte Herr von Arentz und klopfte mit seinem Spazierstock streng auf den Boden.

»Natürlich nicht«, sagte Frau Gold leichthin, »es sind ja auch Israelis. Echte Sabras. Ureinwohner sozusagen. Ist doch gut. Frisches Blut.«

»Trotzdem! Schöne Menschen«, lobte Cornelia beiläufig. »Kann ich noch ein Gläschen Sekt haben?«

★★★

Nach der Zeit in Pforzheim tat es mir gut, mal wieder nach Mannheim zu fahren. Mannheim hat für mich immer eine geheime Faszination gehabt. So ganz anders als das Goldfischglas, in dem ich in Ettlingen hin- und herschwamm, und auch wieder anders als das behäbige Karlsruhe, in dem das Leben noch nach Residenzstadt roch und die Menschen so gemütvoll waren, egal wie viele schicke, neue Wohnviertel man hochzog und wie viele Baustellen die Stadt mit Lärm erfüllten.

In Mannheim, kein Ausbund an Schönheit, schien die Luft irgendwie vor Aktivitäten zu flirren. Natürlich sah ich furchtbar viele Ausländer sowie entsetzlich viele billig gekleidete Leute, die nicht gut rochen, aber die Stadt hatte etwas Lebendiges an sich.

Normalerweise war das Nobelkaufhaus Engelhorn und Sturm in Mannheim mein erstes Ziel, doch diesmal nicht. Ich würde einem gewissen Herrn Kohlmann einen Besuch abstatten, und zwar in der Speyerer Straße 73.

Mein Navigationssystem lenkte mich um den Bahnhof herum auf eine Überführung über die Gleise, vorbei an einem schrecklich hässlichen Gebäude, in dem wohl ein Teil der Uni untergebracht war, und dann in ein stilleres und schöneres Stadtviertel, das Almenhof hieß.

Nummer 73 lag in direkter Nachbarschaft zum Diakoniekrankenhaus, und mit Erstaunen – aber eigentlich war es ja gar nicht so erstaunlich – sah ich, dass es sich um eine Seniorenwohnanlage handelte. An der Tür sehr viele Schilder, aber kein Herr Kohlmann, so lange ich auch suchte.

Schließlich umrundete ich das Gebäude und landete bei einer Art Rezeption, die wohl mehr für den Pflegebereich zuständig war, in dem die Bewohner keine eigenen Klingeln mehr besaßen.

»Der Herr Kohlmann?« Die Frau hinter dem Tresen runzelte die Stirn. Im typisch breiten Mannheimer Kurpfälzisch antwortete sie freundlich: »Kenn ich net. Ich ruf mal den Heinz an.«

Wer auch immer Heinz war, er erschien erstaunlich schnell und erwies sich als Kollege von unserem Buchmann, nur dass er wesentlich offener und irgendwie hausmeisterlicher wirkte als die etwas gespaltene Persönlichkeit im Stift.

»Herr Kohlmann. Der ist doch schon lange tot. Bestimmt zwei Jahre. Er hat zuerst in der Seniorenanlage drüben gewohnt, aber er war ja dann Witwer, und wenn die Frau stirbt, werden die Männer gerne tüdelig. Auf jeden Fall haben ihn der Sohn und die Tochter dann in die Pflege gesteckt. Da war er dann noch ein halbes Jahr. Wenn sie in die Pflege kommen, ist bald Schluss. Aber es ging wirklich nicht mehr. Hat die Herdplatten angelassen. Schlüssel in der Wohnung vergessen, doppelt und dreifach eingekauft. Ach, und seine Brieftasche mit allen Ausweisen drin wurde gestohlen. Das volle Programm.«

So kann man also auch alt werden, dachte ich. Gar nicht so nobel wie im »SchönLeben«.

»Können Sie sich erinnern, ob das Ehepaar Kohlmann alte Spielsachen besaß? Puppenstuben, Clownfiguren oder Harlekine oder alte Puppen?«

Der Hausmeister sah auf die Uhr. »Inge, ich muss weiter. Alte Spielsachen? Nee, so was hatten die nicht. Die beiden waren eher modern eingestellt gewesen. Haben Plastiken von modernen Künstlern gesammelt. Hässliches Zeug. Gesichter ohne Nasen. Frauen ohne Brüste. Nein, die hatten nichts Altes. Also, bis bald.«

Weg war er.

»Konnten wir Ihnen weiterhelfen?«, fragte die Rezeptionistin freundlich.

»Ich glaube ja«, erwiderte ich nachdenklich. »Ich glaube ja.« Die Einlieferung bei Feuer war unter einer Phantasieadresse erfolgt, vielleicht mit einem gestohlenen Personalausweis oder Führerschein, wie es sie – laut Hagen – auf dem Schwarzmarkt leicht zu kaufen gab.

Und nun fiel es mir auf. Die Internetadresse der Person, die den Zinngeneral verschicken wollte. Kohli73. Kohlmann. Speyerer Straße 73.

Hier waltete ein System. Ein teuflisches System.

»Marlies, ich muss mit jemandem reden. Dass in diesem Heim etwas nicht in Ordnung ist, wird immer deutlicher, aber die Puzzleteile ergeben noch keinen Sinn. Du willst es nicht glauben, aber seit ich hier arbeite, habe ich mit Lügen zu tun. Könntest du an deinem letzten Tag bei Feuer vielleicht versuchen, alte Auktionskataloge zu bekommen, damit man sieht, welche Gegenstände aus den Zimmern meiner Gäste bereits beim Auktionshaus Feuer angeboten wurden.«

»Wie soll ich das denn machen? Ich kann da nicht herumschnüffeln. Sie würden sofort misstrauisch werden. Und selbst wenn. Swentja, du weißt doch gar nicht, was für Dinge – immer angenommen, dass es überhaupt so ist – vor deiner Zeit im Stift verschwunden sind. Wir würden sie nicht erkennen, und du kannst unmöglich zu jedem Bewohner gehen und ihn auffordern, die Kataloge durchzugehen. Sie würden reihenweise an Herzinfarkten sterben, und du würdest hochkant rausfliegen. Mich wundert sowieso, dass sie dich überhaupt eingestellt haben, du Unruhestifterin.«

»Das wundert mich auch. Jedenfalls könnte man Kline mit Hilfe der Kripo schnell entlarven.«

»Ich hör da was raus. Untersteh dich, Hagen anzurufen. Ich habe dir gesagt, er ist höchstwahrscheinlich vergeben. Und die andere ... also ich fand, sie sah nett aus.«

»Lass das, Marlies. Es geht jetzt um etwas anderes. Ich kann doch die Augen nicht verschließen. Ich habe selbst gehört, wie Kline zugegeben hat, die Sache sei nicht ganz lupenrein, aber man sei ihm bisher nicht draufgekommen. Ist das wirklich reiner Zufall, bilde ich mir das jetzt wirklich alles ein? Marlies!«

Sie klang verlegen. »Vielleicht nicht. Aber du steigerst dich rein. Geh doch ein bisschen aus. Unternimm irgendetwas. Fang ein neues Hobby an. Wie wäre es mit Kochen?«

»Oh Gott! Kochen. Das fehlte noch!«

★★★

Bevor ich mir überlegen konnte, was meine nächsten Schritte sein könnten und ob ich sie überhaupt noch tun sollte, rief mich Gundrama von Guntershausen an. Ihre Stimme klang hastig, aufgeregt und verlegen, so als habe sie sich lange überlegt, ob sie diesen Anruf überhaupt tätigen sollte.

»Ich habe eine Bitte. Kann ich Sie sprechen, Swentja? Wundern Sie sich bitte nicht. Können wir uns heute Abend irgendwo auf eine Tasse Tee treffen?«

»Ich wundere mich gar nicht«, versetzte ich trocken. »Es gab im Laufe meines Lebens immer mal wieder jemanden, der sich mit mir treffen wollte.«

»Natürlich. So habe ich es nicht gemeint.«

Ach, jetzt entschuldige dich doch nicht immer, Gundrama. Was mag mir das arme Ding gestehen wollen? Eine heimliche Leidenschaft?

»Gut«, erwiderte ich begütigend. »Trinken wir mal wieder Tee!« Seit ich in Pforzheim war, verfolgte mich das Getränk.

Wir trafen uns aber dann in einem kleinen italienischen Bistro in der Pforzheimer Innenstadt unweit der Fußgängerzone und unweit des Kaufhauses Kaufhof, in das ich freiwillig keinen Fuß setze. Abends war dieser Teil Pforzheims wenig belebt und mutete etwas trostlos an. Doch die Kellner im Bistro waren freundlich und die Preise zivil.

Ganz nostalgisch erinnerte ich mich an die Anfangszeiten mit meinem Mann, als er mir immer die Damenspeisekarte, die ohne Preise, gereicht hatte. Irgendwann, mit der zunehmenden Berufstätigkeit von Frauen und deren Geschrei nach Emanzipation, das ich nie verstanden hatte, hatten diese herrlich unemanzipatorischen Karten aufgehört zu existieren.

Ich bestellte mir anstatt Tee eine sämige Tomatensuppe mit Sahneklecks, danach eine Pizza mit allem und am Ende Eis mit Krokantsplittern.

Gundrama sah es mit einigem Erstaunen. »Man wundert sich. Sie haben solch eine perfekte, schlanke Figur«, bemerkte sie freundlich.

»Ja, leider!«

»Bitte?«

»Ach, vergessen Sie es. Ein privates Problem. Haben Sie einen besonderen Grund für dieses Treffen?«

»Ja. Ja, wie ich Ihnen bereits sagte: Ich habe mich über Sie informiert. Ich habe gehört, dass Sie mit mehreren Kriminalfällen zu tun hatten. Als Amateurin sozusagen.«

Ich dachte an Hagen und an unsere streitbare, aber letztlich doch erfolgreiche Zusammenarbeit. Wieder tat es weh. Es war schlimmer, wenn mich jemand auf ihn, wenn auch nur indirekt, ansprach, als wenn ich selbst an ihn dachte.

Beim Selbstdenken kann man einfach abstellen.

»Nun, ich habe einfach auf bestimmte Dinge geachtet, die andere Leute vielleicht übersehen hätten.«

Sie seufzte und nestelte an ihrer Kamee herum. Wahrscheinlich ein Familienerbstück. Kameen gerieten im »SchönLeben« offenbar niemals aus der Mode.

»Also, ich beginne am besten am Anfang. Ein Gast unseres Hauses hat mich vor einiger Zeit angesprochen. Die Person bewahre bei sich einen sehr wertvollen Gegenstand auf. Und sie habe Angst, dass nach ihrem Tod dieser Gegenstand in falsche Hände gerate. Ich habe gefragt, um was es sich handelt, doch sie hat nur eine Andeutung gemacht. Es sei ein uraltes Spielzeug und habe Louise gehört. Ich konnte mit diesen Worten nichts anfangen, wollte aber auch nicht aufdringlich fragen.«

»Warum nicht?«

»Das tut man nicht. Nicht im ›SchönLeben‹. Es hat auch schon eine Nachfahrin des letzten Kaisers hier gewohnt und natürlich verschiedene Angehörige des württembergischen Königshauses sowie Mitglieder mehrerer Zweige der badischen Großherzöge. Bei uns ist Diskretion wichtig.«

Ich widerstand tapfer der Versuchung, »und weiter« zu sagen. Gundramas Ton war so feierlich, dass ich es nicht übers Herz brachte, sie zu drängen. Draußen interessierte sich kein Mensch für ihre schrägen Titel und Abstammungen, dabei war sie so stolz auf dieses Haus und seine Gäste.

»Ich verstehe«, meinte ich deshalb gutmütig.

Früher war ich nicht so nachgiebig gewesen. Früher hätte sie mich genervt, und ich hätte es sie spüren lassen.

Gegen meinen Willen hatte ich mich verändert. Dabei wollte ich die alte, verwöhnte Swentja bleiben. Diese Rolle war so verdammt bequem gewesen.

»Sie hat mich dann ganz leise gefragt, ob sie den Gegenstand lieber in den Safe tun solle, damit er nicht gestohlen würde. Andererseits habe sie den Gegenstand auch gerne um sich. Und sie wolle nicht, dass er in falsche Hände gerät.«

»Leise?«

»Ja, man spricht doch leise, wenn es um Persönliches geht.«

»Nicht alle tun das«, murmelte ich.

Gundrama seufzte. »Ja. Herr Kline hat ein lautes Organ. Nur Bürgerliche sprechen so laut. Die meisten. Es ist nicht fein, so laut zu sprechen.«

»Natürlich nicht«, antwortete ich mit gedämpfter Stimme.

»Sie sagte also, dass es mit Louise zu tun habe, und es sei wichtig, dass der Gegenstand später nicht in falsche Hände komme. Wegen möglicher Erpressung.« Gundrama hielt kurz inne. »Mit ›später‹ ist im ›SchönLeben‹ nach dem Tod gemeint, Swentja. Nur, damit Sie das wissen.«

»Danke.«

Gundrama fuhr fort: »Die Unterhaltung ging dann weiter. Die Person, mit der ich gesprochen habe, sagte, die Louise sei ja schon lange tot, aber diese Sache sei immer noch sehr heikel.

Man könnte damit Geld machen wollen. Die britische Presse stürze sich auf alles, was mit dem Königshaus zu tun hat. Am besten gebe sie den Gegenstand doch in Verwahrung. Sie wisse doch, dass hier gestohlen wird. Das Personal ...«

»Und dann?« Ich bemühte mich trotzdem um einen sachlichen Ton.

Gundrama seufzte theatralisch. »Dann war das Gespräch beendet. Ich habe ihr geraten, mit Herrn Kline darüber zu sprechen oder mit einer anderen nahestehenden Person, doch sie hatte nun mal zu mir besonderes Vertrauen.«

»Und nun? Wollen Sie mir sagen, um wen und um was es sich handelt?«

»Nein. Das kann ich nicht. Ich habe es versprochen. Bei meinem Ehrenwort, und das gilt bei uns etwas. Zu niemandem sage ich den Namen ohne die Erlaubnis der gewissen Person.«

»Und der Gegenstand selbst. Was ist es denn?«

Sie zögerte. Ich ließ ihr Zeit. Das hatte ich in den vorangegangenen Fällen gelernt. Niemals drängen. Sie wollte etwas loswerden, doch sie sollte es in ihrem eigenen Rhythmus tun.

In dem weichen, traurigen Gesicht malten sich Zweifel ab. Ihre Augenlider flatterten. »Es ... es könnte ein Spielzeug sein. Ich hatte nicht mehr viel über das Gespräch nachgedacht, denn es war ja eigentlich nichts Besonderes. Die meisten Bewohner suchen die Stiftleitung auf oder sprechen mit den Mitarbeitern, die sie täglich sehen und zu denen sie Vertrauen haben, um finanzielle oder persönliche Dinge zu regeln. Manchmal kommt die Verwandtschaft ja nur selten zu Besuch, und mit wem sollten sie sonst sprechen? Viele reden auch untereinander, man kennt sich, alle sind vermögend, und wir können ja die Familie von Schönleben nicht immer behelligen.«

»Und diese Person hat sich also an Sie gewandt?«, fragte ich.

»Also, wir haben ja auch englische Zeitschriften, und da stand zufällig ein Artikel über ein neues Buch drin, das von Louise handelt, und dann ist es mir wieder eingefallen, dieses Gespräch ...« Unsicher wie ein Kind sah sie mich an und biss sich auf die Lippe.

»Und diesen Namen hatten Sie sich gemerkt? Sie müssen jedenfalls ziemlich genau bei dem Gespräch zugehört haben, Gundrama! Oder haben Sie etwa gelauscht?«

Sie errötete erneut lachsfarben.

Ich grinste. »Von welcher Louise sprechen wir überhaupt?«

»Man muss ja wissen, was vor sich geht. Das gehört zu meinem Verantwortungsbereich. Zu unser aller Verantwortungsbereich.« Ein noch tieferes Lachsrot überzog ihr Gesicht. Die Frau besaß eine ganze Palette von Rottönen.

»Gut, und dann?«

»Ich habe mir dann dieses neue Buch aus ...« Sie gab sich einen Ruck. »... Interesse gekauft. Natürlich würden es manche Leute Neugierde nennen. Über Amazon. Gebraucht. Das ist billiger.«

»Damit kenne ich mich nicht aus«, erklärte ich kühl. »Ich bestelle mir ein Buch in einer guten Buchhandlung und bezahle es. Einfach so.«

Gundrama musterte mich leicht verbittert. »Jedenfalls sind es aktuelle Neuigkeiten über Louise. Sie war das sechste von Königin Victorias neun Kindern. Sie ist 1848 geboren, und es sind viele Skandale mit ihrem Namen verknüpft.«

»Was denn für Skandale?«

Jetzt zeigte Gundrama erst richtig, welches Farbenspiel sie draufhatte. Sie färbte sich noch dunkler. »Darüber kann ich auch nicht sprechen.«

»Wie bitte?«

Gundrama spielte mit ihrer Serviette. »Mehr kann ich nicht sagen. Wirklich nicht. Ich dachte nur, weil Sie sich auskennen. Mit Verbrechen.«

»Haben Sie Herrn Kline von dem Vorkommnis erzählt?«

»Nein, nein«, sagte sie erschrocken. »Nein, eigentlich war es ja auch nichts.«

»Warum erzählen Sie mir das dann nun alles, Gundrama?«

Sie schwieg.

»Sie sind doch seine engste Vertraute. Und dann wollen Sie ihm nichts davon gesagt haben?«

»Nein!«

»Und Sie haben auch niemand anderem davon berichtet? Sie sind doch mit allen hier so vertraut.«

»Nicht wirklich. Nein.«

»Anita? Buchmann? Nehmen Sie es mir nicht übel, Gundrama, aber Sie reden doch gern. Mit allen.« Ich glaubte ihr nicht.

Sie sah zu Boden, wirkte schuldbewusst und verlegen. Jede Wette hatte sie Kline davon erzählt. Vielleicht hatte sie wirklich keinen Namen genannt, aber die Tatsache, dass ein Stiftbewohner eine sehr wertvolle Sache besaß, war doch in dieser abgeschotteten Welt ein gefundenes Fressen.

»Lassen Sie Herrn Kline aus dem Spiel, bitte. Und außerdem wäre auch nichts Schlimmes dabei, wenn man es einem Vorgesetzten erzählt. Ich möchte Ihnen nur den Hinweis geben. Falls Dinge geschehen, irgendwann einmal, Dinge, die nicht in Ordnung sind. Damit Sie dann Bescheid wissen. Ich glaube nämlich, ich habe eine Dummheit gemacht, verstehen Sie?«

»Nein. Und?«

Gundrama stand auf und lächelte unsicher und doch irgendwie entschlossen auf mich herab. »Machen Sie daraus, was Sie wollen. Ich bringe es ja doch nicht fertig. Aber Sie ... Sie haben Erfahrung, und Sie sind selbstsicher. Ich kann es nicht.«

Ich sah, wie sie davonging. Ihre Schultern hingen. Selten hatte ich jemanden gesehen, der von hinten derart unglücklich aussah.

Eigentlich hätte ich triumphieren sollen. Gundrama hatte mir eine weitere Bestätigung gegeben, dass Kline stets informiert war, wenn Bewohner wertvolle Gegenstände besaßen. Und diesmal war der Gegenstand besonders wertvoll gewesen.

In meiner Wohnung warf ich meine federleichte lachsfarbene Mohairstrickjacke von Fendi (kein anderer kreiert so wunderbare Strickjacken) aufs Bett und schaltete als Erstes den Computer an. Mein Puls schlug schneller, wie bei einem Jagdhund, der spürt, dass die Beute in Sichtweite ist.

Eine Hamburger Zeitung lieferte online sofort einen Artikel

über »Königin Victorias wilde Tochter.« Er las sich interessant. Man besprach ein neues Buch mit dem vielversprechenden, wenn auch effekthascherischen Titel: »Das Geheimnis der Prinzessin Louise«.

Dem Artikel zufolge hatte das britische Königshaus unter Elisabeth II. versucht, die Veröffentlichung dieses Werkes über Louise zu verhindern. Sämtliche Rechercheversuche der Autorin diese weitgehend unbekannte Tochter Königin Viktorias betreffend seien im Sande verlaufen, und zwar offenbar nicht zufällig. Wichtige Aussagen von Zeitzeugen befänden sich im Buckingham-Palast unter Verschluss, alle Quellen seien verschlossen, und zu Lebzeiten der Prinzessin seien bereits alle ihre Briefe und Tagebücher einkassiert worden und in unzugänglichen Archiven verschwunden.

Auch die Unterlagen über Menschen, die im Leben dieser Louise eine Rolle gespielt hatten, seien nicht zugänglich oder – so wie etwa die des Hofpersonals oder ihrer Lehrer – auf mysteriöse Weise verschwunden. Eine Vertuschung seitens des Königshauses sei da in altbewährter Weise am Werke, klagte die Autorin.

Und das wohl aus gutem Grunde. Königin Victoria selbst, die trotz ihrer zahlreichen Nachkommenschaft wohl nicht die liebevollste Mutter aller Zeiten gewesen sei, hatte Louise als rebellisch, peinlich und schwierig beschrieben. Typische Adjektive damals für ein Mädchen, das aus der Reihe tanzte, denn Zeitzeugen beschrieben sie wiederum als schön, intelligent, natürlich, vielseitig begabt und fortschrittlich.

Von dieser Louise hatte ich noch niemals etwas gehört. Aber ich war auch bisher keine Spezialistin in Sachen Adel gewesen. Ich las weiter.

Mit achtzehn hatte sich die sinnesfrohe Prinzessin anscheinend in ihren Hauslehrer verliebt, verbrachte jedenfalls unschicklich viel Zeit mit ihm. Der Mann war daraufhin prompt nach Kanada versetzt worden. Louise trug in den Monaten danach auffallend weit geschnittene Kleider, ging kaum noch aus und schrieb einer Freundin, sie sei tief unglücklich ...

»Nachvollziehbar«, murmelte ich. Ruhelos und mit nervös pochendem Herzen ging ich im Zimmer auf und ab. Irgendwie konnte ich nicht sofort weiterlesen. Was hatte die wilde Prinzessin mit einem betagten Insassen in einem deutschen Altenheim fast zwei Jahrhunderte später zu tun? Ging es um einen Gegenstand, den Louise besessen hatte?

Mechanisch verzehrte ich eine Tafel Schokolade, die mich meinem Ziel, Fotomodel für reife Frauen zu werden, näherbringen sollte. Dann setzte ich mich wieder vor den Computer und las weiter.

Es existierte kein Nachweis, aber im Internet fanden sich Behauptungen, dass die unkonventionelle Louise einen Jungen geboren hatte. Dieser sei später dem Sohn ihres Gynäkologen zur Adoption übergeben worden, sei bei ihm aufgewachsen und als Erwachsener in Kanada auf der Suche nach seinem leiblichen Vater praktischerweise aus dem Zug gestürzt. So weit die Spekulationen. Bewiesen sei aber bis heute nicht wirklich, ob Louise tatsächlich ein Kind gehabt hatte oder nicht und, wenn ja, was genau aus dessen Nachkommen geworden war.

»Unglaublich«, murmelte ich. »Und das in der heutigen Zeit, wo man doch alles herausfinden kann.«

Angesichts des ungeklärten Todes dieses angeblichen Sohnes von Louise stellte sich die Internet-Community bis heute – ähnlich wie bei Prinzessin Diana – die Frage, ob er nicht einem Mordkomplott zum Opfer gefallen war.

Die Königsfamilie schien in der Sache jedenfalls offenbar Glück gehabt zu haben, denn noch weitere unliebsame Personen, die mit der Geschichte zu tun hatten, taten ihr den Gefallen und starben wie die Fliegen.

Dafür wurde aber eine ungewöhnlich großzügige Stiftung für die sechs Kinder des Toten eingerichtet. Von den Nachkommen des vermeintlichen Sohnes von Louise beantragte Genanalysen wurden bis in die heutige Zeit nicht zugelassen.

Louise selbst war durch all diese Erfahrungen offenbar nicht geläutert gewesen. Die lebenslustige Prinzessin trieb es weiterhin recht bunt. Sie heiratete einen standesgemäßen Mann, der allerdings homosexuell war, hatte eine lange Affäre mit dem Bildhauer Edgar Joseph Böhm, der schließlich beim Liebesspiel mit ihr einen Herzschlag erlitt. Sie selbst lebte als Vordenkerin und Künstlerin ziemlich lange bis ins 20. Jahrhundert hinein.

Donnerwetter. Dagegen sah mein eigenes Privatleben fast geordnet aus.

Aufgeregt rief ich Marlies an und erzählte ihr hastig von der Geschichte. Im Hintergrund hörte ich Pfannen und Töpfe klappern. Abendessenzeit bei der Familie.

»Unglaublich«, kommentierte Marlies. »Eine Prinzessin Louise, hm. Und jetzt? Moment mal, meine Tochter kann es mal wieder nicht abwarten. Joanna, nein, das Huhn ist noch nicht durch. Geh vorher noch mal mit dem Hund raus ... Entschuldigung. Swentja?«

Fünftes Rad, dachte ich. Ich bin überall nur noch eine Randfigur, die nirgends mehr dazugehört.

»Also, Marlies, wenn ich mir das Ganze recht überlege, ist das doch für Kline ein gefundenes Fressen. Sonst haben die Leute im Stift ja keine wirklich wertvollen Dinge in den Zimmern. Die kostbaren Brillanten und Tiaras, so vorhanden, sind bei den Kindern oder im Safe. Aber hier besitzt jemand etwas wirklich Wertvolles, das vielleicht mit Louise, der Tochter von Königin Victoria, zu tun hat. Fast alle alten Leuten im Stift haben Verwandte in England und pflegen Kontakte in königsnahe Kreise.«

Klappern. Ein Wasserhahn ging auf und wieder zu.

Marlies dumpf: »Ich weiß nicht. Das kommt mir alles weit hergeholt vor. Und was sollte dann diese Kunsthistorikerin im Stift?«

»Sie sollte nach der bewussten Sache suchen. Im Auftrag von Kline.«

»Swentja, du verrennst dich. Kline, selbst wenn er schuldig ist, weiß doch, um wen und um was es sich handelt.«

»Es sieht so aus. Es sieht so aus. Sonst würde ich sagen, jemand stiehlt alte Dinge und untersucht sie auf ihren Wert. Lässt sie schätzen. Wenn der große Wurf nicht darunter ist, verkauft man sie weiter. Es sind schließlich alles alte Dinge, die entwendet wurden. Scheinbar ganz bestimmte Dinge von nur begrenztem materiellem Wert. Und die Hasenschule hat eben nicht dazugehört. Man müsste herausfinden, was diese entwendeten Gegenstände gemeinsam haben. Welche Bedeutung sie haben.«

»Ja, aber Kline —«

»Ich weiß. Du meinst, er tut so etwas nicht. Ich schon. Jeder Mensch liebt Geld. Er stiehlt die in Frage kommenden Gegenstände, untersucht sie im Hinblick auf den bewussten Wert, und anschließend gibt er die Nieten an Feuer weiter, damit sie wenigstens noch ein paar Euro bringen.«

»Da sind zu viele Fragezeichen. Und das ist doch viel zu umständlich und auffällig. Swentja, deine Geschichte hört sich an wie aus einem dieser Detektivbücher, die die Kinder gelesen haben, als sie noch klein waren. Geheimnis um ... Rätsel um ... Wie hieß die Autorin noch mal?«

»Enid Blyton.«

»Genau!«

Wir schweigen beide. Im Hintergrund hörte ich jetzt Schritte und Türen schlagen.

Marlies etwas leiser: »Aus alldem ersehe ich jedenfalls, dass du immer noch auf den Spuren von Mr Kline wandelst?«

»Ja, und ich täusche mich nicht. Das Ganze hat etwas mit Geld zu tun. Mit viel Geld. Ist es Zufall, dass Kline mit seinen Vorlieben für gekrönte Häupter ausgerechnet Leiter eines Stiftes für reiche Adelige ist?«

»Keine Fleischwurst an den Hund. Er kotzt nur wieder ... Sorry, Swentja, warum fragst du nicht einfach Gitte? Offenbar kennt die ihn ja näher. Sonst wäre es ihr wohl kaum gelungen, so eine lebensuntüchtige Luxuspflanze wie dich an ein Altenheim zu vermitteln.«

»Gittes Rolle ist mir sehr unklar. Steckt sie mit ihm unter einer Decke? Und warum hat sie mich überhaupt an das Stift vermittelt?«

Ich hörte von Ferne einen Weinkorken leise plopp machen.

»Swentja, wir drehen uns im Kreis. Nach wie vor gibt es

keinen einzigen echten Hinweis darauf, dass Kline in seinem eigenen Haus alte Leute bestiehlt. Im Übrigen wird in Krankenhäusern und Altenheimen immer gestohlen. Von Schwestern und Küchenhilfen und mies bezahlten Putzfrauen.«

»Marlies, es ist nicht *sein* Haus, sondern das der angesehenen Familie von Schönleben. Und das ist nun mal die Eigenschaft von geschickten Dieben, dass ihre Taten unwahrscheinlich erscheinen. Erinnerst du dich, was Anna-Maria und Eleanor sagten: *Er* kennt sich gut in den Zimmern aus. *Er* ist mit diesem undurchsichtigen Feuer im Kontakt. *Er* hat diese verlogene Einzeltochter aus dem Hause Feuer engagiert, die die Wertsachen schätzen soll. Das ist eindeutig.«

»Ja, aber da ist noch ...«

»Wer?«

»Es gibt noch jemanden, der zu allen Räumen Zutritt hat.«

»Die Schwestern ...«

»Und jemand, der von so alten Leutchen als Autorität angesehen wird.«

»Wer denn?«

»Der Hausmeister.«

»Buchmann?« Ich schwieg verblüfft. Den hatte ich nicht auf der Rechnung gehabt. »So ein Typ wüsste gar nicht, was er mit den Sachen machen sollte. Und ich kann mir nicht vorstellen, dass ihm Gundrama von dem Geheimnis erzählt hat. Obwohl sie sehr geschwätzig ist. Der würde vielleicht Zigaretten klauen oder Geld oder bestenfalls Schmuck, aber doch keine nostalgischen alten Spielsachen.«

Ich vergaß Buchmann ganz schnell wieder.

Und machte damit mal wieder einen entscheidenden Fehler.

»Es ist leicht, alte demente Leute zu bestehlen, die das Zimmer voll mit alten Erinnerungsstücken haben. Vor allem, wenn man ihr Vertrauen genießt. Und weißt du, Marlies – aber bitte, sag jetzt nicht, ich dramatisiere –, Inas Tod kam verdammt gelegen. Puppe weg. Ina tot. Findest du nicht auch?«

Marlies seufzte. »Was war mein Leben ruhig ohne dich.«

Eine Weile dachte ich still vor mich hin. Geschirr klapperte jetzt fordernd in Marlies' Küche, und der Hund jaulte. Sie hatte wenigstens ein Leben.

»Warum hat Gundrama dir das alles überhaupt erzählt?«

»Weil sie gemerkt hat, dass sie eine Lawine losgetreten hat. Sie ist ein Pflänzchen, das gerne übersehen wird, auch wenn sie ständig plappert. Aber dann hat dieses Pflänzchen Kenntnis von etwas Brisantem bekommen. Wahrscheinlich hat sie es Kline gegenüber angedeutet, weil sie tief drin in ihn verliebt ist und damit sein Interesse an ihr wecken will. Und vielleicht hat sie die Geschichte noch weiter verbreitet, weil sie sich ein bisschen wichtigmachen wollte.«

»Kompliziert.«

»Gar nicht. Sie ist die rechte Hand des Chefs und selbst eine Adelige. Schon ewig im Stift tätig und mit der Familie verbunden. Sie hat eine ungeheure Vertrauensstellung unter den feinen Leutchen. Mehr als Schwester Anita, die eben nur eine einfache Schwester Anita ist und immer bleiben wird.«

»Snobistin!«

»Nein, so ist es in dieser Welt. Gundrama weiß von dem Wertgegenstand, der aus welchen Gründen auch immer etwas mit dieser britischen Louise zu tun hat.«

»Sie hätte ihn ja selbst stehlen können. Du sagst, sie befindet sich in Geldnot.«

»Oh nein. Sie ist eigentlich eine gute Seele. Harmlos. Anständig. Sie macht sich allerdings jetzt Sorgen wegen der Vorkommnisse im Stift. Und sie hat zugegeben, dass sie über mich geforscht hat und weiß, dass ich bei mehreren Kriminalfällen mitgewirkt habe.«

»Wenn sie Kline gern hat, würde sie ihn doch nicht ans Messer liefern.«

»Gernhaben und Verbrechen unterstützen sind zwei verschiedene Dinge. Wörtlich hat sie gesagt, sie bringt es nicht fertig. Offenbar steht sie in einem Zwiespalt. Vielleicht will sie auch nicht als Denunziantin dastehen. Die haben einen eisernen Ehrenkodex in diesen Kreisen, dagegen sind die zehn Gebote eine völlig unverbindliche Empfehlung.«

»Das kommt mir trotzdem alles zu phantastisch vor.«

»Es macht aber Sinn. Sie war sehr unsicher, als sie mir die ganze Geschichte erzählt hat. Ich werde mit ihr sprechen, wenn ich wieder im ›SchönLeben‹ bin. Die nächsten Tage habe ich Zeit, mich endlich mal um meine Fingernägel, meine Augenbrauen und meine Füße zu kümmern. Kaum zu glauben, dass das früher meine vorrangige Beschäftigung war.«

»Vergiss die Jagd nach der idealen Handtasche nicht«, kicherte Marlies. »Der hattest du dein Leben gewidmet.«

Der und Hagen, dachte ich. Und verdrängte den Gedanken und die Erinnerung schnell wieder, damit es nicht so wehtat.

Dreizehntes Zunehm-Essen von Irmentraud:
Obstkuchen mit Puddingcreme und Sahne

Aufgrund von ausgefeilten Dienstplänen und meinen Überstunden hatte ich tatsächlich wieder drei Tage Urlaub und damit Zeit, meine Gedanken zu sortieren.

Kurzfristig erwog ich, Gitte, die verlogene, affektierte Schlange, mit all dem, was ich herausgefunden hatte, zu konfrontieren, doch schien es mir dafür zu früh. Es wäre zu peinlich, wenn ich mich in allem irrte. Außerdem sah ich sie derzeit sowieso nicht. Vielleicht war sie mit ihrer Attrappe von Gatten im Urlaub.

Obwohl ich freihatte, besuchte ich doch zwei-, dreimal das einsame Fräulein von Klausenthal. Die alte Dame war von ihrer Sippe, die mehrheitlich in Südafrika und Amerika lebte, irgendwie vergessen worden.

Als ich jetzt ihr Zimmer betrat, hörte ich Geräusche von unterhalb ihres Schreibtisches. Ein Schreibtisch, der voll war mit Sachen, die dort nicht hingehörten, darunter ein schönes Perlmuttetui mit Kamm und Bürste, eine Art Schere, mit der man den Docht von Kerzen abschneiden und das Feuer ersticken konnte, eine Bibel, ein zerfleddertes Gesangbuch sowie ein Tintenfass mit einer Feder.

Mit zerstrubbeltem Haar kam kein anderer als Hausmeister Buchmann unter dem Tisch hervor, allerlei Kabelwerk in der Hand. Gehässig, wie es seine Art war, knurrte er: »Wenn die Damen noch kurz vor dem Ende unbedingt Internet haben müssen, bitte sehr!«

»Warum denn nicht?«, fragte ich böse. »Wenn sie es sich leisten können.«

»Eben, warum denn nicht! Also tun Sie, was Ihnen gesagt wird, Buchmann«, herrschte Fräulein von Klausenthal ihn erstaunlich resolut an.

»Natürlich, bitte. Ganz, wie Sie wünschen«, gab der Mann bissig zurück.

Ich dachte, dass ihm seine Familie mit dem Namen Buchmann keinen echten Gefallen getan hatte. Er ließ ihn irgendwie als mehr erscheinen, als er war.

Und er würde nun mal nie mehr sein als ein gescheiterter Student mit schlechtem Stammbaum.

Die Langeweile trieb mich abends ins Internet, obwohl ich mich eigentlich in dieser kalten Scheinwelt einsam fühlte. Trotzdem googelte ich alles Mögliche. Vielleicht würde ich ein Bild von Hagen im Netz entdecken.

Verbrechen. Mord, Ettlingen, Polizei. Mörder.

Nichts. Irgendwann geriet ich in ein etwas schräges Forum, in dem sich Krimiautoren darüber austauschten und sich gegenseitig Tipps gaben, wie man Leute literarisch möglichst raffiniert umbringen konnte. Arsen, lächerlich, weil zu bekannt. Pilze wirkten oft zu langsam. Pfeilgifte waren schwer zu beschaffen. Bleivergiftungen waren ebenfalls mühsam, und radioaktive Vergiftungen muteten zwar spektakulär und modern an, waren aber für den Normalbürger schwer zu bewerkstelligen ... Blauer Eisenhut, genannt Mörderkraut, ein Geheimtipp, weil er überall unauffällig und hübsch wuchs und ganz schnell zum Tode führte.

Der Blaue Eisenhut, auch Würgling, Gifthut oder Ziegentod genannt, wurde als eine Pflanze beschrieben, bei der alle Teile sehr giftig sind. Typische Vergiftungserscheinungen waren Taubheit der Körperstellen, die mit ihr in Berührung kamen. Bereits die Einnahme von zwei Gramm war offenbar tödlich, da die Dosis Herzrhythmusstörungen, Krämpfe, Herzstillstand und Lähmungen hervorrief. Eine traditionelle Mordpflanze – der griechischen Sage nach entspross die Pflanze dem Geifer des Höllenhundes Kerberos, als dieser aus der Unterwelt hinaufkam.

»Das ist mal ein schönes Gift«, kommentierte ein Autor den Beitrag.

Ich schüttelte den Kopf und beschloss, mich mit etwas Pikanterem, nämlich den Skandalen in der britischen Königsfamilie über die Jahrhunderte, zu beschäftigen. Ich hatte mir in einer großen Buchhandlung in Pforzheim ein Buch über das Königshaus besorgt, Paul Nicoletto war glücklich über mein Interesse, lieh mir einen Ordner sowie einen Bildband, und zusammen mit dem, was das Internet wusste, stand schnell fest: Shakespeare hatte nicht übertrieben, was die Zustände im Staate England betraf.

Uneheliche Kinder, Mesalliancen, Erpressungen, Indiskretionen und Verrat gehörten zu der uralten Monarchie, seit im 11. Jahrhundert mit dem Bastard Wilhelm dem Eroberer der erste englische König auf den Plan getreten war. Ob es die Bloody Mary war, die als fanatische Katholikin alle Anglikaner grausam meucheln ließ und die ich bisher nur als Drink gekannt hatte, ob es Elisabeth I. war, die mit Maria Stuart auch keinen Spaß verstand und ihr jungfräuliches Bett mit wer weiß wem alles teilte, ob es Diana war oder Edward VIII., der mit Wallis Simpson glücklicher war als mit der Krone, ob Heinrich VIII. mit seinem schrägen Hobby, Ehefrauen zu köpfen, oder Fergie, die mit Milliardären oben ohne auf Booten herumschipperte … Chorknaben waren sie alle keine gewesen.

Heimlich war ein Lieblingswort bei der Beschreibung von Affären und anderen Skandalen. Man wollte den Schein wahren. Vertuschen um jeden Preis. Und die gierige britische Presse suchte nach Skandalen. Denen von heute und denen von gestern. Ebenfalls um jeden Preis.

Um jeden Preis?

Mit einem Foto von Harry in Nazi-Uniform vor Augen schlief ich ein.

***

Am nächsten Tag betrat ich den Raum von Fräulein von Klausenthal mit einer kulinarischen Überraschung. Irmentraud hatte nämlich köstlichen Apfelkuchen mit einer nahrhaften Puddingcreme gemacht, und ich brachte ihr ein Stück mit. Das Fräulein war so dürr, sie konnte glatt als Schlossgespenst auftreten.

»Danke, mein Kind«, sagte sie mild.

Ich räumte dem alten Mädchen auf dem großen, schweren

Tisch einen Platz frei, auf dem sie ihre Schätze hütete. Als ich alles weggeräumt hatte, was ihr dürftiges Leben ausmachte, fiel mir auf, dass etwas fehlte.

»Wo ist denn Ihre herrliche Emaillezigarettendose?«

»Ach, ja ... Ich bewahre meine Briefmarken darin auf. Das Haus stellt sie ja nicht mehr. Kleinlich, die Leute. Bürgerlich.«

Wir suchten die Dose in all der Unordnung, doch wir fanden sie nicht.

»Wo kann sie nur sein? Sie hat meinem Großonkel gehört. Generaloberst Witz von Klausenthal.«

Witz! Fast musste ich grinsen, doch ich sah, dass die alte Dame am mageren Leib zitterte. »Ich habe eine Idee! Machen Sie sich keine Sorgen. Ich könnte mir vorstellen, ich weiß, wo sie ist.«

»Ja?« Sie sah mich an wie ein Kind.

Auf dem Gang hörte ich den schweren Wagen von Schwester Anita mit ihren Medikamenten. Ich verließ den Raum und schloss die Tür fest hinter mir.

»Schwester Anita, würden Sie mir einen Gefallen tun?«

»Ja?« Anita suchte noch ein paar Tabletten aus einem Schächtelchen heraus und hielt dann inne.

»Glauben Sie mir, dass ich es gut mit den Leuten hier meine?«

»Ja?« Sie sah mich verständnislos an.

»Liegt *Ihnen* etwas an den Leuten hier?«

»Natürlich! Es sind alles besondere Leute. Feine Leute. Ich liebe sie.«

»Dann helfen Sie mir. Ich habe unseren Buchmann vorhin wegfahren sehen. Sie wissen doch, wo der Ersatzschlüssel zu seiner Hausmeisterwohnung hängt, nicht wahr?«

»Das darf ich aber nicht.«

»Anita, hier geht etwas vor. Etwas, das nicht in Ordnung ist. Etwas Unheimliches. Und ich möchte unsere Gäste davor bewahren. Lassen Sie mich nur einen kurzen Blick in seine Wohnung werfen.«

Sie musterte mich von Kopf bis Fuß. »Hat er etwas angestellt?«

»Vielleicht.« Ja, vielleicht, dachte ich. Vielleicht hatte Buch-

mann tatsächlich all diese Diebstähle begangen und war einer besonders großen Sache auf die Spur gekommen.
 Anita schüttelte den Kopf. »Er ist immer so voll Hass. Ich frage mich immer: Warum arbeitet er dann hier? Es sind nun mal feine und reiche Leute.« Sie wies stumm auf den Getränkeraum. »Hinter dem Mineralwasser in einer Schachtel mit Werkzeug liegt sein Ersatzschlüssel.«

So schnell wie möglich eilte ich zu Buchmanns Wohnung, die sich in einem kleinen Häuschen am östlichen Ende des Parks befand, angebaut an die hohe alte Mauer, die das Anwesen nach außen hin abschirmte.
 Die Vögel schienen vorwurfsvoll zu schweigen, als ich die Tür aufschloss.
 Auf Katzenfüßen betrat ich leise ein überraschend ordentliches Wohnzimmer. Auf den ersten Blick sah ich nichts Auffälliges. Auch das penibel aufgeräumte Schlafzimmer mutete fast steril an. Dann ein weiterer Raum, an dem ein altes emailliertes Schild hing, das in der wenig nostalgischen Umgebung grotesk und anachronistisch wirkte: »Lese- und Konversationszimmer«.
 Konversationszimmer. Für einen Hausmeister!
 Ich betrat den Raum und schrak zurück.
 Er war ein Spiegelbild der Zimmer unserer Gäste. Da waren goldene Feuerzeuge. Ein jüdischer Leuchter. Kerzenhalter. Ein oder zwei Teddybären. Eine alte Uhr an der Kette. Ein Kreuz. Bestickte Kissen. Zwei Bibeln. Spieluhren. Ein Lexikon mit Goldschnitt. Und dort stand, mit schönen Einlegearbeiten verziert, auch Fräulein von Klausenthals Zigarettenkistchen.
 Ich hielt für einen Moment die Luft an.
 Hinter mir spürte ich einen Luftzug.
 »Und was machst du hier, du kleine Schnüfflerin?« Eine böse Stimme, scharf wie ein Messer.
 Drohend näherte Buchmann sich mir. Ich wich zurück, streckte die Hand aus, als wolle ich ihm befehlen, stehen zu bleiben, doch er kam direkt auf mich zu.
 Da Buchmann nicht besonders groß war, befand sich sein

Mund mit den schlechten Zähnen direkt auf der Höhe des meinen. Mit seinem Unterkörper schubste er mich ruckartig und stoßweise Richtung Wand. Er war jetzt so hemmungslos in seiner obszönen Aggressivität, wie ich ihn mir immer schon vorgestellt hatte.

Plötzlich fiel es mir wie Schuppen von den Augen, und alles ergab einen bösen Sinn.

Der Typ hatte angefangen, Geschichte zu studieren, war gescheitert, weil er vielleicht schlau, aber nicht klug war. Er verdiente nicht viel, wie Anna-Maria angedeutet hatte. Er war mit Gundrama gut bekannt. Sie, die sie zu allen freundlich war, hatte vielleicht auch ihm, dem Kollegen, von einer wertvollen Sache berichtet, die sich im Besitz eines Bewohners befand. Er, halbgebildet und neidisch, gierig und skrupellos, hatte eine Chance gesehen, an den Reichtum der verhassten Klasse zu kommen.

Er hatte Zugang zu allen Räumen. Und er kannte sämtliche Bewohner und ihre Eigenheiten. Gundrama war einsam, sie war leicht herumzukriegen. Sie hatte auch ihm nicht gesagt, worum es sich genau handelte. Er hatte dann verschiedene Dinge gestohlen und sie in seiner etwas dümmlichen Gier weiterverkauft, als sie sich als wertlos herausstellten.

Steckte er mit Kline unter einer Decke? Zuzutrauen wäre es Kline, sogar mit einer Ratte wie Buchmann gemeinsame Sache zu machen.

Wenn ich nur wüsste, welcher der gesuchte Gegenstand war und warum er so wertvoll war!

»Ja, du Modepuppe, wer Geld hat, gehört dazu. Und wer solche Sachen besitzt, hat Geld. Ich hab genauso viel Anrecht auf das Zeug wie diese Scheiß-Adligen, die sie dem Volk sowieso abgepresst haben. Und behalt sie auch. Solange es mir passt.«

»Sie haben etwas nicht richtig verstanden. Nur wer Anstand hat und Niveau und eine gute Kinderstube, *der* gehört dazu«, sagte ich.

Er hob die Hand, als wolle er mich schlagen.

»Sie werden niemals dazugehören, Buchmann. Und wenn

Sie noch so viele Dinge hier klauen. Was wollen Sie mit dem jüdischen Leuchter?«

»Er gehört den Golds.«

»Und?«

»Die haben es hinter den Ohren. Wie alle Juden.«

»Lächerlich. Erst Dieb, jetzt auch noch Antisemit? Eine tolle Karriere.«

»Ist mir egal. Die Golds sind noch die Besseren. Dieses Adelspack sitzt auf seinem alten Gerümpel, und wenn sie Glück haben, ist das Zeug noch was wert. Und das wird dann schön vererbt an die Nächsten vom Adelspack.«

»Aha. Gundrama, nicht wahr? Haben Sie sie ausgehorcht? Und haben Sie Ina umgebracht, als die das Verschwinden ihrer Puppe bemerkt hat?«

Er packte mich bei den Schultern. Irgendein kleines Knöchelchen knackte, die Stelle schmerzte. »Ich hab niemanden umgebracht. Was für eine Puppe?«

»Nein, nein, natürlich nicht. Sie haben keine Ahnung, nicht wahr? Und wer hat den Kontakt zu Feuer hergestellt, Kline?«

»Kline!«, stieß er hervor. »Was willst du denn mit Kline? Dieser Idiot. Der ist ja so dumm. Meint, wenn er nur lügt, dann kommt er zu was. Nie.«

Jetzt lachte er unmotiviert, fast wie irrsinnig. Seltsam. Ich betrachtete ihn interessiert.

Der Umgang mit einem Verbrecher kann fast zur Routine werden. Sie haben Angst, wenn man ihnen in die Augen blickt. Sie fürchten, dass sich ihr Verbrechen in deinen Augen widerspiegelt.

Mir kam ein Gedanke.

»Buchmann, wo sind die Puppen, die Sie gestohlen haben? Haben Sie noch einen so netten Raum wie den hier?«

»Welche Puppen?«

»Es sind Puppen aus den Zimmern entwendet worden. Ich sehe hier aber keine in Ihrer tollen Sammlung. Was machen Sie denn mit denen? Nehmen Sie sie mit ins Bett?«

Jetzt sah er trotz aller Bösartigkeit fast ratlos aus. »Ich habe hier keine Puppen«, knurrte er. Er setzte einen verschlagenen Blick auf: »Nur dich, Puppe. Hey, ich bin doch kein verdammter Schwuler und klau blöde Puppen.«

»Sie verkaufen Sie ja im Allgemeinen weiter, gell? Auf Flohmärkten? Historische Puppen für drei Euro?«

»Sie dumme Kuh. Denken, Sie sind hübsch, aber ehrlich gesagt, die Tollste sind Sie auch nicht mehr. Sollten mal hören, wie die über Sie sprechen, wenn Sie es nicht hören. Sie sind nämlich selbst eine Puppe. Nee, mehr eine Marionette. Ich hab niemanden umgebracht, und ich weiß nix von Scheißpuppen. Und jetzt hauen Sie ab, bevor ich Sie aus Mitleid vergewaltige.«

Ich sah ihm in die Augen. Er war eine Ratte. Oder Schlimmeres.

Und doch sah ich in seinem Blick noch etwas anderes. Angst. Und diese Angst würde ich mir jetzt zunutze machen.

»Buchmann, haben Sie mit Gundrama über Bewohner gesprochen, die einen wertvollen historischen Besitz haben?«

»Was?«

»Sie haben mich gehört!«

»Die blöde Alte. Hat nicht mal Geld für Klamotten, frisst nur Äpfel, aber redet doch nicht mit mir über so was! Ich wünschte, sie wäre tot. Und jetzt raus, du Schlampe. Aber schnell.«

Abends lag ich zitternd vor Ekel in der Badewanne. Ich fühlte mich beschmutzt. Nicht nur von seinen dicken Pranken. Nein, von seinem miesen und bösartigen Geist. Ich glaube, das »SchönLeben« wäre nie mehr für mich, wie es gewesen war. Es würde nie mehr ein versponnener, harmloser Ort mit ein paar netten alten Edelfräulein sein. Es war nun ein Ort, an dem das Böse und der Neid regierten.

In meinem Kopf drehte sich alles.

Ich musste mit Gundrama reden. Sie musste die Wahrheit sagen, bevor noch Schlimmeres geschah. Sie musste den Namen der Person preisgeben, die den geheimnisvollen Gegenstand hütete.

Buchmann hatte offensichtlich alles Mögliche geklaut, um

sich ein Reich zu schaffen, das dem seiner Gäste glich, aber er schien wirklich keine alten Puppen gestohlen zu haben. Doch Puppen wie die von Cressida, Anna-Maria und Ina spielten eine entscheidende Rolle.

Es musste also zwei Diebe geben. Buchmann mit seinem krankhaften Sammelwahn und einen anonymen Dieb, der Puppen stahl.

Puppen, die etwas mit Prinzessin Louise zu tun hatten?

Wer hatte das Buch über Louise bestellt? Gundrama. In wen war sie heimlich und aussichtslos verliebt? Natürlich Kline. Immer wieder Kline.

Was aber sollte ich in der Sache mit Buchmann unternehmen? Oh, Hagen, du fehlst mir so.

Ich stieg aus der Badewanne, frottierte mich ab. Sah im Spiegel, dass ich noch immer schlank war. Egal.

Im Wohnzimmer läutete das Telefon und durchschnitt die Stille in meinen einsamen Räumen. Als ich abnahm, legte am anderen Ende jemand auf. Ich bildete mir ein, ein leises Seufzen gehört zu haben.

Und wenn es Hagen war? Aber so etwas Lächerliches würde er niemals tun.

Ich ging zurück ins Bad. Meine Augen waren traurig.

★★★

Am nächsten Tag, einem weiteren einsamen Sonntag, wurde der Wunsch nach Vertrautem in mir übermächtig. Ich beschloss, später vielleicht nach Ettlingen zu fahren und mein früheres Zuhause wenigstens von Weitem anzuschauen. Doch zuerst wollte ich einen Ausflug in die Welt der Puppen unternehmen.

Natürlich wusste Paul Nicoletto auch hierzu Rat. »Wenn ich schon sonst nichts darf«, sagte er trübe, als er eine Dichtung am Gartenschlauch vor meiner Verandatür erneuerte, »dann lass mich dir wenigstens helfen. Was willst du wissen?«

Ach, Paul, dachte ich. Er traute seiner eigenen Frau nichts zu, kannte sie nicht wirklich, obwohl er seit Jahrzehnten mit ihr und neben ihr schlief. Stattdessen träumte er von seiner Untermieterin, die das verlorene Draufgängertum für ihn darstellte. Eigentlich traurig.

»Ich suche jemanden, der sich richtig gut mit Puppen auskennt.«

»Puppen?«

»Ja, Weiberkram, nicht wahr, aber trotzdem.«

»Lass mich nachdenken ...«

»Aber es sollte möglichst niemand aus dem Hause Klaus Feuer sein«, merkte ich an.

Paul kannte in seinem Pforzheim nun mal Gott und die Welt, und schon wenig später stand er mit einem Stück Kuchen und einer Adresse vor der Tür.

»Zwetschgenkuchen mit viel Sahne. Kommt von meiner Frau. Die Adresse kommt von mir. Helmi Heimbach. Sie repariert auch Puppen. Hat ein Puppenstübchen in Oberderdingen drüben. Soll ich mitfahren?«

»Nein, das kann ich allein. Und danke für den Kuchen.«

Er schmunzelte, was ihn seltsamerweise älter wirken ließ. »Guten Appetit. Also, wenn ich es nicht besser wüsste, würde ich direkt annehmen, dass Irmentraud dich geradezu mästet.«

»Warum sollte sie das tun?«

Jetzt zog ein verschmitztes Männergrinsen über sein Gesicht. »Na, um dich weniger attraktiv für mich zu machen. Da gibt es irgendeine Geschichte von Goethe. Der hat seiner Frau ein Versprechen abgenommen, dass sie fasten würde, und sie hat es eingehalten und war schließlich zu schwach für ihren Liebhaber.«

»Goethe muss es ja wissen.«

Ich verließ das Haus und dachte, dass das Leben manchmal eine Komödie ist.

Für den Besuch bei Helmi Heimbach hatte ich einen einfachen Rock aus schwarzem Stretch von H&M gewählt, ein enges T-Shirt in Rot und eine bunt gemusterte Strickjacke vom Naturversand Waschbär, die das Rot des T-Shirts aufnahm. Rustikaler, sympathischer Puppenlook.

Die wellige Kraichgaulandschaft, die weiten ruhigen Felder, die jetzt schon ein herbstliches, fast frühwinterliches Kleid anlegten, waren Balsam für die Seele. Ich war gespannt, wie der Winter sich hier anfühlen würde.

Winter? Eigentlich hatte Pforzheim nur ein Zwischenspiel in meinem Leben sein sollen. Wollte ich denn nicht mehr nach Ettlingen zurück und um meinen Thron kämpfen?

Es war schwer zu glauben, doch etwas gefiel mir an diesem Leben ohne ewige Angeberei ganz gut.

Oberderdingen war eine hübsche kleine Stadt mit Fachwerkhäusern, einem Juwel von Amthof in der Mitte, kleinen Winzerrestaurants und schnuckligen Läden. Helmis Puppenstudio lag in einer Seitengasse, rechts und links von jeweils einer Töpferei flankiert.

Mein rustikaler Puppenchic war diesmal nicht die richtige Entscheidung gewesen. Trotz ihres Kuschelnamens war Helmi Heimbach eine große, dünne, blasse Frau mit glattem Haar, langem Kinn, eng beieinanderstehenden Augen und eher unterkühlter Ausstrahlung.

»Frau Tobler? Herr Nicoletto hat Sie angekündigt. Ich habe leider nicht allzu viel Zeit. Im Herbst finden überall die großen Verbrauchermärkte statt. Offerta und andere. Da gibt es viel vorzubereiten.«

Ich betrachtete eine Puppe, die stolz auf einem Regal stand und besonders fleißig wirkte. »Das ist eine Puppe in Tracht. Grödner Tal, Anfang 20. Jahrhundert. Der Kopf geschnitzt, der Körper noch aus Stoff, die Arme aus Holz. Kleidung aus Chintz. Sie hat einen Knoten im Halstuch. Das heißt, ihr Herz ist nicht mehr frei.«

Ich musterte die Puppe. Sie hatte einen Knoten im Halstuch. Und ich hatte einen Knoten im Herzen. Etwas heiser sagte ich: »Ich wollte mich nur mal in Ihrem Puppenreich umsehen. Haben Sie auch alte Puppen? Ausländische?«

»Wie welche zum Beispiel?«

»Englische.«

»Nein. Die ältesten Puppen, die ich habe, stammen vom Ende

des 19. Jahrhunderts, und da war Frankreich führend in der Puppenherstellung. Eigentlich kamen das gesamte 19. Jahrhundert über die besten Puppen aus Deutschland und Frankreich. Kämmer und Reinhardt, Kestner, Leopold Lambert ... das sind einige große Namen. In der Zeit hat man dann auch in England neue Wege beschritten. Drechselmaschinen eingesetzt, glasiertes Porzellan statt unglasierter Biscuit-Köpfe benutzt und vor allem aushebelbare Kugelgelenke sowie die ersten Gummikörper mit Hohlräumen. ... Hier habe ich eine Puppe von 1859 mit einem Stempel, der beweist, dass der Kopf vom großen Jumeau gefertigt wurde. Sie trägt eine Krone. Die Flagge und das Wappen auf ihrem Kleid sollen an die Jungfrau von Orléans erinnern. Die Schärpe ist in den französischen Farben gehalten. Schauen Sie hier, wie aufwendig die Unterwäsche gemacht ist.«

Die Frau war eindeutig begeistert von ihrer stummen Welt der toten Wesen. Ich betrachtete die alte Puppe mit ihrem starren Gesicht. Wen mochte sie mit diesen Augen schon angestarrt haben? Was mochte sie gesehen haben? Sie würde es nicht preisgeben.

Als habe sie meine Gedanken erraten, sagte Helmi fast trotzig: »Das Sammeln von Puppen ist ein umfangreiches und interessantes Gebiet. Es ist nicht, wie die Leute denken. Mal zwei, drei billige Puppen irgendwo auf dem Flohmarkt oder im Kaufhaus erstanden, hingesetzt und schon hat man eine Sammlung. Manche dieser alten Künstlerpuppen sind wahre Meisterwerke und sehr wertvoll. Sie hegen die Sehnsüchte einer unbeschwerten Kindheit. Es gibt empfindsame Menschen, die all ihre Träume, Phantasien und Zärtlichkeit mit ihrer Puppe teilen. Sie ist für sie Vertraute und Freundin. Und sie verrät nichts, im Gegensatz zu lebenden Freundinnen.«

»Hm ...« Ich dachte nach. »Und Puppen dieser Art sind auch eine gute Wertanlage?«

Helmi sah mich böse an. »Für Menschen, die nur ans Geld denken«, erwiderte sie giftig.

»Ich bevorzuge sowieso Aktien«, meinte ich gelassen und nur, um sie zu ärgern.

Sie riss mir die Puppe mit der Flagge beinahe aus der Hand. »Gut, dann kann man nichts machen.«

Als sie die Puppe an ihren Platz zurückstellte, hörte ich ein Geräusch aus dem Bauch des Spielzeugs. »Was war das?«, fragte ich.

»Ach ...« Sie schüttelte die Figur leicht und hielt ihr Ohr daran, als sei sie eine besorgte Ärztin. »Wahrscheinlich eine Murmel. Die Kinder haben früher oft die Ärmchen abgeschraubt und etwas in Hohlkörper gesteckt. Oder sie haben Krankenhaus mit der Puppe gespielt und sie operiert. Lederpuppen und Holzpuppen waren in einem Stück gefertigt. Da ging das nicht.« Sie seufzte.

»Operiert?«

»Ja. Frau Doktor gespielt. Für kleine Mädchen blieb das damals nur ein frommer Traum. Eine Karriere als Ärztin war in der Zeit meiner Puppen ein phantastischer Gedanke. Hausfrau und Mutter zu sein, das sollten sie mit den Puppen üben. Kranke zu pflegen. Zu Hause natürlich. Nicht etwa Chirurgin zu werden oder ...«

»Bildhauerin«, sagte ich spontan. »Den menschlichen Körper auseinandernehmen, wie es ein Bildhauer tut, um die Proportionen kennenzulernen. Um an den Kern der Dinge zu gelangen.«

»Wie kommen Sie denn ausgerechnet auf Bildhauerin?«, fragte Helmi misstrauisch.

»Ich weiß nicht«, erwiderte ich langsam. »Irgendwie habe ich so eine Idee.«

Als ich hinausging, schlang ich meinen Schal zu einem Herzensknoten. Mein Herz war auch nicht mehr frei. Es gehörte Hagen, auch wenn er es nicht haben wollte.

Vierzehntes Zunehm-Essen von Irmentraud:
Heißer schwäbischer Kartoffelsalat mit Gurken, Wienerle, Äpfeln und ganz viel Mayonnaise

Am Montag kam ich mit der festen Absicht ins »SchönLeben«, Gundrama darauf anzusprechen, was sie Kline eigentlich erzählt hatte und wer der Hüter eines angeblich so kostbaren Spielzeugs war. Die Hinweise verdichteten sich, dass es sich bei dem mysteriösen Gegenstand um eine Puppe handelte, doch sicher konnte ich nicht sein. Gundrama musste jetzt endlich Ross und Reiter nennen und mit diesem lächerlichen Versteckspiel aufhören.

Als Erste kam mir Gitte Vonundzurbrücke entgegen. Wieso war die denn plötzlich wieder da? Ich fand offen gestanden, dass sie sich etwas zu intensiv um die unfreundliche alte Freifrau von Weilersdorff kümmerte, die nichts sprach und sich nicht mal freute, wenn ihr mildtätiger Engel bei ihr erschien. Gitte musste es in Ettlingen wahrhaft sehr langweilig sein.

Doch Gitte sah heute nicht so engelhaft und liebevoll-entspannt aus wie üblicherweise. Heute wirkte sie sehr angespannt, nein, mehr noch: Ihre Züge waren geradezu verzerrt.

»Swentja, es ist etwas Schreckliches passiert.«

»Dein Mann hat dich verlassen!«, fasste ich den ortsüblichen Schreckenszustand von Frauen unserer Kreise zusammen.

»Was? Wie kommst du darauf?«

Ich hatte es eigentlich nur scherzhaft gemeint, doch mir schien, da war plötzlich etwas wie Angst in ihren Augen. Um diesen Tattergnom! So was wickelte man doch im Handumdrehen um den Finger. Einmal Spitzenunterwäsche anziehen, teures Parfüm draufsprühen, Schampus kalt stellen und ein bisschen Schmusen, schon hatte man so was wie den wieder in der Spur.

»Nein, es ist etwas ganz anderes. Gundrama ist tot.«

»Nein!«

Eisige Kälte legte sich wie ein Ring um mein Herz. Mein Gott, es war, als hätte ich sie getötet. Gundrama. Die Nette. Gundrama ...

Sie hatte sich mir anvertraut, hätte Kline beinahe verraten.

Ich hatte daraufhin mit Buchmann gesprochen, dessen Rolle in dem miesen Spiel hier unklar war. Aber er war gewalttätig. Hatte er sich nach meinem Besuch mit Kline abgesprochen, dass Gundrama allmählich gefährlich wurde?

Jetzt war sie tot. Tot.

»Wie? Um Gottes willen, wie?«

»Bei ihrem Abendspaziergang. Sie hat ja etwas außerhalb gewohnt. Allein. Bei Remchingen. In einer ganz ruhigen Straße. Es war ihre Gewohnheit, abends nach dem Essen einen Spaziergang zu machen. Die Hügel hinauf. Man hat einen guten Blick über die Hochebene von dort. Da wurde ihre Leiche von einem Hund gefunden.«

»Oh Gott.«

»Sie war noch nicht lange tot. Vielleicht eine Stunde.«

»Mein Gott. Wie ist sie umgekommen?«

»Erstickt. Sie hatte eine Plastiktüte über dem Kopf. Jemand hat ihr die Plastiktüte übergestreift und —«

»Liebe Dame, meinen Sie nicht, ich sollte der berühmt-berüchtigten Kollegin das selbst erklären?« Warme Stimme.

Ich wandte mich um und stand vor einem Mann, dem ich direkt in die Augen sehen konnte, denn er war nicht besonders groß. Alles an ihm war kräftig. Gesicht kantig, Augen groß und von einem geradezu irritierend leuchtenden Blau, braunes weiches Haar, das ihm in die Stirn fiel. Nicht schlank. Kräftige Nase und ein überraschend großer Mund mit weichen Lippen, die aber jetzt gerade eben grimmig zusammengedrückt waren.

Er nahm mich am Arm zur Seite. Gitte war verstummt, als habe man bei ihr den Stecker gezogen, und blickte uns misstrauisch hinterher.

Der Mann sah mich nachsichtig an. »Florian Belou, gestatten. Ich bin Bestandteil der Leitung der Sonderkommission. Kripo Pforzheim.«

»Sie sind der Freund von Hagen!«, entfuhr es mir.

»Freund? Nun ja. Kumpel sagen wir eher. In unserem Beruf hat man nicht so sehr viele Freunde. Jedenfalls sind Sie die Frau, die ihm das Herz gebrochen hat?«

»Er scheint es aber ziemlich schnell wieder repariert zu haben«, erwiderte ich kühl.
»Trauen Sie nicht dem Schein«, gab er freundlich zurück.
»Ich traue allmählich gar keiner Sache mehr!«
Belou sah mich mitfühlend an.
»Was ist denn mit Gundrama passiert? Das ist ja furchtbar.«
»Ja. Für alle hier schlimm. Man hat sie gegen neunzehn Uhr gefunden. In der Nähe eines Feldes, in einer kleinen Baumgruppe. Jetzt im Herbst ist es um die Zeit schon fast ganz dunkel. Sie war zu diesem Zeitpunkt noch nicht lange tot. Vielleicht eine Stunde. Das ist für unsere Ermittlungen günstig.«
»Gibt es schon einen Verdacht?«
»Oh, Frau Tobler, Sie wissen doch selbst ganz gut, dass wir dazu nichts sagen können. Sie ist ... in der Gerichtsmedizin. Wir wissen noch nichts Genaueres. Es wird lange dauern, bis die Spuren ausgewertet sind. Die Soko ist eingerichtet. Alles wird getan. Hotline geschaltet. Tatortspezialisten aus Wiesbaden sind am Werk. Die Befragung von Zeugen, Anwohnern und Nachbarn läuft bereits auf Hochtouren.«
»Ich kenne alles. Es ist furchtbar«, sagte ich tonlos. »Es ist nicht das erste Mal, dass ich ... Und immer Frauen. Warum?«
Der Mann mit dem Namen Florian und den blauen Augen schwieg.
»Weil sie schwächer sind, weil sie gefährlicher leben?«, setzte ich meine Anklage fort und gab mir die Antwort gleich selbst. »Nein, das ist es nicht. Sie sterben, weil sie mehr Gefühle haben, weil sie sie zeigen, weil Frauen sprechen und ihre Worte sie verraten.«
»Eine interessante Analyse. Leider ist es oft ein bisschen einfacher und auch unschöner. Frauen werden umgebracht, weil Männer sie vergewaltigen oder vergewaltigen wollen. Es hört sich brutal an: Wenn mehr Männer den Mut hätten, zu einer Prostituierten zu gehen, hätten wir weniger Sittlichkeitsverbrechen. Doch es ist ihnen peinlich, eine Frau zu kaufen. Dann belästigen sie lieber im Schutz der Nacht ein Mädchen oder im schlimmsten Fall ein Kind. Krank.«

»Hat man Gundrama …?«
»Das wissen wir noch nicht. Sieht aber nicht danach aus.«
»Wo ist Buchmann? Der Hausmeister?«
Florian sah auf die Liste, die er in der Hand hielt. »Der Hausmeister? Der hat sich krankgemeldet. Warum?«
»Suchen Sie ihn. Er klaut. Lassen Sie ihn nicht davonkommen.«
»Aber Sie halten ihn nicht für einen Mörder?«
Ich dachte nach. »Nein.«
Florian lächelte sehr flüchtig. »Jemand, der sich nach einem Mord krankmeldet, ist jedenfalls immer interessant. Kann es sein, dass Sie etwas wissen, das ich auch wissen sollte?«
Ich seufzte. »Sie werden mir sowieso nicht glauben. Erfahrungswert.«
»Probieren Sie es doch aus.«

★★★

»Swentja, was ist los? Du bist ja ganz durcheinander!«
Wir saßen im luxuriösen Park des Hotels »Villa Hammerschmiede« auf halber Strecke zwischen Karlsruhe und Pforzheim. Ich hatte auf dem teuren Treffpunkt bestanden, weil ich endlich mal wieder stilgerecht zu Mittag essen wollte. Ein Ober brachte den Gruß aus der Küche, winzige Leckereien wie Schnecken und Muscheln, die Marlies misstrauisch beäugte.
»Marlies, Gundrama von Guntershausen ist umgebracht worden. Weißt du, was das bedeutet?«
Marlies' Ton hatte nichts mehr von unseren üblichen Frotzeleien und nichts Heiteres. »Ja, Swentja, dass du dich jetzt wirklich raushalten solltest. Es kann auch für dich gefährlich werden. Wohin muss man dich eigentlich schicken, damit keine Leute umgebracht werden?«
»Ich frage mich nach Ursache und Wirkung.«
»Was?«
»Nichts. Ich muss erst darüber nachdenken.«
»Swentja …«

»Pass auf. Gundrama hatte mir von dem überaus wertvollen Gegenstand eines Bewohners berichtet. Ich glaube inzwischen, dass es sich um eine alte Puppe gehandelt haben könnte, mit der eine bestimmte Bedeutung verknüpft ist. Sie hat es abgestritten, aber sie hat es bestimmt auch Kline erzählt. Loyalität und ein bisschen Schwärmerei für den Chef. Armes altes Ding, wollte sich interessant machen. Kline kam auf die Idee, dieses Wissen zu nutzen und die betreffende Puppe zu Geld zu machen. Man weiß natürlich nicht, wem Gundrama noch von der Puppe erzählt hat. Sie ist mit vielen hier sehr vertraut.«

Marlies verzog das Gesicht. »Die anderen Bewohner kann man wohl außer Acht lassen. Was sollen die noch mit einer weiteren alten Puppe?«

»Gundrama hat also mitbekommen, dass sich Klagen häuften, dass nach und nach neben anderen Dingen auch Puppen der Bewohner verschwinden. Da hat sie kombiniert: Offenbar musste da jemand erst herausfinden, welche die richtige Puppe war, weil sie den Namen des Besitzers partout nicht preisgeben wollte. Jetzt kam ihr Solidaritätsgefühl mit dem adeligen Besitzer der Puppe zum Tragen. Sie mag Kline angesichts seiner Machenschaften gedroht haben, mir gegenüber zu enthüllen, um was und wen es sich beim Eigentümer und seinem mysteriösen Schatz handelte. Im Grunde hatte sie mir ja schon viel verraten. Sie hätte den Namen Louise nicht erwähnen müssen. Sie hat mich damit bewusst auf eine Spur gesetzt.«

Marlies schüttelte ungläubig den Kopf, als hätte sie Wasser in den Ohren. »Du spinnst.«

»Ich bin so normal wie selten. Gundrama ist einfach zu nervös geworden. Ihr wurde angst und bange vor sich selbst und dem, was sie da losgetreten hat.«

»Du steigerst dich in die Sache mit Kline hinein, Swentja. Warum eigentlich? Weil er nicht auf dich als Frau anspringt? Und was ist denn eigentlich mit den Schönlebens? Die haben auch zu allem Zugang.«

»Die Schönlebens haben einfach kein Motiv. Unwahrscheinlich bei ihrer Stellung.«

»Erinnere dich an deine zurückliegenden Morde. Töten feine Leute nicht?«

»Doch, sie töten. Aber sie brauchen ein handfestes Motiv, und neben der Gier nach Liebe ist Geld für Verbrecher nun mal das Hauptmotiv, Marlies. Liebe heißt Anerkennung. Akzeptiert werden. Und mit viel Geld kann man das alles kaufen. Wenn du mich fragst, ist Kline ein Typ, dem diese Sache namens Anerkennung wichtig ist. Siehe sein Büro mit all den Wappen und dem Gedöns. Dann seine teuren Klamotten für seine Geliebte oder Freundin. Warum? Na ja, eigentlich weiß ich, warum. Schau dir an, wie er aussieht und woher er kommt.«

»Der Mann ist kein Monster, Swentja, nur weil er Gitte lieber mag als dich. Wir brauchen außerdem alle ein wenig Anerkennung. Was ist mit dir, Swentja? Brauchst du etwa keine Liebe?«

»Ach, lass mich in Ruhe, Marlies!«

★★★

Alles war anders an diesem verwirrend freundlichen Florian Belou.

Als ich etwa um einen Termin bei ihm im Kommissariat nachsuchte, bekam ich ihn sofort. Ohne Machtspielchen wie bei Hagen.

Florian Belou empfing mich, stand höflich auf, lächelte mich sogar an, geleitete mich inmitten von Türenschlagen, dem Klingeln von Telefonen und Handys, dem Rattern von Faxgeräten und dem leisen Klicken von Kopiergeräten in eine Art Pausenraum mit zwei modernen Kaffeeautomaten. Drei junge Uniformierte standen am Fenster und unterhielten sich. Auf eine Kopfbewegung von Florian hin verließen sie unverzüglich den nackten, kahlen Raum mit den würfelförmigen Resopaltischen.

Er zog für uns beide Kaffee aus einem Automaten, stellte mir zwei schmucklose Gefäße für Milch und Zucker hin und reichte mir einen Löffel. Kurz berührten sich unsere Hände. Seine Haut war so warm, als hätte er Fieber.

»Ich erzähle Ihnen alles, was ich weiß, und ich erzähle Ihnen auch von meinem Verdacht. Ich weiß, Sie werden mir nicht glauben. Aber bitte, hören Sie mich an.«

Florian lächelte. »Warum sollte ich Ihnen denn nicht glauben?«

Das hatte ich noch nicht erlebt. Ich war für den ersten Moment so erstaunt, dass ich kaum anfangen mochte zu sprechen.

So berichtete ich ihm von allem. Von den verschwundenen Sachen, insbesondere von den Puppen, die gestohlen worden waren, bis hin zu der peinlichen und unwürdigen Begegnung mit Buchmann in seinem bizarren Mausoleum aus gestohlenen Dingen, die für ihn offenbar Status bedeuteten. Florian schüttelte den Kopf, nickte, als seien ihm solche Verirrungen nicht fremd.

Ich berichtete von Klines Begegnungen mit Feuer, die allzu vertraulich gewirkt hatten. Von Klines Lügen, was seinen Lebensstil betraf. Und von Gittes Lüge, was den Beginn ihrer Tätigkeit im »SchönLeben« betraf. Vom Auftauchen einer Mitarbeiterin des Auktionshauses Feuer als angebliche Journalistin – auch das eine Lüge. Von Inas merkwürdig überraschendem Tod. Von meinem letzten Gespräch mit Gundrama und den Informationen über Prinzessin Louise, die ich im Netz gefunden hatte.

Er hatte mir durchaus aufmerksam zugehört und sich sogar Notizen gemacht.

»Ich habe oft über Inas plötzlichen Tod nachgedacht. Nehmen wir einmal an, man wollte sie loswerden, weil sie wider Erwarten das Verschwinden ihrer Puppe gleich bemerkte und sich darüber furchtbar aufregte. Aber wie hätte man sie auf diese Weise töten können? Es war Donnerstag, und sie hatte ihre Meditationsstunde, wo sie einen ganzen Vormittag lang nur Wasser trank und sich um sechzehn Uhr ihren Kaffee bereitete. Abends ging sie um acht ins Bett, nachdem sie einen ganzen Tag gefastet hatte. Am Abend zuvor hatte sie um siebzehn Uhr das letzte Mal etwas gegessen. Sie lebte nun mal so. Ganz streng, nach einem eigenen inneren Kalendarium. Das war ihr Jungbrunnen, und sie hielt das eisern ein. Sie hatte es am Herzen, ja, das wusste jeder. Kommt also jemand hinter dem Vorhang hervor und macht buh, damit sie tot umfällt?

»Klingt ganz nach Giftmord«, meinte Florian, ohne eine Miene zu verziehen. Glaubte er mir, oder machte er sich lustig?

»Welches Gift wirkt so schnell, so unauffällig, dass man an einen Herzanfall glaubt? Und wie verabreichte man es ihr an diesem Donnerstag, wo sie niemanden empfangen und nichts zu sich genommen hat? Sogar den Kaffee, ihre einzige Speise, hat sie sich mit der Maschine selbst zubereitet. Der ist immer gleich. Sie nahm keine Medikamente und aß keine Kekse.«

»Hört sich insgesamt nach einer eher freudlosen Person an.«

»Sie nehmen mich doch nicht ernst, nicht wahr? Sie war sehr alt und hatte ihre Macken. Sie müssen alles in ihrem Zimmer genau untersuchen.«

»Das haben wir schon getan. Wir haben schließlich einen etwas plötzlichen Todesfall in dem Unternehmen, in dem ein Mordopfer gearbeitet hat. Da ist das fast selbstverständlich.«

»Wirklich?« Ich war den Tränen nahe, denn fast dachte ich, er glaubte mir.

Belou trat nahe an mich heran, dann streichelte er mir sanft übers Haar. »Jemand hat Sie sehr verletzt, nicht wahr?«

»Oh nein«, gab ich zurück und schüttelte mein Haar wieder zurecht. »Das wäre zu einfach. Ich habe mich selbst verletzt. Wie ein Kind, das mit den Streichhölzern spielt.«

Er seufzte. »Also, Frau Tobler. Sie sehen, ich nehme Sie durchaus ernst. Sie haben genau beobachtet und sich Gedanken gemacht, und wir haben jetzt eine Leiche. Das sind Fakten. Jetzt müssen wir an die Arbeit gehen und alle Möglichkeiten bedenken.«

Ich sagte nichts dazu.

»Würden Sie mit mir mal in eine Besenwirtschaft gehen? Man kommt dort automatisch in gute Stimmung. Ich stamme nämlich aus Groß-Villars. Deshalb mein französisch klingender Name. Ich bin ein Waldenser, und wir haben die besten Besenwirtschaften.«

Waldenser. Auch das noch. Das erinnerte mich sehr genau, zu

genau, an mein letztes Abenteuer im Hugenottenmilieu. Doch Florian war nett, sehr nett. Unkompliziert und freundlich. Fast unheimlich.

»Mal sehen. Ich muss es mir überlegen.«

»Tun Sie das. Es soll auch gar kein unsittliches Angebot sein. Und in der Zwischenzeit machen wir unsere Arbeit. Ich werde darüber nachdenken, was Sie mir erzählt haben. Ich verspreche es.«

Ein Mann, ein Bulle, der mich ernst nahm. Mir war, als träumte ich.

Fünfzehntes Zunehm-Essen von Irmentraud:
Ungarisches Sahnegulasch mit in Butter geschwenkten Nudeln und Gurkensalat in Sauerrahm

Da eine der anderen Gesellschaftsdamen erkrankt war, musste ich deren Gäste übernehmen, aber man hatte mir bedeutet, ich solle nur die Zeitungen bringen, die Vorhänge zurückziehen, auf Wunsch Kissen aufschütteln und Tee nachgießen.

Buchmann war wieder aufgetaucht, hatte seinem Rausschmiss vorgegriffen und war abgehauen. »Endlich wieder unter normalen Leuten und nicht halb toten Adeligen sein. Oder frustrierten Weibern, die aus Langeweile fremdgehen.« Das waren seine letzten Worte gewesen.

Ich fragte mich, ob er mich mit frustrierten Weibern meinte. Jedenfalls war ich froh, dass der Widerling nie mehr zurückkehren würde.

Am Nachmittag schlich ich mich in ein Zimmer, das mich eigentlich nichts anging. Freifrau von Weilersdorff saß wie immer apathisch und stumm in ihrem Sessel und starrte auf ihre Füße. Meiner Meinung nach gehörte die Frau in ein Pflegeheim. Sie reagierte auf nichts mehr.

Ich weiß nicht, was mich an jenem Nachmittag ritt.

Vielleicht war ich einfach das ganze Adelsgedöns satt, jene verwitterten Zeugen einer vergangenen Zeit, meist lebensuntüchtig, die wir hier betreuten, als seien sie Kostbarkeiten, und die meist nur durch die Gnade ihrer elitären, aber abwesenden Verwandtschaft überlebten.

Jedenfalls stupste ich Freifrau von Weilersdorff in der miesen Laune eines Augenblicks an und sagte: »Na, du altes Schlossgespenst, wie geht's dir?«

Plötzlich hob sie die schweren Lider über ihren Krötenaugen und sah mich an. Ihre trockenen Lippen öffneten sich, und sie krächzte: »Was erlauben Sie sich, Sie Zigeunerin?«

»Sie können sprechen?«

»Natürlich kann ich sprechen, *imbécile*!«

Ich erstarrte. »Aber warum sagen Sie dann nie etwas?«

Sie lachte, wie ein Rabe krächzt. »Ich hab genug geredet, ein Leben lang, auf all diesen furchtbaren Gesellschaften und öden Adelstreffen. Alles Idiotinnen und Idioten. Hahaha.«

»Aber Gitte, ich meine, Frau Vonundzurbrücke, betreut Sie jetzt schon so lange, und noch niemals haben Sie zu ihr gesprochen.«

»Wer?«

»Die Frau, die einmal in der Woche zu Ihnen kommt.«

»Ach, diese kleine Schlampe. Ich habe keine Ahnung, warum die hier erscheint.«

»Wie bitte?«

»Hab ich mich nicht deutlich ausgedrückt?«

»Aber Frau Vonundzur... Brigitte sagt, dass Sie mit ihrer Tante befreundet waren.«

»Ich weiß nicht, wer mit wem hier befreundet ist, und ich kenne bestimmt keine Tante von der. Wenn die hier freiwillig jede Woche in dieses Gefängnis für Alte kommt, dann nicht wegen mir, das steht fest. Und jetzt lassen Sie mich wieder schweigen.«

Gitte log also. Sie kam angeblich regelmäßig ins Heim, um eine Freundin ihrer Tante zu besuchen. Nur dass die Freundin gar nichts davon wusste. Wen zum Teufel besuchte sie also in Wahrheit, und warum kam sie?

Allmählich hatte ich das Gefühl, rund um das »SchönLeben« wuchere ein Dschungel an Rätseln. Seit ich hier arbeitete, waren zwei Menschen verstorben. Und ich war inzwischen überzeugt davon, dass nicht nur eine ermordet worden war, sondern beide eines gewaltsamen Todes gestorben waren. Nur dass der Tod von Ina, die eine ohnehin sehr alte und angegriffene Dame gewesen war, anscheinend niemanden wirklich interessierte.

Wann begann das Alter, an dem man nicht mehr »Zu früh« oder »Warum?« in die Todesanzeige schrieb? Die Aussicht auf den unvermeidlichen Fortgang des Lebens lähmte mich. Ich mochte nicht einmal essen, die Waage zeigte kaum einen Fortschritt. Irmentraud Nicoletto runzelte besorgt die Stirn.

Sie und ihr Mann beschlossen, mich aufzuheitern.

»Nur *so*!«, raunte mir Paul im Treppenhaus zu. »Sie ist dabei, Swentja.«

»Es wäre auch sonst ›nur so‹, Paul. Bitte vergiss die Sache.« Er sah mich waidwund an. »Wenn das derart einfach wäre.«

Doch da erschien eine strahlende Irmentraud schon auf der Treppe, mit einem beunruhigend großen Picknickkorb in der Hand und einer rustikalen Strickjacke, auf die ein Edelweiß aufgestickt war. Gerade fragte ich mich, ob sie ins Alpenländische mit mir fahren wollten, als mir das wenig spektakuläre Ziel enthüllt wurde.

Sie luden mich zu einer Fahrt ins Neckartal ein.

»Liebe Swentja, du wirst staunen. Das Neckartal mit den Burgen und dem Fluss ist ein Paradies vor unserer Haustür.«

Mir egal. Heidelberg kannte ich natürlich, das Neckartal selbst war ein weißer Fleck auf meiner exklusiven Landkarte, die bisher eher Ferienorte wie Miami, Genf, Basel und Cannes beinhaltet hatte.

Wir starteten also an diesem Samstagmorgen und parkten günstig am etwas außerhalb liegenden Heidelberger Bahnhof. Der Inhalt des Picknickkorbes wurde sorgfältig in eine Kühlbox umgeladen, dann fuhren wir mit der Straßenbahn in die Stadt. Mal wieder eine Begegnung mit der Welt, die wahrscheinlich die sogenannte »richtige« war. In meinem früheren Leben hatte ich für gewöhnlich einfach irgendwo geparkt und den einkalkulierten Strafzettel an die Sekretärin meines Mannes weitergereicht.

Wir setzten uns dann ins Gras an den freundlichen Neckar und vesperten einträchtig. Es machte fast mehr Spaß als die ewigen Sternerestaurants, in denen ich mit meinem Mann meist schweigend und ohne echte Freude gesessen hatte. Ich streckte mich auf einer karierten Decke aus und ließ meine Gedanken spazieren gehen.

Eigenes Geld verdienen. Aus sich heraus akzeptiert werden. Die Nase ohne teures Puder in anderer Leute Angelegenheiten stecken. Einen Mord aufklären … ohne Netz und doppelten Boden. Ein neues Leben. Etwas wie Abenteuerlust stieg in mir auf wie Bläschen in einem Champagnerglas. Erwachsen sein. Es fühlte sich gut an. Meinte Irmentraud das, wenn sie von der Freiheit, zu entscheiden, sprach?

Was Paul anging, entdeckte er das Doppelleben seiner besseren Hälfte nur deshalb nicht, weil er keine Kataloge mit Mode für reife Damen durchblätterte.

Kataloge! Damit hatte alles angefangen. Und damit hörte es vermutlich auf. Es würde wohl keine Puppen aus dem »SchönLeben« mehr im neuen Katalog des Auktionshauses geben. Kline musste seinem Spezi Klaus Feuer gesagt haben, dass damit Schluss sei, zumindest für den Moment. Doch hatte er ihn bei dem Gespräch im Hof anscheinend auf einen großen Coup hingewiesen. Einen, der richtig Geld brachte.

Wer hatte Kline nun eigentlich gewarnt, dass die Verkäufe bei Feuer auffliegen würden? Indirekt Eleanor, die ihn ermahnt hatte, darauf zu achten, dass keine Dinge aus den Zimmern verschwanden. Wer konnte es sonst gewesen sein? Hatte Cornelia außer mir noch jemandem erzählt, dass die geliebten Püppchen von Anna-Maria zum Verkauf standen? Ich hatte nur Gitte gegenüber eine vage Andeutung gemacht, dass es wohl Diebstähle gegeben hatte.

Gitte, die eine scheinbar Stumme besuchte, die aber mit ihr gar nichts anfangen konnte? Was suche Gitte also wirklich in dem Seniorenheim?

Plötzlich stand er mir vor Augen. Groß. Wuchtig und aggressiv fast. Kline!

Es war unglaublich, aber Gitte könnte ein Verhältnis mit Scott Kline haben! Ein Vorhang schob sich zur Seite, und ein Bild erschien: Gittes lächerlich kleiner Ehemann neben dem Hünen von Kline. Gitte im Bett von Scott Kline. *Vive la différence.*

Kein Wunder, dass der Mann Geld brauchte. Gitte war nicht eben billig in der Haltung, und das Weibsbild in Baden-Baden, das aus einem viel zu teuren Wagen ausgestiegen war, hatte auch nicht ausgesehen, als sei sie von der Heilsarmee.

Doch blieb die Frage, warum diese beiden Spießgesellen ausgerechnet mich ins »SchönLeben« gelockt hatten?

Irmentraud holte mich aus meinen Gedanken, und wir spazierten gemeinsam in die Fußgängerzone. In Gegenwart der sparsamen Nicolettos ging ich mit abgewendetem Kopf an den teureren Boutiquen vorbei. Der Kauf eines T-Shirts für zweihundert Euro würde Irmentraud den Glauben an die Menschheit verlieren lassen.

Paul erstand in einem Buchladen zwei Werke über badische Geschichte, und Irmentraud fiel über den Weihnachtsladen von Käthe Wohlfahrt her. Mit drei grünlichen Christbaumkugeln tauchte sie wieder auf, während Paul und ich verlegen nebeneinander vor dem Geschäft standen. Viel sprachen wir nicht miteinander, wenn wir allein waren. Die Umarmung von damals hatte alles verändert, und nicht zum Guten.

Irmentraud holte sich als Höhepunkt der Dekadenz noch ein Eis. »Willst du auch?«

Nein. Mir war nicht nach Eis. Mir war nach gar nichts.

Nicolettos ließen sich schleckend auf einer Bank an einem kleinen Platz in der Fußgängerzone nieder und schienen insgesamt mit der Welt im Einklang. Ich strich unruhig an den Schaufenstern in ihrer Rufnähe entlang.

In einem sogenannten Cook Shop für hochmodernes Küchenzubehör entdeckte ich eine Kaffeemaschine, die jener glich, welche unsere Bewohner im »SchönLeben« praktischerweise in ihren Gemächern hatten. Eine Verkäuferin stand gelangweilt in dem Laden herum. Sie blickte nach draußen auf die vorbeiziehenden Japaner und Amerikaner, die ganz bestimmt nicht die Absicht hatten, sich hier in Deutschland eine solche Maschine zu kaufen und sie für teures Geld nach Übersee schicken zu lassen.

Einer Eingebung folgend, gab ich Nicolettos ein Handzeichen, sie sollten doch einen Moment warten, und betrat den Laden. Die Verkäuferin checkte meine Comma-Hose und meinen Ralph-Lauren-Blazer sowie meine Uhr von Michael Kors und beschloss, mich als Interessentin ernst zu nehmen.

»Gerne zeige ich Ihnen das Modell Delicio. Es ist von einem italienischen Designer gestaltet. Komfortabel zu bedienen. Sie haben hier die Pads, legen sie in die Maschine, ziehen den Hebel, und schon können Sie Ihren Kaffee genießen. Pads sind ein Beitrag zum Umweltschutz, sind biologisch abbaubar, können also zum Biomüll gegeben werden. Anders als die Kapseln, wie man sie in den meisten Läden bekommt.« Die Verkäuferin verzog missbilligend das Gesicht. »*Unsere* Pads sind also besonders durchlässig und umweltfreundlich noch dazu.«

Ich nahm ein solches Pad in die Hand. Tatsächlich. Im Unterschied zu den Kapseln, die ich benutzte, war das Pad von einem Netz umgeben. Man sah das Kaffeepulver darin, und man roch es auch ganz schwach.

Ich starrte auf dieses Kaffeepad.

Und starrte.

Nicolettos warteten geduldig draußen.

Die Verkäuferin musterte mich bereits misstrauisch.

»Könnte man in dieses Pad etwas hineintun?«

»Wie meinen Sie?«

»Nun, man könnte doch in dieses Pad mit einer Spritze etwas hineinschießen, und es würde dann mit dem Kaffee zusammen ausgestoßen werden.«

»Ich bitte Sie.« Die Verkäuferin wich vor mir zurück und betrachtete mich misstrauisch. »Na, hören Sie mal! Wer würde denn so etwas tun?«

Ja, wer?

Ich war sehr still auf dem Weg zum Auto.

Eigentlich hatte ich keine Lust mehr auf die Weiterfahrt am Neckar entlang. Ich hatte auch keine Lust mehr, in Pforzheim zu wohnen und in einer Einrichtung zu arbeiten, von der ich nicht wusste, ob sie Leben bewahrte oder Leben kostete.

Weit weg. Am Strand liegen und keine Sorgen haben. Das wär's. Und neben mir am Strand? Ich schloss die Augen. Da saß ein Mann. Ohne Gesicht. Ich erschrak und riss die Augen wieder auf.

Am liebsten hätte ich Marlies angerufen. Oder Florian Belou. Oder Hagen. Ja, Hagen wäre am besten. Aber ich durfte Nicolettos nicht ihren Samstag vermiesen, den sie mir freundlicherweise, wenn auch aus jeweils unterschiedlichen Motiven, widmeten.

Mir war jedenfalls jetzt klar geworden, wie der Mord im Stift möglicherweise geschehen war.

Fast schon krankhaft penibel und dadurch total berechenbar, hatte Ina jeden Tag eine Tasse Kaffee zu sich genommen, und zwar immer um sechzehn Uhr, womit sie sich dramatisch von den fanatisch teetrinkenden Gleichgesinnten und Gleichgestellten im Haus unterschied.

Jeder wusste das. Jeder, der einmal mit ihr zu tun gehabt hatte. Schwester Anita. Ich. Die übrigen Gesellschafterinnen. Der Hausmeister Buchmann. Doris Haller an der Rezeption. Thomas von Schönleben. Die anderen Bewohner. Gundrama. Jeder. Und Kline. Gitte und Kline. Ich atmete durch. Versuchte, ruhig zu bleiben.

Wir gondelten jetzt den glitzernden Neckar entlang. Neckargemünd, Neckarsteinach. Alles wunderschöne Orte wie aus einem Gemälde von Spitzweg. Fachwerk. Romantische Flussschleifen. Burgen lugten um jede Ecke.

»Fahren wir bis nach Mosbach und drehen dann um«, befand Paul wohlwollend. »Wir können dort noch gemütlich Kaffee trinken.«

»Und Kuchen essen!«, sagte Irmentraud und zwinkerte mir zu.

Wir parkten in der lebendigen Stadt, genossen das Treiben in den verwinkelten Gassen mit unendlich vielen kleinen und erstaunlich schicken Lädchen.

»Hier wird gelebt. Man merkt, dass Mosbach noch badisch ist«, bemerkte Paul, ganz Patriot. »Württemberg fängt erst da drüben an.«

Mosbach?

Irgendwie hatte ich doch in letzter Zeit bereits einmal von Mosbach reden hören. Oder hatte den Namen gedruckt gesehen. Richtig, in der Todesanzeige von Babette von Schönleben.

»Sogar hier«, sagte ich zu meinem Vermieter-Ehepaar, »sogar in diesem Ort gibt es von Schönlebens.«

»Wirklich?«

»Ja. Eine entfernte Verwandte der Pforzheimer Familie wohnt in Mosbach. Das heißt, sie wohnte hier.«

»Ein Ableger unserer Pforzheimer Schönlebens? Das interessiert mich als Heimatforscher aber sehr«, rief Paul erfreut. »Wir schauen mal ins Telefonbuch. Oder ins Internet.«

»Sie lebt aber nicht mehr. Sie ist vor einiger Zeit verstorben. War wohl sehr alt.«

»Schon wieder jemand gestorben?«

Irmentraud sagte es so leichthin, doch rann mir ein Schauder über den Rücken.

Vor allem, weil es zutraf. Rund um das »SchönLeben« starben derzeit verdammt viele Leute.

Paul Nicoletto war sichtlich froh, aus einem betulichen Damenausflug eine kulturhistorische Recherche machen zu können. »Lasst uns mal zum Friedhof fahren. Der kann ja hier nicht groß sein«, schlug er vor.

Nein, das war er nicht. Der friedliche Ort lag jetzt in einer warmen Herbstsonne.

An einem frischen Grab stand eine junge Frau mit einem kleinen Kind. Sie hatte gerötete Augen. »Mein Opa«, sagte sie entschuldigend. »Letzte Woche, aber ich mochte ihn so. Und ich hätte mir gewünscht, er wäre noch ein bisschen länger geblieben.«

»Das tut uns leid!«

Wir schwiegen eine Weile und betrachteten das Grab von Herrn Gustav Schramm, dem Opa.

»Dann ist das also der Bereich, wo sich die neuen Gräber befinden?«, wollte Paul wissen.

»Ja, hier und gleich da rechts.« Jetzt lächelte sie und nahm ihr Kind bei der Hand. »Opa liegt jetzt nicht weit von seiner lieben Freundin. Das hätte er sich immer gewünscht. Er mochte sie nämlich sehr, die Babette von Schönleben. Die beiden waren fast gleichaltrig und sind zusammen in die Schule gegangen. Es war traurig, wie sie gestorben ist. Sie lag tagelang in ihrer Wohnung, und das bei der Hitze. In einem Sack haben sie sie rausgetragen. Ich denke, da war nicht mehr viel übrig. Schrecklich.«

Rückwirkend weiß ich nicht mehr, warum ich es fragte. Es war wie eine Eingebung. »Ich glaube, ich kannte sie auch. Also, über drei Ecken. Haben Sie wohl ein Foto von Babette von Schönleben?«

Die junge Frau war mit Recht erstaunt: »Ein Foto? Ja, von früher, gewiss irgendwo.«

»Und ein neueres?«

Sie runzelte die Stirn. »Nein … Obwohl, doch. Ja, beim Altennachmittag von der Kirche, da wurde von jedem ein Porträtfoto gemacht. Richtig groß. Man konnte es kaufen. Und Opa«, jetzt wurde sie ein bisschen rot, »Opa hat eines von Babette mitgekauft. Er wollte es ihr irgendwann mal schenken, sie hat es sich nicht leisten können, denn sie hatte sehr wenig Geld. Das müsste noch unter Opas Sachen sein.«

»Könnten wir dieses Bild einmal sehen?«

Irmentraud sah mich verwundert an, ihr Mann registrierte mein neu erwachtes heimatgeschichtliches Engagement mit freudiger Überraschung. Es gefiel ihm, dass ich das Bild einer unbedeutenden alten Frau von Schönleben sehen wollte.

»Nun, ich weiß nicht …«

»Ich bin Historiker«, brachte Paul mit der Autorität früherer Zeiten als Chef entschlossen hervor. »Und wir forschen ein wenig über die Familie von Schönleben. Frau Tobler hier arbeitet für die Familie.«

»Ach so.« Die junge Frau sah von einem zum anderen. »Nun, dann wird es schon in Ordnung sein. Ich muss noch etwas einkaufen, aber ich gebe Ihnen hier mal meine Adresse. In einer Stunde?«

»Gerne.«

Man konnte in Mosbach problemlos eine Stunde angenehm verbringen, und doch konnte ich es nicht erwarten, Frau Krummnitz aufzusuchen.

Margit Krummnitz. Hofgasse 7a, eine fußläufige Adresse in der Innenstadt.

Dort angekommen, öffnete uns die Frau vom Friedhof. Sie hatte sich mittlerweile umgezogen und bat uns freundlich herein.

Das Kind lief auf uns zu und hielt uns eine gelbe Stoffente entgegen. Irmentraud als routinierte Oma beugte sich zu der Kleinen hinab und lobte das Entchen: »Ist das aber schön! Kann das auch schwimmen?«

Die junge Mutter rückte Stühle an den Küchentisch: »Die Babette! Ganz allein hat sie gelebt, und ganz allein ist sie gestorben. Ist das nicht schlimm?«, sagte sie leise.

Wir bestätigten, dass das schlimm war. Und es war ja auch schlimm.

Margit Krummnitz nestelte am Kleidchen des Kindes herum und schien verlegen. »Leider habe ich das Foto nicht gefunden. Tut mir leid. Opa muss es irgendwohin gekramt haben. Ich werde weitersuchen. Sowie ich es gefunden habe, rufe ich Sie an.«

Enttäuscht standen wir auf. Als wir zu unserem Auto gingen, fiel mir auf, dass sie gar nicht nach unserer Telefonnummer gefragt hatte.

***

Ich traf Marlies und ihre Tochter in Karlsruhe. Joanna wollte sich zerrissene Leggins kaufen, um für ein Heavy-Metal-Konzert passend gekleidet zu sein. Marlies war dagegen, hatte aber keine Chance.

»Ach, manchmal bin ich traurig, dass sie nicht mehr klein ist und mit Puppen und Bären spielt. Sie wollte immer Krankenschwester werden«, trauerte Marlies den vergangenen biederen Berufsträumen ihrer Tochter nach. »Sie hat den Puppen die Bäuche aufgeschnitten und Verbandsmaterial hineingestopft. Dabei hätte sie ihnen doch einfach die Ärmchen abschrauben können, wenn sie was reinstecken wollte. Aufschlitzen, das macht man doch nicht.«

»Hat aber Spaß gemacht«, sagte Joanna wild.

»Na ja, heute wäre ich froh, wenn sie mit Puppen spielen würde und nicht mit Jungs.«

»Mama, das ist voll peinlich.«

»Ja, ebenso peinlich wie die Tatsache, dass wir jetzt zu diesem unsäglichen Laden – wie heißt er noch?, Primark – gehen und fünf Jeans für fünfunddreißig Euro sowie eine zerrissene Leggins für drei Euro kaufen werden.«

»Das ist cool.«

»Das ist verantwortungslos«, hörte ich mich sagen. »Ich war mal in dem Karlsruher Laden. Nur aus Neugierde. Irgendwas muss eine alleinstehende Frau ja schließlich machen. Und ich habe gesehen, dass die T-Shirts auf dem Boden liegen. Sie liegen auf dem Boden, und die Leute trampeln drauf herum. Irgendwie verlieren die Dinge ihre Wertigkeit. Jemand hat die doch mal hergestellt!«

Marlies und ihre Tochter starrten mich an, als käme ich von einem anderen Stern.

»Hä?«, fragte Joanna.

»Aber mit dir ist schon alles in Ordnung, oder?«, wunderte sich auch Marlies.

»Ja. Ich bin noch die elitäre und total unsoziale Swentja, wenn ihr das meint. Aber bei meinen Klientinnen, meinen sogenannten Gästen im ›SchönLeben‹, da habe ich halt gesehen, dass Dinge ein Eigenleben haben können. Diese Erinnerungsstücke, die sie aufheben, mögen für uns kitschig, verstaubt oder manchmal sogar lächerlich sein, aber sie haben einen Wert, sie gehören zu ihrem Leben. Und ihr Verlust schmerzt. Auch und gerade diese uralten Puppen. An ihnen klebt Geschichte.«

Ich schwieg eine Weile, hörte den Baustellenlärm der Baustellenstadt Karlsruhe, sah die Menschen mit ihren Einkaufstüten vorbeilaufen.

»Weißt du«, sagte Joanna plötzlich in einem Anflug von jugendlichem Ernst, gemischt mit allzu früher Melancholie und Lebensweisheit, »eine Puppe ist eine Geheimnisträgerin. Eine Freundin. Der man Sachen sagt, die man den anderen nicht sagen will. Ich hatte aber keine solche Puppe.«

»Warum nicht?«

»Weil ich einen Hund hatte. Einen lebendigen ...« Jetzt überflog eine erste Ahnung der unbarmherzigen Vergänglichkeit das Gesicht des Mädchens. »Aber der ist tot. Und die Geheimnisse sind mit ihm gestorben.«

Und brachte mich der Lösung eines Mordfalls damit sehr nahe.

Sechzehntes Zunehm-Essen von Irmentraud:
Murgtäler Heubraten mit Lammkeule, Bratenfett, Sahne, Weinbrand und ... Heu, ja, Heu!

Ich hatte ihn angerufen. Bei Hagen hatte ich während unserer ersten beiden Fälle immer ein mulmiges Gefühl gehabt, doch bei Florian war das nicht nötig. Er hatte freundlich reagiert wie immer.

»Treffen?«

»Treffen!«

Florian und ich gingen also Kaffee trinken. Einfach nur so.

»Ich mache das gerne«, sagte er offen.

»Warum?«

»Weil ich gut mit Ihnen reden kann«, sagte er nur.

Aus gutem Grund taten wir das nicht in Pforzheim. Obwohl nichts Amouröses oder Konspiratives an unserer Begegnung war, trafen wir uns stattdessen in Mühlacker, einer eher unhübschen Kleinstadt auf dem Weg nach Stuttgart.

»Grenzgebiet zu den Schwaben, deshalb sicher«, lächelte Florian und half mir aus meiner leichten Boss-Jacke. Dabei streifte sein Daumen meinen Nacken, und wieder hatte ich das Gefühl, als wärmte mich an dieser Stelle eine Heizung. Es tat gut, berührt zu werden, wenn auch nur so keusch.

»Florian, ich denke, dass ich weiß, wie Ina umgekommen ist.«

Er lächelte, nachsichtig und nicht spöttisch wie Hagen.

»Langsam, langsam. Unser Problem ist derzeit erst mal Frau von Guntershausen. Da haben wir ein ganz reales Mordopfer. Die Gute war im Internet aktiv, hat dort nach einem Mann gesucht. Wir ermitteln in der Szene. Gerade unter Adeligen gibt es eine Menge Heiratsschwindler.«

»Sie ermitteln aber in der falschen Richtung. Kline ist es, den ihr unter die Lupe nehmen müsst.«

»Gegen Herrn Kline liegt nichts vor. Was haben Sie denn gegen den Mann?«

Ja, was hatte ich eigentlich gegen ihn?

»Florian, das mit Gundrama ist schrecklich. Aber es hängt alles zusammen, glauben Sie mir. Ina ist ebenfalls ermordet worden, und zwar hat man sie höchstwahrscheinlich vergiftet. Mit einem Kaffeepad, das eigens dafür präpariert wurde. Man muss sie exhumieren.«

Hagen hätte jetzt spöttisch gelächelt. Florian hatte zugehört, aber er unterdrückte ein Seufzen. »So einfach ist das nicht. Ich brauche dafür eine richterliche Anweisung und einen begründeten Verdacht.«

»Man liest immer wieder von Pflegern, die alte Menschen mit falschen Medikamenten umbringen und davonkommen, weil bei den Alten keiner mehr genau hinschaut. Jedenfalls muss schnell gehandelt werden.«

Florian schüttelte den Kopf. »Nicht zwingend. Gift kann auch nach sehr langer Zeit im Körper nachgewiesen werden, je nachdem, ob die Leiche kühl und trocken oder warm und feucht lag. Arsen, Zyankali, Polonium und E605 sind sehr beliebte Gifte, lassen sich aber auch gut nachweisen. Schwieriger ist der Nachweis von Giften auf Eiweißbasis, doch auch hier wird die Arbeit der Rechtsmedizin und der Labore immer ausgefeilter. Feingewebliche Untersuchungen sind heute sehr weit entwickelt.«

»Inwiefern?«

»Man kann schon geringe Mengen an Giftstoffen im Körper des Toten nachweisen und dann zurückrechnen, wie viel er zum Zeitpunkt des Todes davon in sich hatte und ob das Medikament oder das Gift damit als Todesursache in Frage kommt.«

»Also wird der Giftmord als Mordmethode jetzt seltener?«

Florian runzelte die Stirn. »Nicht unbedingt. Mörder sind erfinderisch. Neu auf dem Markt sind radioaktive Stoffe, und tatsächlich … kommen häufig auch Morde in Krankenhäusern und Pflegeheimen vor. Ein blutdrucksenkendes Mittel, und schon stirbt der Patient. Sehr schwer nachzuweisen, denn naturgemäß treten an einem solchen Tatort gehäuft Todesfälle auf, und die Tatwaffe ist eine alltägliche Sache.«

»Da Ina so spartanisch lebte und keine Medikamente nahm,

war es wohl schwer, ihr das Gift beizubringen. Gut, sie hat täglich den Obstkorb von Thomas von Schönleben bekommen, aber an den Donnerstagen hat sie davon nicht gegessen. Eigentlich hätte er sich die Mühe sparen können. Florian, das Gift wurde ins Kaffeepad injiziert. Da sie jeden Tag zur gleichen Stunde Kaffee trank, war es eine sichere Sache.«

»Und welches Gift haben Sie im Auge?«

Meinte er die Frage wirklich ernst?

Ich schwieg eine Weile. Dann dachte ich an die üppigen Pflanzen, an die farbenfrohen Blumen, die bunten Beete im Park des »SchönLeben«. Und ich dachte an Beiträge, die ich in einem Forum für Krimiautoren darüber gelesen hatte, wie und womit man ganz wunderbar Leute um die Ecke bringen könnte.

Der Park stand mir vor Augen. Der Park, für dessen Gestaltung gewiss auch Kline verantwortlich war. Die schönen Farben. Das grelle Blau.

»Blauer Eisenhut beispielsweise«, sagte ich langsam, aber entschlossen. »Die ganze Pflanze, aber vor allem die Wurzel trägt ein tödliches Gift in sich, das akute Herzprobleme verursacht, die bei alten Menschen normal erscheinen. Es ist geschmacklos und wirkt sofort. Man kann herrlich töten mit dieser Pflanze. Und keiner merkt's. Der ursprüngliche Spross stirbt ab. Das hat viel Wahres an sich. Eine richtige Mörderpflanze. Und Blauer Eisenhut wächst in Ziergärten. Auch im ›SchönLeben‹.«

Florian sah mich verwundert an. »Sie kennen sich aber aus! Warum hätte denn überhaupt jemand Ina töten sollen? Eine alte Frau!«

»Weil man ihre Puppe dreist gestohlen hatte und weil sie es im Unterschied zu den anderen, deren Puppen verschwunden waren, sofort bemerkte und nicht einfach so hinnehmen wollte. Vielleicht auch, weil sie wusste, wer der Dieb war und warum er es tat.«

»Aha, die Puppen. Davon sprachen wir schon.« Er lächelte nun doch. Ängstlich betrachtete ich sein Gesicht. Machte er sich lustig über mich? »Jetzt verstehe ich allmählich, was Hagen meinte.«

»Ja?«

Er griff nach meiner Hand. »Sie sind schon ein kleines bisschen verrückt, oder? Auf nette Art natürlich!«

»Keine Spur. Ich sehe nur anders hin. Hier sucht jemand eine ganz bestimmte Puppe.«

»Um Gottes willen, warum denn das?«

Ich dachte an das Gespräch mit der Puppenfrau aus Oberderdingen und an Marlies. An Joanna, die Sachen in der Puppe versteckt hatte. »Es ist vielleicht etwas in dieser speziellen Puppe, die er sucht, versteckt. Etwas, das viel Geld bringt, wenn es an die Öffentlichkeit gelangt.«

»In einer Puppe?« Er räusperte sich.

»Florian, es sind nicht irgendwelche Puppen, um die es hier geht. Alte Sammlerstücke. Aus Frankreich oder England, die wie alte Puppenhäuser auch aus früheren Zeiten und adeligen Häusern stammen.«

Florian schmunzelte. »Damit habe ich es nicht so. Meine Mutter hat immer die ›Frau im Spiegel‹ gelesen. Bis heute ist sie der Meinung, dass der Hof Lady Diana ermordet hat. Angeblich war sie schwanger. Ein Bastard als Halbgeschwister von William, dem Netten. Und Stiefonkel von Baby George. Man stelle sich das vor!«

***

»Nachdem wir so oft von den Schönlebens gesprochen haben, habe ich mal ihren Stammbaum ausgedruckt«, meinte Paul Nicoletto. »Meine Güte, gibt's da viele von denen, und einer sieht so schrecklich aus wie der andere. Ich glaube, die haben alle untereinander geheiratet.«

Er breitete ein Konvolut von Papieren vor mir aus. »Schau mal hier: Wolf von Schönleben-Meisnitz heiratet die Tochter seiner Tante, Emilia Freifrau von Meisnitz-Rügwald, geborene von Schönleben. Jesus, kein Wunder, dass die so aussehen. Aber einige haben sich auch rechtzeitig davongemacht. Hier: Lutz von Schönleben-Mühlau, eine Familie aus der Gegend von Mühlacker, hat eine Stelle in Frankreich angenommen, als Adjutant. Und dieser hier: Born, komischer Name, von Schönleben-Schönleben, noch komischer, hat in Northumberland das Anwesen eines vor langer Zeit ausgewilderten Großgroßcousins übernommen. Zwei Schönlebens sind nach Amerika ausgewandert, um 1880, ihre Spur verliert sich. Aber das sind Ausnahmen. Die Mehrheit sind reine Zuchtlinien.«

»Und die jetzige Frau Eleanor von Schönleben?«, fragte Irmentraud.

»Eine Großcousine von Wolfgard von Schönleben, dem Onkel ihres Mannes. Oder so ähnlich. Wer blickt bei diesen verwickelten Stammbäumen durch? Sie haben einfach immer zusammengehalten und untereinander geheiratet.«

»Woher kommt denn der Reichtum der Familie von Schönleben?«

»Weiß ich nicht. Sie sind halt reich, wie solche Leute reich sind. Schlösser, Herrenhäuser, Jagden. Wälder.«

»Einer der Schönlebens hatte eine Papierfabrik im Murgtal«, merkte Irmentraud an. »Ich weiß nicht, was daraus geworden ist. Ich denke, es gibt sie nicht mehr.«

»Und ein von Schönleben betrieb eine große Druckerei mit Verlag in Karlsruhe. Sie haben Kunstkalender und solche Dinge gemacht. Aber ich glaube, den Verlag gibt es auch nicht mehr. Die Druckerei auch nicht. Druckereien haben es heutzutage schwer.«

Irmentraud seufzte. »Gut, dass unsere Kinder etwas Anständiges gelernt haben. Ob in all dem, was diese Edelleute machen, wirklich Geld liegt?«

Sie zwinkerte mir zu. »Lasst uns essen!«

***

Von der jungen Frau aus Mosbach hörten wir nichts mehr. Diese Tatsache erstaunte mich nicht. Wie auch, ohne Adresse?

Einer Eingebung folgend, suchte ich an einem Nachmittag in meinem Zimmer im Internet-Telefonbuch von Mosbach nach der Evangelischen Gemeinde.

Es läutete kurz, mit fast amerikanischem Klingelton, dann meldete sich eine gewisse Frau Strumpf mit einer schmeichelnden Stimme und antwortete sanft auf mein Ansinnen.

»Ein Foto von Babette von Schönleben beim Gemeindefest?« Sie grübelte hörbar, und ich vernahm, wie ein Ordner aufgeklappt wurde.

»Das Bild von Babette von Schönleben ist von der Familie Schramm gekauft worden. Jetzt ist es nur noch eine Erinnerung. Frau von Schönleben ist verstorben.«

»Haben Sie noch Abzüge von der Aufnahme?«

Wieder sehr entgegenkommend: »Nein, das glaube ich nicht. Unser Fotograf macht die Fotos und löscht sie dann nach einer kurzen Zeit von seiner Kamera. Wir hätten sonst auch endlos lange noch Anfragen.«

»Es ist schade. Für mich wäre es sehr wichtig. Wirklich.«

»Nun gut. Ausnahmsweise. Eigentlich mache ich das nicht. Unser Fotograf ist der Benno Golemski. Er arbeitet auch für die Zeitung.«

Dank des Internets und der Tatsache, dass Benno einen für Mosbach nicht ganz alltäglichen Namen trug, konnte ich ihn finden. Wir telefonierten, und er schien nicht nur sehr entgegenkommend, sondern stellte auch keine unnötigen Fragen.

Mosbach schien ein gutes Pflaster für freundliche Leute zu sein.

Das zweite Mal fuhr ich also nach Mosbach, diesmal allein. Wenn ich auf den leeren Sitz neben mir sah, hatte ich manchmal die Vision, Hagen säße neben mir, meinen Luxus, meinen Fahrstil spöttisch kommentierend.

Benno Golemski erwies sich als ein ganz junger Mann mit hellbraunem Haar, in dem sich eine Strähne nach oben wirbelte, was ihm ein sympathisch koboldhaftes Aussehen gab. Ich selbst trug einfache namenlose Jeans und ein indisches blaues T-Shirt, das ich mir vor Jahren in der Oxford Street in London gekauft hatte.

»Ich lösche die Bilder immer nach einer Woche von meiner Kamera. Alle wissen das. Mosbach ist nicht groß, und den Leuten fällt dann nach Wochen ein, dass sie noch ein Foto von Tante Erna zum Siebzigsten brauchen, aber bezahlen wollen sie es natürlich nicht, also rufen sie bei mir an und nerven.«

»Das verstehe ich!« Ich lächelte ihn an und wusste, was er sah. Eine bildschöne Frau in den besten Jahren mit perfektem Haar, glatter Haut und vollem Mund. Dazu irisierende Augen und ein verführerisches Lächeln.

»Darf ich Sie mal irgendwann fotografieren?«, erkundigte er sich mit einer entwaffnenden Mischung aus Selbstbewusstsein und Schüchternheit.

»Warum nicht?« Ich lächelte wieder und trat einen Schritt auf ihn zu. »Ich glaube, Sie sind ein guter, ein sehr guter Fotograf.« Ich legte ihm wie spielerisch eine Hand auf den Arm, zog sie aber sofort wieder weg. Ein alter Trick, und er hatte keine Chance, zappelte schon in meinem Netz.

»Ich habe eine Serie von alten Gesichtern gemacht, die ich einer Zeitschrift anbieten will«, sagte er heiser und räusperte sich. »Darunter wäre auch das Foto von Babette von Schönleben. Ich habe es noch, auf meinem Computer.«

Ich sagte erst einmal nichts. Schloss nur ganz kurz die Augen und machte sie dann weit wieder auf. »Wunderbar!«

Benno ging zu seinem Rechner, ließ ihn leise zischend hochfahren. Es ging schnell. Er setzte sich. Routiniert bediente er die Tasten.

»Soll ich es Ihnen ausdrucken? Ich will die Serie in Schwarz-Weiß machen, wegen der Aussage. Auf dem Computer habe ich es auch in Farbe.«

»Wie Sie meinen.«

Das Blatt ratterte aus dem Drucker. Langsam wurden die Züge von Babette von Schönleben erkennbar.

Und es waren Züge, die ich sehr gut kannte.

Es war das Gesicht von Anna-Maria von Schönleben.

Der gleiche schiefe Mund. Das lange Kinn. Die volle Unterlippe.

Und doch …

»Benno«, sagte ich ganz leise und ganz vorsichtig, um die Er-

kenntnis nicht zu verscheuchen. Diese unglaubliche Erkenntnis.
»Benno, kann ich das Bild einmal in Farbe sehen?«

Babette/Anna-Maria erschien in Farbe und hoher Auflösung auf dem Bildschirm.

Ich sah ganz genau hin.

Versank in den blauen Augen. Die grauen Einsprengsel, die ich so erstaunlich fand, weil sie sich durch die ganze Familie zogen, fehlten.

Und sie hatten auch bei Anna-Maria gefehlt, damals, als wir in Wildbad waren. Ich hatte es gesehen, ohne dass es mir bewusst geworden war. Ich hatte nur gedacht, was sie doch für klare Augen hatte.

Allerdings erst dort. Beim ersten Mal, als ich sie traf, waren die Sprengsel da gewesen. Ich hatte noch gedacht, wie ähnlich sich Cornelia und Anna-Maria sahen, bis auf dieses Detail.

Aber nicht beim zweiten Mal. In Bad Wildbad.

Als sie so viel besser laufen konnte als beim ersten Mal ...

Swentja nimmt die Spur auf

»Mum, wie geht es dir?«
»Kind?«
»Sag nicht Kind. Stell dir vor, James und ich versöhnen uns. Ich bin so *over the moon.* Wie sagt man auf Deutsch? Ach, ich kann kaum noch Deutsch. *I am so happy.* Er verzeiht dir.«
»Mir? Na, da bin ich aber froh. Ich kann es gar nicht erwarten, dieses Prachtstück von Schwiegersohn kennenzulernen. Hast du eigentlich Kontakt zu deinem Vater?«
»Wir telefonieren einmal die Woche. Immer am Mittwochabend.«
Das war typisch für meinen Mann. Für Sex (früher), für mich, für seine Mutter (früher) und für sein Kind hatte er stets Tage und Stunden reserviert, die er Zeitfenster nannte.
»Wie spricht er über mich?«
Kurzes Schweigen, dann klang es über den Ärmelkanal: »Ich sollte das vielleicht jetzt nicht sagen, aber ich glaube, er ist ein wenig einsam da in dem großen Haus. Du könntest ihn mal anrufen. Ich glaube, er würde sich direkt freuen.«
»Du wirst lachen, Kind, nein, nicht Kind – du bist ja spätestens jetzt eine Frau. Was übrigens auch Ärger bedeutet. Genau das habe ich vor. Es gibt nämlich etwas, wobei er mir helfen kann.«
»Das freut mich für euch«, sagte mein Kind schlicht.
»Und du wirst es nicht glauben – auch du und dein James könnt mir in einer kniffligen Sache, eigentlich gleich bei zwei Sachen, helfen. Seid ihr bereit für einen kleinen Ausflug nach Stratford?«
»Nach Stratford kann man immer fahren. Shakespeare. James sagt, er war zwar nicht richtig adelig, nur ein bisschen von der Mutterseite, aber er hat mehr für den Adel getan als manche von diesen Schlampen, die sich heute Prinzessin nennen. *Excuse me.*«
»Ach, ich bin ganz deiner Meinung. Unter anderem geht

es um genau eine solche sogenannte Schlampe. Und um einen Mann. Oder sogar gleich mehrere Männer. Pass mal gut auf ...«

Marlies betrachtete mich mitfühlend, als ich nervös und ein wenig traurig in ihrer Küche auftauchte.
»Hast du ein Glas Rotwein und fünf Minuten?«
»Du suchst mal wieder am falschen Ort, nicht wahr?«
»Ich weiß nicht, Marlies. Vielleicht, vielleicht nicht. Vielleicht bin ich schon angekommen. Aber es würde mich nicht glücklich machen.«
Sie sah mich nur an, sagte aber nichts mehr.

Das, was mich an meinem Mann stets gestört hatte, erwies sich jetzt als angenehm.
Er wurde nicht aggressiv, nicht ausfallend, nicht höhnisch und nicht spöttisch, sondern er blieb einfach nur sachlich.
»Brigitte aus dem Tennisclub hat dir eine Arbeit besorgt? In einem Altenheim?«
»Ja. Das ist sehr nett von ihr, nicht wahr?«
Mein Mann, graues Sakko, graue Hose, blauer Schlips und korrekte Frisur, hob die Schultern. »Nett? Vielleicht. Vielleicht nicht. Ich glaube nicht an Nettigkeit.«
»Wir hatten ja nie viel gemeinsam, und jetzt hat sie sich so um mich gekümmert.«
»Ihr habt sehr viel gemeinsam«, erwiderte er trocken.
»Und das wäre?«
»Ich bin sicher, sie geht fremd.«
»Wie kommst du darauf?«
»Ich kenne die Anzeichen.« Nicht einmal ein ironisches Hüsteln garnierte diese Aussage. Seine Augen blieben wie graue Kiesel.
»Seit wann?«
»Seit ich dich kenne!«
Ich schwieg betroffen.
Er tippte leise und fast ungeduldig mit dem Zeigefinger auf die Tischplatte. »Also, was möchtest du, Swentja?«

»Ich habe eine Bitte an dich als Finanzexperten. Könntest du bitte diskret Ermittlungen über die finanzielle Situation von bestimmten Personen einholen?«

»Von wem?«

Ich schob ihm einen Zettel hin.

Er las den Namen. »Donnerwetter, Swentja. Du hast dich verändert!«

***

Ich saß mit Victoria von Schönleben in einem Café in Stuttgart. Sie war in die Landeshauptstadt gefahren, um eine junge japanische Designerin zu treffen, und hatte mich in ihrem Auto mitgenommen.

Die japanische Designerin hieß Makikko und war wirklich eine Überraschung. Winzig klein, weißes Haar, dunkle Augen, eine elfenbeinfarbene Haut und so dünn wie ein Streichholz. Sie trug weiße Hosen und Turnschuhe. Das Wesen schien alterslos und strahlte eine unglaubliche Dynamik sowie freundliche Kompetenz aus.

Ihre Modelle waren auch unglaublich. Lange Kleider, die sich vorn öffneten und lange Hosen freigaben. Die Kleider waren schwarz, die Hosen in Knallfarben. Ich fand, es sah sehr gut aus.

Victoria hatte zwei Modelle in verschiedenen Größen auf Kommission geordert. Wir hatten den angebotenen Tee getrunken, uns eilig verabschiedet und waren in das Café geflüchtet, um Leben spendenden Kaffee zu bestellen.

»Der Herbst ist da. Die Ballsaison beginnt«, sagte Victoria erfreut. »Und die Jagdsaison geht bald los. Magst du mal mit auf die Pirsch gehen?«

»Jagd?«

»Ja, ich habe einen Jagdschein, so wie alle bei uns. Eine Cousine ist sogar Falknerin. Es gehört sozusagen zum Verhaltenskodex dazu.«

»Ist es schwer, diesen Schein zu bekommen?«

Victoria lachte. »Kommt drauf an. Man nennt ihn nicht umsonst das Grüne Abitur. Du musst mindestens hundert Theoriestunden absolvieren, Schießübungen, dann die Arbeit mit den Hunden und viele, viele Waldbesuche. Komm doch mal mit. Wir haben eine Jagdhütte in den Wäldern oberhalb von Bad Wildbad ...«

»Vielleicht mache ich das. Danke.«

Victoria zog ihren Paschminaschal enger. »Es ist kühl geworden.«

»Ja, manchmal bin ich froh. Der Sommer war beinahe endlos.«

Victoria lächelte und streute sich Zucker in ihre Tasse. Rührte um. »Für uns beginnt jetzt der immer gleiche süße Reigen. Einladen, eingeladen werden, Bälle. Anlässe. So eine Jagd ist neben dem Vergnügen auch ein gesellschaftliches Ereignis. Du könntest vielleicht einen passenden Mann kennenlernen. Mama hält viel von dir. Eine Frau von Niveau, hat sie gesagt. Und das sagt sie nicht oft über Bürgerliche.«

»Sag mal, wo wir gerade von Niveau sprechen. Ihr seid wirklich eine vielseitige Familie. Ihr jagt nicht nur und seid berufstätig und kümmert euch um das Stift und die Menschen dort, ihr lest auch. Ich bin beeindruckt. So habe ich bei deiner Mama ganz unterschiedlichen Lesestoff auf dem Tisch liegen sehen. Wer beschäftigt sich denn bei euch mit Chiffriertechniken?«

Victoria zuckte die Achseln und streute Zucker in ihren Kaffee. »Keine Ahnung. Bin keine Leseratte. Ich war immer jemand fürs Visuelle. Was man anfassen und verändern kann.« Sie dachte kurz nach.

»Die Bücher werden von meinem Vater oder meinem Bruder sein. Alle bei uns sind so unordentlich. Sie lassen einfach Sachen liegen. So, als hätten sie noch Diener wie früher, die alles hinter ihnen herräumen. Komm, wir gehen zum Breuninger!«

Erst als wir bezahlt hatten und aufgestanden waren, fiel mir auf, dass sie sich zweimal Zucker in ihren Kaffee gestreut hatte.

Im »SchönLeben« beging man das Herbstfest. Der Speisesaal war wunderbar geschmückt. »Fast wie bei uns beim Laubhüttenfest«, freuten sich die Golds.

Major von Arentz verzog das Gesicht und setzte sich an einen anderen Tisch. Golds nahmen den Affront gelassen.

Eleanor erschien mit ihrem Mann, trank heldenmütig einen Neuen Wein und nagte an einem Zwiebelkuchen. Wie immer setzten sie sich an jeden Tisch und plauderten mit jedem, und natürlich blieben auch sie nur kurz am Tisch der Golds, die mal wieder Fotos von Israel herumzeigten: »Dort ist es warm. Das ist gut für alte Knochen.«

»Sie müssen uns bald wieder besuchen, liebe Swentja!«, sagte Eleanor leise zu mir und warf einen Blick auf Schwester Anita, die mit dem Geschirr herumklapperte. »Wir werden eine andere Arbeit für Sie finden. Das hier ist nicht Ihr Niveau.«

★★★

Irmentraud und Paul Nicoletto beschlossen überraschend, nach Südtirol in Urlaub zu fahren.

»Ich werde viele neue Rezepte mitbringen, Swentja«, flüsterte mir Irmentraud zu, »jetzt im Herbst muss es doch klappen. Die kochen viel mit Kastanien. Und die haben ganz viele herrliche Kalorien.«

»Und schließ oben ab«, murmelte Paul leise. »Nicht dass dich einer klaut.«

»Wer will mich schon?«, versuchte ich, einen Scherz zu machen, doch an seinen Augen sah ich, dass es kein gelungener Scherz war.

Kaum waren Nicolettos aus dem Haus, läutete mein Handy.

England. So klar, als käme der Anruf aus dem Nachbarhaus, vernahm ich meines Töchterchens Stimme.

»Mama, vielleicht hättest du das alles auch in Deutschland recherchieren können, aber solche Aufträge kannst du uns noch öfter geben. Das hat Spaß gemacht. Vor Ort sieht man doch mehr, da hast du recht.«

Ich lächelte über ihre helle, vor Begeisterung überschnappende Stimme.

»Also, diese Louise, da will das Königshaus nicht so gern

drüber sprechen. James kennt jemand aus dem *inner circle*, und der hat mir gesagt, wenn er es sich nicht mit Big Lizzy verscherzen will, sollte er nicht von dieser … Person anfangen. Zumal die Nachkommen vielleicht noch irgendwo herumwuseln. Wie bei diesem Bürgermeister von London, der ja auch ein Verwandter der Royals ist. … Ach, das hast du schon mal gehört? Das ist ja voll peinlich. Und die Presse hier ist immer hinter irgendwelchen Skandalen her. Die zahlen Preise, da wird dir schwindelig.«

Ich schwieg. Meine Tochter auf dem Weg zur Spießerin.

»Und die andere Sache. Also, eins muss man dir lassen. Du pickst dir zumindest ab und zu die geeigneten Männer heraus. Erst Papa, dann der gewisse Missgriff, dann Kline.«

»Wieso denn das?«

»Na, der Mann ist stinkreich. Richtig, richtig reich. Öl. Nordseeöl. Die Eltern sind geschieden, die Mutter ist Deutsche oder eine halbe Deutsche und lebt bei Heilbronn in einem Pflegeheim. Er ist vor zwei Jahren nach Deutschland gezogen, um sie zu betreuen. Aber das ist nicht alles. Der Typ ist ein absoluter Adelsfreak. Sammelt alles, weiß alles. Bewundert jeden, der einen Siegelring und ein Wappen hat. Hat eine riesige Bibliothek, und wenn du adelig bist und brauchst Hilfe, dann kannst du auf ihn zählen. Nur noch eine Frage der Zeit, wann er selbst den – wie sagt man auf Deutsch? –, den Schwertschlag bekommt. Er ist übrigens verheiratet, aber die Frau will nicht nach Deutschland ziehen.«

Kline – der es nicht nötig hatte, Puppen zu stehlen, um sie für ein paar Euro an Feuer zu verscherbeln.

Später läutete mein Handy erneut. Die vertraute Nummer.

Und dieser Anruf enthüllte mir überdeutlich, *wer* es allerdings sehr, sehr nötig hatte.

Wer sich in Gefahr begibt ...

Ich tat meinen Dienst im »SchönLeben« mechanisch und ohne Freude. Die Blätter waren gefallen, der Park wirkte grau und nackt. Der Zauber war dahin.
»Cornelia, ich muss mit Ihnen sprechen. Es ist sehr wichtig. Es geht um Ihre Familie und um Anna-Maria von Schönleben.«
Es hatte mich Kraft gekostet, dieses Gespräch zu beginnen. Ich hatte ihr gegenüber auf einem Hocker Platz genommen, beugte mich nun vor, nahm ihre alte, runzelige Hand und sagte ihr alles, was ich wusste.
Der Nachmittag senkte sich schon früh. Die kraftlos werdende Sonne lugte unter den Samtportieren hervor und ließ Staub aufwirbeln.
Ich sprach. Sie lauschte. Regungslos.
Schließlich rollte sie mit ihrem Rollstuhl ein Stück voran und strich mir übers Haar, sah mir tief in die Augen. Tränen schimmerten in ihren Veilchenaugen mit den grauen Sprengseln, als ich leise zum Ende kam ...
»Ja, er wollte die Story von der Puppe an die Presse verkaufen. Es ist nicht ganz adelsgemäß, aber ihm – und den anderen – steht das Wasser bis zum Halse. Sie hätten es einfach nur als Dienst an der Wahrheit deklariert ... Es steckt etwas in dieser Puppe, das sehr viel Geld bringt. Vermutlich Louises Eingeständnis, dass sie ein uneheliches Kind hatte, dessen Nachfahren noch überall in England leben. Was mögen sie heute sein, diese königlichen Sprosse? Bedienung bei McDonald's, an der Kasse bei Primark, bei Tesco? Oder betreiben sie Galerien, Tankstellen, Sportstudios? Sie können alles sein. Sie sind Immobilienmakler und Mütter. Königliche Abkömmlinge!
Cornelia lachte trocken. Doch es war eigentlich kein Lachen. Es war nur ein Laut. Sie sah mich an. »Und du? So schön, so traurig und am Ende doch so klug.«

Dann schloss sie die Augen. Ich wartete.

Nach einer Weile sagte sie: »Du bist ein gutes Kind. Geh nach Hause. Ich werde das Nötige veranlassen. Keiner, keiner, wird Schande über diesen Namen bringen. Das muss gerächt werden. Es muss alles so geschehen, wie Recht und Ordnung es verlangen.«

Als ich durch den Park zu meinem Auto ging, spürte ich die toten Blätter unter meinen Füßen, roch die vergehende Kraft des Sommers, spürte den kühlen Herbst und wusste, dass dies mein letzter Tag im »SchönLeben« gewesen war.

Ich hatte Cornelia so sehr enttäuschen müssen und ihr den Glauben an die Ordnung und die Richtigkeit der Dinge genommen.

Nein, ich würde niemals mehr in dieses Haus gehen. Der Tod wohnte in ihm.

Aber was kam für mich danach?

Wenn ich mich bemühte und mollig wurde, konnte ich vielleicht doch irgendwann als Fotomodel fürs Damenhafte arbeiten. Warum nahm ich nur nicht zu?

Zu Hause schaltete ich gleich den Fernseher ein, um Stimmen zu hören. Ohne Nicolettos war es einfach zu ruhig im Haus.

Doch so ruhig war es plötzlich gar nicht mehr.

Ich vernahm ein eigenartiges Knacken von draußen, und dann ging alles ganz schnell. Eine Hand in einem Lederhandschuh schlug die Scheibe meiner Terrassentür ein, fast geräuschlos, öffnete den Griff, den ich noch nicht verschlossen hatte, wie ich es abends tat, wenn ich schlafen ging.

Ich war nachlässig gewesen, daran gewöhnt, dass Nicolettos immer zu Hause waren.

Schockstarr saß ich auf meinem Sofa, beobachtete die Szene, als verfolgte ich einen Film. Es war zu irreal. Ich konnte mich nicht rühren. Nichts.

Die Gestalt, die lautlos wie eine Katze eintrat, trug eine Maske, war groß und kräftig und bewegte sich schnell.

Die lederne Hand legte sich auf meinen Mund, doch ich

hätte sowieso nicht schreien können. Man kann nicht schreien in solchen Momenten.

Das Nächste, was ich spürte, war der Einstich einer Nadel.

★★★

Aus einem Nebel aus Übelkeit und Schwindel wachte ich auf. Um mich herum war es dunkel, roch nach Laub, nach Holz, nach kalter Erde. Mein Grab, war mein erster Gedanke. Mein Kopf dröhnte, mein Mund war trocken, mir war schlecht, alles drehte sich.

Doch ich war nicht allein. Vor mir, in einem Halbrund, saßen sie alle. Eleanor. Victoria. Eleanors Mann und der wunderschöne Johannes. Und natürlich Thomas. Thomas, der charmante und lustige Biobauer. Der den Frauen den Kopf so leicht verdrehen konnte. Für den alles ein Spiel war.

Im Hintergrund bewegte sich noch eine Gestalt.

Sie rollte heran.

Cornelia. Sie nickte bedächtig und begann zu sprechen: »Es ist, wie ich dir gesagt habe, mein Kind. Keiner wird Schande über unseren Namen bringen. Keiner. Auch du nicht. Ich bin derzeit die Älteste der Familie und habe deshalb das Urteil zu verkünden.«

Ich versuchte, mich aufzurichten. Meine Augen schmerzten. »Urteil? Ihr haltet wirklich alle zusammen. Bis zum Ende.« Ich krächzte nur. Meine Kehle war unerträglich trocken.

Eleanor lächelte. »Aber natürlich. Wir sind die von Schönlebens und nicht Familie Hobelpobel. Das habe ich Ihnen von Anfang an gesagt. Und diesen Kline, den nimmt doch niemand ernst.«

»Was meinen Sie?«, brachte ich würgend hervor.

»Er brachte eine Urkunde. Von einem Ahnenforscher. Er sei ein unehelicher Spross aus der Familie eines unserer Vorfahren, der einst nach England ausgewandert sei. Sein Opa sei das Ergebnis einer Liaison mit dem Zimmermädchen. Er sei also sozusagen auch adelig, wie er es schon immer gespürt habe. Oh Gott.« Sie lachte ein blechernes Lachen.

»Natürlich, der Mann hat viel Geld. Und wenn er unter uns sein und den Verwalter spielen will, damit wir ihn irgendwann als Verwandten anerkennen, warum denn nicht? Er hat alles bezahlt, der Gute. Natürlich anonym. Es sah so aus, als hätten wir investiert. Das Stift verschlingt Unmengen an Geld und das Schloss auch.«

Ihr Mann nickte melancholisch. Eine kleine Pause entstand. Victoria studierte ihre Fingernägel.

»Aber das Stift muss bleiben«, seufzte Eleanor. »Wir lieben das Stift. Es ist gut für unseren Ruf, unseren Namen. Das sind wir Gründerin Letizia doch schuldig. Nein, das Stift muss überleben. Aber er? Dieser Kretin wird nie zu uns gehören.«

Victoria legte die Hände in den Schoß und sah mich mit erstaunlicher Kälte an. »Nachdem uns die junge Frau aus Mosbach angerufen hat, dass du ein Foto unserer Verwandten sehen wolltest, und nachfragte, ob das in Ordnung sei, und nachdem du mich nach Mamas Chiffrebuch gefragt hast, war mir klar, dass du auf der richtigen Spur bist.«

Sie schüttelte den Kopf. »Wieso bist du überhaupt zu uns ins Stift gekommen? Diese dämliche Brigitte, die es mit Kline treibt, hat dich wahrscheinlich ins Haus geholt, weil immer mal wieder was geklaut wurde und weil sie wusste, dass du eine kleine Hobbydetektivin bist. Hat sich um den Ruf des Stiftes gesorgt. Eigentlich lächerlich. Nur ist sie Thomas dadurch in die Quere gekommen. Die gute Gundrama hat Thomas von der Puppe erzählt, ohne den Namen des Besitzers zu nennen. Sie wollte ein bisschen Geld von uns. Sie würde sich dafür einsetzen, dass wir die Puppe einmal erben würden. Wie konnte sie nur? Ausscheren aus unserer Linie. Wenn wir verarmen, dann tun wir es mit Grandezza. Oder wir kämpfen!«

Ich stöhnte.

»Was wollt ihr mit mir machen?«, fragte ich mit klappernden Zähnen. Ich musste auf die Toilette, mir war schlecht. Todesangst fühlt sich kalt an.

»Wir laden dich zu einem kleinen Jagdausflug ein. Und leider, leider … ein Unglück.« Victoria seufzte.

Cornelia kicherte.

»Wir machen es jetzt gleich. Du hast einen Tag geschlafen, es ist Samstagnachmittag. Perfekt für einen kleinen Ausflug. Die Jagdsaison hat gerade begonnen. Wie wunderbar alles passt. Komm, steh auf. Du brauchst dich nicht mehr frisch zu machen. Es lohnt sich nicht mehr.«

Sie halfen mir sogar auf. Eleanors Griff war eisern. Ich spürte, wie mir Tränen der Verzweiflung über die Wangen liefen. Was für eine hässliche Spur würden sie in mein sorgfältiges Aveda-Make-up graben, dachte ich noch.

In einem einsamen Waldstück würde ich heute sterben. Erschossen werden wie ein streunender Hund.

Sie würden es so hindrehen, dass ich ihnen aus Versehen vor Tollpatschigkeit in die Flinte gelaufen war. Und weil sie die Schönlebens waren, würde ihnen jeder glauben. Welchen Grund hätte denn eine mit der Queen verschwisterte Adelsfamilie, eine einfache Altenpflegerin umzubringen?

Es war zu Ende mit mir. Ich verabschiedete mich vom Leben.

Die Lösung

Eine andere Welt nahm langsam wieder Konturen an. Ich tauchte in einem Wirbel aus Watte auf, wie als erwache ich aus einer Narkose. Mein Blick wanderte orientierungslos über Hell und Dunkel wie der eines Neugeborenen.

Erst nach einer Weile merkte ich, dass ich lebte. Und dass sich Gesichter aus der Watte schälten, die keine Bedrohung waren.

»Es ist alles gut, Swentja. Sie sind in Sicherheit.« Das war Florians Stimme.

Wie machen sie das bei der Polizei, fragte ich mich hinterher, dass sie diese Hütte umstellen, ohne dass die Hunde bellen? Ohne dass es jemand hört? Wieso waren sie überhaupt da?

Ich schloß die Augen.

Ich habe es erst später erfahren.

Sie hatten die feine Familie schon länger im Visier gehabt. In aller Diskretion. Es hatte Gerüchte über Steuerunregelmäßigkeiten und einen Betrugsverdacht gegeben. Nach den Gesprächen mit mir hatte man beschlossen, die Familie genauer unter die Lupe zu nehmen und zu überwachen.

Florian, der ahnte, dass meine Mission nicht ganz gefahrlos war, hatte am anderen Morgen versucht, mich zu erreichen. Nachdem dies nicht gelang, war er zu meiner Wohnung gefahren und hatte die eingeschlagene Scheibe gesehen. Keiner der Schönlebens war erreichbar gewesen. Daraufhin hatten sie die Liegenschaften der Familie aufgesucht und waren auf die Jagdhütte gestoßen. Zusammen mit seinen Kollegen hatte Florian endlich eins und eins zusammengezählt.

Ich schauderte bei dem Gedanken daran, wo ich heute wäre, wenn er mir nicht geglaubt hätte. Wenn er wie Hagen ... Mein Gott, ich wäre tot.

Bevor ich wieder einschlief, weinte ich um die Hunde. Sie hatten sie sofort erschossen, als sie anschlugen.

Es tat mir so leid um die Hunde. Ich hätte immerzu weinen können.

★★★

Wir, Marlies und ich, saßen Tage später bei Nicolettos im Wohnzimmer auf Stühlen wie Schulkinder. Das Ehepaar hockte seinerseits wie angewurzelt und Händchen haltend vor Schreck über das Böse auf der Welt auf ihrem Sofa. Sie gehörten zusammen. Niemals hatte man es deutlicher gesehen.

Florian stand am Fenster und sah hinaus.

Eigentlich durfte er uns die Einzelheiten des Falles natürlich nicht erläutern, doch diese Geschichte würde uns sowieso keiner glauben.

Wem sollten wir sie also erzählen? Außer hier und heute uns selbst?

Ich holte Luft. »Ich berichte euch jetzt, was sich wirklich zugetragen hat. Mit Erlaubnis von Florian und mit der Bitte, dass es diesen Raum nicht verlässt. In seiner Eigenschaft als Polizist darf er das eigentlich nicht. Rudolf von Schönleben hat die Nerven verloren und alles zugegeben und ausgeplaudert. Eleanor schweigt eisern. Sie wird auch weiter schweigen. So ist sie nun mal.«

Florian nickte nur. Ich sah zu ihm hinüber und lächelte.

»Verbessere mich, Florian, wenn ich etwas Falsches sage. Die ganze Sache ist sehr verzwickt. Es war wie bei Macbeth – eine Untat zog immer weitere nach sich. Bis zum Tod der armen Gundrama, die so ein leichtes Opfer gewesen war, da am Abend auf dem Feld. Sie hat ihren Mörder geliebt, und sie hat es hoffentlich erst ganz zum Schluss gemerkt, was wirklich mit ihr passieren sollte.«

»Swentja, spann uns nicht auf die Folter!«, drängte Marlies.

Paul legte seinen Arm schützend um Irmentraud, als sei sie selbst in Gefahr.

»Alles begann schon vor meiner Zeit im ›SchönLeben‹. Die Tragödie nahm ihren Anfang, als ein bestimmter Gast Gundrama erzählte, er besitze eine Puppe, die einst der englischen Prinzessin Louise, der sogenannten wilden Tochter Victorias, gehört habe und in der eine chiffrierte Botschaft versteckt sei. Die Botschaft – wir wissen nicht, inwieweit die Vorbesitzer sie entziffert haben – könne offenbar das Geheimnis lüften, ob sie ein uneheliches Kind habe oder nicht. Es war jedenfalls Louises Handschrift, datiert war sie aus dem Jahr 1866, als sie angeblich schwanger war. In die Puppe kann sie den Zettel aber auch erst später gesteckt haben. Wir kennen das genaue Alter der betreffenden Puppe nicht und werden es auch nie erfahren. Eine Puppe, so hat deine Tochter gesagt, Marlies, ist die beste Freundin einer Frau. Ihr vertraut sie Dinge an, die sie anderen nicht sagen kann. Umso mehr galt das für eine junge Adelige in der Viktorianischen Zeit, die aus dem Moralkorsett geschlüpft war und sicher oft einsam war.«

»Joanna hat dir geholfen?«

»Ja, ihr beide. Mit euren Bemerkungen darüber, dass man Dinge in Puppenkörpern verstecken könne.«

Marlies strahlte vor Stolz.

»Der bewusste kinderlose Gast sagte, er wolle nicht, dass die Puppe nach seinem Tod in falsche Hände gerate. Er suchte Gundramas Rat. Gundrama hütete zunächst diese Geschichte in ihrem Herzen. Doch muss man sich ihre Lage vorstellen. Sie war immer die halb vertrocknete, verarmte Adelige, die es nur zur Sekretärin gebracht hatte.«

Irmentraud schüttelte den Kopf. »Na und?«

»Thomas von Schönleben flirtete ein wenig mit ihr, aber natürlich war es nur scherzhaft gemeint. Doch sie nahm es ernst und verliebte sich in ihn. Er hat ihr möglicherweise gestanden, dass sein Biohof in Schwierigkeiten steckt und die ganze Familie auf eine finanzielle Katastrophe zusteuert. Der teure Lebensstil und die Erhaltung von Schloss und Ländereien verschlangen Unsummen. Und die Schönlebens sind nicht geschäftstüchtig. Man denke nur an Rudolf und seine vagen Geschäfte. Vielleicht hat sie ihm sogar einmal Geld geliehen. Ich habe ja bei Kline das Angebot eines anderen Biobauern auf dem Schreibtisch gesehen. Thomas ging auf dünnem Eis.«

Irmentraud war fassungslos über so viel Lebensuntüchtigkeit.

»Jedenfalls erzählte sie Thomas von der wertvollen Puppe mit ihrer brisanten Botschaft. Vielleicht könne sie die Besitzer ja überreden, sie der alten, angesehenen Adelsfamilie zu übergeben. Zunächst nur zum Aufbewahren und nach dem Tod des Gastes könne man sie ja verkaufen, schlug sie offenbar vor.«

»Das passt gar nicht zu ihr, so wie du sie geschildert hast«, meinte Marlies.

»Nein, aber Gundrama wollte sich ein wenig wichtigmachen. Sie war eine unscheinbare Person, die keine große Rolle im Leben spielte. Nicht mal in ihrem eigenen. Man darf vermuten, dass Thomas sie drängte, ihm den Namen des Gastes zu nennen, doch sie wollte ja weiter interessant bleiben und hat sich deshalb geziert, das zu tun. Zumindest hat sie auch niemandem sonst davon erzählt. Kline, Gitte, niemand wusste von der Sache.«

»Aha«, sagte Marlies, »siehst du!«

»Ja. Da habe ich mich total verrannt. Kline und Gitte sind ein Liebespaar, das ist alles, was sie verbrochen haben. Obwohl das schon reicht! Thomas versprach Gundrama, er werde sie an einem eventuellen Gewinn beteiligen, wenn sie es schaffe, die Puppe zu besorgen. Er wusste ja, sie brauchte auch Geld. Doch sie zögerte und mauerte, denn das war ja tatsächlich alles gegen ihre Prinzipien.«

»Wie entsetzlich!«, warf Irmentraud ein.

»Thomas verlor die Geduld, und die Gier ergriff Besitz von ihm. Schließlich stahl er selbst entsprechende englische Puppen aus der jeweiligen Zeit im Stift und untersuchte sie auf eine Botschaft. Das war eine heikle Sache. Fast alle Bewohner hatten große Haushalte gehabt, die sie auflösen mussten, und hatten wenig mitnehmen können. Aber altes Spielzeug hortete fast ein jeder. Doch er wusste ja ungefähr, wonach er suchen musste. So nahm er auch die Puppen von Anna-Maria. Die aber sagte ihm auf den Kopf zu, dass er es gewesen sei, da sie seinen labilen Charakter kannte und wusste, dass er die Gelegenheit gehabt hatte, die Puppen mitzunehmen.«

Florian runzelte die Stirn.

»Wie auch immer. Vielleicht hat sie auch nur einen Schreckschuss abgegeben. Sie töteten Anna-Maria, brachten sie nach Mosbach und tauschten sie quasi gegen die schrullige und mittellose Babette aus, die Anna-Maria, wie es bei Inzucht in Adelsfamilien öfter vorkommt, außerordentlich ähnelte und dankbar war, endlich eine Rolle in der reichen Sippe zu spielen.«

»Dass das denen allen so wichtig ist! Eine ganz besondere Parallelgesellschaft aus einer versunkenen Zeit«, kommentierte Paul.

»Ja, und als noch mehr Puppen verschwanden und schließlich Ina so unerwartet starb, sprach Gundrama endlich mit mir. Sie war ein harmloses, vertratschtes altes Mädchen, aber dass Thomas oft in Inas Zimmer gewesen war und durchaus etwas an der Kaffeemaschine hätte manipulieren können, hat ihr wohl keine Ruhe gelassen.« Ich seufzte.

»Dann begann ich herumzufragen, und die von Schönlebens merkten, dass ich ihnen auf der Spur war. Gundrama musste sterben, weil sie zur Gefahr geworden war und zu viel plauderte, und dieses Schicksal hatten sie auch mir zugedacht.«

»Und wer von der Familie war nun wirklich beteiligt?«

»Ursprünglich nur Thomas. Doch Anna-Maria war ein moralischer Typ und war nicht mehr zu besänftigen. Die Unterhaltung, die ich damals im Schloss mitangehört hatte, bezog sich nicht auf Kline, sondern auf Thomas, der für seine Biolieferungen ja indirekt auch von der Familie teuer bezahlt wurde. Daran hatte ich nie gedacht. Dabei gab es Hinweise ...«

Ich hielt kurz inne. Noch immer war ich angeschlagen. Die schrecklichen Ereignisse zusammenzufassen, war, wie sie noch einmal zu durchleben.

»Als ich einmal bei Kline war, bemerkte ich, dass er nach günstigeren Alternativangeboten bei Biobauern suchte. Nur sagte mir das damals nichts.«

»Und wie ging es weiter?«, fragte Irmentraud ganz heiser vor Anspannung.

»Nachdem ich gegangen war, damals nach meinem Antrittsbesuch, gab es eine Familienkonferenz. Nach dem Motto

›Einer für alle, alle für einen‹ haben sie beschlossen, diese Krise gemeinsam durchzustehen. Es galt, Schande und Gefahr von einer jahrhundertealten Familie abzuwenden. Eleanor ist da rigoros. Cornelia haben sie eingebunden, dafür genoss sie von nun an gewisse Vorteile im Stift.«
»Nicht zu glauben! Das ist ja wie im finstersten Mittelalter.«
»Ja, und nachdem das Kind in den Brunnen gefallen war, haben sie sich informiert: Eine Puppe mit einer so brisanten Botschaft darin konnte tatsächlich viel Geld bringen. Die britische Presse würde sich geradezu darauf stürzen. Sie würde die Nachkommen der Prinzessin, die noch leben, finden und mit ihren Kameras jagen. Die Schönlebens hätten da also durchaus etwas verdienen können. Man hätte den Deal ja über einen Strohmann abwickeln können.«
»Was für ein Niedergang!« Paul klang deprimiert. »Es ist traurig. Sie waren unsere Vorbilder. Sie waren Glanz in Pforzheims Krone.«
»Ja. Schön gesagt. Die Schönlebens brauchten alle Geld. Keines ihrer Geschäfte lief. Im Grunde waren sie nur noch Attrappen. Nicht nur im Stift, sondern überall. Irgendwann wäre das Kartenhaus eingestürzt. Frau …« Ich blickte hinüber zu Irmentraud. »Eine Dame aus der Modebranche hatte mir gegenüber schon mal eine Andeutung gemacht, dass sich Eleanor teure Läden nicht mehr leisten könne. Nur wollte man das alles nicht hören, weil es nicht ins Bild der feinen Familie mit dem alten Geld passte.«
»Wie schade«, sagte Paul warm.
Ich lächelte ihn an. »Ja, unsere Elite! Thomas stahl also systematisch Puppen aus der entsprechenden Periode und untersuchte sie auf die Chiffrebotschaft. Dafür musste er sie natürlich beschädigen. Deshalb hatten alle Puppen, die aufgetaucht sind, entsprechende Spuren. Die Puppen, die keinen Inhalt hatten, und das waren alle, haben sie zuerst zu Feuer gegeben, später bei sich zu Hause aufbewahrt, nachdem die Sache mit Feuer durch mich aufgeflogen war. Trotz Angabe falscher Namen. Woher sie die Papiere des Herrn Kohlmann in Mannheim hatten, muss die

Polizei herausfinden. Er war tüdelig und leicht zu bestehlen, hat Sachen verloren. Aber man kann falsche Papiere auch auf dem Markt kaufen, hat mir Hag… hat mir ein Freund bestätigt. Auf jeden Fall: Schönlebens sind total pleite. Mein Mann hat das mit seinen Mitteln herausgefunden. Das Schloss, ihr Lebensstil, allgemeine Untüchtigkeit … das ist heutzutage nicht mehr zu finanzieren.«

»Wenn man das gewusst hätte«, sagte Irmentraud mit ehrlichem Bedauern. »So eine alte und stolze Familie. Mein Gott, so oft in der Zeitung. Mit dem badischen Prinzen zusammen.«

»Ja, eben. Um ihren guten Namen zu wahren, hätten sie alles getan. Und an dem Stift lag ihnen wirklich etwas. Sie behielten dadurch den Kontakt zur großen feinen Welt des Adels. Sie wollten es unbedingt halten, und Thomas, der stadtbekannte Sonnyboy der Familie, durfte nicht ins Gerede kommen.«

»Gaucks Besuch im kommenden Jahr entfällt ja jetzt wohl«, merkte Irmentraud an.

»Ja. Übrigens kam es Thomas sehr gelegen, dass Edgar Buchmann auch stahl, und zwar ganz andere Dinge. Dadurch wurde von den Puppen abgelenkt. Er wusste nicht, wer es war, aber er war ganz froh, dass in solchen Einrichtungen immer mal wieder ein faules Ei unter den Bediensteten ist.«

»Und das alles hat sie in den Strudel des Bösen gezogen«, murmelte Marlies. »Mein Gott!«

»Ja«, sagte ich leise und traurig. »Aus diesem Strudel gab es kein Auftauchen mehr. Dafür haben sie nach Anna-Maria auch die arme Gundrama getötet, denn sie zeigte schwache Nerven und wurde zur Gefahr. Dafür haben sie auch Ina umgebracht, denn sie hat ebenfalls das Verschwinden ihrer Puppe sofort bemerkt, hat Thomas im Verdacht gehabt und sich aufgeregt. Gedroht, zu Kline zu gehen und Thomas anzuzeigen. Sie haben sie dann um ein klärendes Gespräch und um einen Tag Aufschub gebeten. Es war für Thomas, der die täglichen Früchtekörbe brachte, ein Leichtes, das Pad an der Kaffeemaschine auszutauschen.«

»So viele Morde. Sie mussten eine Untat mit der nächsten

zudecken. Wirklich wie bei Macbeth. Und was ist nun mit Kline?«, fragte Marlies.

»Scott Kline ist vollkommen unschuldig«, gab ich zu. »Er wusste nur, dass im Heim gestohlen wurde, und das war ihm natürlich auch nicht recht. Er hat mich tatsächlich nur deshalb gewarnt, nicht zu viel herumzuschnüffeln. Und er stammt wirklich aus der Familie des unehelichen Sprosses eines nach England ausgewanderten Schönleben. Ein Leben lang war er von der Idee besessen, den Adeligen seiner Sippe nahe zu sein. Er ist sehr reich, irgendwas mit Öl in Schottland, und er ist nicht der Verwalter, er ist längst der eigentliche Besitzer des ›SchönLeben‹. Er hat zu der Familie Kontakt gesucht, aber sie haben ihn abblitzen lassen. Bis sie gemerkt haben, wie reich er ist. Dann war er gut genug. Der arme Mann hat sich als Strohmann hergegeben, in der Hoffnung, endlich von ihnen anerkannt zu werden. Hat sogar sein schickes Auto versteckt.«

»Irre«, murmelte Paul, »also, dieser Adel. Da sehe ich jetzt manches anders. Brauchen wir die eigentlich noch?«

»Man kann die Titel abschaffen, aber nicht die Menschen, die daran glauben«, erklärte ich weise. »Gott sei Dank. Es gibt ja auch andere. Kline ist in England verheiratet, das war die aufgetakelte Frau, mit der ich ihn sah. Hier hat er dann ein Verhältnis mit Gitte angefangen, deren Adelstitel ihn offenbar beeindruckt. Ich weiß nicht, woher sich die beiden kennen. Sie wird es mir noch erzählen. Beide sind vollkommen unschuldig. Gitte hat mir gesagt, dass sie mir den Job aus reiner Freundlichkeit und Bewunderung vermittelt hat. Und ich habe ihr alles Mögliche unterstellt ...«

»Wer hat denn dann die Suchanzeige in ›lovingoldplaythings‹ aufgegeben?«

»Die wahren Besitzer der Puppe, denen nicht entging, dass sich da etwas um sie herum ereignete. All das Gerede um gestohlenes Spielzeug ... Gundrama selbst darauf ansprechen, das wollten sie nicht. Sie wollten ihr nichts unterstellen. Aber sie hofften, die Täter würden sich entlarven, indem sie eine der gestohlenen Puppen anböten oder ihre Puppe stehlen würden.«

»Und wer besaß denn nun diese geheimnisvolle Puppe?«, fragte Marlies.

Florian lachte und sah zu mir herüber.

»Die Golds. Ausgerechnet die jüdische Familie Gold, bei denen die blasierten und hochmütigen Schönlebens gar nicht erst suchten. Max Golds Vater erhielt die Puppe einst als Geschenk oder Gegenleistung für einen Gefallen, den er der Nachfahrin einer adeligen Kammerzofe erwiesen hatte, die nicht genannt werden will …«

»Und jetzt?«

»Sie haben sie an den Buckingham-Palast zurückgegeben. Sie kennen da die entsprechenden Leute. Ja, die Golds sind die einzigen Ehrlichen in diesem miesen Spiel gewesen. Neben Klaus Feuer, der ebenfalls mit der Sache nichts zu tun hatte. Seine Gespräche mit Scott Kline bezogen sich auf den Kauf eines schottischen Herrenhauses, bei dem Kline Feuers Rat suchte. Und in dem Gespräch im Hof, das ich belauscht habe, hat er Feuer gegenüber angedeutet, dass er hier mehr als nur ein Verwalter ist.«

Florian setzte sich gerade hin. »Wir haben die Botschaft aus der Puppe dechiffrieren lassen. Es war ein kindisch einfacher Code, bei dem nur die Buchstaben einmal um zwei und einmal um drei Stellen nach vorn verschoben waren.«

Diesen Moment genoss er, man sah es seinem freundlichen Gesicht und seiner strahlenden Miene an.

»Florian, sag, hatte Louise nun ein uneheliches Kind?«

Er schmunzelte. »Weiß ich es, weiß ich es nicht. Keine Ahnung. Und wenn … ich werde schweigen wie ein Grab. Die Golds haben den Code übrigens auch entschlüsselt, aber sie behalten die Botschaft für sich.«

Wir schwiegen alle.

»Noch Kaffee? Noch Kuchen?«, fragte Irmentraud schwach.

»Gern«, sagte Marlies.

»Nein, danke. Keinen Appetit!«, sagte ich.

»Kann ich dich kurz alleine sprechen, Swentja?«

Zusammen gingen wir nach draußen in den Flur des Hauses.

Es war kalt geworden, und es zog ein wenig. Ich fröstelte und fühlte mich noch immer schwach und schwindelig.

»Swentja, auch ich habe etwas zu gestehen. Ich habe deine Nähe nicht nur gesucht, weil du eine attraktive Frau bist. Es war auch ein ... kollegialer Gefallen, den ich Hagen getan habe. Er wollte wissen, wie es dir geht. Seit er wusste, dass du da wieder in etwas hineingeraten warst.«

»Warum will er das noch wissen?«

Florian legte mir beide Hände auf die Schultern und sah mir direkt ins Gesicht. »Nun, mein kriminalistischer Scharfsinn sagt: weil er dich gern hat. Und meine Vermutung ist: Er wird dich anrufen.«

Plötzlich war alles anders.

Es war, als löse sich der Ring um mein Herz, der mich monatelang begleitet hatte, und ich könnte wieder frei atmen.

Ich breitete die Arme aus und küsste Florian auf beide Wangen, lag in seinem Arm, der sich anfühlte wie der des Bruders, den ich nie hatte, und war einfach nur erleichtert.

Hinter mir hörte ich ein Geräusch. Irmentraud war in den Flur gekommen, mit einer leeren Kaffeekanne auf dem Weg in die Küche.

»Ich glaube«, sagte ich, »ich werde jetzt zunehmen, Irmentraud.«

»Wirklich? Das wäre schön. Dann wirst du es endlich auch erfahren!«

»Was denn?«

Sie beugte sich zu mir vor und flüsterte. »Dass die Männer auf rundliche Formen stehen. Ich ... aber sag es Paul nicht, gell, versprochen? ... ich habe seit Jahren einen Liebhaber. Nein, es ist nichts Geistiges. Es ist rein sexuell.«

Eva Klingler
TOD IM ALBTAL
Broschur, 304 Seiten
ISBN 978-3-89705-889-7

»Wie schon in ihren früheren Baden-Krimis präsentiert Klingler in munter-ironischer Schreibweise einen spannenden Plot, in dessen Verlauf sich die Protagonistin vom snobistischen Modepüppchen zur selbstkritisch reflektierenden Frau mausert. Empfohlen.« ekz

www.emons-verlag.de

Eva Klingler
ASCHENPUTTELS TOD
Broschur, 304 Seiten
ISBN 978-3-95451-084-9

»Heiter, spannend, unterhaltsam – ein grenzüberschreitender Fall mit überraschenden Wendungen« Kultur-Artour

»›Aschenputtels Tod‹ ist der neue badische Krimi von Eva Klingler, der durch seine bewährt munter-ironische Schreibweise und seinen turbulent-spannenden Plot überzeugt. Die Spurensuche führt vom Nordschwarzwald ins Elsass und besticht durch authentisches Lokalkolorit und französisches Savoir-vivre.« Der Eulenbrief

www.emons-verlag.de

Eva Klingler
RAPUNZELS ENDE
Broschur, 320 Seiten
ISBN 978-3-95451-274-4

»*Locker, amüsant, selbstironisch: Ermittlerin Swentja Tobler ist ein Original!*« Kultur-Artour

www.emons-verlag.de